本书为教育部人文社会科学青年基金项目
"德语奇幻文学的类型演变与发展研究"
（20YJC752018）；湖北省教育厅人文社会
科学研究项目（20G008）；华中科技大学人
文社科自主创新项目"德国奇幻文学发展史
研究"（2019WKYXQ）的研究成果

德语奇幻文学研究

王微 著

Über deutsche Phantastik

WUHAN UNIVERSITY PRESS
武汉大学出版社

图书在版编目(CIP)数据

德语奇幻文学研究/王微著.—武汉：武汉大学出版社,2022.12
(2023.11 重印)
ISBN 978-7-307-23391-1

Ⅰ.德… Ⅱ.王… Ⅲ.德语—文学研究 Ⅳ.I106

中国版本图书馆 CIP 数据核字(2022)第 198428 号

责任编辑:郭 静 责任校对:汪欣怡 版式设计:马 佳

出版发行:**武汉大学出版社** (430072 武昌 珞珈山)
(电子邮箱：cbs22@whu.edu.cn 网址：www.wdp.com.cn)
印刷:武汉邮科印务有限公司
开本:720×1000 1/16 印张:20.75 字数:306 千字 插页:1
版次:2022 年 12 月第 1 版 2023 年 11 月第 2 次印刷
ISBN 978-7-307-23391-1 定价:79.00 元

前　　言

　　说到奇幻文学，很多人首先想到的大概会是《哈利波特》《指环王》之类的流行读本或电影，认为"奇幻"一词多少意味着通俗化、商业化的"消遣文学"，与"真正的"文学似乎有着不可逾越的距离，更难登学术研究的"大雅之堂"。但另一方面，随着文化产业的发展，越来越多的国内外奇幻文学和影视作品进入大众的视野，其关注热度和受众范围正在呈现变大变广的趋势。所以，是时候为奇幻文学"正本清源"、消除偏见了。

　　其实，一旦深入奇幻文学的核心领域，我们便会发现：那些光怪陆离的神奇幻想只不过是它的外衣和表象。真正的奇幻文学有着独具规律的发生机制、自成逻辑的结构体系和风格独特的表现手法，它的发展是人类社会、文化、政治、经济等多重因素作用的结果。反之，奇幻文学作为人类文学史的庞大体系中色彩绚烂的一环，也以其瑰丽多姿的身影折射出人类文明变迁的脚步。

　　至于德语奇幻文学，其起步确实算是"慢了半拍"，也曾一度处在"跟跑"和"学习"的状态。但是德语文学范围内绝对不乏享誉世界的优秀作家和经典作品：E. T. A. 霍夫曼、威廉·豪夫、库宾、兰斯迈尔、迈林克等德语作家都是世界奇幻文学史上闪亮的名字。而深厚的哲学沉淀与悠久的文化历史又给德语奇幻文学打上了无可取代的独特烙印。可以说，德语奇幻文学对历史的反思、对人性的探索、对存在的审视、对未来的观照都无不深深浸染上独一无二的德式思辨精神与浪漫情怀。

然而根据笔者目前的调研和梳理，至今国内对于德语奇幻文学的研究尚集中在具体作家和作品层面上，缺乏较为宏观的系统研究；国际上的此类研究也主要以文学时期或某些奇幻要素和特定母题为线索，但对德语奇幻文学的历史与社会背景的探究并不够深入，更鲜见从哲学和审美的角度发掘作品的深刻意义与价值。

因此，本书致力于厘清德语奇幻文学发展的历史脉络，逐一分析德语奇幻文学不同类型的思想主题和艺术特征，构建德语奇幻文学框架下文学、美学、历史和社会间的关联综合体，并从哲学和美学层面总结德语奇幻文学的发展规律。

在结构安排上，本书共分三章：第一章为奇幻文学概述，主要探讨奇幻文学的定义和与之相关联的概念，阐释奇幻文学的发生规律和结构机制，并介绍奇幻文学的重要题材类型；第二章从文学史的角度，以重要代表作家和作品为基础，按照历史性先后顺序展开逻辑线索，论述德语奇幻文学在叙事谣曲、故事集、中短篇小说和长篇小说这几种类型上所呈现的沿革与变化，梳理德语奇幻文学的发展脉络，分析作品中的思想内容、基本主题、艺术特征、情感指向和价值取向等，并探究其发展过程中的时代特征与历史条件；第三章从哲学和美学视角观照德语奇幻文学的发展历程，揭示德语奇幻文学发展过程中呈现出的主客关系逐渐模糊、善恶二元对立逐渐消解、僭越现象更加显著、对人类存在和生命本质的认知逐渐深刻的特征。

笔者通过研究深切感受到，奇幻文学以其瑰丽的想象、宏大的历史气概和高昂的精神、亦灵亦幻的叙事风格向人们展示着不断自我创新、自我更生的可能性。当身处高速发展的时代背景下的人们困惑于想象的枯竭、热情的消失、英雄气概的消解时，奇幻文学可以说帮助人们实现了精神的突围。在这样一场想象力觉醒的运动中，我们的精神也随之觉醒，并正在努力寻找人类与宇宙自然和谐相处的状态。可以说，包括德语作品在内的奇幻文学研究仍是一片极具价值并亟待开垦的土地。笔者真切希望此书能为更多人打开通向奇幻文学研究的大门。

　　当然，由于科研经历、文献资料和时间、精力等各方面因素的局限，无法在一项课题和一本专著中做到穷尽和完美，本书还存在些许不足、不当或不妥之处，还有很多改进和扩展的空间，因此笔者也真诚恳请和感谢诸君阅后多多指正并提出宝贵意见，以为后续研究奠定基础。

　　谨以此书献给所有钟爱奇异的幻想、相信精神的力量、勇于探索未知世界的人们！

王微

2022 年盛夏

于武汉喻家山下

目　录

第一章　奇幻文学概述

第一节　奇幻的定义

作为一种历史悠久的文类，奇幻文学的发展和演变可以追溯到荷马史诗时代。尽管在20世纪奇幻文学才正式成一个单独的文类，其发展趋势却始终呈现出长盛不衰的生命力。尤其是"二战"以后，奇幻文学在西方拥有了庞大的读者群，逐渐成为一种风靡全球的文学模式。特别是在大学生、青年作家和偏好新价值体系、思想前卫的普通读者中，奇幻文学产生了巨大而深刻的影响：这种文学类型颠覆了精英主义的文学思想，转用大众化平民化的视角去看问题，为大众提供了一个"狂欢广场"，实现了一种诗性狂欢的回归与再现。可以说，奇幻文学为人们提供了一个与其他生命交流的广阔天地，是对固有现实生活的超越和解放。从某种意义上看，奇幻文学在无形中触发了人类审美情趣的真实流露和淳朴之心的复醒。因此，奇幻文学作品往往蕴含着独特的文学意义、现实关怀和美学价值。

奇幻文学的显著特征是以神奇幻想作为一种现代化的、具有心理学基础的神异形式。它从法语中的"fantastique"（玄怪）一词派生演变而来，后来不仅仅代表一种文学类型，而且泛指一种美学风格。从中世纪到19世纪初，"fantastique"一词始终作为形容词使用，最初的意思是"鬼怪附身的、着魔的"，1831 年，《法兰西学院字典》(*Dictionnaire de l'Académie Française*)将 fantastique 解释为"chimérique"（虚幻的），并补充，"也指徒有外表、而无实物"。19 世纪上半叶，"fantastique"开始作为名词出现，用来指称一种文类。在 1863 年的法语字典《利特雷》(*Littré*) 中，关于 fantastique 的词条明确讲到："指荒诞、不可思议的故事，如童话故事 (contes de fées)、幽灵故事，尤其是指在德国人 E. T. A. 霍夫曼 (E. T. A. Hoffmann) 的影响下流行起来的一种故事类别，其中，超自然现象发挥着重要作用。"这种释义延续至今。(Thomsen，1980：14)

在德语世界中，"奇幻"(phantastisch)一词的意义也经历了复杂的演变过程：在 16 世纪它表示"狂热的，不真实、异想天开、偏激极端"之意。到了 19 世纪，在迈耶尔 (Meyer) 的《交际词典》(*Konversations-Lexikon*) 中该词具有明显的贬义。具有极高权威性的德语字典《杜登》(*Duden*) 也对奇幻做了如下定义：1.（学术用语）由幻想、未实现的憧憬、不真实的且通常不清晰的想象或想法掌控，并不在现实范围中或与之相对立；2.（日常用语）a）非凡的，振奋人心的；b）不可以思议的，非比寻常的。(Durst，2010：28)

那么，到底什么是奇幻文学？它的定义是什么？对此学术界一直存在各种不同的观点。

俄国哲学家与神秘主义者弗拉基米尔·索罗维耶夫 (Vladimir Solovyov) 在著作中说道："在纯粹的奇幻中，通常会对某个现象做出一种简单的解释，这种解释是外在的和形式上的，完全没有内在的可能性。"(托多罗夫，2015：17) 德国学者奥嘉·黎曼 (Olga Riemann) 的解释是："主人公持续而明显地感受得到现实和奇幻世界之间的矛盾，并且对于周围超凡的现象感到惊奇。"(托多罗夫，2015：17) 瑞典的古斯塔夫松 (Lars Gustafsson) 将奇幻文学看作对理性的挑战："奇幻文学的意义在于展现一个不可明见的、理性完全行不通的世界。"(Zondergeld，1998：13) 波兰著名科幻文学作家、哲学家斯塔尼斯瓦夫·莱姆 (Stanislaw Lem) 将奇幻文学的本质确定为"所述

世界对现实世界的可证明性的偏离"。(Zondergeld，1998：13)

这些观点都将奇异和"非现实的""不可能的""无法解释"等特点联系在一起。似乎存在这样一条普遍的规则：奇幻文学突破了我们这个世界中可能性的界限，因为那些如同人一样说话的动物、被施魔法变成动物的人、没有寿命限制的幽灵在这个经验性的真实世界中是不可能出现的。所有这些奇幻作品的共同特征是，这些事件不仅是不真实、不可信的，而且因为与物理、化学和生物法则的冲突被完全排除在人类已知的世界之外。然而，在人们选择"奇幻文学"这一术语时不得不考虑的是，它的使用必须脱离情感内涵的常规内容要素，并且只能代表一种极为抽象的结构-模仿概念。它不可避免地根据人们的已有认知受到限制，以至于这首先涉及的是一种"另类"叙述维度和叙述顺序，并且始终是一种单纯的框架定义。

值得注意的是，奇幻文学中起决定作用的不是其单纯的存在状态和奇幻的程度，后者是不能被绝对地并独立地定性的，而是要看它们是怎么被书写进文本中的，是否在这一个"现实"的叙述事件中起到了逐步的或临时的阻碍作用，抑或僭越并扩展了现实世界的边界。

除了上述观点外，法国学者也对奇幻文学作了各种定义，如《法国奇幻故事》(法国奇幻短篇小说)的作者卡斯泰斯(Pierre-Georges Castex)在书中写道：奇幻的特征在于"在现实生活的背景中强行插入了神秘的事物"。(托多罗夫，2015：18)路易·瓦克斯(Louis Vax)在《艺术与奇幻文学》一书中指出："奇幻叙述一般描绘像我们一样居住在现实世界中的人，突然遭遇了无法解释的事物。"(托多罗夫，2015：18)法国的罗杰·加洛瓦(Roger Cailiois)认为：在现实中撕开一道裂口是奇幻的关键性的标志特征。他指出："在奇幻的世界中超自然的力量像是给宇宙万物的联系撕开了一个裂口，这个裂口变为一种被禁止的攻击性，它充满威胁，破坏了世界的安定，而这个世界的规则原本是处处通行、不可动摇的。"(Rottensteiner，1987：9)加洛瓦在《论奇幻的内核》(*Au Coeur du Fantastique*)中也说道："奇幻通常是寻常秩序的中断，是怪异之物对于一成不变的日常陈规的一种入侵。"(托多罗夫，2015：18)也就是说，奇幻是超自然对现实世界的突然入侵和袭击，从而对现实规则进行破坏甚至毁灭。这三者虽然表述各异，但都涉及了"神秘的事物""无法解释的事物""怪异之物"与"现实生活""现实世界"或"日常陈规"之间的关系。

而在法国学者兹维坦·托多罗夫（Tzvetan Todorov）看来，"奇幻就是一个只了解自然法则的人在面对明显超越自然事件时所经历的犹疑"（托多罗夫，2015：17）。换言之，就是在自然因素和超自然因素之间模棱两可、无法判辨的感觉。他在《论奇幻——文类研究的一种结构主义方法》（*Fantastic：A Structural Approach to a Literary Genre*）一书中运用结构主义的研究视角和方法，深入分析了奇幻的特点："（超自然事物）要么就是纯粹的幻想，是想象的产物，要么就是确实的存在，就像其他一切日常的存在一样，前提是我们并不经常能够看到它。"（Todorov，1992：25）也就是说，读者在阅读奇幻作品时，由于作品中的超自然事物与读者所熟知的自然法则之间存在明显的冲突，因而在其之间举棋不定。这种不确定性就是托多罗夫所谓的"犹疑"。他认为："奇幻就存在于这一不确定的过程中。一旦我们得到了这种或那种答案，我们就离开了奇幻而进入其相邻的文类，即怪诞或者神异。奇幻就是一个仅仅知道自然法则的人在遇到超自然事件时所经历的犹疑。"（Todorov，1992：25）

托多罗夫还认为："正是这种模棱两可使我们触及了奇幻的核心。在我们所了解的确实属于我们的世界，一个并没有魔鬼、女神或是吸血鬼存在的世界里，却发生了我们所熟悉的此世界的法则无法解释的事件。"（托多罗夫，2015：16）

托多罗夫近乎苛刻的"纯奇幻"定义导致人们很难找到完全符合其要求的文本，托多罗夫自己也没有能够举出任何属于"纯奇幻"的作品。事实上，托多罗夫的理论更多的是提供了一个新的视角，即从读者与文本之间关系的角度来认识奇幻文学。

综合文本与读者两个维度，文学史家与评论家曼勒（C. N. Manlove）基于对作家和作品的分析和考察，对 20 世纪的奇幻文学做出较为全面的定义。他指出奇幻是"能够唤起惊奇，包含实在的、不可化约的超自然元素，故事中的平凡人或者读者在一定程度上也对这一切比较熟悉的虚构作品"
（Manlove，2003：1）。

　　曼勒的定义包含以下几层含义：首先，奇幻文学是虚构的作品。因
此，以让读者相信种种关于仙境、妖灵等超自然现象存在为目的的作品就
不是奇幻文学作品。其次，奇幻文学包含了现实生活中不存在的事物，以
及依据日常法则无法解释的事件，即"超自然"。与此同时，超自然因素必
须在作品中大量存在，是作品不可分割的主题之一，而不仅仅是一个平凡
故事的背景。此处"不可化约"的意思是指作品中的"超自然"不是现实中
某种思想的投射物，不具备任何隐喻和寓言的功能。再次，奇幻文学可以
唤起读者的"惊奇"。"惊奇并不是奇幻作品的副产品，而是其核心要素。"
（郭星，2009：109）最后，"读者对于展现种种奇迹的世界在一定程度上已
经熟悉，甚至和熟悉自己的家一样熟悉这一切。故事中的平凡人也与超自
然物有联系和交流"。（Manlove，2003：7）

　　从以上分析可以看出，奇幻文学的关键性要素就是超自然世界的展现
以及与之相对应的读者，还包括作品中人物的态度。可以说奇幻文学作品
中的一切问题及意义都离不开这两个维度：其一是超自然的存在，其二是
被现实法则制约的人物和读者。这二者之间形成一种张力，而其中"基本
的问题是距离，真实与奇幻世界、自然与超自然之间的距离"（郭星，2009：
109）。

　　这里需要指出的是，探讨奇幻的定义，就离不开对作品的"真实性"
问题的界定。这是我们将奇幻文学与其他文学作品区分的关键点。而"真
实"问题从思想史的发展来看又是一个人类的观念问题：

　　在中世纪，上帝所代表的终极真理本身就被视为是客观的，它存在于
人的经验的外部。虽然自古希腊以来由基督教发展而来的上帝论认为超自
然的上帝不是经验可以抵达和认识的。但是，即使上帝及其所代表的那个
世界是常人无法企及的，这个逾越不了的鸿沟的存在本身就说明人们清楚
地意识到经验世界之外还有一个世界"真实"地存在着。

　　然而，随着理性和科学的推进，一个科学的自我觉醒的过程也同样不

断推进。人们开始以自身为依据来关注这个世界和他们自己。科学使物理学从宇宙哲学（形而上学）中分离，理性从信仰中分离，自然从超自然中分离。在思想意识层面，启蒙思想将超自然从自然中剥离，"真实"成为了人们所有经验的一切。于是超自然便被放逐到了人们的想象中，被排除在了"真实"之外。相对于超验自然，世俗自然就成了自然的全部意义，人们仅仅接受经验世界作为唯一的真实的存在。（郭星，2009：110）

基于这样的观念，任何超自然世界都被先在地认为是不可能的。在如此背景之下，当代奇幻文学不仅以创造超自然世界为目的，同时还要求超自然世界取得作品中的平凡人或者读者所代表的经验世界的认同，这在经历过启蒙之后的现代世界具有特殊的意义。

就此意义而言，"神奇幻想为我们在现实世界里拉开了一道裂痕。这道裂痕是现实非理性标尺中的最末端的刻度，相当于使现实世界变得多姿多彩的另一种极端。"（Zondergeld，1998：13）我们因此也可以说，奇幻文学最本质的特征是拉开现实与幻想的距离，让人在自然与超自然之间产生犹疑。

总之，从整体上来看，奇幻文学作为"以文学手法对人类幻想的呈现，是用形象化、诗意化的手法表现建立在现实生产力基础之上的人类幻想的文学形式，是对社会心理和时代心理的隐喻性折射，包括人类对各种现象的批判性思考和对理想的梦幻性追求，是人类认识水平的形象化、艺术化呈现。"（黄秀敏，2015：4）

第二节　奇幻的关联概念

如果想要深入而透彻地掌握奇幻的内涵，则有必要先将其与几个常见的关联概念进行梳理，厘清这些意义相近、容易混淆的名词之间的关系。

首先，奇幻文学与幻想文学和科幻文学有着极其密切的渊源，可谓是同一个家族的"近亲属"，很多情况下它们甚至会被相互替换和混用。当然，不可否认的是，这几种文学类型的确存在共同点，其内涵具有一定的重叠之处，但如果从更为严谨和细致的角度进行审视的话，它们之间还是存在不可忽略的差异，绝不能随意画上等号。

从经典母题的视角来看，奇幻文学中常常出现不死之人、狼人、幽灵、被肢解后仍能活动的躯体和器官、被恶魔附身、死物有灵之类的现象；幻想文学则往往塑造出一个拥有骑士英雄、巨龙、巫师的神奇国度，这其中魔法成就了一种完全与外界独立的环境；科幻文学涉及的是太空飞船、环球航行、机器人、时光之旅、外星生物、特异功能和未来技术与社会的发展。这三种文学类型都涉及现实中不存在的事物与事件，都是以某种方式对熟悉的现实世界的偏离。

但是从时间指向性来看，幻想文学是关于魔法师、英雄、巨龙、精灵、侏儒、魔戒和神秘宝藏的故事，常常反映失落的文明和再造的世界，具有怪诞、消遣和怀旧的特点。因此其时间指向的是过去的历史。科幻文学涉及当下没有但未来将有，或者尽管现在不存在，但根据已知的经验和法则是有可能发生的情况，所以具有未来指向性。而奇幻文学描述的不仅是现在不存在的事物，还包括因违反自然规律而永远不可能发生之事，也就是说没有固定或明确的时间限定。

其次，从固有特征和内部结构关系来看，奇幻文学蕴含着一种与人们的预期背道而驰、破坏规则的可能性，在一定程度上与理性逻辑相对立。它的存在能产生颠覆性的、破坏性的、不受既定法则约束的、具有威胁性的效果，动摇日常生活的确定性。也就是说，两种世界秩序间的冲突是奇幻文学的核心本质，即秩序与混乱、理性与非理性、自然的与非自然之间的相互碰撞。

洛夫克拉夫特（H. P. Lovecraft）曾说：奇幻文学中所表达的对未知的恐惧是人类最强烈的情感，奇幻文学所反映的对自然法则的破坏是能想象到的最高程度的惊恐。而与之相反的是，幻想文学则通常不存在这样极端的情感。有时甚至可以说，一部好的幻想文学作品就是一篇理想的成长小说，其中的人物的品格通过各种精神收获或穿越童话世界的旅行得以锤炼和升华，至少收获了更丰富的体验。（Lovecraft，2012：12）

此外，幻想文学与奇幻文学在背景基调和对日常生活的背离方面都迥然不同。前者虽然包含了诸多超自然元素，但却不涉及世界秩序间的矛盾冲突：自然与超自然的元素同时共存却并不对立，而是相互交汇融通。魔法、巫术和各种超自然的生物都是整体环境基调中可被以自然方式感知的组成部分。因此，幻想文学中的世界是令人感到亲切的，因为它和那些生活其中的人物形象相处和谐，彼此间和睦与共。

这一点上奇幻文学与之有着天壤之别。按照古斯塔夫松的观点，奇幻文学的世界是人类无法抵达和进入的世界，人们无法掌控它。也就是说，奇幻文学所描述的对象代表这样一群人：他们与所处的世界格格不入，在迷惘无措的境况中无家可归。他们游离于理性之外，寄意一种非常人的、属于另一个世界的秩序。这种另类的、超自然的秩序或许能强大到动摇市民生活的确定性，使人们惊慌失措，但却并不能建立起一种完全独立、自主自为的生存秩序。奇幻文学产生于冲突之中，源自不同秩序间的对抗和张力、两个不同世界的碰撞和对禁界的僭越。相反，幻想文学中的超自然世界则是一个各要素和谐相融、独立且完整统一的"第二世界（sekundäre Welten）"。(Rottensteiner，1987：14)

幻想文学作家笔下的创世行为和被他们构想出来的"第二世界"是幻想文学和科幻文学的相似之处，却又不同于奇幻文学的特点。科幻与幻想文学的作家们都常设想出不同于现实的另类动植物、文化，以及具有别样宗教、神话和价值观的新奇社会形势。只是科幻文学中的世界和社会形势通常都是科学指向型的，而幻想文学则体现出怀旧和复古的倾向。

科幻文学是让人在方法论上产生怀疑、具有系统的预见性特点的文学，其结局往往体现出更加优化、更具稳定性的知识。奇幻文学是一种令人犹疑的文学，它试图将与人们日常认知不相符的现象插入经验的世界中，从而给人带来不确定、不安定和丧失希望之感——如果人们对其前提以及由此而来的害怕与恐惧仔细思考的话。而科幻文学中的人物和现实世界的人们一样，当他们遇到前所未知的现象时，都同样感到震撼惊讶，但这却并不是遭遇不可能之事的感觉。即便是科幻文学中的那些令人惊讶的、甚至极不可能发生的事件，哪怕再异常，也都是自然法则中的一部分，并能以科学的方式得以解释。在这一点上幻想文学与之相似，只是它缺少科学的解释。

奇幻文学则以一种秩序和另一种秩序的冲突为前提。而这一前提又通过对文本中两种或更多秩序的描述得以表征出来。它将所有这些秩序展现为各种模式，并突出其中每一种秩序与经验现实中人们所熟悉的常规体制对立相反的独特之处。因此奇幻文学呈现给人们的是疑惑，是不安定性、不确定性，甚至还有隐喻性的绝望、辩证法上的矛盾对立，以及对日常生活的持续观照。

因此，奇幻文学提供的是一种希望与绝望、吸引与反感之间充满潜在创造性和辩证性的互动。从这种意义上说奇幻文学相当于是作者与读者共同进行的一场文学游戏，其中包括了深切的怀疑和表达被隐匿与压抑的情感冲动的需求，成为一种能释放出人类原初恐惧压力的文学表现形式。

与之相反的是，幻想文学带给人确定性、积极的价值观和对美德的赞誉。它表达出这样一种意义：一个精妙无比的虚拟世界与一种给人带来精神慰藉的世界连接在一起，密不可分。在这一点上它和童话类似。只不过幻想文学的作者寻求的是叙事的广度与长度，而童话中的人物与环境则是按照最必要的需求来塑造的。幻想文学追求所塑造世界的可持续性，详实的具象描述以及生命存在的充盈。其实最理想的幻想文学在某种意义上可以说就是乌托邦文学。它包含了对一个更美好的世界的设想，但又并非是激励人们行动的未来规划蓝图，而是对过往的逃避。因为在过去的时光中没有当下这些问题的困扰，人们能断绝与社会现实的联系，尽享岁月静好的安宁。

再者，从立意层次与格局范围来看，科幻文学几乎都指涉未来，面向太空和宇宙，至少立足于人类生存的星球，因此倾向于展现整个人类的发展历史，而并非个人经历。科幻文学中常包含这样的可能性：未来世界或宇宙太空因人类科学技术领域的进步被揭开了神秘面纱，并变得可以复制和入侵。我们的地球也因更便捷的交通和日益发展的经济、科学、政治全球化而变为一个统一的人类活动空间。人类的历史也有望在达尔文学说的基础上被提前预知和人为塑造。在这种情况下，受到威胁的就不再是私人领域的个体，而是整个国家乃至全世界。这样的差异足以确立区分科幻文学和奇幻文学的基本界限。

然而实际的情况是，纯粹的科幻文学很难满足人们被唤醒的期望。因为未来、地球和宇宙在通常情况下没能被一贯严肃地作为一种新的叙述维度使用，而常常被融入再现旧时风情的西部小说、骑士小说、乡村小说元素和侦探间谍故事等噱头。于是人们不禁要问，究竟有没有单纯的科幻文学类型可言？在当下的文学市场上，在一些非常具有消遣性的科幻作品中，现实主义叙述世界中的时空界限也以十分明显的方式被打破，但却并不存在一种广泛而普遍的"另一种秩序"。

简单概括而言，奇幻文学体现出两个世界和两种秩序间的矛盾冲突，常给人以恐惧的惊悚感，并具有令人犹疑、迷惘的不确定性；幻想文学侧重强调方法论与世界观上的和谐一致，并常常包含复古情结；科幻文学则被打上科学技术的烙印，具有未来指向性和被明确解释的可能性。

第三节 奇幻的发生

奇幻文学的产生与"幻想（或想象）（Phantasie）"有着密不可分的亲缘关系。德语中的"phantastisch"（奇幻的）一词从根源上可追溯至拉丁语中的"phantasticus"和希腊语单词"phantastikós"，其意为"建立在想象的基础上"。幻想是一种蕴藏于头脑中的灵魂力量，能够让人们想象出不在场之物的生动样貌，并使我们相信它真实地存在于眼前，被我们亲眼所见。那些沉浸于这种想象之中的人，将被这种强烈的效果深深震撼。在 18 世纪和 19 世纪初，幻想（Phantasie）被视为一种能力，而奇幻文学（Phantastik）又是一种依靠哲学、修辞学和诗学间相互密切联系的写作方式。二者之间的界限划分曾一度被认为是几乎不可能的。（Durst，2010：29）

幻想就好似一种灵魂的能力，一种具象现象的诗性化过程或产物，是一种认知促进或认知威胁型的机制。它作为图像学的组成要素出现，与记忆或创造、创新天赋相关，甚至被视为在"激情""狂躁"的语义领域中一种极端化的表现。

幻想与奇幻的分离是从 18 世纪末到 19 世纪前 30 年文学领域出现奇幻书写方式开始的。关于想象是"现形"（Darstellung）还是"变形"（Entstellung）的判定影响了当时人们对奇幻文学的态度。其中一种价值取向将奇幻文学划定为离经叛道的一方，而另一种则承认奇幻文学的合法性。后者解放了想象的力量，并在诗学上激励出各种虚拟图像和场景。从诗学创作上解放被束缚的想象力被视为一种能让人们感受完全不一样的见闻并进行诉说的充满创造性的许可。幻想出的谎言（虚拟文本）成为了一种进入言语现象的管理策略，被视为一种拥有强大权力并可产生变形的力量。

由此可见，想象是一种主体通过设想展现出非真实事物的能力。凭借具有"轻微欺骗性"的想象力，奇幻文学所展现的事物似乎"真实地存在"于人们面前。这使得想象在后来获得了积极评价。我们甚至可以说，想象力就像是一位能将事物以无穷多不同样式和形状展现出来的女巫师。她无处不在，能看到距离遥远却又是刚刚发生的事情，将其从时空的另一端召唤出来。她几乎不能将在场与不在场区分开来，并将可然（das Mögliche）当成已然（das Wirkliche）。

18 世纪的幻想诗学曾为幻想抵制启蒙而辩护，其观点是开放的，同时也是有节有度的，并最终使人类被理性低估的、与情感密切关联、被接受理论所解释的想象力的价值得以提升。因其对规则的颠覆性和突破性，幻想始终具有一种理论上的挑衅力。在虚构或伪装中，幻想的能力被彻底实现，并因此得以挫败其他灵魂能力所引出的可验证的、可测量的道路。那些不可能的事物，对它们的展现原本被认为是错误的，然而通过幻想的作用它们却能产生使人震惊的美学效果，从而被合法化："如果在诗作中描绘不可能之事，这是不合规矩的。但是，如果诗人终究还是实现了他创作的目的，那我们就无需费力计较这种错误的表现了。正如前所述，这样做的目的是希望能在相关内容上产生强烈的美学效果。"（Lachmann，2002：48）这使得相较于可信和可能之事，诗学更倾向于表现不可能之事物。因为"那些有可能的不可能之事比不可信的可能之事更值得青睐"（Lachmann，2002：49）。

另一方面，奇幻文学能带给人们这样的启示：幻想出的假象也是一种可以被解读的图像，它摇摆于真和假、虚与实之间，可被理解为一种"双重符号"（Doppelzeichen）或"分裂的符号"（gespaltes Zeichen）。在这种幻想中被书写创造的不仅仅是带有欺骗性的虚构，同时还有存在于对其他思想、形式和世界的映射中的引诱，甚至是道德上的禁忌。

幻想能被塑造成一种可以转变的、具有生产和创造能力的机制，能再造出事物间类似的秩序。然而，如若幻想不能被其他能力控制的话，还是令人十分恐惧的。曾经人们甚至认为，所有的不幸都源于错误的幻想，源于不道德的想象（恶习、世俗的贪欲、为非作歹）。甚至一些哲学上的错误想法也可以追溯到错误的想象上。由此可以推理出，就连那些异端邪说和脱离正规的异常行为也是基于同样的原因。而那些错误、有害的想象需要通过对身体的净化来恢复正常。

在古希腊和古罗马时期，通过伪装、变形和重塑来代替或保护创造性的活动会被视为一种傲慢和亵渎神灵的罪孽，并在中世纪的诗学中导致了幻想的妖魔化。幻想与感性成了有可能被魔鬼攻击的软肋，幻想因此被看作与宗教和道德要求格格不入的危险因素。在中世纪，幻想与展现错误、不道德的想象的结合通过魔鬼得以呈现。人们认为，错误的想象可能是由罪恶天使引起的。他们化身成人形，被称作精灵，只能通过基督教的信仰改邪归正。

而在奇幻文本中，非似者成功伪装为相似者的结果是，在人为制造出的相似物和矛盾的谬论中，在欺骗与失望的张力中，产生规则和不规则事物的创造力都得到了发展，那让规则失效的创造力，那产生出新奇、陌生、怪异、神奇的能量得以施展，奇幻的美学效果也随之而来。

而后来的奇幻文学与新时期现状的对应关系不仅保证了作品中幻想的

可信度，甚至使其成为一个被赋予预兆魔力的独特他者。然而这样的设计并没有给作者以进入"德外之地"的理论许可，而是让其对这种效果承担责任。他要对这种违背自然法则而产生的恐惧和颠覆现状所导致的惊悚负责。在 E.A.T.霍夫曼和爱伦坡笔下那些通过神秘叙事结构、变形异化的过程和死亡危机实现的那些意想不到的恐怖结局中，潜在的不安情绪得以彰显，至少对它的忽略和轻视受到了怀疑——这也是奇幻文学批评所要表达的题中之意。

而当幻想与心理分析被结合起来后，在这令人产生犹疑的、与超然的彼岸世界的关联中——这通常是经过对由心理分析引发的意识改变的描写——它所涉及的不仅是原本被排挤者回归的灵异现象，或是启蒙立场的对立面的彻底暴露和展现，这首先更是一种精神上的痴迷。如此一来，从旁观者的立场上看，作者的主导身份被掩盖了，作者的责任也被免除了。这就好像某种古怪乖张的"现实"的创造者只不过是那暴力闯入常规的无法解释之事(如奇迹、魔鬼等)的传信者、管理员、画像师和代言人一样。因此奇幻文学被认为是在追溯传统文化中未说出的和看不见的东西：那些被压制、被隐形、被掩盖、被迫缺席的东西。这也是从认识论层面将奇幻文学看作启蒙理性对立面的宏观心理分析上的观点。

在诸多奇幻文学中，疑问、怀疑和惊慌失措构成了幻景或幻象的框架。这些作品的叙述者或文中的人物角色发挥着用他们解释性的陈述弥补已知与未知间隔阂的作用。这种操控复杂的且常常是对抗性的对话进程的操作虽然引发了那些否定幻象的反对声音——启蒙由此找到了其存在的理由——然而其中所包含的鬼魂、幽灵、人造或异形生物出没的"有伤风化"的性质却并未减少。

古斯塔夫松曾指出："文学中的神奇幻想并非作为一种对可能性的挑战而存在，而是存在于当它上升为对理性本身的挑战时。文学中的奇幻最终还是立足于将世界展现为不可透见者。"(Lachmann，2002：56)古斯塔夫松在阐述奇幻文学的定义时将"世界的不可透视性"(Unduchschaubarkeit der Welt)视为一种保守的道德立场的结果：这世界似乎成了可操控的、摆脱了人类影响、只受指令和动力控制的陌生而冷漠的世界，令人不忍纵观展望（Lachmann，2002：57）。那被奇幻艺术塑造的空间成了充满危险、危机重重的环境。它那令人无比担忧害怕的吸引力是古斯塔夫松不愿否认的。如果人们将那些保守的反启蒙的社会道德性评价转化成一种灵异的神秘美学，那神奇幻想便是一种用诗学建构的迷惑关系，它以炫目无比的幻象给那些将世界当成仿制赝品的人们提供了答案。对于承载着虚构表象之瑕疵的"真正的"现实而言，奇幻的虚拟图像就是一种中和剂。在奇幻文学所包括的扭曲真相的游戏中和那千奇百怪的神秘样态里，由无端表象带来的恐怖经验会被通过想象精心设计的相反现象所打败。

在德语文学广为流传的修辞和诗学传统中，幻想——以及被视为其对应物的想象力——是一种相当关键的核心概念。"幻想"这一概念作为"想象力"和记忆力与判断力一同被视为人类的能力。

在德语边界中，想象力直到18世纪的美学背景下才得以释放并消除了发展障碍。想象力的自由发挥标志着去技术化道路的开启。然而在18世纪的诗学上获得一席之地的是"机智精明"（Witz und Scharfsinnigkeit）这一概念。机智精明和想象力一起构成了德语语境中的新联合体。

想象力凭借记忆力和图像形态上的变幻与组合表现为一种能产生比在自然界中更美好之物的能力。想象的乐趣当然也呈现出客观可见和缺席（如回忆、美化和臆想）的区分与差别。如果说第一位的享受来自于可视之物，那第二位则是幻想。

奇幻文本中幻想是关键的"噱头"。此处"视觉之乐"与新奇异常之事物实现了融合连接，其所带来的乐趣表现为惊喜和得到满足的好奇心。于是那些鬼怪和魔法产生出的陌生化效果完全超越了日常消遣的范畴。这种"趣味和好奇美学"（Lust-und Neugierästhetik）使哥特小说这类奇幻文学获得了合法化的存在理由。

幻想的功效表现为一种由蕴藏于大脑中的想法产生的图像，它们以惊人的方式连接组合。一种具有生产力且基于相似性、邻近性和因果关系的过程从思想的规则中发展起来，相似性是其中的主要因素。当然，这所有的行为原本都受着理性的制约。但后来，一种"疯癫诗学"(furor poeticus)逐渐使幻想从自然法则的束缚中解脱，并允许其任意进行经验转变。恐怖的回忆和风马牛不相及的错乱造型，还有各种不可思议的现象对于想象力来说已不再是费劲的事。正如休谟(David Hume)所说："当最自然和最熟知的事物呈现在人们面前，而我们的躯体被牢牢固定在这个星球上，且在上面痛苦不堪地爬行时，思想将立即将我们带入宇宙中的偏僻地带——甚至穿越宇宙进入无边无际的洪荒之中，在那里人们感受到的自然是完全杂乱无序的。那些人们见所未见、闻所未闻之事都能被展现出来，而且也没有什么能超越思想的力量，除非它拥有绝对的反抗力。"(Lachmann, 2002：72)的确，当幻想越过了可信和可能性的界限并进入充满"战争与冲突"的不可能的范围中时，一个奇幻的世界便随之到来。

鲍姆加登(Alexander Gottlieb Baumgarten)在其著作中确定了幻想的功能和效果以及在诗歌文本中的表现方式。他指出幻想可以起到模拟真实、扩展人们对于时间、空间、方式和类型想象的功能，这些都是必备的诗学素质(Lachmann, 2002：73)。因此在描述层面上清晰明确地表达与不同要素组成的多义性共存，成为创作者努力追求的价值。

将幻想上升为基本创作原则的奇幻文学在保留了理论发展的积淀后，便承担起证明自己合法性的任务：闯入熟悉领域的陌生者、设想出前人未曾设想过的事物——在诸如此类的潜在想象里虚构能力所产生的作用，还有魔性事物的呈现效果都是影响这类作品接受的重要因素。

所以，奇幻文学中的想象又常常和恐惧这种特殊的感受紧密联系在一起。奇幻作品的显著辨识性特点是，读者的注意力会转移到叙述者人物对陌生元素的反应上。这些反应常常由"惊讶、不敢相信、诧异感、惊奇感、迷惑、震惊甚至惊慌"(Lachmann, 2002：73)组成。瓦克斯曾划分出三种不同程度的恐惧类型：现实主义作品呈现出的真实感是令人安定的，因为人们不会遭遇鬼魂。童话中封闭世界里的想象也同样令人安心，因为它不会给我们带来威胁。而奇幻艺术则让想象出的恐惧从真实世界中产生。不能令人感到恐惧的超自然现象在奇幻文学中并不发挥作用。就连加洛瓦也愿意将"不可置疑的恐怖印象"视为"奇幻的检验石"（Vax，1974：15）。可以说，奇幻就是一场关于恐惧的游戏。

从心理学层面上看，想象或是幻想也常常与存在的终极问题，即死亡与不朽有着密切关联。人们对死亡的恐惧与对不死的追求从未消失。于是便有了炼金术对自然的入侵破坏和后来的灵魂净化，还有治疗梦游症的催眠术治疗法也与 19 世纪对长生不死的幻想和同阴间世界建立联系的渴望有关。这些也都成为奇幻文学中的典型场景和代表性主题。

另外，奇幻文学的产生还与人类的好奇与求解的欲望密不可分。对于引起某一现象或效果之起因的无知会产生一种惊讶，它能激发一种前科学文明式的好奇。奇幻文学作品中就包含这种好奇，即想要揭开未知者的神秘面纱，揭示卑鄙的过错，使其在恐怖效果的渲染下无计可施，从而阻止对非常之事与神秘现象的理性渗透。那些随之无法解释的超自然事件在这种深不可测的神秘中显现出来。奇幻文学也同样修正着被科学唤醒的好奇心，因为它总是针对那些神秘的、尚未得到解释和不合情理的离奇古怪之事，并常以失败告终。

另一方面，在奇幻的场景中，被冷却、磨灭的好奇心会被激情唤醒，它不愿再屈服于自然的神奇魔法，并开始揭开一层层神秘的面纱。这便需要通过前所未知、见所未见和无法解释之事对常规入侵实现神奇化（Verwunderung）效果。被冷却的好奇心因此也将受到惩罚，会被视作有眼无珠之人和拘泥于教条者。好奇心在古老的旧传统中被视作恶习，因为对造物之谜的探究等同于对上帝的背叛。奇幻作品中的人物同样受到永不知足的探究秘密的求知欲望的驱使，反过来却被这欲望所害。奇幻文学总是涉及对古怪、灵异事件的好奇，也常常针对那些极端、非常的情况，展现出恐怖的样貌。

奇幻文学中那些有着非常经历的主人公往往为了寻求神秘的知识而陷入疯狂、极度兴奋、梦游或幻觉中。他们异常的精神状态常常占据着举足轻重的主导地位。于是一种游离于物质与精神、此世和彼岸之间的"中间世界"（intermediäre Welt）由此诞生：这便是激发人们破规越矩，闯入未知领域的异常意识状态。

以 E. T. A. 霍夫曼的《沙人》(*Der Sandmann*) 为例。故事中主人公纳坦内尔偏执、妄想的精神状态就是对非理性的想象能力的回应。这也导致了主人公毁灭性的结局。而在这整个过程中，视觉这一母题起着至关重要的作用。纳坦内尔用小贩科珀拉——即童年时和父亲一起做化学实验的"怪叔叔"科珀琉斯卖给他的望眼镜窥视人偶奥林皮娅，由此获得了充满诱惑性的视觉体验。然而在纳坦内尔后来的讲述中，"眼睛"这一意象却如同被抛掷于一个血与火的漩涡之中。它遭受惩罚，被残忍地挖扯出来，被沙粒蒙蔽，被人为制造，掉落，最后只剩下黑洞洞的眼眶。而原本可以扩展和锐化视野的光学仪器在霍夫曼笔下却隐喻着一种变形、虚伪的视觉效果，扭曲了真实的所见。这种视觉产生的异化效果，正是遭受排挤且受到修辞学和审美趣味约束的能力回归并得到自由释放的体现，同时也带来与躁狂和愤怒相伴而生的奇幻效果。

因此，奇幻文学诞生的意义便在于，当颇为盛行的理性主义与实证主义观点欲将无意识与潜意识领域视为"不真实的"存在，且不仅要将其驱逐出"真实的生活"，还要排挤出"现实主义的文学"时，奇幻文学再次发现了它们，也由此开始转向对被压抑的欲望冲动的关注，并将其陌生化、精神化，然后作为使人惊恐不安的另一种秩序展现出来。于是那些不可能存在的，因此也不可能是"真实"的事物便以奇幻的姿态登台亮相了。

第四节　奇幻的结构与机制

尽管目前学术界对于"奇幻文学"还没有统一且清晰的定论，不过总体上可以划分出两种不同的基本定义类别，即主导该研究领域的"最大化"(maximalistisch)奇幻文学概念和代表该领域少数学术派别的"最小化"(minimalistisch)奇幻文学概念。

最大化奇幻文学定义主张将所有包含在其虚拟世界里自然法则受到破坏的叙述性文本囊括在奇幻文学范围内，甚至可以说将所有那些包含超现实(或多或少)入侵当下现实的文本理解为奇幻文学。它与最小化的定义之区别在于对超自然因素内在虚构性的真实度的怀疑并不具备界定作用。也就是说,对于最大化的奇幻文学定义而言,如何对这些超自然现象进行解释并非关键因素。

而最小化定义强调的是对超自然现象的不同解释之间的冲突与矛盾。例如索罗季耶夫(Wladimir Solowjew)曾指出:"在真正的奇幻文学中永远存在一种纯粹自然的外在形式上的可能性,这种可能性源自人们熟悉的、持续不断的现象之间的关联,然而这种情况下的解释终究丧失其内部的可能性。"(Durst,2010:39)即在奇幻文学中,那种人们熟悉的、常规的解释受到了挑战与冲击。

对所呈现出的"超自然"现象人们可以有两个方面的解读:"其一是立足于坚持自然科学的法则,即将其视为自然过程的结果;其二则解释为与自然科学对立的起因。"(Durst,2010:40)奇幻文学是就建立在这两种不兼容的解释方式间不可调和的矛盾之基础上。

托多罗夫将奇幻描述为两种矛盾不一的真实性间的对立冲突。其中一者为自然的,另一者则具有超自然的特点。一旦文本确定了其中一种,"它便脱离了奇幻并进入与之相邻近的类型中"。(Durst,2010:40)换言之,关于所述世界运转规则的疑虑对奇幻文学而言是最根本的、起决定性的因素,奇幻就是让人犹疑不定。

根据托多罗夫的观点,奇幻文学必须满足三个条件:"首先,读者能确信作品中人物的世界是真实存在的世界,而且在所描述事件的自然和超自然的解释间产生犹疑;第二,作品中的人物也会体验到这种犹疑,并被文本表现出来,成为作品的主题之一,甚至能让读者把自己等同于人物;第三,作者能在阅读中体验到恐惧。"(托多罗夫,2015:23-24)

托多罗夫还进一步细化了犹疑的效果,提出了怪诞和神异的概念:"如果读者在阅读文本时认为现实法则对于所描述的现象有效,并能对此提供解释,这便属于怪诞;反之,如果需要用新的自然法则来解释这些现象,则归为神异。"(托多罗夫,2015:30)

具体来说，在纯粹的神异中，世界既定的自然秩序被完全抛弃，童话里也有同样的情况。相反，在纯粹的怪诞中这种秩序规则被完好保留，事件的发生也完全可以被理性的法则（此处指自然法则）解释，然而这却是另一种完全不同的、令人难以置信、超出常规、使人震惊、不安的甚至闻所未闻的奇特解释方式。这些情节包含了貌似已逝生命的复活重生，而这种事件的发生却并未破坏事物的自然法则。换言之，如果现实法则（即文学作品外的真实世界）未被触动，且所描述的现象能得以某种解释，该作品则可认为属于怪诞。如果读者需要认识新的自然规则来解释其中的现象，那就进入神异的类型中了。

另外，托多罗夫还将神异继续划分成几种变化类型：

第一种是"夸张型神异"。它描绘的是一种超出人们熟悉范围的超自然现象。比如米歇尔·恩德（Michael Ende）在"小纽扣"①故事中提到的身形只有小球大小，却智商惊人的"小乒乓"，还有能变得如大山般高大的"假巨人"。这些想象都大大突破了我们的常规理性和认知。

第二种是"异国情调型神异"。"在这一类神异中，超自然事件是被报道而非呈现出来的。隐含读者应该忽略这些事件发生的地域，因此也没有对此产生怀疑。"（托多罗夫，2015：39）作者正是通过充满神秘色彩的异域风情，营造出无比奇异的效果。比如米切尔·恩德笔下的神奇国度曼达拉就处处展现着浓厚的中国风情，其中随处可见中国人的形象、中国的景观和中国的文化与技艺的影子，如房屋鳞次栉比的街市，长着杏仁眼、留着辫子的曼达拉人，还有各种令人咂舌的"米食"。在这个遥远而神秘的东方异国里，作者的自由空间构想得到了极致的展现。假设这些情景被另一部

---

①　该作品的德语原名为"Jim Knopf und Lukas der Lokomotivführer"，中文译为"小纽扣吉姆和火车司机卢卡斯"，讲述了一个来历不明的黑皮肤婴儿被邮递到位于某小岛上的卢默尔国。岛上的火车司机卢卡斯将其收养，并取名为"小纽扣吉姆"（Jim Knopf）。随着吉姆逐渐长大，小岛出现了"空间危机"。于是卢卡斯带着吉姆驾驶着火车头埃玛，开始了一场奇幻的冒险之旅。旅行中他们来到了一个名叫曼达拉的国家，解救了李丝公主，也解开了吉姆的身世之谜。

作品以报道的形式描述出来，那便成了"异国情调型神异"。

第三种是"道具型神异"。其中描绘的一些器具可能是当时科技还没能达到的程度，但终究有实现的可能。比如德国当代女作家夏洛特·克尔纳（Charlotte Kerner）在《生于1999》（*Geboren* 1999）中幻想出了具有孕育功能的"人造子宫"，联想一下现在的试管婴儿技术，这种设想在未来的确有实现的可能。

第四种是"科学型神异"，也就是我们今天所说的"科幻小说"。它与"道具型神异"非常类似，用理性的方式来解释各种离奇的超自然现象，但其遵循的规律却是同时代的科学尚未能企及的。这种叙事的前提是建立在非理性的基础上，但却以看似完美的逻辑来关联各种"事实"。它主要关注的是科学技术的发展对人类未来命运的影响，常体现出作者"有意识地运用现存的科学知识对未来可能发生事件的大胆推测"（黄秀敏，2015：186）。如德国现代派文学巨匠阿尔弗雷德·德布林（Alfred Döblin）的《山、海和巨人》（*Berge Meere und Giganten*）描述了空气中形成的一种能吞噬一整艘船的奇异群体，其实就是一种面向未来的"科学型神异"。

而当怪诞和神异与奇幻组合时又会出现两种过渡的亚类：奇幻型怪诞和奇幻型神异。在前者中，故事中貌似超自然的世界最终会获得一个理性的解释，或称为"解释性超自然"；而后者则处于未解释和非理性的层面，并暗示超自然的存在，以对超自然的承认作出结论。也就是说，在奇幻型怪诞中起先看似超自然的现象最终会获得一种符合自然法则的解释，比如假象、幻想、疯癫、狂迷、梦境或偶然的意外等。奇幻型神异则指向完全相反的方向，它起先对已知的自然法则是否有效并不确定，而后不得不承认奇异的存在。（Durst，2010：80）

如果用图示来展现托多罗夫的类型划分，可如下所示：

怪诞	奇幻型怪诞	奇幻型神异	神异

（参见托多罗夫，2015：32）

在托多罗夫的类别模型中，纯粹的奇幻介于"奇幻型怪诞"与"奇幻型神异"之间(处于中界限上)：奇幻是具有威胁性的，它可以随时随意地飘忽游移，从而将作品引入怪诞或神异的范畴中去。而纯粹的奇幻是一种犹疑的状态贯穿作品始终的文学类型。(托多罗夫，2015：39)

在这样的最小化定义框架下，奇幻对既有现实的对立否定是显而易见的。在解释所述世界法则的此与彼之间犹疑是奇幻文学的类型特征。所以在作品中单纯的自然法则的解释最终无法行之有效。

托多罗夫自己也对这种基于不同解释方式间犹疑不定的机制进行了如下总结："是现实还是梦境？是真相还是幻想？在我们这个世界里！在这个我们所认识的世界里，这个没有魔鬼、女妖或吸血鬼的世界里，会出现就连这个熟悉世界的规则也无法解释的事件。发现这种事件的人必须在两种可能性的解释中做出选择：一种可能性为一种感官欺骗……这种情况下原来的世界法则依然保持原样，另一种可能性是事件本身真实发生过，且作为融入现实的组成部分。然而现实又被我们未知的法则所入侵。魔鬼要不是一种假象，要不它就是真实存在的，只是人们很难遭遇到它。"(Todorov，1992：82)

他和其前辈们一样将文学外的事实投射到有着独立法则的文学世界里，并把叙述的自然科学化形式的存在作为前提条件。"神异"被局限于一个有固定范围的类型领域中，即"纯粹神异"的范围内。"怪诞"则完全脱离于超自然现象，被划定为"神异"的对立端。

由此也可看出，对于托多罗夫而言，奇幻"不是一种文学类型，而是一种文学作品中的动态过程"(Durst，2010：59)。托多罗夫推测的出发点是，狭义的奇幻文学(此处指纯粹的奇幻文学)只存在于秩序的冲突在故事或小说结束时仍未消解，且读者或作品人物的犹疑依旧保持的情况下。对此进行判断的关键依据是，读者在结束阅读后无法在艺术创作允许的理性解释帮助下弥补虚构情节中现实与幻想之间的裂缝。这不仅仅出现在被托多罗夫视为奇幻的典型情况中，还会出现于在被认定为以超自然现象结束的故事和读者的现实意识发生冲突之时。

除了托多罗夫以外，现代小说家芬内（Jacques Finné）提出了另一种奇幻的运行机制：每位奇幻故事的读者都会在作品的某个特定节点感受到与理性的对抗张力、对正常人类理解力的挑战和对他逻辑思维的嘲笑。这些都被赋予了核心意义。这样的作品可划分为两种不同长度的矢量：紧张矢量（Spanungsvektor）和（明显短些的）松弛矢量。二者之间的链接提供了对展现奇幻叙事结构核心的解释。（Durst，2010：59）

还有施罗德（Schröder①）从编码的角度来阐释奇幻文学的机制。他认为奇幻文学是由两种不同文本结构的双边对话确定的，它们的相互关系受到与文化话语相关的可能-不可能编码（binäre Code des kosmologisch Möglich-Unmöglichen）的规约。这种对话性的前提是，由文本的叙事动力产生出一种必要的实体存在，它或者保持着矛盾的特性，或者呈现出更强的复合性。（Durst，2010：63）由此也可看出，在这种机制中，不同话语——或者说是解释方式——的互动与共存关系是其存在的基础和最关键的条件。

在此基础上施罗德又将奇幻的概念划分为两种不同的文本组别。在其中一者中突然闯入的神异在虚拟文本内部的存在是令人怀疑的，而在另一者中这一问题则清晰明了：神异的存在是有效的。那些要寻找一种行之有效的理性解释的文本被排除在外。尽管施罗德告诉我们："奇幻文学作品的效果结构是相似的，而且通常相互之间的互文性也很明显。然而这种与文化话语相关的可能-不可能编码也取决于一种对立关系的存在。有的文本提供了一种现实主义的解释，从而否定了这种对立。而另一些作品则始终保持其超自然的解释，于是这种对立也就一直持续着。因为自然的文本世界与超自然的文本世界同时并存。而其他情况是行不通的：自然的宇宙是排他性的，而超自然的宇宙是包容性的。"（Durst，2010：63）

另外，在布鲁克-罗斯（Brooke-Rose②）看来，奇幻产生于两个相互冲突的虚构事件组合成一个主题的情况下。这是通过核心的、永恒的空域可以

---

① 由于所获德语原始文献相关信息缺失，该人名的全称仍有待考证补充。
② 由于所获德语原始文献相关信息缺失，该人名的全称仍有待考证补充。

实现的。这启示人们在奇幻作品中看到的不是一种固定的类型，而是一种纯粹的元素。而奇幻文学的结构便是超时间性特点的一种特定历史性表征。（Durst，2010：65-66）

而温施（Marianne Wünsch）对奇幻机制的解释则是基于奇幻与现实的关系。她将用以界定奇幻的"真实概念（Wirklichkeitsbegriff）"理解为一种作为"整整某一时代都认为是真实表述的"综合性文化认知观。这种真实是文化认知中的一部分，这种文化认知包含了所有关于真实或现实的合法性认同规则的总和。文化认知具有极为重要的意义，文化主流群体的真实概念也同样关键。温施曾在多处表示，这些群体是"被塑造者"，她将其称为文化常规受众。而对奇幻文学的界定和接受都无法脱离这种文化认知与文化群体。根据温施的观点，所呈现的现象能否归为奇幻关键取决于具有一定文化认知和从属一定文化群体的人是否将其在文本外部的现实中视为可能还是不可能的。奇幻文学所展示的是常规的现实经验（真实经验）中不会出现的。奇幻出现于现象与现实不相容（nicht-realitätskompatibel）之时，这至少意味着一种基础性-实体性的先决条件（fundamental-ontologisches Basispostulat）被破坏。（Durst，2010：77-78）

沃尔切（Thomas Wörtche）从文本与现实关系的角度阐释奇幻的机制，认为奇幻只能产生于同对外部文本现实之真实关系的要求对立的文本语境中。这也意味着，在虚构的文本语境中也将建立起一种自我宣示为"真实"的虚构真实，并与文本外部的"真实"形成对抗关系。

基于以上分析我们可以得出这样的结论：奇幻文学最大化定义并不反对专业术语性的非统一状态，反而为这种不确定性提供了便利，因为它将奇幻的概念运用于包含明显差异性的结构中。

最小化定义对更大精确的区分拥有绝对的倾向。仅仅是那些神异元素的有效性受到怀疑的作品才有区分奇幻文学和其他完全不同类型作品的可能，而在后者中不存在对所述世界奇异状态的怀疑。

在国内，有研究根据奇幻文学的特殊性构成，提出了"奇幻化三度区隔"的概念，即认为"任何的奇幻文本都有三度区隔。一度区隔是再现区隔，经验事实被媒介化，如奇幻小说的副文本，即作者名、序等，奇幻电影中的演职人员表等，一度区隔指称经验世界；奇幻文学的二度虚构区隔，可称之为'虚构现实世界'，因为虚构二度区隔世界与一度区隔之间的关系透明，虽然读者不要求其指称经验世界，但二度虚构区隔符合经验世界的逻辑、规律……奇幻文学的三度区隔是指'奇幻世界'"（方小莉，2008：21）。也就是说，作为三度虚构的奇幻世界显然进一步偏离了经验事实，甚至应该说其中的奇幻元素完全背离了自然规律和现实原则。在这种情况下，"由于奇幻元素缺乏对现实的锚定，解释者很难用相同的元语言规则进行阐释，若要能够解读奇幻世界，就要被迫更换和建构新的元语言系统"（方小莉，2008：21）。如果说二度区隔对于一度区隔来说是虚构，那么三度区隔对于二度区隔来说则是虚构中的虚构，每进一层，就偏离经验事实更远。"两个区隔世界的构成元素彼此不融贯，但在各自区隔世界中却为真实的逻辑融贯。那么任何奇幻文学都包含虚构的现实与虚构的奇幻，虚构的现实包裹着虚构的奇幻。"（方小莉，2008：22）

按照这种观点，在任何的奇幻文本中，作为奇幻世界的三度区隔都被包裹在二度虚构现实中。只是有的文本中两个世界是并列出现的，而有的文本中，作为虚构现实的"二度区隔"并不明显，若隐若现地被背景化为奇幻世界的参照。

综合来看，以上种种观点和阐释都与"事实"或"现实（真实）"的概念有关，要么涉及对文本内容的解释，要么涉及文本内外的对映与比较关系。所以，要深入了解奇幻文学的真正机制，认清其内在本质，就有必要先厘清奇幻与"现实"的关系。

关于这点，首先我们要认识到，文学作品中的"现实"无疑不同于文学外的现实世界中的"现实"。文学自成一个独立的体系。在这个体系中，其内部要素间按照一定的规则构建起必要的联系。这一过程也可理解为语言素材遵从其自身的、具有个体性的规则秩序进行编码。"每一个由语言要素组成的文学文本都会构建起自己独特的自编码系统。它创造出大量新的、'出人意料'的意义要素，实现了语言符号间的非语言对应性。换言之：每个文本都建立起这一种具有独特性的纵向聚合语言关系，而读者事先却对此并无所知。因此文学阅读在原则上并不是对纵向聚合语言关系的认知，而是对已表现出来的语段关系的直接重构。这种重构同时意味着进入一种新的(即虚构)的现实。"(Durst，2010：87)所以从这个意义上说，每个叙事文本都必然是超自然的，而其中被激生出的世界是诸如"自然科学"或者"理性"这样的概念所不能应对的。因此超自然性也仍然不能完全恰当地描述奇幻文学的类型区别。因为现实主义的文学从这个角度说也具有"超自然性"。只不过一个常规现实的文本(如现实主义作品)宣示其虚构的规则与现实世界的规则一致。而奇幻文学是将各种素材和元素缠结在一起，经过"编码"和重组后以异化变形的方式融入它自己的体系中，从而建立起在自然科学的世界里不存在的因果关联。在这一过程中，所述事实中的元素在强制作用下和一种神奇的预言性联系在一起。由此便产生出"次生现实层面(sekundäre Realitätsebene)"，即一种位于表面现象下深层次的自身因果关系，并通过隐晦的暗示产生出一种魔法般的世界。

因此文学作品的真实程度不能依据虚构世界外的自然科学的事实来评判，认为奇幻文学比其他文学类型更加"神奇"的观点是不正确的。更关键的是要看其呈现"神奇"的方式和所产生的接受效果。

正是因为艺术的素材来源于先前的艺术。当现实作为一种素材被使用时，它就在艺术加工过程的作用下转变为了真相。从而每个文学作品都是一场持续的"构建与游戏"(Konstruktion und Spiel)，而绝不是对现实纯粹完全的反射，所以只有在文学的独立体系和文学内部自身规律性概念(innerliterarisch-eigengesetzlicher Begriff)的框架下，文学的真实性问题才能得以解决。

于是我们不妨把适用于虚构世界内的法则秩序称为"现实(事实)体系"(das Realitätssystem)。虚构世界外具备有效性的各种法则在这个现实体系中都丧失了效用，取而代之的新法则被确立起来。逻辑上的矛盾对立能够在特定前提下成为融入该体系中世界法则的一部分，从而又重新形成一种统一的现实结构。然而在文学的发展历程中逐渐出现了这样的作品，它们忽略掉介绍所行法则的部分，而是对其进行重新表述，并将传统的童话题材与新颖的文学类型结合起来，且在相当大的程度上立足于同传统、常规现实的明确决裂。由此便产生了奇幻文学的"现实体系"。

需要强调的是，一致性和内部关联性是文学的基本诉求。只有在满足关联性的情况下才存在体系这一说。即便是某一作品从现实主义的现实体系演变成了奇幻的现实体系，这种关联性也依然存在。因为奇幻的现实体系也是建立在受到攻击的现实主义现实体系之遗迹的基础之上的。

在基于体系的视角下我们可以这样总结奇幻文学中的现象特征：奇幻文学向我们所在的这个现实世界——确切地说是对这种体系中的自然法则——提出质疑，实际上它是在质疑受现实主义习规影响的文学内在规范性。但其实文学内在规范性对奇幻文学的认识有着巨大的影响。奇幻的关键更多是在于一种异常现实体系对常规现实体系的入侵。前者被常规视作异类，它意味着超自然法则的大炮对他者而进行的破坏性打击。那些在奇幻的世界里也被视为系统性标准规则的东西，证明了混乱并不是其领域范围的本质特点，它本身也遵循着严格的规则调控，甚至可以说，"地狱也自有其道"。

也就是说，在奇幻的现实体系中，原本常规的现实体系建立联系的组合规则被打破了，并产生了新的联系和新的规则。正是在看似存在僭越可能性的地方，在奇幻文本通过否定所有参照对象而打破其界限之处，产生了阐释意义的强制性。尽管奇幻文学破坏了虚拟文本与参照体系（常规现实体系）之间的协定，即后者本将通过发出可靠的阐释信号来为阅读行为提供暗示，结果却丧失了语用功能。然而这种因神秘和恐怖产生的认知上和情感上的焦虑不安，激发出一种比在关注可行标准的经典虚拟文本中更强大的阐释语用功能。同时在另一方面，奇幻的现实体系中已知规则的缺席又恰好强化了对一种超越规则的、融合了一切奇幻元素之原则的诉求和主张，尽管后者本身仍未被我们看透。

奇幻文学的运转机制正是产生于正统的基础性文类和奇异现实体系的交锋中。在奇幻文学里，这二者在同一作品所述世界中互为对手，展开争夺各自"统治权"的斗争，而最终的"统治者"只能是其中的一方。

我们不能在与自然科学的关联中，而只能通过对还有待描述的系统规则的偏离程度来定义奇幻文学。因为对于可能性或真实性的界限认识，在文学内和文学外有着天壤之别。所以说，文体定义的标准只能从类型体系本身，即作品中的现实得出。作品自身会告诉我们它将哪些视为有可能的或现实的（符合作品中世界的运行法则），哪些是不可能的或不现实的（与作品中世界的运行法则相违背）。

此处需要强调的是，文学中的可信或可能并不是说人们能不能相信，也不是指与文学外的现实世界完全一致，而是一种对每个独立的现实体系法则的一致性的审视。这种法则有部分是由文学的秩序和传统习规所决定的。正如托多罗夫所说："可能性是无论如何不会与奇幻相冲突的：前者是一种与内在关联性和体裁类型从属性相关的类别，而后者则关系到读者和人物矛盾的经验感受。"（Durst，2010：102）也就是说，"事情是否有可能发生"和"是否属于奇幻"是两个层面、两种维度的概念，它们并不是非此即彼的对立或相互排斥的关系。奇异文学也和现实主义文学一样创造了一套按独立规则运行的体系标准，所以它绝不会比现实主义小说更不可靠或不可能。从奇幻文学的角度来看，我们可以确定，它既满足了——此时是可信的——又背离了——在否定其对立面的情况下——（现实主义的）正统的和奇异体系的要求。正因如此，人们才产生了对奇异或现实事件的可靠性的怀疑，并对其可行性提出质疑，而这本身与奇异事件的主题选材内容无关。

于是，在上述文学内部体系概念的基础上，德国奇幻文学研究者乌韦·杜尔斯特（Uwe Durst）对托多罗夫的模型进行了补充并进一步划分出常规体系（reguläres System，以下简称 R）和偏离现实的奇异体系（wunderbares System，以下简称 W）之间约定俗成的对立两极。在这两者之间又可标记出不同现实程度的叙事刻度，以此表明所述世界在诗学上对现实常规的偏离程度。而奇幻文学就处在这个标尺的正中间，被称为"非体系"（Nichtssystem，以下简称 N）。（Durst，2010：103）该模型如下所示：

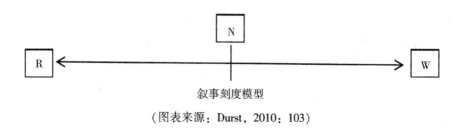

叙事刻度模型

（图表来源：Durst，2010：103）

常规体系具有最明显的现实主义特征，与其形成鲜明对比的奇异体系则被赋予了离奇怪异的属性。在这种情况下，现实主义的常规惯例要么被当作区分类型的前提，要么先被提出然后再遭毁坏。

而怪诞则可被视为现实体系中陌生未知的时刻，它一旦出现便会使标准常规体系的稳定性受到冲击和触动。但怪诞本身并不具备区分类别的功能，因为它是必须同常规或奇异的基本法则进行比较的，所以并未出现在此模型中。

由此也可看出，文学的现实（真实）并不是在艺术创作中对现实的复制模刻，而是通过将艺术投射进现实而达到对日常生活的诗意化反映。从这种意义上说，不是艺术源于现实，而应该是现实源于艺术。现实不是从文学中获取，而是由此被塑造。可以说诗意的镜子本应将所有零散的现象塑造成作为一个（仅存于文学中的）整体的真相并把那些所谓"庸俗的""赤裸的""病态的""怪癖的"从"真正的现实"区域中驱除，这样最后映射出的就是作为艺术幻想世界的文学现实。

其实，奇异是一种通过讽刺模仿进行披露的艺术手法。所以，一部能被视为现实主义的作品也蕴藏着其创作程序上固有的奇异属性。因而奇异与现实虽然存在巨大的差异甚至是相反的特征，但二者又是彼此相依，密切相连的。事实上，现实主义叙事风格在18—19世纪的兴起可以说为奇幻文学的诞生提供了直接的前提基础。因为只有将奇异之事排除于已知经验世界的范围之外，它才能成为已被构建起来的常规现实体系闻所未闻并充满威胁的"敌人"。

正如齐默尔曼（Hans Dieter Zimmermann）所言："当人们发现奇异成为对现实主义作品的诉求时，它的入侵才能变为可能。一部文学作品包罗万象，一切皆有可能，哪怕是出现女妖、魔鬼、复活的亡灵和会说话的动物，然而此时这些现象还不会成为独特的特征标识。但如果虚构性的表现空间受到文本自己设定的现实主义的真实性规则的限制，这些现象的出现便会被认为是异常的，因为它们已经破坏了游戏的规则。"（Zimmermann，1982：97）而奇幻文学就产生于这种突破限制、超越规则的"游戏"中。

总之，从奇幻文学产生与发展的历程来看，现实主义的话语和奇幻文学势必是相互共生的，在这一点上，奇幻文学是以现实主义话语的发生与延续为前提的。也由此可以说奇幻文学中对现实体系的犹疑为叙述文学自18 世纪类型谱系产生以来的状态画出了肖像。因为文学作品中随时有奇迹的出现，但是奇幻作为文学的特征类型却是在18 世纪才被发现的。

随着这类文学的发展，恐怖小说、哥特小说也成为了风靡一时的流行文学，但这些文学类型却并没有将奇幻的特征在作品中一以贯之、坚持到底。即便是存在令人疑惑之处，也终将消失殆尽，最后一一得以解除：其中虽然有神奇异象的存在，但随后又得以解释消除。而这类文学的任务就是消除作品中现实主义文本的"不言自明性"（Selbstverständigkeit）。因此托多罗夫写到，在哥特小说中，"奇幻其实并没多大意义，只是一种与其相邻的特征类型"。（托多罗夫，2015：40）所以我们认为早在1776 年奇幻文学便发端于雅克·卡佐特（Jacques Cazottes）的《魔鬼恋人》（Le diable amoureux），但直到19 世纪才开始有大规模的奇幻文学作品涌现出来。

因此，只要那固有奇异性的隐匿特点保留在现实主义事实体系传统框架的合法界限内，该作品就会被认为是现实主义的。而一旦固有的奇异性被暴露出来，现实主义文本便会转变到奇异的参照领域（W-Bereich）中，然后它在奇异的第二种秩序中又会重新成为常规的体系标准。这种相对而言更明显的奇异关联表明，对判定隐藏的固有奇异性界限的认定是非常灵活机动的。

可见，文学的真实是一种创作手法的真实。围绕着这一理解，对奇幻文学机制深层结构的认知也就水到渠成了：这种机制其实就相当于在叙述的刻度上，参照标尺上的一极被归化为了另一极。奇异只是对现实主义的一种偏离，而现实主义也是对奇异的一种偏离。现实主义的真实是一种约定的习俗，并且默默隐藏了无数奇异的元素，只不过它们被传统的方式弱化了，因此没能让人察觉到这种奇幻的特点。常规的叙述遮盖住了藏匿于其中的奇异成分。文学的奇异仅存在于自诩为不奇异（但事实上奇异）的常规现实体系的背景下。

其中的奇异成分指的是那些超乎寻常之事。他们保持着现实主义的要求，却又意味着一切不平凡者的终结和向标准化的退变。这也再次说明，"奇异"和"奇幻文学"不是一种静态的定义框架，而是一种有生有息、不断循环运转的动态机制。

奇幻文学以通过这种奇异的现实体系向常规现实体系提出质疑的异化手法为基础。因此它正好可以精确地被定位在刻度的正中间：这里是犹疑、矛盾的所在，两种不同的现实体系法则在此彼此交叠，互相抗争和抵触。作为"普世矛盾体"（kosmologisches Oxymoron）的奇幻就是竞争和否定的存在。它由相互排斥的现实体系组合而成。因此它彰显出一种不协调性并被称作"非体系"。

而对这种体系的认知又是和读者的阅读体验紧密联系的。当然，这种认知和体验涉及的是隐含读者的效果层面，而不应从作品人物的视角出发。它的界定取决于读者自身通过阅读所述事件的矛盾感受。更确切地说，这里所指的不是真实在场的某个特定读者，而是发挥读者"功效"的隐含读者（就像隐含叙述者一样）。甚至可以说，现实体系的作用范围取决于隐含读者的功能大小，因为它面向隐藏于文本中的受众敞开。相反，作品人物的体系认知或判定与读者功能无关且常常与之对立，尽管人物的表现通常是读者功能的唯一定向坐标点，因此后者依附于人物的意识，但却不一定受其左右。

基于此，托多罗夫提出了奇幻文学的三个条件，分别是："1. 隐含读者对所述世界法则的犹疑。2. 对犹疑的感受与表现通过人物来实现。3. 拒绝象征性和诗意化的解读。"（Todorov，1992：31）正如前面在关于奇幻的定义中所述，这里的第一项条件是必要的，而第二项条件则是非必要的。因为奇幻文学和隐藏读者的视角密切相连，也同样会因后者的解读而遭受危机。至于第三项条件的理由是：奇幻文学要求人们以一种特定的方式来阅读，即立足于字面意思，而不是将其作为象征性或诗意文本来阅读。

另一方面，为了更好地阐释奇幻文学的机制，温施还提出"现实非兼容性的分类（Klassifikators der Realitätsinkompatibilität）"的概念。所谓的"现实非兼容性"可以理解为一种与体系内现实关联的一致性被破坏受损的情况，这种损坏导致"兼容"状态发生改变。温施将其描述为一种"审核机制"。在这种机制中，作品呈现出来的现实概念的知识元素受到破坏。这种"破坏"导致的"闻所未闻"的陌生感便是奇幻效果产生的前提条件。该种机制也以不可置信和惊讶等反映回应奇幻事件的发生。（Wünsch，1991：36）

正是因为这种现实非兼容性分类的存在导致了对骇人听闻之事解释的必要性，即在如前所述的叙述刻度模型上尽力实现与 R 或 W 一端的现实体系的一体化融合。如此一来，奇幻文学中便形成了两种具有阐释功能的现实体系彼此牵制，相互否定对方解释有效性的对峙状态。而从受众的角度来说，按照托多罗夫的表述，在每部奇幻文学作品的最后读者都必须做出决定，要么选择"怪诞"，要么选择"神异"。这种在"犹疑"中的"拉锯战"正是奇幻文学最典型的机制特征。

所以，我们不妨以根据现有经验和知识无法明确解释的疑惑或谜团为出发点，来探讨奇幻文学这种二元对抗机制具体的运作状态。所有这些疑团都触动并冲击着所述世界中的原有规则并对现存体系的有效性提出质疑。这些未解之谜是一种结构性不确定状态。而对此类谜团的呈现或叙述就势必会损害现存体系的一致性和权威性。因此，一个似乎在至今行之有效的体系内无法得到解答的疑惑会激发人们在体制外寻求答案。如果能通过一种奇异的体系法则得以解决，在叙述模型刻度上则会发生从 R 向 W 一端的转变。如果解决方案存在于常规体系中，那么 R 则仍占据统治地位。但如果疑惑得不到有效的解决，系统的统一性则会被破坏。

所以围绕作品中的疑惑或迷团存在以下三种可能性：

1. 从 R 一端引导回 R；

2. 疑团最终得到一种奇异的解释，由此实现了系统跨越（即从 R 到 W）；

3. 如果疑团得不到解答，便会产生奇幻的现实。

此处需要说明的是，奇异体系的结构不仅从被破解的常规体系中收获"战利"，它也能将常规体系无法吸收处理的要素进行系统性融合。具体说来，奇异暗含着将作品的秘密当作所谓的现实再现来接受的要求。灵活性的（包括某些形式的非灵活性的奇异）文本，或更确切地说各种有效的独立的奇异体系，就利用着以"交战遗利"形式融合的现实主义体系中这样或那样表达诉求的程序。奇异通过这种方式披上了现实主义的外衣，并在其掩护下自诩为真实。

在这一过程中，奇异体系将从现实体系吸收的素材异化为陌生的未知者。于是，在这种通过交换遗利而实现的 R 与 W 体系间表面融合过程中自然存在着奇幻的潜质。因为无论是常规还是奇异体系都在这场"抗争"中力图通过自诩真实的一致性程序而实现其合法的有效性，而奇异的潜质也由此被激活。

还需注意的是，尽管灵活的奇异文学利用了常规体系的遗利，而在奇幻文学中遗利的交换却被赋予了特殊的意义。因为与奇幻文学不同的是，常规和奇异文学不用发生这种交换也具有存在的可能：它们可以通过直接主张被激发。反之，奇幻文学则以无法定论的系统冲突中的极端复杂结构为前提，无法被直接宣称。奇幻文学并非因对自己的定义而存在，而是产生于相异系统间持续的建构与解构之中。因此可以说，奇幻文学需要否定。而被否定者首先必须存在。奇幻的存在产生于否定之前。

从接受的角度来看，在隐藏读者产生怀疑之前，通常先必须要有一个有效的体系(R)被表现出来。因此我们可以用公式 N = R+N 来表达奇幻文学的机制结构。

如果要从叙事的层面探究奇幻文学的机制，则不得不提到不可靠叙述者这一概念。从叙事的层面看，不可靠叙述者可谓是奇幻文学最重要的特征之一。因为在传统模式中，叙述者是作为一种确保所述世界中事件发生的客观权威机制而出现的。但在奇幻的语境中，原本权威可靠的叙事者的叙事变得不再可靠和可信。而正是可靠叙事者的瓦解为奇幻文学提供了展现的基础，因为后者只有通过这种方式来实现不可靠叙述的目标。

叙述的可靠性与叙述视角是密切相关的。关于这一点托多罗夫就曾指出，"具有代表性的叙述者矛盾的性格与奇幻文学的特征完全相符。反之，如果文本中的'超自然事件'是由一位非代表性叙事者所描述的，则便成为了奇异文学。视角的局限性越大，使叙述者变得不可靠并激发起奇幻式犹疑的困难就越小。因为这种情况下总是会有某些事件或关联遮蔽掉他的视野。对此只需要有让主人公受骗或发疯的可能性就足以否定掉神异的有效性，从而保持住奇幻的状态。"（Durst，2010：187）此处所指的叙述者"不可靠"的程度可以看作和其视野局限性成正比的。叙述者视野范围越受限不可靠性越明显，提供明确解释的可能性就越小，因此越容易唤起"彼此难断"的犹疑，反之，则视野范围越大，因局限而引发犹疑的可能性就越小，也就越难保持奇幻的状态。

然而值得注意的是，叙述者的可靠性与叙述人称之间并无绝对的一一对应关系。也就是说，并不是每一个声称具有奇异特点的叙述者因为采用第一人称叙事就都是不可靠的。当然，不可否认的是，很多时候第一人称叙述者是作品奇幻性的保障。但我们判断叙述可靠与否的关键还是要看奇幻文学是通过何种方式激发出蕴藏于第一人称叙述者或近似叙述视角中的潜在犹疑的。

关于这种具体的方式方法，沃尔切将不可靠叙述手法区分出宏观与微观两个层面：如果相互矛盾的视角因为缺乏能给出符合现实系统性解释的权威叙述语言而阻碍了所述世界有效运行的持续性，这便是一种宏观结构层面的操作手法。如果是某种摧毁可靠叙述视角并形成叙述矛盾性的专门叙述方法，沃尔切则将其称为微观结构层面的操作。（Wörtche，1987：102）

这里有必要强调一下平时容易被忽视的叙述语气。它其实属于上述提到的微观结构层面的叙述手法。合适的语气对于质疑所述奇异现象的有效性并激活出一种"非体系"起着至关重要的作用。比如通过加入"看起来""我觉得"等字眼来表达无法决断的体系冲突，弱化了此刻自称所述对象为奇异的叙述者，破坏了其作为系统性一致机制的权威。带有特定语气的表述同样也使其现实体系集合体变得矛盾不一。对于奇幻体系冲突而言独特的刻度轴上的正向与反向运动通过与对立集团间的密切联系而在同一时刻被展现出来，于是 R 和 W 集合体会同时在文本的同一个位置发挥作用，由此形成一种二元对抗的局面。

奇异表达的风格特征也能包含常规集合体。这是沃尔切提出的另一种对叙述者言说进行语法性摧毁的微观结构层面的方式。比如人物在表达时语法上的混乱就意味着灵魂受到损扰，因而语法上的破毁也可被理解为丧失权力的常规体系在风格上的对应表达。所以沃尔切说道："在文学史的大环境中，'语言摧毁（Sprachzertrümmerung）'被提升为一种工程，在此种情况下被摧毁的语法在我们的意义体系中毫无重要性可言。"（Wörtche，1987：178）此外语言行为，或者笑容等表情的描述也都属于微观结构层面的叙述手法。

至于宏观结构层面，其关键的核心便是不同叙述机制的相互关系。沃尔切阐述道，奇幻文学无法在只有单一叙述机制存在的情况下成立，因为这样它就不能被在另一种独立的、极端情况下处于微观结构层面的叙述机制赋予相对立的意义，"从而使得作品提出的主张在文本内不受控制"（Wörtche，1987：184）。如果只有一种单一的视角存在，而它又没有通过这样或那样的方式变得不稳定，那么发挥效用的则是奇异。

在奇幻作品中，各个叙述机制由此相互搅缠在一起，于是对原本权威机制的接受便让人感到疑惑重重。两种截然对立的机制——一者主张奇异，另一者表示反抗——便构成了这种叙事手法最基本的前提条件。

如此一来就形成了一种不同视角交错关联的宏观结构：在与现实体系相对照的基础上使所呈现的事实出现矛盾，并由此陈述出让所述之事被怀疑的文本内容。同时，那相互矛盾视角的交锋也阻碍了系统性格局的清晰呈现，原本确保系统稳定性的机制也随之失灵失效，读者便再也无法将所呈现的事件进行系统归类。于是，所述世界丧失了它的系统特征，而机制内部叙述者的权威性遭到质疑，奇异的专权也由此被终结，最终奇幻的非系统性便得以呈现。

当然，每一部文学作品的叙事结构都不可能是单一层面的。宏观与微观的不可靠叙述方式总是在同一文本中相结合，产生出共同的复合型结构。而只要叙述者的权威性在整体上确保现实体系的一致性，他的不可靠性就是奇幻文学的基础。正如沃尔切所说："尽管那种能确保权威性的机制的缺失禁止读者以现实主义的方式来阅读此类作品，但却丝毫不允许将其作为病态故事对待。"（Wörtche，1987：178）因为这暗示着受到限制的视角，第一人称叙述形式显然更受青睐，即便在叙述者是第三人称的情况下也会运用到与第一人称相近的内聚焦视角。但无论如何，叙述机制的不可靠性是奇幻文学的必要前提。这种不可靠性可以在不同层面上得以实现，包括从特定的风格手法到多个叙述者的宏观结构上的矛盾。但有一点是肯定的，那就是只有各叙述机制在现实体系上相互冲突时，奇幻文学意义上的矛盾不一才会发生。

由上述分析可见，奇幻文学以叙述机制的不可靠性为基础。反言之，每一种事实体系秩序的澄明一致则是叙述机制可靠性的必要前提。而一种稳定可靠性作用的发挥通常需要满足以下两个条件：

1. 现实体系有能力将事件所有的细节进行整合，并能实现对此进行最大程度的加工处理，而与之对立的体系则不具备该能力。如果两种体系都能够整合事件，则现实体系间的矛盾冲突仍然存在。如果某一个细节没有得到解释，便会立即转变为一种非体系状态。

2. 对立机制（因为新的证据）消失了，即现有的事实体系定向发生了

改变，并且所有机制间出现新的平衡一致。（Durst，2010：199）

这两个条件都只有在能给出清晰明确的解释的基础上才能实现。有些作品只满足第一个条件，而第二个条件不具备。这种情况也会出现事实体系的矛盾。

概括地说，"奇幻叙述都是位于两种相似然而并不完全相同的平衡状态间的运动。在叙述一开始，通常都有一种稳定的情境、人物组成一种结构。这种结构可以变化，但无论如何都会保证某些基本的特征不会受影响……后来，发生了一件事，打破了这种平衡（或者说，造成了一种负面平衡状态）"。（托多罗夫，2015：122）在故事结尾，主人公在战胜重重阻隔之后，平衡状态得以重建，但已经不复最初。

因此，奇幻的基本叙述模式通常包含这两种情况："一种描绘了平衡或者非平衡的状态，另一种描绘了从一种状态到另一种状态的转变。这两种情节是彼此相对的，前者是静态的，后者是动态的；前者是稳定的，后者发生了改变；前者类似形容词，后者类似动词。每个叙述都包含这种基本的模式，虽然我们通常会觉得难以辨识。"（托多罗夫，2015：123）这种平衡与上文提到的两种体系间在"斗争"交锋时的力量或者权力对比状态是相对应的。

换言之，在典型的奇幻叙事模式中，"故事的一开始和最后都是平衡的状态，同时也是完全现实主义的，超自然事件的介入是为了打破中间的负平衡状态，并引发对第二次平衡状态的漫长探寻。超自然出现的那些章节正好都描绘了一种状态向另一种状态的改变。这两种情节是彼此相对的，前者是静态的，后者是动态的；前者是稳定的，后者发生了改变；前者类似形容词，后者类似动词。每个叙述都包含这种基本的模式"（托多罗夫，2015：123）。即是说，超自然力量的介入打破了使叙述故步自封的既定规则，让正在进行的情境发生改变并破坏既定的平衡状态（或负平衡状态）。这便是超自然的奇迹元素所承担的特殊任务。

但需要指出的是，在20世纪以来的现当代奇幻作品的叙述结构中，这种改变的发生机制呈现出与之前不一样的运行状态。以卡夫卡笔下著名的

《变形记》(*Die Verwandlung*)(1915)为例，作品的第一句话就宣告了一个超自然的事件的发生：即一天早晨，格里高尔从不安的梦境中醒来，发现自己在床上变成了一只巨大的甲虫。接下来，文本显示主人公出现了一些短暂的犹疑。然而这些关于犹疑的简洁提示被叙述的总体运动所淹没。而他家人对此的反应则是：一开始大家感到惊讶但并没有犹豫。随后父亲立刻表现出来敌意，甚至毫不怜悯地将他赶回屋里。就连一开始和格里高尔最亲近的妹妹，后来也放弃了他，直至最后彻底地憎恨他，在他奄奄一息时要把他扔出去。可以说，格里高尔的死亡成为了全家热切期盼的事。也许一开始格里高尔的变形确实令全家有些沮丧——毕竟他是家庭收入的唯一来源——但最后整件事却呈现出一种"积极"的走向，即家里的其他人又开始工作了，他们会过上更好的生活。

相较之下不难发现，《变形记》鲜明地区别于传统的奇幻故事：首先，怪诞事情的发生毫无任何暗示与铺垫，而是如前所述在第一句话就出现了。而传统的奇幻叙述通常始于一个完全自然的环境，直到超自然事件的出现才会达到高潮。《变形记》则刚好相反由一个超自然事件的发生开始，"而叙述的进程却使这个事件越发变得自然，直至结尾，这个故事已经与超自然风马牛不相及。这样一来，所有的犹疑都失去了意义，因为犹疑的功能在于为感知前所未闻的事件做好准备，并描绘从自然到超自然的过渡。而这里所描绘的是一个相反的运动过程，突出的是如何'适应'令人费解的事件，并且描绘了从超自然到自然的过渡。犹疑与适应代表着两种对称而相反的进程"。(托多罗夫，2015：128)

如果说在传统的奇幻文学中，怪异的或者超自然的事件与通常认为的正常秩序和自然的法则相左，那么在卡夫卡的笔下超自然事件已不再引发犹疑，因为作品中的这个世界从一开始就是怪异的，与在此背景下所产生的每一件事一样荒诞畸形。在此之前，"奇幻文学一开始假定存在真实的、自然的、正常的世界，是为了随后来推翻它，但卡夫卡却设法超越了这个问题。他将非理性视作游戏的一部分，他的整个世界都遵循一种梦境般的逻辑，事实上也许是噩梦般的逻辑，这与真实已经毫无瓜葛"(托多罗夫，

2015：128）。可以说，卡夫卡式的叙述逻辑抛弃了托多罗夫所提过的奇幻的第二个条件，刚好和之前的奇幻叙事机制形成了反向运动。

而现当代的许多科幻小说作品也有类似的叙事结构，即"原始数据是超自然的，包括机器人、外星生物、整个太阳系的背景等。但叙述的活动迫使我们看到这些不可思议的元素离我们有多近，在何种程度上存在于我们的生活中"（托多罗夫，2015：129）。同样，这些故事也是从一开始就被置于一个超自然的背景之下，讲述着人们是如何"适应"这些尚未可能发生之事。

综上所述，奇幻文学被视作产生虚拟假象的专门机制。其标志特征便是将世界异化为幻影的夸张幻象。奇幻作品被赋予的控制性许可将在这场关于虚实、异己和彼此的二元对立游戏中决出胜负，并在幻象的意义建构中获得效果强烈的表达。两者之间的对抗张力将一再于文本内部的"真理构建"（Wahrheitsgehalt）中因怀疑机制而变得必不可少。奇幻文学的运转体制就是两种矛盾势力间的辩证的运动，是动态、循环、机动的体系。

第五节　奇幻文学的题材

在文学的世界中，一旦一种主题元素参与作品机制的构建，它就成为了素材。而一旦这种素材出现的可能性变成单个体系法则和秩序的组成部分，也就意味着这种元素也变成了一种法则的构成要素，并发展成具有固定内涵的题材。奇幻文学在形成自己独特的机制与结构中，也产生了具有代表性的主题素材。

在此方面，加洛瓦对奇幻文学的常见母题进行了梳理，并总结出以下奇幻题材列表：

（1）魔鬼契约

（2）灵魂急需完成某项行为以满足获得安宁的需求

（3）被诅咒永远踏上野蛮之旅的幽灵

（4）出没于生者中的死亡之身

(5)无法定义、无法看见的"东西"，它们给人带来压迫、无法摆脱，会伤人和杀人

(6)吸血鬼

(7)突然变活并具有危险性和独立存在性的塑像、玩偶、机械装备

(8)能召来可怕的、超自然疾病的魔法诅咒

(9)来自彼岸世界具有致命诱惑性的女幽灵

(10)梦境与现实世界的翻转

(11)消失不见的房间、寓所、楼层、房屋或街道

(12)时间的静止和重复（Caillois，1974：63-66）

不过有观点认为，加洛瓦的这种分类中各要素彼此间的区别还不够清晰。而且该列表表述的仅仅是具体形象，却并未进行抽象分类，故而确定区分主题素材的抽象规则仍不得而知。

马尔赞（Florian Marzin）将主题类型划分为物质现象与精神现象两类。他将魔鬼契约、死亡之身、吸血鬼和活塑像与魔法诅咒等归为第一类。而所有像窘迫的灵魂、幽灵、无法定义之物和女幽灵等属于"非物理性存在"的现象则归为第二类。然而这样的分类仍有划分不清之嫌。因为像"诅咒"之类作为一种语言，是具有物质性的。因此这也不能视为奇幻题材的最终明确分类。（Durst，2010：208）

彭措尔特（Peter Penzoldt）和瓦克斯将该类型的所有题材回溯到由无意识组成的共同结构体中。彭措尔特的母题列表包括：魔鬼、幽灵、吸血鬼、狼人、巫师、看不见的魔鬼附身、动物幽灵。其中的一部分来自于集体无意识，剩余部分则基于个体的神经症状。他将吸血鬼视作根源于潜意识中恐惧的爆发，这种与吸饮行为有关的魔鬼可以追溯到儿童成长过程中的口唇期。（Penzoldt，1952：57）

瓦克斯认为奇幻作品的主人公大多类似于精神分裂症和偏执狂患者，或者有其他精神上的缺陷与问题。因为幻觉与奇幻文学主题之间存在着一种"不同寻常的相似性"。他也总结出了一份奇幻题材的列表，其中包括以下要素：狼人、吸血鬼、脱离人身的肢体、身份的困扰、可见与非可见者

之间的游戏、因果关系和时空的改变以及"退化"。

瓦克斯将上述类型的题材视为"一种深层灵魂活动的形象位移"
(bildhafte Verlagerung tiefster Seelenregungen)。其中一部分素材可追溯为一
种"分裂原则"(Desintegration)，即脱离了身体的人体组织和器官，它们背
离了统一性原则却具备独立的生命，同时也受到人类欲望的驱使。因此在
瓦克斯看来，狼人代表着人类个性中具有动物性的部分。他具有自主自为
的独立性，并被赋予了猛兽的形象。吸血鬼是"人类反常的弑杀性的人格
化体现，拥有独立自主的个体生命"。(Vax，1974：36)他还认为在奇幻文
学中普遍出现的"身份困扰"，如双影人(Doppelgänger)、鬼附身等反映的
是得以解脱的旧有意识。

可见与非可见者之间的游戏也同样以分裂瓦解为基础。瓦克斯表示，
如果我们以人类由可见的身体与不可见的灵魂组成这一设想为出发点，则
能得出两种引发恐惧的可能性：一种是通过将灵魂可视化，让亡灵复活；
另一种是让身体变得不可见。这种分解原则在人们称之为神异世界的领域
中也行之有效。瓦克斯指出，一个成年人能创造出一个粗糙但却联系紧密
的"世界体系"，在这套体系中河水不能往高处流，愿望不会凭空实现，死
去的生命无法复活。而一旦这些已被确定的法则遭受怀疑，"超自然的恐
惧"便会产生。(Vax，1974：40)换言之：人类的"世界体系"被与之相矛盾
的事实解构了。"退化"的主题在这种情况下也体现出分解原则：人类具有
动物性，而动物也体现着人的特点。奇幻文学中的王国也常常是无数同一
种类怪物的生活领地，其中还有活的画像、雕塑、玩偶和机器人。在"退
化"主题方面瓦克斯列举了荒废的花园和弃屋为例。它们都不再与人类的
领域相融。(Durst，2010：215)

另外还值得一提的是，奥斯特洛夫斯基(Ostrowski①)基于日常经验范
围提出了一个由物质、空间、时间和人类意识构建的固定模型。他试图通
过下图来展现人们日常经验的世界。这个模型也可投射到虚拟的文学世

① 由于所获德语原始文献相关信息缺失，该人名的全称仍有待考证补充。

界中。

奥斯特洛夫斯基的模型(图表来源：Durst，2010：215)

该模型可用文字描述为：具有物质和意识特征的人物以及具有物质和空间特征的思维世界在一定时间内发生某种行为(包括思考)时都受到一定因果关系和(或者)目的动机的制约。

现实主义文学以大多数现实世界的人都熟悉的典型方式体现着该图表中各组成成分之间的关系。而奇幻的主题素材则相反，是通过各要素间的转换变形得以展现。题材的数量受到该模型中可能发生变化的关系数量限制。例如，美人鱼由女性和鱼类的身体组合而成，这意味着在一定界限内已知物质的重新组合，同样类型的还有巨人、人首马身、龙、魔鬼、绿色的六臂火星人等。

模型中2号成分(意识)的变化和它同其他成分的关系使得读心术、人与人之间的心灵感应和脱离身体之外存在的灵魂成为可能。这种离开原来的身体并占据另一个身体的能力源自于人的身体(1号成分)和心灵(2号成分)间非典型性关系的形成。凭借意念杀人和变形为动物或非生命体的能力是精神和物质重新组合的结果。第六感和意志力意味着精神力量从物质与空间束缚中的解脱。长生不死、追忆早年生活和未卜先知涉及的是精神、物质和时间之间组合关系的改变。

而在奇幻题材的产生和结构类型方面，温施则认为，当某一现象"与现实不相容"(nicht-realitätskompatibel)时，即至少一种真实概念的基本实体性的假设前提(Basispostulat)受到损害时，奇幻(奇迹)事件就会出现。

(Wünsch，1991：18)基于这一认识，温施提出了3类基本假设：

（1）形式上的基本假设：包括所有知识领域。

（2）神学上的基本假设：在可感知和经验的、以及与物质相关世界对立的彼岸中假设实体上不同的事实成分的存在(或消失)。

（3）自然哲学和自然科学上的基本假设：包括在文化认知上真实概念元素间(非形式和神学上的)最高级别的普遍性假设。（Wünsch，1991：20)

这三类假设可以说涵盖了在文学领域中题材可能涉及的所有范围。温施还指出这三类基本假设原则上无关专门的科学表达，而是涉及其科学外或科学前的表述。

根据这种划分，奇幻题材的出现便和这些基本假设中作为事实基础的"真实概念"相关，即是否与之相符相容的问题。如前所述，如果与事实不相容，或者这种真实性的假设前提受到损害，这便为奇幻素材提供了基础。温施又将与事实概念不相容的情况分为两类，一类是(弱性的)数量型不相容和(强性的)质量型不相容。数量型不相容产生自原本与事实相容的特征纯粹数量上的变化(增大或变小)，以至于超过其与事实相容的界限值。质量型不相容发生在真实(现实)概念框架中有因不符合群体、时代和文化中一个或多个规则观念而不仅被视为不真实，而且还是完全不可能和根本不存在的实体和事件出现的情况下。这种规则观念受损害的程度越大，观念的分量越重，其不相容性就越强。而质量型的尤其是强性现实不相容性领域无疑构成了奇幻的核心区域。因为奇幻文学的关键特征主要还是一种规则观念上与现有概念的冲突和不相容。（Wünsch，1991：20)

此外温施还提出了确定不相容性的第三类标准，即新经验外的现象与这种已知现象的相似性(或非似性)。对于至少承认非经验性现实的人而言，不相容性的强度取决于新现象和他至今相信的彼岸(奇幻)世界中结构的相符程度。相符程度越高，相容性越强，反之则不相容性越明显。

需要指出的是，尽管温施的这种构想具有抽象性，却是以文学内外关系的一致性为出发点。

温施曾这样总结道："人们可以在'模仿性'和'奇幻'的灵活性文学中

发现特定现象、特定事件的'超自然性'大量出现。然而前者所呈现出的是一种消极价值标准。"（Wünsch，1991：25）她由此得出结论："单纯的偶然事件的堆积还不足以被称为"奇幻（奇异）"，随之而来的，至少必须是对这种偶然事件神秘感的主题化。"（Wünsch，1991：25）也就是说，单纯的超自然现象或偶然事件的组合与堆砌对于奇幻文学的建构并不具有明显的积极意义，它们需要经过主题化的过程并被融入奇幻的机制中，才具有真正"奇幻"题材的意义。

在奇幻文学题材的获取和相互关系方面，洛特曼（Lotman）①提出"艺术性奇幻的原则"。他将这个概念最大化地用在"奇异"这一意义上，以此来解释它的"运作机制"。对他而言艺术就是"对生活认知的获取"。知识可以通过从一个文本向另一个在他看来某方面对应的文本的重新编码来获取："一旦我们将某一客体视为一种位于'零起点层次（Null-Stufe）'的特定文本，那我们对于该客体的知识就可以作为从此文本向另一系统的重新编码而通过文字方式记录下并得以解读。"（Durst，2010：223）这一原则具有创造性地从编码的角度阐释了奇幻题材在不同文本间的"运转和再生过程"。

洛特曼还特别指出，这一运作过程涉及的形式转变绝对不能与"扭曲变形"（Verzerrung）混为一谈。因为一个文本在我们意识领域或知识体系中既是与客体"同构同形的"（isomorph），同时也会相对参照客体发生形态变化。（Durst，2010：223）

关于客体变形的类型与规律性的疑问是对世界进行艺术构建的基本问题之一。"正因为艺术服务于对生活认知的获取，它也必须始终处于变形的状态，因为每一个符号系统都是有条件且以能指与所指间的关系为基础。如果说被反映的客体与其艺术表现之间也存在类似的关系，那么就可判定为一种同构关系，此时对于作为一定数量解读的被表现出的客体中的每个元素而言所展现出的数量元素与之相符。通过这种方法表述出的相符

---

① 由于原始资料信息缺失，该完整人名有待查证。

原则体现了从属于相应文本的限定性类型。"（Durst，2010：223）基于这种限定性，我们可以区分两种不同模式的符号建构类型：一种是对符合既定习俗惯例的"常规"的描述，另一种是在奇幻题材体系中对它的破坏。

具体来说，由符号系统的限定性产生的、并从属于每个由符号产生的文本的变形，应与因奇幻（或奇异）产生的形变区分开来。前者具有数学上的映射特点，即构成每个（客体的）的数量的元素都有另一种映射元素与之相符。这种情况下对既定数量元素进行翻译的规则是相同的。人们可以将其设想为把对象领域反映到一定数量的意义之上的功能。该客体在这种情况下表现出一种具有元素间内部相互关联的固定结构的统一体。

反映的限定性被感知为"自然"秩序，而对这种秩序的破坏则被认为是奇幻的特征。在奇幻文学中所产生的变形会有意破坏这种同构同形的关系。组成客体的各要素间的互换关系也在映射中被改变，此时这种变化会受到"特别规则"的控制。由此产生的结果是：对单个元素的映射根据其按照普遍转变法则所期待的位置发生位移。产生于映射的期待结构与实际结构间的张力形成了一种额外的构型活力。那些令人惊诧震撼的奇幻题材正是这种构型活力发挥作用的结果。

值得注意的是，构建独立的法则体系并凭借这种独立自治性将文学外的题材进行变形加工的文学是否真的有利于获取对生活的认知，这仍是令人心存疑问的。我们知道，即便是现实主义作品也并非产生于一种数学式的反映。因为构成要素的翻译规则是各不相同的。现实主义的固有奇异特征更多的是表明文学相对于现实的变异性特征。而 W 体系只是这种变异性的仿讽式揭露。另外洛特曼还表示，奇异是一种对存在于作品中变形规则的偏离，但他并未将其发展为一种关于奇异题材的理论，因为这种偏离的"特别规则"尚不十分清楚。（Durst，2010：225）

在奇幻的主题方面托多罗夫也提出了自己的观点。他区分了第一人称主题(ich-Themen)和第二人称主题(du-Themen)。他的这一归类依据的理论是：同一个文本中同组别的主题间共生关系是有可能的，而不同主题组别的混合则被避免。

托多罗夫将第一个主题类别中的每一个单独要素选择性地称为"视角的主题(Themen des Blicks)"。这种类别包括了变形(Metamorphosen)、"泛决定论(Pan-Determinismus)"和超自然物种。

这一系列概念的出发点和基础是因果关系。托多罗夫还举例说明，在一些奇幻作品中一种离奇报应的因果关系通过巧合被建立起来，也会产生一种竞争型的 W 体系，比如在爱伦·坡的短篇小说《黑猫》(The Black Cat)中，通过偶然巧合(即猫的被杀和房屋失火)一种神奇的报应被表现为因果联系，同时一种抗争型的 W 体系也得以形成。

在此基础上托多罗夫断定，这类奇幻作品中的奇异事件对于他者(此处指文学外的现实)而言无非只是时间上的同步发生，而在此却是有因果联系的。(Todorov，1992：100)也就是说，在现实中只是碰巧同时同步发生的事件，在奇幻的语境中是存在因果关联的。

托多罗夫还深入探究了这种从同时发生到因果关系的转移现象。他的相关论述从对偶然事件的定义开始：

"日常生活事件的一部分被解释为一种我们已知的因果关系，剩余的那部分则貌似要依托偶然事件。尽管后者并不存在因果关系上的缺陷，但所涉及的是不直接与掌控我们生活的其他因果关系链相连的独立因果关系的干预。偶然事件就是不同因果关系链条的碰撞。"(Todorov，1992：99)也就是说，偶然事件既受到非常规因果关系链条的影响和控制，同时也是不同因果关系共同作用的结果。

偶然事件在现实领域可能遭到否认，但会引起对世界的奇异解释。正如托多罗夫所言："如果我们不能接受这种意外，不能建立一种普遍的因果关系——这是一种所有事件之间必要的关系，那我们就必须承认超自然的力量或性质的干预作用。"(Todorov，1992：99)与此相符的事件会发生在神异或奇幻文学中：其中出现的神异特征有利于弥补有缺陷的因果关系，同时也终结了偶然事件，并以一种包罗万象的因果关系取而代之。比如能给作品人物带来人生好运的精灵只不过是一种存在于想象中的因果关系的人格化身，它取代的是凭靠运气的幸福。在这部分的奇幻世界中"好运"

"运气"没有立足之地。精灵与命运间神奇的因果关联取代了原本人物与"运气"之间断缺的联系。

托多罗夫还以《一千零一夜》为例阐释了他对绝大部分奇幻文学作品的一种论述，即泛决定论。他指出："所有导致不同因果关系链条相碰撞的一切（此处称"偶然"），在这个词的完整意义上肯定存在一种起因，即便它有可能源自超自然的秩序。泛决定论的这种超自然的因果关联性人们可称之为'泛符号行为'（Pan-Signifikation）。它意指这个世界中所有要素在一切层面上都存在关系，因此这个世界才具有最高程度的意义。在这个世界中的每一个客体，每一种本质都有所指意。"（Todorov，1992：100）

既然一切层面上的各要素都可以建立关联，那么原本属于两个世界的物质与精神之间也是可以有因果联系的。可见，托多罗夫的泛决定论在一种极致抽象的层面上扬弃了精神与物质之间的界限。这一理论可以通过能自我满足奇幻功能的诅咒来阐明：魔法代替了偶然意外，精神（话语）掌握了操控物质的权力。

变形也同样和因果联系以及超自然事件相关。与表面的偶然巧合的发生受到隐藏的因果关系那超自然的控制类似，变形过程中的显性话语意义之下更深刻、更有内涵的一面也有待人们去发掘。这种特征对于"人类将自己变为猿猴"（Ein Mensch macht sich zum Affen）或者"他像头狮子一样搏斗"（Er kämpft wie ein Löwe）这类惯用语的意义尤为重要。（Durst，2010：227）这些表达中的变形都被赋予了特殊意义。超自然事件开始于能指的话语自动转变为对象的时刻，即变形实实在在发生的时刻。它由此也体现了一种精神与物质间的融通转变，于是这种跨越和破界成为变形与泛决定论的主题共同的标签，也为所有第一人称主题提供了专门的原则。

此处首先需要说明的是，第一人称主题和第二人称主题的划分是以主客体界限的确定为基础的。而在奇幻文学中，物质和精神不仅实现了相互融通，既定界限的破损也导致了主体与客体领域彼此混合交融。因为精神世界与物质世界相互渗透，世界臣服于精神的控制，原来的基本范畴和类别划分也发生了改变：时间之川漫过了光阴的河岸，或者静止不动，空间也变得无边无界。此外心灵感应也是主客体界限被打破的结果：其中一者可以成为对方，也能得知对方的所思所想。在此情况下，主体不再与客体分离开，彼此间便建立起一种直接的交流联系，而整个世界也置身于一个普遍关联的网络之中。

第一人称作品的特点是它的基本原则坚定地回归到主体自身的感受问题上，是具有内在指向性的，比如视觉上的感受（于是便有了如前所述的"视觉主题"）。这一点可以 E. T. A. 霍夫曼作品中大量出现的显微镜和长柄眼镜为例。

第二类，即反映第二人称主题的作品，强调的是对客观对象（外界或他者）的意向性甚至是欲望，尤其是那些过度、夸张、非常的欲望表现形态，如乱伦、群交、暴虐狂、恋尸癖和同性恋等情节的设置。这一类别的主题也被托多罗夫称为"话语主题"（Diskurs-Themen），主要是因为在这种情况下语言就是与他者间的人际关系中具有构建功能的行为主体。

例如在很多第二人称作品中，魔鬼的作用就是贪婪欲望的人格化体现，甚至可以简单概括为力比多（Libido）。而神则代表贞洁、节操。如此一来，凶残和暴力，还有死亡、亡灵、僵尸和吸血鬼等这些倍受偏爱的奇幻主题便常常与爱情主题联系在一起。第一人称与第二人称主题互为异己，不能在同一文本中相容共存。如果出现二者同时存在的情况，那目的也是为了指明二者的不统一性。

这种矛盾关系与人类心理的结构背景相符。第一人称主题与心理问题（Psychose）相关，第二人称与神经症状（Neurose）相关。需要注意的是：这样的类比并非意味着神经学或心理学的解释就一定百分百适用于奇幻文学，或者反过来说，所有奇幻文学的主题都能在精神（心理）病理学的手册中找到对应依据。

托多罗夫继续阐释了这种互不一致的主题组别的类比，并将其提升为一种具有普遍性的示范意义。譬如一个婴儿是没有能力进行自我（第一人称）和外部世界（第二人称）的区分的。这样一来，寻找到一种社会结构甚至是政治领域间以及两种主题网络间的类比——或者更进一步说，此间的差异——是有可能的。甚至有观点认为，宗教与魔法之间的界限区分，也可适用于我们说的第一人称和第二人称主题的区分。按照这样的推论结果，奇幻文学的第一人称和第二人称主题是一种在所有社会生活表达中都体现出一种结构常量的普遍二分法。

由此可见，托多罗夫的观点超越了文学的范畴，并且将心理分析运用到语言素材的研究上。其目的并非是要对主题素材进行心理分析学上的解读，而是阐释语言的机制，即它内在功能效用的发生。不管怎样，我们可以确定的是，托多罗夫这种关于主题的划分涉及的是一种普遍结构，这一结构根据结构人类学的描述是一种存在于所有文化领域中无意识的象征性综合体系的语法表达。

此外托多罗夫还以偶然事件和因果关联为基础探讨了真实条件与虚构故事的关系。由于文学作品普遍的结构特征，叙事作品中泛决定性的世界场景的存在是一种迫切的必要性，哪怕这种世界场景通常都显得很隐晦。事实上"一切要素的所有层面都存在关联"的泛决定论观点只是对普遍结构概念的一种改写和重新描述。因为各要素间始终存在"必要而非任意的联系"是一种结构性的特性，所以其中的任何一部分对于全局整体和每个文学体系——包括现实体系中构建一切关系的前提而言都不无因果关联上的意义。偶然事件，就如同其在虚构外领域中的存在方式一样，与文学的固有特征相互矛盾。因为在这种彼此依存的领域中所有的一切都是有意义的，其中万物无一不起作用、不发挥效果。因此，"泛决定论的现象是结构性关联所产生的结果。文学便是在某种程度上根据带有一定'迷信'色彩的原则运作的，'意义狂迷'（Bedeutungswahnsinn）必须被认作它的一种基本特征。"（Durst，2010：232）也就是说，在虚构性的文学世界中，人们会利用这种"狂迷"来制造具有神秘色彩和奇异性的因果关联。

奇幻文学一方面会运用到偶然巧合，以此来——从 W 体系的方面说——制造因果关联。这种关联的奇异特征是被公开表现出来的。而另一方面意外事件同时又是现实主义的 R 体系为了对抗 W 体系的终极控制权而进行自我防护的有效论点。如果说 W 体系承认所述对象是一种符合泛决定论的相互关联的存在，那么 R 体系则认为它实际上是文学体系不能支配和掌控的意外事件。在这种情况下，现实主义的表征是用来掩藏作品内在固有的奇异特征的。它处在一种矛盾的境况中：只能存在于自我隐藏并否定自身法则的情况下。

文学的泛决定论在奇幻文学中表现得尤为突出，并被强化为一种表达明确的规则。以因果关系和巧合事件为主题的奇幻文学蕴含着一种普遍的叙述规律，同时也将这种规律揭示出来。因为它用语言的方式表达了规律中所包含的传统神奇性。所以，从形式主义的意义上看，奇幻文学被称为仿讽的文学是自有其道理的。

尽管泛决定论原则在现实主义作品中并非以一种现实主义体系的骇人惊闻之名成为一种奇异化的表现主题，然而泛决定论的思想仍被视为文学的普遍面相，因此所谓的不相容的情色部分也被彻底从文学的主题库中排除出去。

此外，关于奇幻题材与其他题材的区别和划分，我们需要注意的是：正如前文所述，奇幻是游离于 R 体系与 W 体系之间的一种特殊状态，其中的奇异事件和其主题素材作为 W 体系的成分出现在非体系中。因此将奇幻和奇异主题进行完全区分本身就是行不通的。即便 R 体系与 W 体系间的过渡没有彻底完成，而所述世界保留在奇幻的矛盾状态中，与 R 体系对立的主题素材也不会发生什么变化。所以，尽管被限定在非系统的 W 体系范围内，奇异事件还是会发生。在 W 体系生效的文本中对奇异的感知是不会产生任何疑问的，也因此不存在主题化的需要，而这种感知在非系统文本中则被归于神异的主题素材。因此可以说，题材上的区别只存在于具体图像层面上。一旦有相同的画面被表现出来，这种区别便会消失。

其实，奇异现象在 W 体系和现实主义中都会出现，现实主义也同样包含固有的奇异性。正因如此，主题素材的差异并非生来就具有重要的意义，所以也没有定义体系的功能。泛决定论的现实法则在作品世界中的确立不会绝对必然地促成 W 系统的建构。对主题素材的判断更主要取决于它从中能获得独特意义的现实体系。

现实主义和奇异的事实体系中主题素材的区别在于文学法则被揭露的程度。不同的揭露程度必然导致的结果是：要么是如同《科林》(Collin) 中那样的魔法行为的成功实施被视为与现实主义的体系价值一致，要么就像在《声音岛》(The Isle of Voices) 中那不可见的魔法一样被归为神异的领域。外部的现实显然不足以作为定位的价值标准。

神异的揭露程度和每一种文学要素一样处在一种变化演进的状态中。那种传统上被视为"内容"的主题素材，在此也同样被证明具有传统导向型的价值，被作为固定的原型模式传承下来。就好比"句法结构"(die syntaktische Struktur) 那样，而它常规上被称为"形式"。如此一来，龙、吸血鬼、精灵、魔鬼等诸如此类形象都成为了典型的神异素材。它们在作品中的出现也因此被解读为"神异综合体"(W-Appell)。而只有当不同体系间的冲突和越界成为可能，这种冲突交锋后的遗利才会得到认可。正是因为手相术和读心术之类的题材受到传统的影响，它们可以用于对神异的嘲讽和作为遗利用于构建现实主义体系。

传统题材不仅依靠一切"形式"上的语义化，而且还需要对语义负载者增添附加的语义。一旦达到了这一层次，该主题素材便获得了自己的独有价值。以战利品的形式对"异己体系"(die Systemfremden) 的占控显然不仅会导致素材的变化和对其进行的系统相符性加工，同时也会引起单个体系自身的改变，即便它固守于持续至今的刻度区域上。比如尽管像心灵感应这样的主题发生了强烈的变异，以便能适应常规的结构(这种情况下读心术依据的是与现实相容的逻辑，而不再是超感官的知觉)，然而传统的遗利也在改变法则的容量和单个体系的面相。如果奇异体系吸纳了常规中的遗迹，同样的情况也会发生。这时人们想到的是，吸血鬼德古拉没有必要在伦敦购置房产。这种在文学外语境中一直被视为神奇的能力就和吸血鬼的出现一样对于通过隐含读者进行的体系估量显然并没有多大意义，并且也只能证明文学现实的自身固有规律性。

由此也可见，体系间的跨越或破界与单个有效体系的扩展是有区别的：前者以对抗现有体系为特征。而反之，在单纯扩展的情况下新的发展会被统一进所述世界的体系中，但不会出现对现行规则的破除。

而除了上述理论观点外，罗兰·巴特（Roland Barthes）还从叙事逻辑顺序和关系链条的角度阐释了奇幻文学的主题机制。

罗兰·巴特区分了三种叙述层次。位于最表层的是叙事（Narration），再下面的一层是情节（Handlung），置于最深层的是由功能（Funktion）组成的"最小叙述单位"。他又进一步将功能划分为狭义上的功能和论据证明（Indizien）。前者还可进一步划分为基本功能（Kardinalfunktionen）和催化功能（Katalyse）。（Barthes，1988：109）

基本功能的实现是通过其所涉及的情节为故事的后续发展提供相应的选择可能性，简言之就是制造或者消除某种不确定的事件。就像在叙事的某一个时刻提到"电话铃声响起"，这时有可能有人去接听，同样也有可能无人接听一样，故事情节在此处不可避免地走到通往两个不同方向的岔路口。此时两种不同的基本功能间总会发出一些集合在其中一个或者另一个核心事件点周围的"附加信号"，但不会改变其选择性的特点。

催化功能发生在它与某一核心事件点建立起相互关联之时。但其功能性有所减弱，是单向的、寄生的：此处涉及的是一种纯粹历时性的功能性。而在一种两个基本功能相互衔接的捆绑组合关系中，却存在一种对于作品既是历时性的又是逻辑性的双重功能性。也就是说，催化功能只能是一种连续性的单位，而基本功能既是连续性的同时又是有必然性的。（Barthes，1988：112）

基本功能在巴特看来起到了"铰链"和"叙事危机时刻"的作用。他还提出了与之相关的"顺序"（Sequenz）这一概念，即通过一定稳定的联系而相互关联的核心本质中的逻辑顺序。当关系链中的某一部分毫无稳定前提时，这种顺序便会呈开放状态，随即也会不断产生新的成分。如果其中另外某个成分不再拥有新的衔接成分时，这种顺序链条便会闭合。

巴特表示每一种顺序链条总是可以被命名的，并为此以普洛普（Vladimir Propp）和布雷蒙（C. Bremond）对童话中关键功能的确定为例。此外每一种顺序都处在一种传统关系中，因为组成顺序结构的完整逻辑是和它的命名分不开的，这是一种将引诱变为游戏的功能。在它出现后通过呼唤其名称，整个诱惑过程便被召回，就好像我们从使自己在内心养成叙述语言能力的整个叙述行为中习得它那样。因此，在这个理论框架下，每一种顺序，即便它再不重要，也有进行分析的必要。因为其中始终蕴藏着一种危机时刻。

另一方面，文本中出现的每一种顺序都与其他作品形成文本间的顺序联系。这种联系存在于整个文学体系中，并由此激活了顺序上的传统。

一个文本中的这种顺序是相互按等级秩序组合而成的，这种等级始于通常由叙述网络中最细微的颗粒单位组成的"微观顺序"（Mikrosequenzen）。它们进一步组成高一级的独立单位，后者又作为成分构成上一级以及更高级的顺序，以此类推。

多个顺序的组成部分因此相互影响。顺序的活动是彼此对位的（kontrapunktisch），从功能的角度来说这种叙事结构就是一种开合的绞链，借此叙事的过程也能够有"停顿"和"呼吸"。

在巴特的这一陈述中，特定时点有着特别的意义。他确证道，那些单独的顺序核心单位是通过稳固的关系相互连接成一种逻辑顺序。按照这一设想，齐默尔曼将侵入 R 体系的奇异元素描述为"一种不完整的顺序"。他以打电话的顺序为例阐述自己的观点。如果顺序链中某一环节的要素缺失了，人们便倾向于将不可能发生之事与 W 体系关联起来。就好像听筒刚被拿起，而在还未拨号的情况下线路那头的人就已经等在电话旁。或者当事人还没伸过手去听筒就自动抬起来了。齐默尔曼认为：如果顺序链中的某一环节缺失掉了，那不可能之事（神异/奇迹）就会出现，因为在叙事过程

52

中完整无缺的顺序秩序才被视为是有可能(真实)的。(Zimmermann, 1982: 108)

初看之下, 这种观点似乎是将奇异之事重新改述为一种"无因之果"(eine Wirkung ohne eine Ursache), 但这随后却被证实为其实是开创了一种更为有效的解释。比如爱伦·坡的小说《丽姬娅》(*Ligeia*)中所涉及的变形顺序就可被视为一种交换顺序存在缺失现象的反映。所有类似这样具体主题的变体都被视为对所谓"顺序缺口"(sequentielle Lücke)的修改加工。比如半人半兽的混合生物、美人鱼或者童话里会说话的动物。其他素材的加工就更为复杂了。那些看不见的生物被用于顺序缺口的主题化:当第一人称叙述者被那些看不见的东西所控制, 那他则成为这一不完整顺序的牺牲品, 因为后者完全摆脱了原本的身体, 能自主行动, 不需要听从精神的指令, 于是常常对叙述者形成严重的威胁。

在奇幻文学的语境中, 这种功能顺序上的缺损是显而易见的。以"刺穿"(Durchbohren)行为为例。这一过程在现实中须包括刺入、损伤、拔出武器等环节, 而在奇幻作品中就可被简化为"伤害"(verletzen), 由此还能产生出"百害不损"(Unverletzbarkeit)这一具体题材。

再举一个具体作品为例:在《睡美人》(*Dornröschen*)的故事中, 因为魔法的作用和人物的沉睡状态, 原本应该不断流逝的时间被禁止了。而在这种禁止的时间中, 故事情节向终结推进, 因此也就无法形成完整的顺序链条, 故事的线索也像陷入一种无法前进的"原地旋转状态"。这种循环运转产生出一种未能结束并因此一直处于非完整状态的顺序。

在空间方面, 这种顺序空缺则体现为能同时处于多个地点的"分身"现象上。此时地点变换的顺序受到破坏, 即顺序链条中离开 A 点, 前往 B 点, 然后到达 C 点的过程出现空缺。由于顺序链的缺损, 主体在没有离开 A 点的情况下同时也到了 B 点。"双影人"母题就是对这种神异素材的加工处理。在这种情况下, 当地点转换的顺序直接被简化到最后一环节的时候, 原本不可思议的奇迹也就发生了。

另一种典型的"顺序空缺"题材便是对未来的先见之明。一切形式的未卜先知和预感都可被表述为功能链条的缺损。因为主人公能预知尚未发生的事情,因此必须构想出一种未然事件与过往回忆的错位时间关系。通过这种关系倒置,顺序元素中的现实相容性顺序出现了缺口。这种顺序的倒置也产生出立足于主人公探索行为的历险情节。

当然,在奇幻文学中,大量的题材来自多个缺陷顺序的组合。比如吸血鬼的形象,一方面由于它千变万化的可能性(如化身成蝙蝠或者狼)涵盖了变形的领域,另一方面它的不死之身又涉及顺序上的残缺:生命循环周期的顺序被简化到最后的两个环节,于是奇异的现象就这样发生了。这种缺失还可以通过各种不同的方式被加工改编,比如向彼岸的超度。

顺序空缺的状态也并非一成不变的,而是处在一种动态的运动中,具有明显的过程性。例如在爱伦·坡笔下的诸多悬疑故事中,常规的谋杀顺序——将人杀死、逃离、隐藏——往往出现不同程度的要素缺损。该过程中间环节的缺失致使谋杀的事实与凶手的消失之间没有了顺序性的连接。而当最后凶手的犯罪行为大白天下,由此缺失的环节又再次被统一进顺序链条中。换言之,当真相被揭露,事件得以证实时,顺序链上的缺口被补上,现实主义的现实体系又恢复了稳定。

而王尔德(Oscar Wilde)的代表作《道林格雷的画像》(*The Picture of Dorian Gray*)则典型地展现出顺序空缺的体系相对性。小说的同名主人公道林格雷向自己的画像许下青春与美丽永驻的心愿,而画像则承担下所有岁月的沧桑和少年的罪恶。画像中的道林格雷发生了邪恶的变化,而现实中的道林格雷却愈加放纵自己的欲望。在愿望实现的过程中,单个现实体系便越入奇异体系中。美貌依旧的道林格雷肆意挥霍着自己的罪恶,画像却一日日变得丑陋不堪,而且还成为记录恶行的证据。于是道林格雷将刀刺向了画像,结果被刺中的却是他自己本人。最后当人们发现死去的道林格雷时,看到的是美丽无邪的画像和色衰丑陋的尸体。

在这篇小说中生命循环周期的顺序被简化为"衰落"和"死亡"这两个环

节。表面的"顺序修复"并不导致向 R 体系的回归，因为故事中顺序缺损的可能性与所述世界的法则间的差距并不明显。此处需要重新强调现实与神异之间的平衡关系，否则很容易让人感觉似乎神异是一种寄生性的存在，而现实是一种源于自身合理性的存在。而事实上神异从现实的角度看来是基于一种有缺陷的常规（现实主义）顺序，另一方面现实从神异的角度看又是基于有缺陷的神异顺序而存在，因为神异顺序中的元素自身也构成一种没有扩展需要的完整逻辑单位。经此过程神异也表现出一种稳定的顺序组织结构（使常规顺序能作为一种偏离状态得以呈现），这是能在神异的词典中得到证明的。诸如远距离传物这种"特异功能"则是基于（仅从现实主义视角出发）一种秩序缺陷：地点转换的秩序将被缩减到第二个环节上，即在离开 A 点后紧接着就是到达 B 点。

顺序空缺又可进一步划分为减化型顺序空缺（subtraktive sequentielle Lücken）和增量型的顺序空缺（additive sequentielle Lücken）。前者顾名思义，指一个或多个常规秩序的要素或环节的缺失，后者则情况比较复杂，涉及元素的吸收和顺序交换，致使两种顺序被合并为一体。这种情况下的顺序缺口（从现实主义视角来看）位于其中一个关系链条中的要素与另一个中的某要素相结合并构成一个逻辑单位的衔接处。此时功能环节的缺失仍然没有抛弃因果关系的普遍叙事法则，而是产生出能解决顺序缺陷的另一套体系。R 体系的不完整性将转变为 W 体系的完整性。一种新的因果关系得以建立，并被吸纳进单个现实体系的法则之中。

在顺序关系链条的框架下，我们可以说，奇异事件是通过各要素间的结构建立起直接的顺序关联。但在现实主义中这种关联是非直接的，即通过大量划分等级的中间环节相连接而并非出于直接的因果关系。神异也因此不仅仅是通过常规顺序链中的缺陷被引发，而同样依靠在不同顺序链条合为一体的过程中所形成的缺陷。基于这样的系统特征，所述世界不得不按照法则将这些缺陷主题化并由此闭合顺序链条。所以这点归根结底是对结构协调性的需求，对激发奇异现象的普遍规则秩序的需求。

当然，并非任意一个顺序空缺都适合引发奇异事件。根据上述分析我们可以推测出，奇异顺序只有在顺序缺陷不被其他现实主义顺序所征服掌控的情况下才有可能实现：在文学的人物关系中现实主义的常规惯例做好了进行各种顺序变形的准备。

尽管在这种变形和改创的情况下顺序空缺也可以被激活为奇异事件，然而这要通过针对现实主义的顺序可能性进行缩减。由此将产生一种被早期理论发端所忽视的神异类型。这又再次涉及简化型和增量型顺序缺陷的区别。

另外，这种顺序关系也受到文化因素和传统规范的影响。在非文化性神异中(看似客观、实则为内部虚构的)时间与空间类别发挥着一种标准化的功效，例如《13 号》(Number13)中消失的客房、永远年轻的道林格雷和《预言》(Weissagung)中的未卜先知。而在文化性神异中的神异顺序则必须加入一种强固的社会化标准，即所发生的事件不是个例，而是具有普遍性并因此神奇诡异。当某一奇异事件变成一种具有普遍意义的主题时，它就成了一种具有标准性的范式，与此相关的顺序空缺也就被称为范式型顺序空缺(die paradigmatischen Sequenzdefekten)。范式型顺序空缺总是体现出简化性特点。不过即便是结构上呈现出增量型特征的顺序空缺变体在文化意义上也是可以被主题化的。因为其中那诸多具有伪装性的庸常无奇的现实主义可容性微观顺序和催化功能都能引导读者相信所形成的 R 体系是稳定的。

当然，肯定会存在发生系统跨界的可能性，即现实主义的惯例被打破，一种新的、奇异的事实体系取而代之，而遭受破坏的顺序链条甚至会被由魔法联系的法则统治。而非文化的奇异事件也能通过将整个顺序从现实主义的顺序范式结构中删除而产生。

由上述分析可以得出结论：文化的和非文化的顺序空缺在类型上是有区别的。只有在非文化领域中系统性顺序缺陷既有可能是简化型的同时又有可能是增量型的，反之文化型的系统性顺序缺陷只能以增量的形式出现。因为这种情况下顺序链中要素的缺失只能产生另一种新的现实主义相容型的顺序。当然还需注意的是，一种系统性的顺序缺陷只有在基本功能的缺失不仅仅能建构起另一种现实主义相容型顺序的情况下才会发生。

　　以下图表能更直观地阐释顺序空缺的系统分类：

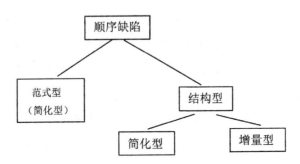

顺序空缺的系统分类（图表来源：Durst，2010：258）

　　而在奇幻作品中，神异的有效性是被质疑的，顺序结构也就具有了双重意义，比如雅各布斯（W. W. Jacobs）被视为英国惊险小说经典之作的《猴爪》（*Monkey's Paw*）。该小说讲述了父亲老怀特从退伍的莫里斯军士长手里换得了一只有魔力的猴爪，这个猴爪可以分别帮助三个人实现各自的三个愿望。莫里斯还告诉他们，在他之前拥有猴爪的那个人也实现了愿望，只不过最后一个愿望是"祈求死亡"。随后在儿子赫伯特的建议下，怀特许愿希望得到 200 英镑来偿还房贷。谁料第二天早晨既没有等来钱，也没有不幸找上门。但是当天晚上怀特夫妻接到了一条噩耗，他们唯一的儿子赫伯特因工地事故去世了，公司给了 200 英镑的赔偿！在埋葬孩子之后，老怀特对猴爪许下了第二个愿望，即让儿子复活。在半夜的时候有人敲门，怀特妻子发疯似地跑下楼去迎接复活的儿子，在她费力拨开插销开门的刹那，老怀特找到了猴爪，许下了第三个愿望。于是当门打开时，什么都没有出现。此处的场景明显是奇幻的，因为对猴爪神奇力量和这种奇异事件的有效性的证明受到了阻碍。小说中这些为体现神异的有效性在常规视野下看来是游离于愿望与实现之间的顺序空缺，直接形成了结构性连接，然而在这种情况下由于文本非体系性的特征，其中的愿望和死亡是否位于同一顺序链中且属于一个"闭环结构"的完整逻辑的问题仍得不到清晰解释，人们同样无法得知最后究竟是儿子如父亲许下之愿回到家中还是有陌生人碰巧在此时敲门。质疑和选择的犹豫也由此而来。

此处有以下两点值得注意：其一是存在这样的文本，在其中我们无法清楚得知 W 体系的顺序是如何构成的，以至于 W 体系的逻辑无法被辨识。在这类情况下顺序空缺便获得广泛的意义，致使神异事实体系的系统特征似乎遭受质疑，由此一种与奇幻文学类似的艺术效果得以产生；其二是奇幻文学在文本方面有不同的区分，一种是提供现实主义的缺陷补足（R-Füllung der Lücke），例如《年轻的古德曼·布朗》①（ *Yong Goodman Brown* ）和上文提到的《猴爪》，另一种则是与此无关的文本，如《伊勒的维纳斯》（ *La Vénus d'Ille* ）。人们可以分别称之为基础牢固型和非基础牢固型的 R 体系成分（fundierte und nicht-fundierte R-Anteile）。

这表面看似是关于确定奇异现象的问题说明了如下事实：即便是在彻底的现实主义中也会出现大量的顺序空缺。尽管在很多现实主义的文本中都存在不完整的顺序链，但它们的现实主义特征是毋庸置疑的。这样的审视与顺序空缺阐述的理论并不矛盾，而且更加证明了现实主义传统中已经固有确定下来的内在奇异性。不过仍然让人存有疑问的是，由于何种原因使得这样的顺序尽管受到破坏但仍被接受为符合现实的？这种现象与可叙述性的界限所在有直接关联。因为把万事万物全都讲述出来是不可能的，所以顺序空缺恰好作为叙述的必要前提条件受到重视。但无论如何，不可否认的差别是：在现实主义文本中，整个顺序链条被视为与现实相符的，而实际上这种现实主义的传统只是在试图掩盖每项叙事的缺陷，反之灵活

---

① 美国文学家纳撒尼尔·霍桑（Nathaniel Hawthorne）的这篇小说以古老的英格兰为背景，讲述了主人公布朗为参加一个不可告人的邪恶聚会——前往一个黑暗的森林中与魔鬼相聚，却意外发现有很多平常看来德高望重、值得尊敬的人也赶来参加这场不可告人的邪恶聚会，他甚至在聚会上看到了他那年轻的妻子费丝。他以为这一切只是一场噩梦，他不愿接受这些在他看来纯洁可敬的人正在腐化堕落的现实，他也从此开始心灰意冷一蹶不振。这篇小说从侧面讽刺了英国教会的黑暗，也表达了作者对英国教会种种邪恶现象的不满与批判。

型和奇幻型的文学则要将这种缺陷揭示展露出来。这种闻所未闻的奇异事件不是被遮蔽的，而是一种去蔽的顺序空缺，并通过被突显和强调成为主题。因此非现实主义文学的主题之一便是叙述本身的不可能性。

那种通过对传统惯例的改变而与现实主义划清界限的创作方式，将在特定条件下成为奇幻的创作手法。当那顺序空缺的视角通过划清界限而显现出来，奇幻的视角也将得以呈现。一旦现实主义的传统发生改变，传统方式便敞开其固有的奇异性。

由此可见，完整的顺序链条与顺序空缺之间的关系是辩证的：顺序定义着空缺，而空缺也以同样的程度决定着顺序。一种顺序空缺的产生是需要被凸显（即标识）出来的，而这种凸显方式是将缺失的环节宣示为顺序链中通常情况下不可或缺的组成部分。由此这种空缺才能表现出一个完整的顺序链条。

在这一过程中，基础功能与催化作用间的关系会通过奇异事件发生改变。其存在或缺失将不可避免地驱使故事情节朝两个不同的方向发展。顺序空缺（体现为神异）将使该要素成为现实主义顺序中不可或缺的成分。而基础功能与催化作用之间类似的位移也能在诸如消失的影子这类题材中被发现。

此处还体现出了奇幻文学的戏仿意义。通过一些奇异现象联合作用所激发出的奇幻艺术效果，取决于涉及的是常规还是神异顺序空缺的不确定性。这种疑惑针对的是各种通过事实体系的不确定性所暴露的虚拟缺陷性和奇异性。因此，在奇幻的语境下，文本中的顺序结构体系往往变得不稳定且存在自相矛盾之处：不是涉及省略（Ellips）——即 R 体系，就是指向完整的顺序——即 W 体系。由于这种不稳定性，所述世界的法则遭受质疑。神异不断提升着那些看似"不重要"的微观顺序的重要性，"最小叙事单位"被置于关注的核心。这样的文学是具有变革性的，它颠覆了原本的等级秩序。

在这层意义上，灵活性文学比非灵活性的神异文学具有更高的戏仿价值。而且奇幻文学还展现出了所有灵活性文学中最强大的戏仿能力，因为尽管神异成分中新添加的顺序空缺促使了主题化结构的形成，但奇幻文学的非系统性特征仍禁止顺序空缺的最终融合，以此使得空缺暴露的惊骇效果得以保留。

据此，关于奇幻题材的理论可总结如下：顺序性形变(句法结构层面)的操作在语义层面具有生成功能。这体现出文学结构中不同层面间复杂的相互关系。现实和神异顺序空缺间的差异在于揭示程度的不同。

在剖析了奇幻主题的机制与结构的基础上，我们便能顺利地理解奇幻题材所蕴含的"双重性"(Zweistufigkeit)。因为奇幻文学的机制具有灵活性、辩证性和动态运转的特点，因此奇幻题材体现的也不仅仅是对"一成不变"进行改变的追求，还包括一种二元关系中权力的完整性：对于所有一切无一例外地完全掌控。这种完全的掌控具有暴力倾向，而这也正是因为掌控者自身也从属于万物之中。

根据前一章关于奇幻的生成机制的阐述，在整个叙事模型中，常规和奇异都追求绝对的控制权，于是对事实体系中主导地位的争夺便也导致了主题素材的二元性。常规的是可见的，而奇异的是不可见的。常规中的宗教信仰是基督教式的，而奇异的则是撒旦式的。

这两种体系的交锋影响着故事情节发展的方向，也牵引着作品中的人物前往需要他们到达的关键节点位置：或向上、或向下、或往前、或往后，而人物关系也在这一过程中得到扩展，各种人物组合的可能性也由此增强。人与人之间、男人和女人之间、老与少、黑与白之间的差异将被用于区分拥有更多可能的组合。同样存在差异的还有社会等级和亲缘关系。

这种二重性还体现在定义与称谓上。从定义方面看，在 18 世纪初叙事类别划分刚刚形成之初，事实体系的定义同时也是定义与其对立系统的条件。从一个体系向另一个体系的僭越会导致关系的颠倒。至于具体某一文本中的哪个位置被激活生效，则是单个顺序结构体系的问题。在名称方面，例如"不死之身"这个题材从字面指称上就能看出其组织结构是具有双重性的，因为它既不属于生的领域，也不属于死的范畴。单是"不死"这个称谓就表达了双层含义。另一种此类典型便是"双影人"：主人公被分裂为两个个体，这从物质上也体现出一种二重性。

神异主题和由此产生的事实体系上的对立者都将成为这种复杂范式和机制运转的出发点。因为二元双向的现实体系的完整性以其范式性的意义证明了它自身与处于事实体系对立方的非灵活性文本不容置疑的鲜明对比。

这种事实系统矛盾性的延续扩展能够解释灵活性文学中的不同现象。对被托多罗夫限定进一定主题范围的特定异质性标准的偏离只能被理解为事实体系双重性的扩展。比如同性间的恋情就被视作和魔鬼的交往。

邪恶也同样常常相当于一种奇异的象征，成为一种单纯源自双重性状态的结果：它作为一种对立原则和对"神-善"（Göttlich-Gut）关系的颠覆是向奇异体系跨越的表现，同时也是这种变化转移过程的材质和结果。范式性的定义也能解释为何神并未积极参与到与针对他的敌对势力的斗争中。因为神自身就具有"非现实的本质"（ein R-fremdes Wesen），在现实体系中并没有物理上的存在，他只能以缺位的形式发挥现实体系代表的作用。奇异事件在文本中因此也只是邪恶的一种表现形式。（Durst，2010：266）

我们还应该注意的是，在系统的争战之中，常规范式中的主题元素也可以被奇异体系征服并融合到自己的体系中，从而归属于神的范式。比如在法国作家梅里美（Prosper Mérimée）的著名短篇小说《伊勒的维纳斯》（La Venus D'Ille）①中，最妖娆的神迹女神本应该在正统之神的体系中被赋予贞洁的意义和侍奉的功能，而在小说中却成了死亡之神。显而易见，这种主题素材的转化为它融入对立体系提供了必要的前提条件。

从这个意义上我们甚至可以说，将与基督教有关的一切归属到常规的范式中，这是灵活性文学的传统，尽管魔鬼、奇迹还有其他诸如此类的现象，简而言之，所有实际上可以证明基督教信仰的东西都被排除在它之外，并归属于神异。但是由于这一传统，系统斗争便成为了可能。

---

① 该小说讲述了法国伊勒的一个青年在婚礼前，把结婚戒指套在了他家一尊青铜维纳斯像的手指上，结果拿不下来，第二天就被发现死在床上。新娘称是维纳斯铜像夜里来到新房，上床抱住了新郎，使其窒息而死。

不同体系之间的斗争无疑清楚地表明奇异体系通过融合兼并常规体系的素材实现了扩张。《圣经》，即上帝的话语，通过互文性的权威认定过程被用来确认奇异体系的可靠性，从而摆脱了与常规体系的关联，并成为了奇异的法则。

在语义层面上，双重性的一般原则也发挥着支配作用：主题素材也体现出二元性的结构特征。这个原则甚至能够将一些边缘化或次要的主题元素进行整合。尽管核心的奇幻主题是通过揭露顺序变形来确定的，但必须在主题扩展和范式整合方面考虑单个文本自身独特的结构原因。不过虽然如此，正如我们所见，也有不少传统痕迹在这一过程中得以保留。

因此，语义层面上也存在着体系之间的冲突，因为常规和奇异体系都试图将对方的主题素材整合到其自身的范式中。这便体现出事实体系的矛盾特征中独特的强制性，即在追求权力彻底实施的过程中试图使所有题材都归属于它。

综合以上分析可知，奇幻文学的主题素材其实具有复杂的体系结构，它因顺序关系链条的空缺而进行变形、融合，并通过不同体系间的斗争、统一而构成一套运转不息的灵活机制。

第二章　德语奇幻文学的类型演变

　　由前一章节的分析可见，从产生机制和结构要素来看，奇幻文学本身是一种极具灵活性和辩证性的文学类型。而从宏观的历史进程来看，整个奇幻文学就是一个生机勃勃的有机体，始终处于动态性的变化之中，经历了各种形态的嬗变。我们可以将人类孩童时期的童话神话时代比喻为奇幻文学的童年期，将西方人盲目崇拜宗教的中世纪比喻成奇幻文学的少年期，将努力探索求知的现代文明比喻为奇幻文学的青年期，将以科学武装人类幻想的状态比喻为奇幻文学的成年期。

　　作为一种历史悠久的文类，奇幻文学的发展和演变可以追溯到荷马史诗时代。尽管在20世纪奇幻文学才正式成为一种单独的文类，其发展趋势却始终呈现出长盛不衰的生命力。尤其是"二战"以后，奇幻文学在西方拥有了庞大的读者群，逐渐成为一种风靡全球的文学模式。特别是在大学生、青年作家和偏好新价值体系、思想前卫的普通读者中，奇幻文学产生了巨大而深刻的影响。这种意义重大的文化影响超越了任何仅限于定量统计的调查。因为奇幻文学颠覆了以往精英主义的文学思想，转用大众化、平民化的视角去看问题，为大众提供了一个"狂欢广场"，实现了一种诗性狂欢的回归与再现。

　　一位位想象力超群的奇幻作家们将幻想推向极致，用出神入化的艺术丰韵将生命的精神彰显得奇妙无比。这是对固有现实生活的超越和解放，也为人们提供了一个与其他生命交流的广阔天地。可以说，奇幻文学的兴起与发展，原本是人类从对自然的崇拜与敬畏转向为摆脱现实的困惑与焦虑而在精神上对自然与神秘主义有意识的追求和回归，可在无形中却触发了人类审美情趣的真实流露和淳朴之心的复醒。

孕育在"诗人与思想家国度"的德国奇幻文学，无疑是西方奇幻文学的重要组成部分。无论是写下如《金罐》这般传奇经典的浪漫派大师 E. T. A. 霍夫曼，还是当今被誉为"德语奇幻小说之王"的霍尔拜恩夫妇，都是奇幻文学这片广阔天地中极具份量的名字。而家喻户晓的《格林童话》在(广义上的)奇幻文学的地位更是毋庸置疑。再者，如卡夫卡的《变形记》《乡村医生》这些大家耳熟能详的名篇也体现着德国奇幻文学的影响。

纵观历史，作为浪漫主义发源地的德国从来不乏充满神秘主义色彩的作品。蒂克、艾兴多夫、施莱格尔……可以说，每一位德国浪漫派大师都有一颗追求永恒和无限的心。诗意的"蓝花"和悠远的"号角"塑造了一个个无与伦比的不朽传奇。所以，经过浪漫主义的历史浸润和哲思与美学传统的文化沉淀，德语奇幻文学早已被打上自己独特的民族烙印。

因此不可否认的是，德语文学领域拥有丰富的奇幻作品。从最初包含某些奇幻要素的传奇故事和叙事诗歌，到后来形成独立风格的奇幻叙事谣曲，再到各种奇幻小说和故事集的蓬勃发展，直至与科学幻想结合出新变体，德语奇幻文学经历了漫长且复杂的演变过程。而深厚的哲学沉淀与悠久的文化历史又为德语奇幻文学赋予了独特的风格和底蕴。

本章的以下各节将从文学史的角度，以重要代表作家和作品为基础，按照历史先后顺序展开逻辑线索，论述德语奇幻文学在叙事谣曲、故事集、中短篇小说和长篇小说这几种类型上呈现的沿革与变化，梳理德语奇幻文学的发展脉络，分析作品中的思想内容、基本主题、艺术特征、情感指向和价值取向等，并探究其发展过程中的时代特征与历史条件。

需要说明的是，虽然各个奇幻类型之间总体上具有历时性的沿革关系，但绝非是一条单向度的发展线索。在时间轴上，不同类型之间时有交叉重合，某一类型自身也是兴衰交替。

第一节　奇幻叙事谣曲

德语中叙事谣曲（Ballade）的概念源自法国南部奥克斯塔尼语（Okzitanisch）中的"balade"，即一种跳舞时的伴奏歌曲。（Freund，1999：16）该词从词源学考察又可追溯至晚期拉丁语的"跳舞"（ballare）一词。它的初始形式是由游吟诗人创作、为宫廷队列舞蹈伴唱的一种舞蹈歌曲。后来又在诗歌形式中加进了叙事性和戏剧性的内容，从而发展成为民间叙事谣曲。（Zondergeld，1998：20）到了18世纪后半叶，叙事谣曲已经摆脱了原有的跳舞歌曲的概念，被用来指称情节丰富、具有隐喻意义、大多为悲剧性的叙事诗歌体，即一种用歌谣的形式叙述民间故事的诗歌体裁。德语文学中的叙事谣曲题材涉猎范围极为广泛，远可至古希腊神话、中世纪童话，近可及当时当代的最新素材。其中所蕴含的辩证美学彰显了"已然"与"未然"之间的巨大张力，能尽可能地展现隐藏在井然有序的表象之下的混乱、无序和威胁。"它在内容上以反映人民的喜怒哀乐为主，语言通俗易懂贴近百姓，内容丰富。英雄、鬼神、强盗、古代传说、现代爱情都能成为谣曲述说的对象。"（陈壮鹰，2005：90）

18世纪70年代，叙事谣曲已成为德语文学中一种极为重要的文学体裁。这种由民间诗歌发展而来的文学形式，让人们找到了一个表达在文明开化的社会中所潜藏的不适与苦闷的媒介。当时，以歌德和席勒为代表的德国狂飙突进诗人创作了不少传唱至今的经典谣曲，使其成为了当时文学创作的主流。（Conrady，2006：673）尤其是在1797年，德语叙事谣曲大获丰收。这一年因此被称作"叙事谣曲年"（das Balladenjahr）而载入德国文学的史册。

作为德国文学领军人物的歌德（Johann Wolfgang von Goethe）曾"把谣曲喻为诗歌的鼻祖，在它的基础上诗歌才发展繁荣，形成无数的流派门类"。

（陈壮鹰，2005：90）他认为，谣曲将文学中那些最基本的要素，如叙事性、抒情性和戏剧性等融为一体，如同包含着生命全部信息的尚未孵化的蛋，是诗歌中的"原始植物"（Urpflanze），是植物变形时最初的"嫩叶"。（Frey，1996：106）

德语文学中的奇幻叙事谣曲多以黑暗、魔鬼、死亡、噩梦为母题，表达人们对不幸生活的悲郁之情和面对死亡与灾难的恐惧之感。比如歌德笔下的《魔王》（Erlkönig）就是典型充满奇幻色彩的叙事谣曲。其中大自然的神奇魔力与成人的理智世界之间对孩子的争夺贯穿整个故事。高潮迭起的情节生动展现了人与自然的关系以及大自然不可抗拒的神奇力量。另外还有霍尔蒂（Christoph Hölty）的《修女》（Die Nonne）和毕尔格（Gottfried August Bürger）的《莱诺勒》（Lenore）（1773）都表达了在扭曲的社会秩序中人们对释放被压抑的内心情感的需求，皆对德语奇幻文学的后续发展奠定了坚实基础。下文将结合对具体代表作品的分析详细探讨德语奇幻谣曲的重要主题与思想内涵。

奇幻叙事谣曲的诞生源自人们因原本稳固的社会关系和习以为常的规范习俗在历史发展的进程中受到颠覆冲击而带来的失落感。1789年的法国大革命震荡了整个欧洲，也兴起了前所未有的对传统的颠覆。在德国，人们对国家与教会、贵族权力的信任也开始动摇，对灭亡的恐惧与对未来的迷惘随之被激发。在此背景下，反对固有理性秩序的情感追求在具有解构性的奇幻文学类型中找到了归宿。尤其是到了18世纪中后期，随着资本主义工业化的发展，原本熟悉可靠、稳固的世界一下子变得陌生和脆弱，处于社会变革中的人们逐渐感觉到被唤醒的激情已不再臣服于理性和传统道德观念，而是无拘无束地、毁灭性地闯入约定俗成的秩序中，一种混乱不安的状态正蠢蠢欲动，似乎在酝酿着一场情感的风暴。这样的情感动荡便反映在以赫尔蒂和毕尔格为代表的德语谣曲先驱的作品中。

赫尔蒂1771年所作的《阿德斯坦与小玫瑰》（Adelstan und Röschen）可算作德语文学史上的第一首奇幻叙事谣曲。它将文学中神奇幻想的传统引入德国。这首谣曲反映出在原本由理性驾驭的生活中，人与人之间的信任逐渐消逝，理性主导的生活实践之根基也开始动摇，它在巨大的情感能量压力之下正待随时爆裂。

该谣曲讲述的是对宫廷生活感到百无聊赖的贵族骑士与纯洁质朴的农家女孩在充满田园风光的意境中相遇，并由此发展出无法预料的悲剧。出逃的享受、爱情的历险引发了种种出人意料的结果。一心想在尔虞我诈的宫廷生活外寻求纯正无邪的恋爱刺激的贵族青年突然发现自己被一种无法抑制的冲动感觉征服。那心中爱情萌动的女孩被抢占为骑士的恋人，在绝望和痛苦中死去，又作为无法得到慰藉且被人欺骗的女幽魂重新回到轻浮的负心人床边。在以现实为主导的关系中，这位处于社会等级金字塔底端的女性以奇幻的姿态对抗着理性的叛变。最后那位骑士终因不堪忍受女孩冤魂的无声控诉而自杀身亡。

从这首谣曲我们可以看出，奇幻已成为在社会现实中被拒绝的正义的替代品。它在其发展早期就成为了反对贵族权利剥削却无力反抗之人表达自己压抑的情感的媒介。透过这字里行间，人们感受到的是火山喷发般的澎湃激情，仿佛看到蓬勃的情感冲动正在向理性的合法地盘发起猛烈进攻。

在赫尔蒂发表于1773的谣曲《修女》中，一种神秘而近乎恐怖诡异的气氛加倍地衬托出被激发的情感对宗教上"精神断念"的冲击。这同样是一个受到引诱后又被骑士抛弃的女孩的故事。相较前作，此处的女主人公更为主动地对欺骗她的负心人实施了血腥报复。她不但将其杀死，还把他那颗不忠诚的心从坟墓中的尸体里掏出来踩烂。

被所有善良的灵魂抛弃，面对一个隐而不现的神，一个遭受情感欺骗的女人出现在如此恐怖奇幻的场景中，不抱任何和解与救赎的希望，执着于屈辱和控诉。如此奇幻的表现手法所呈现出的正是在虚无的超验面前受到挫折的个体那无法得救的绝望。

同样反映出无限失落之感的还有毕尔格的《莱诺勒》。故事发生的背景为普鲁士与奥地利争夺西里西亚的七年战争，其抨击的矛头指向了基督教的虚伪性。全诗结构如下：第1—4节为旁白，讲述在七年战争结束后，普鲁士士兵归来，莱诺勒四处打听未婚夫威廉的下落。结果杳无音信，她便在悲痛绝望中倒地。第5—8节为母女对话。母亲祈求上帝帮助女儿，而女儿则在悲痛绝望之中抱怨，说"上帝没有怜悯之心"，上帝对她"不公正"。第9节为旁白，起着承上启下的作用，引出黑夜，使鬼魂出现。第10—20节写到威廉的鬼魂骑马而来，两人飞马奔向他们的婚床——坟墓。此部分描写的是莱诺勒在悲愤绝望之中产生的幻觉。此番飞马奔驰的过程涉及3类场景：开始呈现出的是牧场、荒原、田野等现实世界中的景象；之后是群山、城镇飞过，此时画面已超出现实；最后描述的是天空、星辰，说明他们已来到鬼神的世界。第21—24节以旁白收尾：威廉突然变为骷髅，黑马喷火，骷髅和马都坠入坟墓。

值得注意的是，当莱诺勒得知爱人战死沙场时，对上帝忠诚的信仰始终丝毫未能减缓她的痛苦。而正是这种极度的痛苦酝酿出令人惊诧的奇异事件，因为受理性主宰的世界无法容纳对宗教的叛逆和不受拘束的情感宣泄。

和赫尔蒂的描写类似的是，毕尔格笔下追求情感满足的女主人公也被异化为死去的鬼魂。被忽略的个体感受、受到欺骗的情感、被歧视为吸血鬼般的复仇幽灵、危机重重的混乱……这些在现实的、经验的体系中不可思议、值得怀疑的奇异场景却生动地勾勒出人类潜意识中集聚的某种能量是如何毁灭式地侵入现实社会，并消解理性秩序的。两位创作者都在一种毫不留情的严肃中塑造了那以毫不妥协的方式表现出来的情感所产生的后果。从中人们可以感受到被启蒙理性的规则排挤的力量那自我毁灭般的爆发。一种闻所未闻的非理性构成了与启蒙理性形成鲜明对比的参照力量。

赫尔蒂与毕尔格的叙事谣曲在欧洲大革命的重大历史节点上让奇幻风格成为表达因走向沦陷的道德而被迫潜藏的内心诉求的文学宣言。这种风格从当时现有社会规则体系来看是具有破坏性和解构性的，也正因此向整个人类秩序提出了控诉。可以说，奇幻的叙事风格通过出人意料的震撼效果强化了谣曲情景的表现力和感染力，塑造了在理性压力下被扭曲的情感，同时也表现了潜藏着的改革爆发力。

　　然而想要彻底实现将情感作为一种基本人性维度而无限解放的目标，奇幻谣曲面临的挑战可谓异常艰难，因为当时的社会秩序太过僵硬死板。一方面，理性的强制义务通过变革的混乱得到强化。而另一方面，在血腥的恐怖中冲动的情绪好似要为自己开辟一条道路。天枰的摆杆正在向混乱的秩序偏移。在文学的世界中，通过奇幻方式呈现出来的不再是叛逆的、背叛的和被压抑的感情，而是不可控制的，破坏性的情绪。而这场撕破所有界限的心灵革命终究不得不向一种否定非理性的爆发所导致的混乱的警告让路。说到这种告诫式的谣曲，就不得不提到德语文学中那位巅峰般存在的代表人物——歌德。

　　歌德笔下曾诞生出许多著名的叙事谣曲①。这些作品充斥着魔鬼、女妖、摩诃天、魔法师等自然魔幻题材。尤其是他早期的谣曲，大多洋溢着狂妄不羁、狂飙突进式的激情与幻想。（Boyle，68）在进入古典主义阶段后，其谣曲则明显多了几分哲理的厚重和对神的谦敬。但不管在哪个时期，死亡与毁灭都是歌德谣曲中一个极为重要的母题。（Borchmeyer，66）其中较为常见的情节包括主人公走向毁灭的过程和最终痛苦死去的悲剧，抑或是死后受到神灵的解救得以升天。比如创作于 1782 年的《魔王》②一诗就巧妙地通过父子间的对话描绘出由理性主导的保护能力与导致自我毁灭的幻想之间的对抗。该故事情节紧张而充满神秘色彩：父亲怀抱发着高烧的孩子在黑夜中的森林里骑马飞驰。森林中的魔王不断以各种美好的事物和神奇的幻象引诱孩子。深陷幻觉的孩子发出阵阵惊呼，最后在父亲的怀抱中死去。

---

　　① 本书有关歌德谣曲的内容部分参见王微：《歌德叙事谣曲中的死亡书写——以〈柯林斯的未婚妻〉〈死者之舞〉为例》，《外国文学研究》，2021 年第 5 期和《奇幻的变创——歌德叙事谣曲中的侨易现象》，《民间文化论坛》，2022 年第 1 期。

　　② 这是歌德 1782 年为奥古斯特大公的母亲安娜·阿玛丽亚女公爵的歌唱剧《渔家女》（Die Fischerin）所作的开场诗。需要说明的是，标题"Erlkönig"这一名字的由来，源自一个偶然的误会。赫尔德收集的丹麦民歌原题为"ellerkonge"，翻译成德语的正确意义应为"精灵王"（Elfenkönig），但赫尔德将丹麦语"Eller"误译为了"Erle"（赤杨），由此产生了"Erlkönig"一词。

这是一首典型的民歌体诗，每段四行，抑扬格，邻韵（相邻两行压韵），浊辅音结尾。诗的第一段首先交代了事情的原由："谁在深夜里冒风飞驰？是父亲带着他的孩子；他把那孩童抱在怀中，紧紧搂住他，怕他受冻。"①第二段是父亲与孩子的对话，描述了两人对大自然不同的认识。"我儿，为何吓得蒙住脸？""啊，爸爸，那魔王你没看见？魔王戴着冠冕拖长袍。""我儿，那是烟雾袅袅。"孩子眼中的大自然是感性、神秘和充满魔力的，以魔王的形象出现，而父亲眼中的大自然则是客观的、理性的。接下去第三至第六段是故事发展的高潮，魔王、孩子和父亲三人的对话交替出现，直到最后悲剧发生："辛辛苦苦他赶回家门，怀里的孩子已经丧生。"诗中的少年在自然魔力的化身——魔王步步升级的引诱中苦苦挣扎。其父亲策马疾驰，极力挽救。最终孩子还是丧生在父亲怀里。

同样属于自然魔幻主义风格的谣曲《渔夫》(Der Fischer)(1779)讲述的是一位静坐垂钓的渔夫在水中女妖美妙的歌声和动听的话语循序渐进的引诱下半推半就地随之沉入海底的故事。水中女妖诱人的声音在渔夫耳边一再响起，经受不住诱惑之人往往逃不开丧失自己人性的风险，最终渔夫葬身于噬人的深渊。这悲剧性的结局意味着冲动对理智的胜利，也意味着自然性战胜了人性，混乱战胜了秩序。

在这两首谣曲中，诗人歌德用奇特而浪漫的幻想将人与自然的辩证关系以及大自然不可抗拒的神奇力量彰显得生动淋漓。由此我们也能充分感受到：在歌德的眼中自然是伟大而又神奇的。它无边无际，包罗天地万象。人在其中无法控制和掌握自己的命运，在它面前人是孱弱渺小的。

而歌德后期的谣曲代表作《神与舞女》(Der Gott und die Bajadere)(1797)则叙述了一位舞女经受了巡视人间的摩诃天对人性的考验：为了心爱之人，她愿意跳入火海和他一起死去。最终原本被视为沉沦之人的舞女

---

① 本书所引用歌德作品的中文翻译均出自《歌德文集(第九卷)》，钱春绮译，人民文学出版社 1999 年版。本文所引用歌德作品的德语原文均出自 Goethes Werke. Hamburger Ausgabe in 14 Bänden, mit Kommentar und Registern, herausgegeben von Erich Trunz. C. H. Beck, München 1982-2008。

获得了神的拯救，被带上天庭。其情节取材于法国人皮埃尔·宋涅拉（Pierre Sonnerat）所著《1774—1781 印度及中国记行》（*Voyage aux Indes Orientales et a la Chine, fait par ordre du roi, depuis* 1774 *jusqu'en* 1781）中的一个宗教传说。谣曲的第一节交待了故事的缘由：摩诃天（印度教主神湿婆的别名）第六次下凡来到人间，要亲自体验人生。在城市的边缘，神遇到一位舞女。看到她婆娑的舞姿和恭谦的态度，神很是欣慰，认为"她堕落虽深，倒有慈悲的心"，也感受到了舞女善良的本性。为了进一步考验她，神决定让舞女遭受欢乐和痛苦的两重极端体验。他让她成为"爱情的俘虏"，而这只是通向人性完善的第一步。第二日清晨，舞女"发觉那可爱的客官，在她怀里已呜呼哀哉"，便倒在他身上悲啼，痛苦不已。尽管僧侣们提醒她："这位不是你的丈夫。你过的是舞女生涯，因此你并没有义务。"但真挚的爱情却能超越一切等级森严的区别与界限。舞女坚定地表示："我要再看到我的丈夫！我要到墓地里去寻访。我怎能让他这样火化？这是神一般的贵体。"于是"她伸出了她的手臂猛地跳进灼热的死亡"。不料此时情节却发生了惊人逆转："可是那位天神青年，却从火中坐起圣身。爱人投入他怀抱里面，跟他一同飘飘上升。忏悔的罪人使天神欣慰；不朽的圣神伸出了火臂把沦落的人带上了天庭。"

　　在创作这首谣曲时歌德保留了原版传说中非常的人物关系，并巧妙利用印度神话中神多次转世、化身为人或动物的叙事基础展开了大胆想象，创作出一个神人之间突破世俗价值和等级观念的动人爱情故事。有观点认为此首谣曲也表达了歌德本人对妻子克里斯蒂阿涅的忠贞之爱的感激之情，但其蕴含的普世价值却不容否定。甚至可以说这首谣曲表达了与《浮士德》相似的主题：人在任何情况下都不会完全丧失人性，而爱情则可以使人由恶变善。因而对任何曾犯下罪过之人都不应放弃对其进行启发和引导。只要肯从罪过中走出来，他就能得到救赎并成为真正的人。

　　另外值得注意的还有，虽然谣曲中的故事发生在远古，但歌德在文中使用的是现在时态，而且还有许多当时的流行用语："快乐和痛苦"（Freud' und Qual）、"惩罚或是赦免"（strafen oder schonen）、"大人物"（Die

Großen)、"小民"(Kleine)。这使得故事超越了常规的时间限制，具有现实意义。而这种超越时空的普遍性和有效性正是古典主义文学追求的完美境界。

歌德在这首谣曲中既没有蓄意美化印度宗教，也没有将故事以任何形式与基督教联系起来。摩诃天的死不同于基督之死。基督为拯救人类而死，摩诃天的死是考验舞女人性的方式。摩诃天拯救舞女是因为她具有完美的人性，基督拯救人类恰恰是因为人类的人性缺陷。摩诃天作为神性的代表，舞女作为人性的代表，是两个极端，然而两者最终合而为一，意味着完美人性与神性的一致性。这种人性完美的社会标准在歌德眼里是超越宗教界限的。

除了在死亡来临前的挣扎与考验，歌德也曾在谣曲中赋予死亡声音和形象，具象地描写了死亡本身，从而独特地阐释了死亡的意义。(Göres, 1999：179)死亡是德国文学的传统主题，不同的作家都有各自表现死亡的方式。歌德叙事谣曲中的死亡在惊悚和恐怖气氛的烘托下，却被赋予了"活"的灵性。在他的笔下，死亡不再是生命的终结，不再是看不见、摸不着、不知何时会袭来的恐惧之感，也不再是那个隐藏在黑色斗篷里如符号般抽象的狰狞骷髅，而是一个个有声有形的"鲜活"个体。(Safranski, 2013：88)这在《柯林斯的未婚妻》(Die Braut von Korinth)(1797)和《死者之舞》(Der Totentanz)(1813)两首谣曲中体现得尤为明显。

《柯林斯的未婚妻》叙述了来自雅典的青年和来自柯林斯的女孩间离奇而惊悚的爱情故事。两家的父辈曾相互交好，并许下承诺在子女间缔结姻缘。后来柯林斯的一家改信了基督教。长大后的雅典青年来到柯林斯意欲履行婚约，却不能如约与自己的未婚妻修好。因为女孩虔诚的母亲一直强迫女儿严守教规并终身禁欲。于是，当雅典青年来到柯林斯并机缘巧合地留宿在尚未相认的未婚妻家中时，女孩早已在极度的忧郁和怨恨中去世。而死后的女孩会在晚上化作吸血鬼回到人间。就在雅典青年意外住进自己未婚妻生前闺房的这天夜里，后者决心要找回自己失去的幸福，爱上生前无法与之相爱的雅典青年，并要吸食他心里的鲜血。尽管最终的结局没有明述，但人们不难推测出，雅典青年终将难逃一死，却在死后和自己的柯林斯未婚妻实现永恒的结合。

这首谣曲取材自古希腊作家弗勒工（Phlegon von Tralleis）的《述异记》（*Das Buch der Wunder*）。（Wilpert，1998：425）歌德将事件发生的背景从雅典转移至因圣保罗的传道而很早就成为基督教扎根之地的柯林斯。令人叹服的是，全诗不曾出现一次"死亡"（Tod 或 sterben）之类的字眼，却将一个牺牲在教条禁锢下的女孩之死渲染得无比悲悽。（Seehafer，2000：141）作者没有过多采用第三人称叙事手法从旁观者的视角描写女孩的离世，而是巧妙地大量使用第一人称，让已经逝去的生命为自己发声。比如她这样交代自己的凄惨身世："形形色色的古神立即离去，剩下空空的房屋，沉寂无声，我们崇拜十字架上的救主，不可见的、唯一的在天之神；祭献的牲口，不是羊羔、公牛，而是活人，真是闻所未闻。"对于家人破坏婚约，女孩更是不惜言辞地痛陈："当初，将我许配给这位青年，维纳斯宁静的神庙还在原处。"婚约已立，字字如铁。但"妈妈，你却破坏了你的诺言，因为外教的伪誓将你束缚！"母亲没能信守诺言，当初的誓约也就成了一纸空文。而破约的所谓禁欲的理由，也只不过是束缚人性的虚伪教条。所以，"哪里有神听见妈妈发的誓愿，要把自己女儿的婚约解除。"最后女孩用果断坚决的言辞宣布："靠我自己的决断，使我脱离这种压得沉重的、狭隘的处境。"并向母亲提出最后一个请求："你去堆好举行火葬的柴薪；打开我那苦闷的小小的幽室，让有情人在火中获得安静！"她要和自己的未婚夫一起接受惩罚"异教徒"的火刑。

借助化作吸血鬼的柯林斯未婚妻之口，原本被贴上"寂静沉默"之标签的亡者世界里传来了灵魂深处的声音。这声音喊出了对宗教禁欲和教条权威的控诉，宣示了诗人对人道、均和、积极、完整的生命状态和人类精神之自由解放的追求（Eckermann，1981：89），也清晰地标记出死亡的在场。

如果说《柯林斯的未婚妻》让人们听到了死亡的声音，那么歌德的另一首谣曲《死者之舞》则奇幻地描绘了死亡的具体形态。亡者的舞蹈是欧洲传统文化的一部分，在诸多西方艺术作品中都有所体现。中世纪的欧洲流传着逝者的亡灵会无休止地跳轮舞的说法。这种舞蹈多为一个死者与一个活人交替对跳。每对舞伴常常由一个赤身裸体、不分性别、野性十足的骷髅和一个衣着正常但面露惊恐的男人（后来也出现过女性）共舞。在跳舞过程中，死者的狂野嚣张和生者的胆怯顺从形成鲜明对比，其意旨在表明死亡降临的不确定性以及死亡面前人人平等的绝对性。

歌德给这古老的恐怖传说赋予了大胆而独到的艺术创新。他笔下的死者之舞打破了"一生一死"的对跳模式，被改为一群骷髅肆意纵情的狂欢乱舞。而作为唯一生者的墓地敲钟人则成了这场舞蹈的旁观者。不仅如此，歌德还独具匠心地设置了一场敲钟人偷走一位骷髅的衣服，却反被后者穷追不舍的闹剧。

与《柯林斯的未婚妻》以对话为主导的叙述方式不同的是，《死者之舞》却没有一句直接或间接的引语，而是将大量笔墨用于人物动作和状态的描写，比如写到骷髅亡者们不顾廉耻，"抖掉了身上的白衣，零乱地放在坟墓上"①。"schütteln"（抖动）一词足可见其疯狂沉迷的程度，而且连衣服都甩了出去，真可谓是"不顾廉耻"了。再联想到这是一群白骨嶙峋的骷髅们的舞姿，如此强烈的画面感既震撼无比，同时又让人忍俊不禁。下一段对动作的描述则更为细致。"时而翘起腿，时而在摇晃，做出奇妙的姿势。"②这"heben"（抬升）和"wackeln"（摇晃）较之上文的"schütteln"而言其活动幅度更加强烈，而"vertrackt"（纷乱复杂）则说明舞者动作的混乱无章和变换无序，可见疯狂的程度正在升级。然后只听得"时而咯吱地、咯达地作响，像用响板敲拍子"③。此处的"klippern"与"klappern"这对表现硬物相互碰撞的拟声词恰好给此刻的荒诞一幕配上了使人身临其境的同步

① 此处原文为"Und weil hier die Scham nun nicht weiter gebeut, Sie schütteln sich alle, da liegen zerstreut die Hemdlein über den Hügeln."

② 此处原文为"Nun hebt sich der Schenkel, nun wackelt das Bein, gebärden da gibt es vertrackte;"

③ 此处原文为"Dann klippert's und klappert's mitunter hinein, als schlüg' man die Hölzlein zum Takte."

音效。

至此，人们感受到的是一幅酒神狂欢式的亡者群像。不料接下来事件发生了巨大逆转。敲钟人没能抵住内心恶作剧的冲动，偷偷拿走了一件死者的衣服。失衣亡者在空气中嗅到了衣料的味道。他"摇晃着"（rütteln）钟楼的大门想要上去，却反被大门弹击回来。原来这是大门上金属十字架的威力。这极为短暂的场景却包含了气氛的张弛。发现衣服的亡者想要闯进钟楼，用力摇晃则说明其心情的急切和愤怒。不曾想却被门上象征神力的十字架给击退了。这闪电般的一击不仅让人联想到亡者惊讶的表情，也引出了情节的转机，还为下文敲钟人的命运埋下了悬念。

势必要夺回衣服的亡者没有多想。很快，"这家伙抓住哥特式装饰，沿着小尖塔攀登"①。短语"von Zinne zu Zinnen"（一层塔顶又一层塔顶）细节化地分解了骷髅攀爬的动作，也将死亡的脚步一下一下逼近的过程进行了特写式的处理。眼看骷髅"已沿着涡纹往上爬，像长腿蜘蛛一样"。可怜的敲钟人"这次可要完蛋"！他吓得脸色惨白，浑身颤抖。对比之前高高在上，俯视一切的姿态，此时作为生者的敲钟人已经完全被象征死亡的骷髅威逼压迫，处于性命岌岌可危的被动劣势。

敲钟人正想把衣服交出去，塔尖的铁齿却勾住了衣角。就在这千钧一发之际，"隐没的月亮已显得朦胧，响亮的钟声报告一点钟，骷髅跌碎在下面"。是超自然的力量拯救了敲钟人——根据上文提到的"幽灵时刻"之说，鬼魂们必须在午夜一点前返回坟墓。当月光消失，亡灵也要屈服于无边的黑暗。随着骷髅的坠落，危机终于得以化解。

在上述过程中，作为亡者的骷髅展现出了强大的"报复欲"，对戏弄他的敲钟人步步紧逼，穷追不舍，其形象和状态也从之前的困窘无措转变为暴戾恐怖，甚至令人毛骨悚然。而原本还在幸灾乐祸的敲钟人，却在骷髅亡者的威逼之下惊魂失色。此消彼长的气场强弱在双方间发生了戏剧性的

---

① 此处原文为"Den gotischen Zierat ergreift nun der Wicht, und klettert von Zinne zu Zinnen."

对调。

　　由此可见，歌德在一种既诡异又戏谑的气氛中巧妙地构建起一种突破常规的生死观。在他的笔下，亡者成了绝对的主角。原本沉寂的死亡此时拥有了自主自为的能动性，并对生者产生了存亡攸关的影响。

　　这首谣曲是歌德在 1813 年前往波西米亚的途中被马车夫讲述的骷髅舞传说激发灵感而作。当时正值拿破仑战争的乱局。（Schings，2009：2015）谣曲中死者疯狂的舞蹈正是那乱世的写照。而那爬上钟楼，向敲钟人步步紧逼的骷髅则预示着战争中突然来袭的死亡。它毫不客气地侵入了生者的地盘，诸如钟楼这样原本毫无危险的安全之地顿时失去了生存的保障。

　　通过一夜荒诞的舞蹈和一场黑色幽默式的闹剧，歌德给人们谈之色变、避之不及的死亡留下影、画下像，让人们通过亡灵夸张的体态举动感受到死亡的在场。借由这轮生者与逝者的较量，作者也发出了忠实的警告：死亡是对生命的规定，死与生是不可分离的统一体。即使身处生命安全的高地，也不能避免死亡的威胁。一切对死亡的蔑视与否定都是愚昧和徒劳的。

　　由上述分析可见，在歌德的这首谣曲中，死去的人可以获得重生，重生后又会再次死去。如此，"生"与"死"这两种原本完全对立的状态实现了相互通约。在这生与死之间的界限一次次被冲破和打通的过程中，始终少不了一种神秘力量的强大作用，这就是"魔性"。"魔性"（Dämonisches）是歌德创作理念中一个极具分量的概念，它是指"存在于人身上或大自然中的一种不受阻碍的能量"（贺骥，2014：162），是一种旺盛的生命冲动和强烈的个性，也是一种极端的自我扩张欲和行动欲。

　　在《诗与真》第二十卷中，歌德对"魔性"作了如下阐释："他相信在有生命的和无生命的、有灵魂的和无灵魂的自然里发现了某种东西，这种东西只在矛盾中显现出来，因此它不能被容纳在一个概念里，更不能用一个词来表达。它不是神圣的，因为它看上去是非理性的；它也不是人性的，因为它没有理智；它也不是恶魔的，因为它是善意的；它也不是天使的，因为它经常幸灾乐祸。它酷似偶然，因为它表现为无序；它近似于天意，因为它暗含着关联。它似乎可以突破限制我们的一切束缚，它似乎可以随意支配我们生活中的必然因素，它凝聚时间，扩展空间。它像是只喜欢不可能，而蔑视并抛弃可能……我效法古人和那些有着类似感觉的人，把这种东西称作魔性。"（贺骥，2009：17）。

从中我们至少可以解读出三层含义：首先，"魔性"能渗透于有生命和无生命的存在之中。所以，它既可以体现在伟大的天才式的人物身上，也可以体现在无生命的亡者身上；其次，"魔性"体现着矛盾的对立统一，它既不属于天使，也不属于魔鬼，既包含积极因素，又包含消极因素，不能以单纯的善恶来界定；再次，"魔性"是一种基于无意识的、非理性的生命能量，它蕴含着突破束缚的行动欲望和极端、过度的激情，常体现为挑战不可能的冒险精神。

进一步分析可见，"魔性"一方面是指一种干劲无穷、永不安分的生命冲动，另一方面，因为歌德笔下的生与死是融通循环的，所以这种激情蓬勃的生命活力不仅存在于生者身上，同时也体现于死亡之中。因为脱离了肉体的精神同样拥有丰盈的内在生命力和不同凡响的过度激情，也同样受到旺盛的内驱动力逼迫，需要释放能量。也正是因为有了"魔性"这种不同于道德力量的、非理性的原始生命力的驱动，歌德笔下的死亡才体现出一种巨大的作用力和吸引人、迷惑人的魅力。比如科林斯的女孩心中长期积郁的悲苦、屈愤与怨恨等情绪便如脱笼的野兽般化作了具有终极毁灭作用的"魔性"。还有骷髅们翘腿、摇晃等疯狂舞姿也都是膨胀的表现欲和"生命冲动"外化的结果，即"魔性"的驱动使然。而敲钟人在去偷衣前听到的恶魔引诱的声音其实是他意识深处强烈的行动欲望，即一种"魔性"力量，或者说是强烈的、明知不可为而为之的"挑战欲"。换言之，这出偷抢衣服的闹剧实则是敲钟人无法抵抗自己内心强大的"魔性"力量的诱惑而导致的后果。由此可见，如果"魔性"的力量脱离了理性的制约，则有可能带来无法估量的灾难。过于旺盛的生命冲动甚至会导致自我的毁灭。这也正是歌德通过敲钟人被"抛入"死亡的状态向人们发出的告诫。如果说早年的歌德偏爱的是精力充沛和永不安分的"魔性"本身，那么晚年的歌德追求的则是原始生命力与道德力量的和谐均衡，即"魔性"与理性的辩证统一。

歌德在叙事谣曲中独具匠心地打破了不可逆转的自然规律，让已经逝去的生命得以复活，让亡者有了个性鲜明的声音、样貌和行为举止，以及情感强烈的心理活动，他们有喜有怒，敢爱敢恨。如此，在虚拟的奇幻语境中，生与死的固定隔界通过作者诗性的想象被打通了，二者融合为一个相互依存的共同体。

如果说歌德的奇幻谣曲实现了生与死的通约，那么德国浪漫主义时期则产生出众多反映在死的恐惧与生的希望间挣扎的奇幻谣曲。神奇幻想本身作为"黑色浪漫主义"（die schwarze Romantik）的组成要素，就像是一个从晦暗的现实生活通往充满无限可能之世界的一条过渡通道。浪漫主义视域下的奇幻文学就产生于这种对迷失在狭隘世界中的恐惧和对永远无法满足的深层欲求的悲伤间的夹缝里。（Freund，1999：26）

尽管对于浪漫主义文学来说，叙事谣曲并算不上是地位突出的体裁种类，但它所表现的爱情与死亡的辩证关系已在一些作品中初具形态。在晚期施瓦本浪漫派文学中，叙事谣曲甚至成为一种主导的文学类型，随后它在奇幻文学领域也承担着独特的功能。

在布伦塔诺（Clemens Brentano）1800 年创作的《小舟中的渔夫》（*Ein Fischer saß im Kahne*）一诗中，叙事的核心人物是一个因爱人的英年早逝而悲伤不已的渔夫。他独自一人坐在象征着生命之舟的小船上，在时光的浪潮中随波逐流。由于思念过度，深夜里他爱人死亡的身躯竟从墓穴里复活而出，化身成夜的生灵。它在心上人的小船上徒劳地向自然和生命的美伸开双臂。但二者对于亡魂来说都永恒地消逝了。这一切都如同在痛苦挣扎中转瞬即逝的梦一闪而过。这是从逝者的视角看到的形象丰富的鬼魂集汇和生命的多姿多彩。后者长期以来都是和死亡隔绝的，直到它真正被赋予形象表现出来。这黑夜中的幽灵让转瞬即逝的短暂时刻呈现出全貌。该谣曲最初的主要基调是死亡的忧郁，这是对此在的反观审视。此在在一闪而过的图像中消解，只有在某些瞬间可以捕捉，否则便一去不返了。

渔夫并不愿承认其爱人生命已经逝去的状态，甚至连她在白日的光芒中从他眼前消失的事实也不愿承认。生与死这存在的两极在小船中合二为一，向着时光之川划去。生者与未来的死亡相遇，逝者与活着的过去相见。随着想象程度的加剧，对于生者来说向着美与爱的沉沦是无法理解的。此时眼前已是生命的尽头，触目可及。随着死亡的入侵，所有与个体存在相关联的一切瞬间便被摧毁得支离破碎。

布伦塔诺的这首叙事谣曲可被视作生命的奇幻隐喻。死亡对生存做出规定，被埋葬的爱情兑现了它先前的预言。处于奇幻叙事中心的是为追求幸福生活而被幻象欺骗的人。孤独的他怀着对人生圆满的憧憬，而这憧憬却在他眼前消散殆尽。

据此例可见，浪漫主义文学不再倾向于压抑死亡的经验。与歌德的创作不同的是，布伦塔诺没有回避灭亡意识。他笔下的渔夫所有的努力挣扎都失败了。最终他不得不承认自己面前那神秘的恐惧。如果说歌德是要通过排斥荒谬的命运，或者凭借吸血鬼题材的谣曲中关于死亡之彼岸的描述，通过怀旧的古风召唤幸福，以此保留生命的意义，那么在布伦塔诺笔下那永无中断的悲剧中，显而易见的是永远无法得以圆满实现的生命与爱情的荒诞。死亡与生命相伴相随，它是既沉默寡言又能说会道的搭档，在这出以终结为唯一目标的戏份中貌似扮演着次要角色。最后，在无名的悲伤中，渔夫也长眠于那孤寂的小船中，紧闭双眼，结束了那因失去爱情而没有意义的生命。

听天由命的渔夫得到了安息，那叶小舟便是他为自己选择的坟墓。这坟墓将永不停歇地驶向大海，载着他一同汇入一种全新的生命状态。同样的道理，前文用来指涉过其爱人的睡眠，此处也可理解为一种终将会醒来的临时状态。随着小船进入大海，渔夫自愿放弃的生命也融入位于其局限性对岸的新的存在之中。逐浪前行的小船既是坟墓，同时也是摇篮。死亡便是那通往超越有限性的新生命的门槛。在那有限世界消失之处，神奇幻想也到此结束，剩下的空间留给奇迹，留给那在大海中生动可见的无穷无尽。

在这狭隘的有限世界之彼岸那广阔的生命空间里，渔夫和他的爱人重新合为一体，因为在那无限的彼岸，既无分离也无死亡。经过的船只都能看到他们。这种连接此岸与彼岸两个世界的意义涉及或然（可能）与已然（真实）之间的张力，并暗示了奇迹的可信性。这奇迹就发生在死亡对面的存在之无限中。可以说，浪漫主义的奇幻文学是在向奇迹，向那被限定在时间里的意识发起挑战，并努力唤醒突破一切界限、超越死亡之爱的永恒的意识。

类似主题也出现在艾兴多夫（Joseph von Eichendorff）1810年所作的叙事谣曲《新婚之夜》（Die Hochzeitsnacht）中。该谣曲同样是以象征时光之川的河流为背景，男主人公同样乘着船追寻自己的爱人。一位头裹血红色布条的骑士在船上疾驰而过。他其实是赴死路上的幽灵。身下的莱茵河便成了死亡之河。这被爱人抛弃的可怜人驾船驶过自己的爱人与他人曾举行过婚礼的城堡。他在遭受爱情的背叛后便脱离了这个对于他来说毫无意义的世界。但他在船上说出的一番话语却侵入城堡之上，传给了那负心的新娘。在一种不可抑制的魔力驱使下，新娘登上了曾经的爱人的小船。直到此刻，真正的婚礼才以奇幻的方式呈现出来：

新娘头上的花环变成了死亡花环。在疾驰中，声音与图像的世界正在沉陷。新娘从城堡中下来，在奔腾不息的时光川流中遇见了自己真正的新郎。死者（骑士）一把抓住生者（新娘）并将其拉入另外一个世界。这时河岸边耸立起一堵陡峭的岩墙。一条渊谷以令人目眩的深度展现着生死临界处的景象。这新婚之夜变成了生死间神话般的结合。由此一个全新的生命在位于时光之川彼岸的存在中诞生。生命的黑夜开始转变成一个崭新的黎明，有限也转变成了无穷。在此番情景中，奇幻的叙事风格与神话象征意义的结合体现出死的必然与生的希望之间玄奥的辩证关系。

可以说，布伦塔诺和艾兴多夫笔下的死亡都被赋予了船的形态，它从衰颓败落的奇幻背景走向重生后摆脱时间限制的永恒存在。无论是小舟中的渔夫还是骑士的亡灵，他们都脱离了生物意义上的自然规律，从死去的状态中复活过来。他们的目的都是为了和自己的恋人一起实现爱情的终极圆满。可见，对于浪漫主义文学来说，奇幻执着的是那看不见的晦暗世界。在那事物能被超越它们而指向远处的东西看透的地方，死亡也能作为核心的奇幻经验获得突破有限性表象的动力。

在上述谣曲中，人们通过死亡这一独特的视角看到了生命的多样与充盈。死亡与生命曾一度被两相隔绝，而此处死亡却被赋予形状表现出来。作品中的魔幻场景展现了可能与真实之间的张力，并暗示了奇迹的可信性。这奇迹就发生在超越生死的无限中。（Brittnacher，1994：53）这是浪漫主义的奇幻向被限定在现实时空里的意识发起的挑战，从而唤醒对突破一切界限和超越死亡的永恒之爱的追求。

通过分析还可发现，以上这些奇幻的描写都有一个显著的共性，即在梦幻的虚拟世界中，作为本体的人仿佛剥掉了现实生活中罩在自己身上的外壳，同时从尘世的忙碌和无休止的物质追求中解脱出来，返归生命的真正本质。（Uerling，2000：85）在这虚拟的神奇幻想中，人们甚至能体验到被抛入死亡的朦胧快感，还能将这种情感的超验延伸到人死后灵魂复现对现实世界的反思之中。可以说，这种超自然、超现实、带有宗教性质的神秘力量将被夺走的灵魂带回到本体中，让现实世界重新充满活力，也实现了神性与人性的融合。

而这种融合，就体现在跨越虚实的对话交流中。这种交流延续着一种执着与冲动，流淌着一种敬畏自然与渴望真实的传统。人们从中读出的不是机械，不是顽空，而是一种接通神性并传递灵性的语言。在崇尚"万物有灵"的浪漫派眼中，这便是大自然和笼罩着神灵之光的人之间的交流。

德国浪漫主义作家笔下的虚与实之间的关系是同浪漫主义的自然哲学一脉相承的。具体来说，"自然"是浪漫主义思潮中一个极为重要的概念。对浪漫主义文学而言，"自然最主要的特征是它的整体性和有机性。整体性是指它的不可随便切割分离，有机性是说它不是静止的死的对象。"（任卫东，2007：37）在浪漫主义的观照下，自然是动态的，浪漫主义文学不仅赋予它历史的维度，同时也赋予它精神的属性。谢林甚至认为自然和精神本来不二，乃是统一实体的两面：自然是可见的精神，精神是不可见的自然。自然不是自我设定的僵死的非我，仅来限定和抑制自我，而是活生

生的有机整体，并不断变化发展。(谢林，1999：32)

德国浪漫主义作家甚至还提出"大宇宙"(Makrokosmos)和"小宇宙"(Mikrokosmos)的概念。大宇宙是自然或宇宙万物，小宇宙则是人、动物或自然中的一草一木。这一草一木与整体自然之间并非纯粹量的关系，它们之间是没有阻隔、息息相关的。用弗·施莱格尔(Friedrich Schlegel)的话来说就是："每个人乃是一个有局限的上帝，每一物乃是整个世界。"(任卫东，2007：37)既然自然中的每一个物体都蕴含着整个世界，那么物与物之间也是相通相连的。因此在某种意义上说，物与物之间具有相互替代、交叠和渗透的可能。在这种情况下它们之间的界限就变得无足轻重，模糊起来。

具体到以上提到的谣曲中，那小船和河流都属于"有精神的自然"，它们或带着主人公来到现实彼岸的永恒之境，或成为亡灵进入现实世界的通道，都生动展现了"小宇宙"与"大宇宙"的融合。

可以说，浪漫主义把自然看作一个活的整体，揭示出事物之间的有机联系。从宏观上看，自然是一个"绝对同一"的有机体。从微观上看，自然界的一草一木都被赋予了"宇宙精神"。换言之，在浪漫主义文学的自然观中，自然即是物质，也是物质后面的力量、现象界的始因和动力。它既是"被创造的自然"(natura naturata)，同时又是二者的统一。如果说物质的层面是"实"的，比如渔夫、新娘，那些掩藏在其后面的力量、始因和动力便属于"虚"的层面，比如渔夫爱人亡灵的出现与消失、在河上疾驶而过的骑士，还有蠢蠢欲动的河中鬼魂所象征的意义。这些叙事谣曲中充满浪漫色彩的神奇幻想，将自然和人及人的精神巧妙结合在一起，打通了虚实之间的隔阂，给了我们观察自然的纵深目光，让我们能透过静止的表面，看到动态的关联，还有那不停的活动和演进过程背后的力量、始因和动力。换言之，那忽隐忽现的亡灵、那冤魂充满仇恨的咒语，其背后都隐藏着自然界看不见的神秘力量。

当我们把虚实之间的对话理解为自然与人的对话时，那便上升到了谢林所说的对话的最高境界，即"同时存在于真理和自然的完美整体"。(谢林，1999：)这一完美的整体就是一种对不可能的激情与期待、一种对无限的渴望，这便是浪漫主义的新神话。

因此，在浪漫派笔下充满奇幻色彩的谣曲中，通过虚实两个世界的对话，我们感受到了出人意料的矛盾冲突、突如其来的意外震撼和惊心动魄的悲剧张力。而这冲突、震撼和张力的背后，正是人与自然充满活力的互动与融合。这一过程生动体现了"在自然之中认同自我，在自我之中安置神性，在神性之中有'同一的哲学''同一的诗'以及'同一的神话'"（胡继华，2008：89）。

在此基础上，人的理想和愿望在现实世界中受到的限制，也会通过奇幻的叙事得到消解，并在浪漫主义的诗学中实现一种矛盾的和解。于是，当声势浩大的法国大革命没能彻底改变四分五裂、内忧外患的德国时，失望的德国浪漫派作家们已深感残酷的现实和崇尚个性自由的理想之间差距越来越大。他们始终徘徊在自我的内心精神和非我的客观现实之间不协调的矛盾中，又极力渴望将二者完美结合起来，并以此为基础寻找真实的自我在这个世界上的位置。就这样，叙事谣曲便成了德国浪漫派作家借助梦幻和诗性的意象来发出自己悲怆的心声、传达对现实世界的不满和反抗的理想媒介。

在偏爱短小叙事诗歌的施瓦本晚期浪漫派圈子中，奇幻叙事谣曲已经对复辟时期的意识有所指涉了。其中最有名的是乌兰德（Ludwig Uhland）那饱含革命激情、体现奇幻文学之激进视角的《歌手的诅咒》（*Des Sängers Fluch*）（1814）：一位暴虐的国王一时冲动杀死了一位年轻的自由歌手。老歌手虽然无力反抗，却发下诅咒要报仇雪恨。最高级的诗性正义似乎与他在同一阵线，这种正义让他的诅咒在奇幻的毁灭中变为现实，并瓦解了暴君的家族和那象征僵化的无限专权的城堡。奇幻的叙事风格变成了合法化的革命反抗诉求的实施。神奇幻想的破坏力成为了弱势的反叛势力的保护伞。在奇幻的叙事中，合法化的革命反抗诉求得以实施。神奇幻想的破坏力成为了现实中处于弱势的叛逆者们在形而上的领域实现目标的有力武器：

　　　　老人的呼唤，天上之神听得很清楚，

　　　　城墙倾塌，殿堂毁灭，

　　　　唯剩一根梁柱见证那已然消失的辉煌，

　　　　而它也已破裂爆开，在一夜之间倒下。（Freund，1999：31）

　　上文中城墙和殿堂的倾倒，象征着封建专权的轰然崩塌，而见证曾经辉煌的梁柱，也已然裂开，预示着这腐朽的旧秩序岌岌可危，即将覆灭。可见，在当时的现实世界里，变革的力量是有限的，而在这充满奇幻色彩的叙述中，具有压迫性的旧事物却走向了毁灭与沦陷的结局。

　　在此番叙事过程中，代表压迫势力的旧事物的毁灭与沦陷为追求自由解放的新事物的爆发奠定了基础。后者通过这种奇幻的叙述在一个没有妥协的历史视角中被预见。可见，浪漫主义文学作品中的神奇幻想为在现实中不自由的此在展开了一种开阔的视野。乌兰德没有将这一点以普遍存在性的方式，而是在特定的历史背景下表达出来，这也是他有别于布伦塔诺和艾兴多夫之处。

　　施瓦本文学圈中最有名的奇幻叙述谣曲作家要数身为神经科医生的尤斯蒂努斯·克尔纳（Justinus Kerner）。他早期的谣曲《指环》（Der Ring）（1809）表现了与乌兰德笔下《歌手的诅咒》类似的主题。其中的主人公是一位贪财的国王，他觊觎一位外来的骑士戒指上那枚自带璀璨光芒的钻石，并决心要用暴力将其据为己有。谣曲节奏紧凑，情节一步步迅速地向高潮推进。突然，宝石中迸发出地狱之火，骑士也现出了他的魔鬼原形。随着奇幻的程度不断加剧，整个宫廷都变成了地狱。它毫不留情地将贪婪的国王连同整个阿谀奉承的朝廷一举清除殆尽。

　　上述故事情节中都出现了一种突然袭来、超出理性解释和自然规律范畴的骇然事件。这令人骇然的事件就是"神性之中的危难"。在这危难之中，"自然成为苍劲的、迷暗的、残暴的强力，把人从其生命领域——即人内在生命之核心——掳往另一个世界，并撕扯到死亡之异域"（胡继华，2008：90）。以上谣曲中那些城墙倾塌、殿堂毁灭、梁柱爆裂和烈火燃烧的情景都将纵情愤怒、尽情撕扯的自然强力表现得淋漓尽致。人们能从这字里行间如身临其境般感受到神秘、有灵的自然那带有愤怒情感的爆发力。而正是得益于奇幻叙事这种特有的想象张力，骇人事件的自然强力才得以最大程度地爆发出来，从而引发各种突破客观条件限制的奇异现象。

再反观人类自身，人作为主体是有限的：人的生命是有限的，力量是有限的，所处的环境是有限的，行为活动的条件也是有限的。"因为主体只是一个不属于他的客体的主体。客体被给予主体，后者只能去感知和接受客体。于是，这一作为主体的人就成为一种外在的存在，一种不完善的有限的存在。"（李永平，1999：118）所以，有限性是生命所强加于人的限制，而无限性则是诗性的永恒存在。

但是，在上述例举的谣曲中，原本有限的生命却能"起死回生"；自然界原本没有生命的河流变成了超越现实的时间维度、通往永恒的时光之川；原本没有任何攻击性的音乐和话语被赋予了惊人的魔力；而原本象征权势、牢不可摧的建筑轰然倒塌，高高在上的当权者也在毫无防备之下突遭灭顶之灾。如此，通过之前提到的自然强力，浪漫化的奇幻书写消除了有限与无限的差别，使短暂的期限变成永恒的体验，使不可逆的生命变成循环生死的轮回，使无力的弱者获得无穷的魔力，使梦想的合法化得到最大程度的支持。（Fischer，1998：66）可见，这种诗性的直观想象造就的神秘力量，能在有限中直观无限，在自然中直观精神，在客体中直观主体。那无法用概念去描述的统一整体就这样在诗的神秘直观中显现出来。

进言之，这些浪漫主义作家笔下的奇幻书写，把个人的体验、神话的隐喻乃至宗教的内省融合在一起，通过意念与图画的神奇变幻和巧妙组合，让那些超越理智之上、比经验更深刻、更具有意义的东西得以显现出来，并使作品内涵升华到一个能够挣脱尘世枷锁对灵魂束缚的更高境界，从而实现从有限到无穷的超越。

至此我们不难发现，神奇幻想是能将有意识与无意识、有限与无限结合的存在。因为这神奇的想象力中蕴含着美妙的迷惘和人性初始的浑沌。在浑沌中，有限与无限尚未剖开，有意识与无意识浑然一体。而那迷惘就是人面对宇宙整体的直观经验，也是人感知浑沌的唯一方式。船夫爱人的灵魂出现后又迅速消失，负心的新娘被骑士的咒语引诱，暴虐专权的统治者受到超自然力量的报复与惩治。这些都是交杂着有限的已然与无限的未然、混合着有意识的因果与无意识的想象的迷惘和浑沌。

浪漫主义谣曲中的奇幻叙事，正是旨在把握这种直观与情感尚未分离的浑沌、迷惘的神秘瞬间。在这一瞬间里，"感知能力与感知对象二者合一，人安卧在无界限的怀抱中，仿佛是世界的灵魂，而世界仿佛就是人的躯体。这样，人就超越了自己的局限。"（任卫东，2007：44）也可以说，人由此进入与无限的关联之中，实现了无限与有限的原始结合。就像渔夫与爱人在彼岸相聚，或者如同化身骑士的魔鬼用复仇的大火毁灭了贪婪的国王。

从另一角度看，浪漫主义叙事谣曲中的那些奇幻书写，表面上是在描述一幕幕无序、纷乱、嘈杂的场景。但在这奇特迷乱的表象背后，却躁动着孕育迷惘和浑沌的原始生命力。（Wachler，1997：42）这便是充满意外和奇迹、无法以理性解释和把握的"绝对的乱"。它与秩序井然的理性世界相对，无法以常规和经验进行推理。而那神奇幻想酝酿出的直观、浑沌的迷惘，却能把这意识抓不住的东西感性地表现出来。或者也可以说，此时的意识，已经是一种包容了所有可能、偶然与关联的宇宙意识，同时又是一种自我意识（Hoffmeister，1990：85）。它能让人感到与宇宙的运动融为一体，并在其中找到自己本来的位置。如此，人与无限之间便有了关联的纽带。

综合以上分析可知，在德国浪漫主义的叙事谣曲中，生与死可以相互通约，虚拟与现实能够彼此交融，有限的存在也可转化为无限与永恒。通过这种种奇幻的叙事，德国浪漫主义诗人们成功践行了用"体"感受自然万物的灵性、用"心"触摸时光流淌的节奏、用"爱"倾听浩瀚宇宙的旋律、用幻想重塑生命存在的意义。

诺瓦利斯将浪漫理解为"给卑贱以崇高的意义，给寻常以神秘的模样，给已知以未知的庄重，给有限以无限的表象"（Safranski，2013：80）。而奇幻的意义就在于使平凡具有独特的价值，使庸俗披上神秘的外衣，使熟知恢复未知的尊严，使有限的存在超脱为无限的延绵，从而能让人们在丑恶之中体验"美"，在黑暗之中求取光明，在混沌之中发现秩序。正是那些不拘一格、独具匠心的奇幻书写，让象征浪漫的蓝花更加灵动，让传递诗意的号角更加悠长。

而恰好是从尤斯蒂努斯·克尔纳的系列奇幻叙事谣曲起，历史视域的角度开始闭合了。软弱无力而又狭隘的复辟意识和前途无望的悲观主义取代了浪漫主义催人奋起的基调。在《悲惨的婚礼》(*Die traurige Hochzeit*)这首谣曲中，新郎和新娘毫无来由地从一开始就是脸色苍白、体弱多病。他们和宾客一起跳着轮舞，二人神秘异常且肤色苍白的形象预示着这对新人将不久于人世。

年轻人的婚礼通常是满载希望的新生活的开始，此处却成了美好的期待在死亡这一神秘瞬间的破灭。婚礼的轮舞变成了死亡之舞。这怪诞的象征正好表现出奇幻式的恐惧。那些冷却、亡故的躯体象征着一个缺乏生机活力的僵化的世界。与艾兴多夫的"新婚之夜"不同的是，这里没有突破狭隘局限性的希望。那种对超越有限性的奇迹的信念也消逝在毫无意义的沉沦的世界中。

施瓦布(Gustav Schwab)在借鉴克尔纳的奇幻叙事谣曲的基础上创作了若干叙事诗歌，如《暴风雨》(*Das Gewitter*)和《骑士与博登湖》(*Der Reiter und der Bodensee*)。不过这两首谣曲中的灾难描写都以真正的事实条件为基础。而他相对后期的谣曲《死亡之音》(*Der Todesklang*)(1814)又重新回归了神奇幻想的主题：在城堡首领或士兵临死前，每到夜晚时分，在流经城堡的河水畔总会响起乐手的演奏声：

> 这声音向你发出邀请，
> 弹奏的人你并不认识；
> 我看到潜入和游曳
> 于河中的是那魔鬼的幽魂。(Freund，1999：32)

那在河水中上下浮现的鬼魂不是它物，正是逝去的生命潜藏在自然界的宣告。奏出甜美声音的乐人用瞬间的和谐欺骗亡者的幽魂。而那音乐便是有形的现实与无形的灵界之间交流的话语。乐手的音乐有明显的指向性，是一种邀约。而逝者的亡魂在水中或潜行或游曳，迫不及待地行动着，说明它们能听懂现实世界中生者的音乐。借助音乐，实实在在的生者和无形无象的魂魄间实现了对话与互动。

克尔纳和施瓦布的奇幻叙事谣曲跨越了充满徒劳无益和萧条之气的复辟时期的界限。然而在时间的彼岸实现美好爱情的希望、并对在引发呼应的未来获得革命成功的梦想逐渐让步于对被看作命运终极结点的死亡之恐惧。如果说对于浪漫派而言，奇幻文学只是战胜恐惧的助推器，那对于持复辟态度的作者来说，奇幻文学展现的则是真实而不可扬弃的世界状态。强势的现状排挤着预知，一种听天由命的恐惧感排挤着对消除了阴暗命运的幸福的希望。

在 1820—1840 年的这段复辟时期里，诞生了 19 世纪最重要的奇幻叙事谣曲。海涅（Heinrich Heine）的《伯沙撒》（*Belsatzar*）（1822）奏响了晚期浪漫派的余音。这首谣曲在风格和基调上都可追溯至激进的奇幻文学的叙事模式。这又是关于一个权欲熏心的国王遭受奇幻报复的故事。幽灵之手写下的凶兆笼罩于那些蔑视他人权利和尊严之人头上。奇幻的叙事风格再次被当成对革命行动失败的一种文学弥补方式。然而，不可忽视的区别在于，奇幻的事件仅仅做出判断，而执行的任务必须由其仆从来完成。这或许也是他们唯一能做到的事情。那些不可忍受的和非人的象征性毁灭应当是预料到了未来人类社会的状况。

这一点在格林（Anastasius Grün）1830 年创作的《波西米亚的城堡》（*Schloß in Böhmen*）和沙米索（Adelbert von Chamisso）1831 年写下的《沉陷的城堡》（*Die versunkene Burg*）中也有所涉及。在格林的谣曲中，一位年轻的骑士试图让令其父亲沉陷的城堡再次矗立起来。但是，无论他如何努力施工，新建的部分都会在第二天早上再次变为废墟。造成破坏的是三个神奇的巨人。他们想要这个骑士庄主得到教训，不要试图将已经死亡的生命再次唤醒。在这个奇幻的象征中，城堡代表了具有落后与反动性的革命后贵族权力的复辟。那三个分别看守过去、现在和未来的巨人代表了失去政治权力的公民的愿望。

在沙米索的《沉陷的城堡》中，贵族施展权力的场所也在奇幻的作用下化为灰烬。故事中的三个野兽相当于对反动的神圣同盟的三个权力载体的贬义化体现。它们对国家实施着恐怖统治，并将其洗劫一空。当他们的恶行达到顶峰时，瞬间雷声滚滚，山岩崩裂摇晃，裂开的大地将城堡连同里面野兽般的主人一并吞灭。腐朽的权力再次在奇幻的场景中遭受毁灭。因为在现实的历史中没有权力的受压迫者无法成功实现颠覆。

然而这种带有奇幻激进性的叙事谣曲类型在接下来的时间里势头有所回落。无奈诗人们想要唤起的希望与前景已经早就不可相信了。复辟的污浊空气压抑着人们的情绪。一个听天由命和害怕惶恐的时代到来了。此时的奇幻谣曲中，未来已被过去抢占。

莫里克(Eduard Mörike)那首开创了"奥普理德神话"(Orplid-Mythos)的著名叙事谣曲《睡莲湖畔的幽灵》(Die Geister am Mummelsee)(1828)将由于复辟时期的生存境况而产生的深切的听天由命之感在奇幻场景的框架下表现为病态的期望：午夜时分，奥普理德末代国王那神秘而美丽迷人的随行队伍总是出现在观察者的眼前。这个奥普理德是莫里克塑造的实现梦想人生的魔幻王国。美梦似已醒，安葬在这孕育希望、如一面绿镜般的湖中的死者灵魂寓意着从无意义的生活重压中得到解脱和彻底的自由。国王棺木边神秘莫测、熠熠生辉的女子那诱人而又灵异的场景揭开了意想不到的神奇大幕：

> 湖水如绿镜般的大门正在开启；
> 眼前出现了八个身影，瞬间他们又沉了下去！
> 一架活动的梯子晃出水面，
> 接着——从下面传来了哼唱歌曲的声音。(Freund，1999：35)

观察者自己也受到了那通灵问卜巫术的迷惑。他在最后的紧要关头似乎逃离了那些精灵鬼怪的魔掌。事实上结局也并未明示他是否真正成功逃离。因为他刚一摆脱那隐晦而美丽的，甚至是充满情色的诱惑，就陷入永恒的遗忘之中。这首叙事谣曲通过奇幻的方式表现出一种对死亡的期望，以此回应那个毫无前景的时代。这种期望从幻想的被观看的形象转变为观看者自身。现实与奇幻之间，以及趋向死亡的生命和超越生命的死亡之间的界限都变得灵活机动。在奇幻的视域下，死亡的面纱降临在这个逐渐消失的世界之上。

除了奥普理德神话以外，莫里克的谣曲《火骑士》(Der Feuerreiter)(1832)也显现出非常显著的奇幻特征。在这部谣曲中，政治上的极端主义势力化身成带着雅各宾派式的红色圆锥帽的火魔。它着了魔似地与异常强大的暴力作斗争。斗争中，作为占有绝对优势的国家权力被宣告失败。最后火骑士变成烧为灰烬的魔鬼，极端主义也一并被奇幻地陌生化，一同葬入坟墓之中。奇幻叙事风格成为了一种深切的政治上听天由命之感的表达。

尼古拉斯·莱瑙(Nikolaus Lenaus)的奇幻叙事谣曲与所有的美学呈现都保持着距离，并将死亡表现为一种无意义生活中的无意义的结局。在他笔下的《偷猎者》(Der Raubschütz)(1832)中，被护林员射死的野兽不仅得以复活，而且还使护林员处在无法抵抗的压迫之下。在这样的情境中，此岸的现世和彼岸的死亡之间已没有了明显的区别。此岸和彼岸存在着相同的行动模式。逝者得以无限期复活，而这正是生者无法做到的。人类的此在就这样没有意义和目的地循环往复。在谣曲的最后，一直对时间与死亡冥思苦想的磨坊主向偷猎者提出了一个至关重要的问题："彼岸的世界到底是什么？"猎人回答道："就是什么也没有。"(Freund，1999：35)

然而，期待在无限中得以实现的浪漫期望最终被放弃。遥远的世界中那些没有轮廓、模糊不明的梦想最终被拖入坟墓。一个不能给人慰藉的时代也将文学创作者驱逐出这最后的令人绝望的幻想天堂。虚无回应着日常生活中的空洞。这是空虚的超验。人类如同遗弃让人无限绝望的怪胎般告别了那曾在危难中召唤出来的神灵，剩下的只有失望与恐惧。在奇幻谣曲中，死而复生的幽灵母题成为表现不容置疑的严酷真相的媒介。奇幻文学也不容任何怀疑地升华为对没有意义、无法治愈的存在不可被推翻的认识。

　　莱瑙作于 4 年后的谣曲《悲伤的僧侣》(*Der traurige Monch*)(1836)承接了前作《偷猎者》的主题，同时也将其极端化。作为主人公的骑士从一开始就处于安稳状态之外，他处处遭逢险境。那座钟楼是暴风雨来临前的逃亡之地，已成为废墟。曾经守护钟楼的僧侣早已死亡。他已在悲剧性的讽刺中被证实是寻找庇护之人的绝境，是无法走出的死胡同。无尽的痛苦与极度的毁灭感汇聚在僧侣幽灵的形象中，彼此融为一体。僧侣身上体现着世间全部的死亡和悲伤。在生命的边缘，在所有道路和征途的尽头，人们方能体验到人生必有一死的真相，并认识到任何彼岸的希望都是徒劳。在这个以僧侣为主人公的奇幻谣曲中，宗教人士的代表沦落为可怜可悲的鬼魂，信仰被融化为神奇幻想的泡影。

　　那僧侣的幽灵化作的骑士在第二日清晨不自觉地骑马来到湖边，此时最后的一丝希望已被夺去，眼前是必死无疑的败落。那些一开始在他面前高高立起的是并没有通向天国，而是指向地下深渊的路。奇幻的事件驳斥了先验的推测。生命的彼岸并不是永恒解脱的开始，而是永恒的沉默。这位以骑士身份获得重生的浪漫主义行者，当所有的出路都被封闭之后，他的征途也被赋予了一个暴力性的结局。

　　表现受局限，被伤害的人是安内特·冯·德罗斯特-徽尔斯霍夫(Annette von Droste-Hülshoff)创作奇幻叙事谣曲的主旨议题。她的作品也使得这种文体乃至整个奇幻文学在 19 世纪达到了高潮。《沼泽中的少年》(*Der Knabe im Moor*)(1841)以一个胆怯的少年为叙述的核心人物。他在作品中经历了阴森恐怖之事，悲惨地坠入无底的沼泽里，被幻想的灵异现象困扰纠缠。他体现了复辟时期个人发展无法实现的现状。他的青春是没有希望和前途的。他的人生道路没有通向远方，而是陷入房屋内狭小的空间里。这是意识里逃避那个充满威胁、让个体感到害怕和被排挤的外部世界的避难所。

　　《罗登施尔德小姐》(*Das Fräulein von Rodenschild*)(1841)这一叙事谣曲以显而易见的身体创伤作为结尾。在复活节之夜一位贵族小姐突然遭遇到自己的"双影人"(Doppelgängerin)。小姐立于窗边，就在即将踏进春天的门槛之际，一种令人迷惑的感官上的刺激向她袭来，她感受到外面的另外一个自己在自由不羁地运动时那令人目眩的身影。奇幻文学中的"双影人"母题体现了标准化的集体期待与个体身上涌动的自然感官的生命欲望间不可调和的矛盾冲突。

窗边的小姐感到了恐惧，害怕暴露被认为有罪的感官欲望。那貌似已经被驱逐出意识的人类感官属性突然又重新出现在人们的日常生活中，并在令人眼花缭乱的美感中导致了非理性的结果。双影人幽灵的出现引起了仆人道德上的反感。因为要严格遵守男女有别的禁忌，女仆被当作守卫负责保护小女主人们的安全。对于那位小姐来说，这双影人便是她感官躁动不安的有形的耻辱。它反映出被暴露的不适感。

只有当罗登施尔德小姐克服了被异化的、隐蔽而带有情色性质的欲望，并有能力将双影人控制住、把它驱除，她才能找回有生存能力、能被公众接受的身份。女主人公与双影人的直接相遇构成了故事情节的高潮。那伸手的动作就像告别时的姿势。随着魅影消逝，情色的诱惑也随之被潜藏在深处。

故事在结尾处实现了升华。舞会上两性间的关系似乎也屈服于得以满足的社交控制欲。但是对那不安分的欲望的有力抵抗在小姐身上也并非不留痕迹。她的右手因与双影人的奇幻相遇而变得麻木僵硬。原本用来实施各种行为的器官此刻却将生命力的枯竭和行动自由的受限暴露无遗。放弃实现肉体欲望的同时，也意味着人的生命活力的一部分在缺失消亡。追求安全保护的主体性在复辟时期的社会只有以牺牲整个生命力的存在为代价才能得到保障。

在 1848 年革命的前几年里，费莱利格拉特(Ferdinand Freiligrath)就借助奇幻叙事谣曲呼吁政治革新。但其突出的特点是不像乌兰德、克尔纳和海涅的作品那样体现直接的攻击性。传说中的著名幽灵冯·奥尔拉明德伯爵夫人(Gräfin von Orlamünde)在他笔下的《白夫人》(*Die weiße Frau*)(1844)中出现在沉睡的普鲁士国王床边，以提醒他不要对民众期望权利与自由的呼声充耳不闻。这位传说中的伯爵夫人犯下的儿童谋杀案象征着民众对国王仅存的信任被扼杀。白夫人的形象则体现着民众的民主诉求。但是这个奇幻人物的能力也仅限于提醒，实质性的干预在故事情节中无法实现。在一个变得逐渐冷静和现实的世界里，只有通过奇幻文学才能让那必须进行社会历史革新的愿望与理想得以表达呈现。但是要实现和完成这些理想，前提是将权力掌握在自己手里。

海涅在叙事谣曲的发展进程中占有非常特殊的地位。他的那首引发争议和攻击的奇幻谣曲《伯沙撒》是个例外。那首出自他《诗歌集》(*Buch der Lieder*) (1827)的叙事小诗《窗口陈列》(*Die Festerschau*)已经体现出作者在创作类型上的明显转变。该诗中那鬼魂般面无血色的恋人仅仅只是对在幽灵时刻身体统一性的强烈渴望的生动表征。这种充满魔性的神奇幻想从模仿的视角看来既是令人欣喜若狂的，对于现实生活来说又是陌生的。但从满足自然的、生活化的要求之角度上看它就显得有些滑稽可笑了。

海涅同样对间或使用了奇幻母题的政治诗歌进行过讽刺处理。为了生动展现当时退化落后的政治思想，海涅在他的十四行叙事诗《龙岩之夜》(*Die Nacht auf dem Drachenfels*) (1882)中让会飞的雾女(Nebelfrauen)、城堡鬼怪和骑士暗影，在猫头鹰凄厉叫声的衬托下变幻莫测，奇异森森地登台亮相，以此献上了幽灵和骑士谣曲的保留剧目。讽刺的是，那龙岩上保守反动的、具有德意志属性的庆祝仪式带来的唯一具体后果便是在通宵熬守寒夜后的咳嗽与擤鼻涕。

在《咒语》(*Die Beschwörung*) (1844)中，被黑魔法诅咒的方济各会修士期盼美女肉身那充满极度情欲的一幕被毫无遮蔽地展现出来。故事中痛苦叹息的女死者和修士只能相互无言对视。施咒者清醒地看到自己遭受禁欲的、了无生机的存在所带来的生理上不育的结果，在这种存在中所有的美都已枯竭。

海涅在出自诗歌集《罗曼采罗》(*Romanzero*) (1851)的《玛利亚·安托尼内特》(*Maria Antoninett*)和《修女们》(*Himmelsbräute*)这两首叙事谣曲中让讽刺模仿的风格分别得到了不同的沿革发展。前者通过革命前与复辟历史时期的平行对比获得了原创性的批判效果。该诗中历史渗透进现实，二者相互交叠，使得当下的变为了过往的。在这种怪诞的矛盾中，宫廷内部的魔性冲动被暴露在光天化日之下。大革命前旧体制的幽灵引发了致命的瘫痪效果。复辟时期的生活境况通过在青天白日下胡作非为的亡者幽灵形象展现出它令人沮丧的面向。诗歌中关于无头幽灵的怪诞描述便是对反动派祸害行为的辛辣讽刺：

> 真是怪异啊！我完全觉得，
> 似乎这些可怜的家伙们
> 完全没有发现，它们是多么的死气沉沉
> 而且还没有了脑袋。
> ……
> 一群多么滑稽可笑而又令人毛骨悚然的
> 无头标识物啊。（Heine，1851：42）

　　无头的特征反映出 1789 年之前和 1815 年之后腐朽的贵族们没有头脑和思想的状态。旁观者却以这种恐怖的把戏为乐，而没有唤醒人们对公共生活革新的希望。历史与政治看来只能通过奇幻的表达方式得以呈现。在当时这种情况下，尽管通过文学创作揭露反动派的恐怖是有可能的，但是政治上的解决却没有可能。神奇幻想在海涅笔下貌似显得既是与生命相违背的，又是没有生命的，它一直无法实现人们对具体存在、对在自由状态中的享乐和幸福的诉求。

　　在上述谣曲中海涅一再用辛辣的反讽抨击基督教断念的教义。《修女们》中那四处游荡的修女鬼魂抱怨那个头戴荆棘冠的救世主被人亵渎了，因此作为殉道者的耶稣挡住了她们升入天国的道路。但她们放弃尘世欲望的誓言却毫无诚意。比如诗中提到：

> 我们这些从坟墓中爬出的黑夜幽灵，
> 从此刻开始不得不心怀忏悔

困惑地在这围墙里乱走——
糟糕透了！糟糕透了！

啊，在坟墓里倒也不错，
尽管在温暖的天国
也许要好上很多很多倍——
糟糕透了！糟糕透了！

亲爱的耶稣，哦，请宽恕
我们的罪过，那深重的罪过，
把我们关锁在温暖的天国里吧——
糟糕透了！糟糕透了！（Heine，1851：43）

　　她们总是津津有味地回忆着恋人身上的诱人细节，回味着他们色泽光亮的髭须和迷人的制服。修女们想要进入天国首要不是因为可以靠近上帝获得福祉，而是因为比起墓穴的寒冷，她们更倾向于选择天国的温暖。

　　海涅在对相关主题讽刺性的处理中突出了奇幻这一种文体风格转瞬即逝的结局。这种结局应付不了正在形成气候的现实主义趋势。海涅理解的神奇幻想，是站在人类已实现的现实以及一种具体的、固有的存在之对立面的。

　　海涅在谣曲创作中通过对相关主题仿讽式的（parodistisch）艺术加工标志着奇幻这一与正在兴起的现实主义趋势格格不入的文体暂时性的终结。

　　在失败的 1848 年民主革命之后，人们对于政治的兴趣和投身社会变革的热情就开始急剧减退。对公共发展彻底失望、断去超验的空想念头的人们开始把注意力转向人本身和其具体的生存条件。其核心问题是在愈渐狭窄的空间中生存的可能性，以及蕴含其中的对人类自我毁灭力量的清醒把握与认知。

　　怀着对未来理想规划的疑惑，人们开始应对现实中错综复杂、各种因素千缠百结的挑战，并尝试将这种错综复杂的局面表述出来，而不是抱着不切实际的空想将其排挤出去。奇幻创作新的可能性便从这对人类黑暗的、毁灭性的能量探索和对跨越固有界限、在混乱中寻找迷失自我的深入探讨中孕育而生。

歌德作品中已经有所显露的魔性视角，在现实主义作家笔下得到了毫无顾忌、毫不掩饰的展现，这也给当时的一系列奇幻叙事谣曲打下了深刻烙印。生活的不幸成为了表现的主题。这种不幸的生活早已给自己埋下不幸的种子。在这些主题的作品中，有毁灭倾向和自视过高的人取代了完成理想使命之人的位置。他们貌似通过有意的断念就能成为主宰。那种毫无一丝将自己进行理想塑造能力的残缺不全和难以触及的人类天性得以成为主角登台亮相。

现实主义时期奇幻叙事谣曲的特色首先体现在黑贝尔（Friedrich Hebbel）的一些作品中。创作于 1843 年的《S 是午夜》（S' ist Mitternacht）塑造了一个受到具有攻击性的邪恶梦魇侵袭的沉睡者用刀将想要摇醒他的清醒者刺死的恐怖场景。而整个过程中沉睡者始终没有苏醒过来。毁灭性的冲动从潜意识深处，从蕴藏着不受控制的、似乎毫无来由的攻击性区域升腾而起，牢牢控制着可怕的做梦者，使之变为杀人凶手。

令人感到震撼的是主体行为的任意性和毫无来由的特点。这是仅仅从潜藏在人性中，在被削弱的意识中随机找寻其受害者的破坏力量而生出的纯粹毁灭。潜在的暴力倾向扭曲了人的模样，也使野兽般的恐怖鬼脸变形、难看。此时的奇幻文学深切观照到了人性的深渊，并在这荒谬的破坏性行为中叩问着复杂的人性。在放弃传统奇幻母题的基础上，黑贝尔发掘出了人类心灵自古以来的固有潜在恐惧。如果说歌德的《魔王》中源自潜意识的魔性涉及的是被着魔者自身，那么此处受制于盲目攻击性的着魔者便成为了杀害同胞的凶手。

创作于 1859 年的叙事谣曲《魔法树林》（Der Zauberhain）和《魔王》一样紧紧围绕着自我毁灭的魔性主题：一位年轻骑士在具有人生智慧的旁观者和讲述人的反复警告下仍然闯入进一片神奇的魔法区域中，并在魔法的诱惑下采摘了一朵玫瑰，倾听了五彩鸟儿们迷人的歌唱，最终成为了森林女巫布置的迷人幻象的牺牲品。这貌似童话般的预兆带来的不是终极愿望的实现，而是可怕的死亡。

这个故事向读者发出了警告：一旦人们不守边界，毫无顾忌地追求美与幸福，致命的魔法就会从生活中产生。而在关键时刻触手可及的圆满则会突然转变为痛苦的失望，让失去边界约束的愿望坠入无底深渊。因为位于自我约束和狭隘、熟悉的存在之界限彼岸的，是危机和恐怖。

19世纪中期的理性市民学会了放弃好高骛远的期望，开始安于现状。追求充满激情的完满人生和忘我地沉浸于美好事物的愿望是被禁止的。值得追求的女性和世俗的情欲诱惑被污蔑成女巫之弊。凡是让民众在其职责范围内变得精神错乱并最终崩溃爆发的，都被奇幻地异化为恐怖骇人的事物，且无法避免地带来毁灭性的后果。于是这一时期的奇幻叙事谣曲倾向于塑造一幅幅毫无顾忌地听任自己隐藏欲望摆布之人的恐怖画面。

施笃姆（Theodor Storm）早于黑贝尔数年就通过奇幻叙事谣曲的创作来表达不愿接受市民生活之狭隘局限的必要需求。而作品中批判的矛头很少指向这要求本身，而是针对使其无法得到满足的社会环境。在施笃姆的《瓦普吉斯之夜》（*Walpurgisnacht*）（1837）中，被恋人抛弃的女孩置身于现实世界与奇幻的亡灵世界的交叉路口。在女孩悲叹的呼喊声中，一群疯狂的女巫和她们的魔鬼主人先后现身。

出人意料的是，那魔鬼被证实就是女孩那迷人而又忠实的恋人。不是在日常生活中，而是在灵魂世界里，她的愿望得到了满足。在瓦普吉斯之夜这个通往春天的门槛上，人们感受到了源自那了无乐趣的、被训化的世界中的情感爆发。个体脱离出备受局限的各种生活关联，通过献身于属于禁忌的他者，实现他不能也不愿摆脱的身体感官上的满足。由此还可见，市民阶级的界限即待突破，如此人们方能在感官上尽情享乐。初看上去施笃姆似乎是在遵循将爱欲妖魔化的社会观点。然而通过故事中反讽性的转折，他将那些被妖魔化者暴露在怀疑和审视的阳光下，同时又将魔鬼本身刻画得亲切而温柔。

施笃姆在作于1843年的谣曲《冷杉王》（*Tannkönnig*）中也表现了类似的

主题。标题提到的人物冷杉王代表着爱欲的神奇力量。它能唤醒沉睡于林中小屋内的女孩，并吸引她走出狭隘的生活空间，让其分享发展自然天性的广阔天地。然而由于女孩对其道德严苛的环境权威无比畏惧和顽固坚持，唤醒行动失败了。受困于此，冷杉王那看来完全非基督教式的世界让女孩觉得恐怖阴森。道德宗教的束缚与感官天性的发展相互排斥。冷杉王这一初看上去无比神奇的神话形象代表着原初的真实。这种真实比要求保持原本真实状态的受束缚的市民生活内涵更加丰富。伴随着施笃姆的叙事谣曲创作，爱欲和奇幻那充满张力的结合也走向了尾声。现实主义的叙事谣曲，即便使用了一些奇幻元素，也更普遍地开始转向人类通过不受约束的攻击性与高估自我的傲慢所导致的毁灭性行为。

迈耶尔（Conrad Ferdinand Meyer）创作的历史谣曲《埃策尔国王之剑》（*König Etzels Schwert*）（1864）就展现了被激发的暴力所带来的可怕后果：一位骑士不顾关于会被重新唤醒的"死亡世界"的强烈警告，选择了匈奴王埃策尔的宝剑。那骑士谋杀的冲动好似永无止境，不知餍足。那把宝剑在一场纯粹出于杀戮欲望的战争中向敌人大开杀戒，直至骑士自己成为这沾满鲜血的残忍之剑的牺牲品。

这其中对于真实存在于人物内心而最终脱离控制的潜在攻击性的描述很容易让读者将该作品误认为恐怖谣曲。其实这首谣曲在恐怖氛围的外表下隐藏着对人类内心世界中冲动、恐惧和欲望的影射：只有通过骑士对剑的非理性选择方能解放这恐怖工具的原初生命力，只有经他之手方能让此剑焕发克服畏惧、迎接死亡的新生机。其实获得解脱的并非是武器，而是被妄想将其他所有强大的暴力掌控在手中的欲望征服之人自身。是其自身不受约束的潜在攻击倾向导致了让他灭亡的血腥事件。

在上述谣曲中，激发暴力之人反因暴力而亡。彰显奇幻的是那无所约束、被原始冲动所奴役的人，他将世界推入无尽的恐怖之中。迈耶尔的这首谣曲出版于普丹战争爆发之年，此后又爆发了几场战争，直至德意志的民族意识获得胜利。如果人们将其理解为一种警示的话，那它则是既有远见又没有结果的预兆。人类的暴力倾向仿佛是无法根除、不可控制的。这是源自这首被奇幻异化的谣曲情节中最真切的认识。

除了那段战乱频发的历史，发生于 19 世纪下半叶的工业革命是释放出潜藏于人类中具有危险性的、威胁自身和其生存世界之能量的重大事件。技术的进步好似突破了所有界限，并赋予人类无所不能的力量。鉴于人类的这种过度自负，冯塔纳（Theodor Fontane）于 1880 年创作出了叙事谣曲《泰河桥》（Die Brücke am Tay）。其故事的真实背景便是在此一年之前发生于苏格兰的一场惨烈的火车事故。其中讲述到源自莎翁笔下《麦克白》（Macbeth）里的女巫所代表的巨大魔力让一座铁路桥坠毁，行驶其上的火车随之落入万丈深渊。

那脱离了人类建设性的理性制约并对技术之完美与全能之梦不屑一顾的毁灭性力量以奇幻的方式呈现出来。然而，人类主宰世界的尝试却不可避免地以失败告终。同时发人深省的还有：正是人类自高自大的权力欲望激发出了那毁灭性的力量。

该谣曲以奇幻的方式提醒着人们：如果人类跨越了自然赋予他的界限，并企图高高凌驾于其生存空间的基本构架之上，那世界就进入到了如此这般奇幻莫测的状态中。和迈耶尔对那潜在的攻击倾向发出的警告一样，冯塔纳提出的对无限度的科技创造之后果的预警也是毫无结果。热衷于暴力、被自己的空想和幻觉冲昏头脑的人们一再给我们的世界带来陷入奇幻混乱的威胁。

利利恩克龙（Detlev von Liliencron）的作品为现实主义谣曲奏响了余音，然而它更加坚定地关注特定场景，聚焦所经历事件的核心时刻。他效仿冯塔纳创作了《极速飞车》（Der Blitzzug）（1903）。原作与仿作都涉及一起惨烈的火车事故。利利恩克龙似乎随时都能设想出可能发生的技术故障。他笔下的神奇幻想成分不像在冯塔纳的作品中那样处于核心地位，但仍然发挥着影响作用，只不过偏居边缘。该故事中在黑暗里疾驰的火车随着悲剧的前兆呼啸而来。可作品最后却呈现出亡尸和废墟成堆的场面。如果说冯塔纳之作反映的是妄图挑战自然元素之影响的人类的狂妄自大，那么利利恩克龙强调的则是人类正沉浸在高速发展所带来的幻象中，但其对无限改变的追求却又永远无法满足，并终将受到致命的挫败。死亡作为奇幻的威胁侵入人们的梦境中，这些人永不停歇地在途中改变目的地，以为可以逃避厄运或者成功地压制它。和冯塔纳一样，利利恩克龙也通过奇幻的叙事风格表现了无法抑制的自然力对人类制造的表象世界的入侵。

在《死亡》(Der Tod)这首谣曲中，沉迷于狩猎的伯爵夫人试图以决定生死的主宰者的姿态忽视自然力的限制。然而最终给她带来厄运的死亡其实就潜伏在她饲养的一只灰猎犬的眼中。那惨死的捕猎者的残目中出现了一位窈窕姑娘，她阴险地向正在疯癫中死去的女伯爵鞠躬。

谣曲《桑特彼得的女织工》(Die Spinnerin von Sanct Peter)讲述了一个极为阴森恐怖的故事。对于讲述者来说这个传说式的人物形象就如同一个沙丘中的玩偶，沙丘的景象将带来不幸与死亡。直到在一个夏夜，他自己遇到了她，然后便有了下面令人毛骨悚然的一幕：

"多恐怖啊！她像一只钟表一样反向旋转，她用额头对着我的额头：这是一具尸体在对着我笑吗？"(Freund, 1999：51)

与希区柯克(Alfred Hitchcock)的影片《惊魂记》(Psycho)中那恐怖至极的画面和场景不同的是，完成这个能让人联想到其存在之时间性的可逆向运转的动作的个体，是在面对奇幻入侵所带来的不可避免的恐惧结局时向人们发出直接劝告。

以上这些奇幻谣曲都反映出共同的主旨：作品中那些相信自己能成为生命主宰的人是具有悲喜剧意味的，而在现实中他们只能是生活的牺牲者。利利恩克龙在改写黏土人传说时让自负专断的法师勒夫有一天忘记将赋予生命的魔法条从他造好的黏土人口中拿掉。突然间一直服从命令的精灵显出原形，变成一头恐怖吓人、极具杀伤力的怪物。一场规模出乎意料的灾难就这样爆发了。直到最后法师成功将黏土人制服，灾难方才结束。这诙谐讽刺的弦外之音揭示了创造者的自高自大，他虽然最终幸免于难，但他的创造却差点导致自己赖以生存的世界走向毁灭。其中的奇幻特征就体现在：被创造者反过来具有威胁性地成为了创造者的主人。

到了威廉二世时期，社会的僵化、迅速独立自主的技术发展、生活正在向历史之尽头靠近的意识连同对近在眼前的战争灾难的恐惧，都给奇幻文学提供了新动力。尤其是那些表现主义作家笔下塑造的灭亡预言更是不容忽视。被胡塞尔称之为遗觉①归化(eidetische Reduktion)所持续塑造的怪异形象揭露出在对作为生活核心的纯粹表象集中追溯的过程中潜藏着有效的破坏力。面对具有威胁性的人类发展，文学作品塑造出各种衰落的幻景。当衰落、消亡和毁灭的力量被赋予任自专横的魔鬼般恐怖的生命力时，就会持续催生出奇幻叙事谣曲。此时的人们越来越意识到，作为操纵者的人类正在遭受排挤，取代其地位的是自主自为的衰落过程。

在这样的历史背景之下，格奥尔格·特拉克尔(Georg Trakl)为他1909年就创作完成的诗歌选择了这个提纲挈领的标题"叙事谣曲"(Ballade)。其中有两位主人公：一个愚人和一位姑娘。在一片沉寂的气氛中，愚人在沙地上留下三个神秘的符号和一个盛满血红色液体的沉重杯子。开篇读来充满希望，结局却令人失望。最后在愚人饮尽杯中之物后，女孩却在一边袖手旁观，任风吹散了没能得到更进一步解读的符号。伴随而来的是在女孩手中消逝的阳光和熄灭的灯光，而大海自始至终单调、冷漠地吟唱着它的歌谣。

这首谣曲向人们传递的体验是：生活无非就像这位愚人许下的空洞诺言。过去、现在和将来，这三个时间层次，就如同随风吹散的砂石。那愚人般没有意义的时间使个体的生命之杯变得空洞，让个人无法享受当下手中拥有之物。人生就是一场永远被排斥在命运边缘的永恒闹剧。我们甚至可以将该作品理解为一则关于个体存在之无意义和人生短暂、空虚的神话。对现实的神话意义解读最后却流落入荒诞之中。空洞的杯子、熄灭的光线和被吹散的痕迹使个体正面遭遇着作为其此在之基础的虚无。

与这首纲领性的衰落谣曲几乎同期诞生的诗歌《双尾美人鱼》(Melusine②)继承了古老的法国传说：一个美丽的双尾人鱼姑娘与一位贵族

---

① 遗觉即刺激停止作用后，脑中继续保持的异常清晰、鲜明的表象。它是表象的一种特殊形式，以鲜明、生动性为特征。

② 在欧洲神话传说中，双尾美人鱼(Melusine)是圣水精神的女性化身。在占卜术中，双尾美人鱼的两个尾巴代表了土地和水、肉体和灵魂。她化作人后与人间的丈夫结婚生子。

结婚生子。但是当她海妖的真实身份被揭穿后，人鱼不得不离开自己深爱的丈夫和孩子，独自回归到那无限广阔却也永恒孤独的海洋世界里。人鱼只能悲伤地回到人间做短暂停留，来照顾她的孩子。在流传下的故事中，人鱼回到了大地母亲的怀抱，尽管她对水和海洋的依赖仍十分明显。此处影射的是：人类因为自身的过失行为，导致同自然力的联系被彻底断绝。人类与其自然根源间的危险关系成为了这首谣曲中最主要的矛盾冲突。

　　特拉克尔将奇幻语境中的意义生成机制转移至荒诞的氛围之中，由此他也给这流传已久的古老传说赋予了全新的阐释。其中值得一提的有这样一场母亲与孩子间面对面的对话：人鱼姑娘没有返回家中照顾孩子。她耐心而确定地给出了具有预兆性的回答。飘零至夜晚的落叶、孩子因此从美梦中惊醒、春天那流着眼泪而苍白的脸庞、感到自己被牢牢抓住的孩子那炙热的嘴唇和哭泣声，这一切都丝毫透露不出母亲般温柔的关爱，而是寓意入侵进孩子生命的悲惨厄运。

　　人鱼母亲没有回家照料她的孩子。她的出现更像是意味着死亡与早逝，而这悲剧性的一幕也委婉地通过母子一同进入天国的方式被改写。此时的大地母亲已不再是生命的孕育者，而成了传递死亡的使者，她也不再是生命的摇篮，而是埋葬生命的坟墓。最后人鱼双目变白，化成了没有生命的石像。突然对话出现：

　　　　此时此刻一切光明消失
　　　　深彻的黑夜侵入那房屋（Freund，1999：54）

　　这个传说原本要突显的是因与自然关系的断裂而无辜受到威胁的正在成长的生命。特拉克尔通过对其故事结构悲剧性的反转塑造了一种奇幻的死亡场景。母亲赋予孩子的生命，其实从一开始就是向死而生的生命。这不过就是一场在人成年后被必死的事实证明是谎言的美梦。

　　特拉克尔通过改写这充满寓意并预兆生命的双尾人鱼传说塑造了一种衰亡的场景。生命的原初法则不再是发展，而是败落。这是对于存在者而言最深刻的真理。它被排挤在普通的感知之外，却在奇幻的改写中得以生动展现。在这段被视为末日的历史时期里，灭亡的恐惧在奇幻文学中表现出一种新旧交替的过渡状态，人类的未来充满着不安和不确定的因素。

1913 年出版的谣曲《青年女工》(*Die junge Magd*) 就是以人类中心地位被消解的奇幻过程为核心。女工开篇伊始便作为行为主体登台亮相。那个表示不定指称的人称代词"es"（它），暗藏在有生命和无生命的自然里的细节，那些奇特的、自主自为的身体部位，还有日常工作环境中的各种工具都将人类排挤出行动的中心。外部世界获得了驾驭个体的魔鬼般的专权，因为个体已经失去了对自己和其生活空间的控制，并正处于不断消解的过程中。诸如"她的面庞飘过鱼塘/她的头发拂过光秃的枝丫"(Freund, 1999: 54) 此类描述身体部位自主活动的表达大大增强了怪诞的效果。与之同步发生的还有崩解的外部定位 (Außenorientierung)。那些在各自内部秩序之外的可感知事物，只能在一种无意义的并存关系中被感知。那些如"被施魔法"(verzaubert)、"被取悦讨好"(umschmeichelt)、"遭受痛苦打击"(von Schmerz geschüttelt)、"疲于诉苦"(ermattet von Beschwerde) 等被动形式用语揭露出人类被抛入一种捉摸不清、不知所谓的过程之中听任摆布的状态。

作品标题中的人物受到一种隐而不宣的权力所驱使，无助地不停跳舞。她在狂迷般的癔症中起舞，走出大门，跳着舞进入锻造工场，以无助的动作极速奔跑，最后晕厥倒地。一种不自觉的舞蹈状态取代了受主体控制的行动。这首谣曲所反映的主题思想便是人类在奇幻地被异化的环境中的主体性缺失。这种环境使个体陷入不断强化的消解中。

特拉克尔的谣曲作品展现出一幅幅处于工业与资本迅速发展的压力之下的人类在不断匿名化和集体化的过程中受到威胁的景象。身处一个连自己都变得陌生的被陌生化的世界里，人类开始消解成奇幻的模糊轮廓，在消逝的现实中退化成纯粹魅影般的存在。随着个体被边缘化，世界也转变为一个阴森恐怖的大舞台。通过那晦暗背景的衬托，这首奇幻的叙事谣曲塑造出在这个非人性化的时代中人类逐渐被消解的幻景。我们在特拉克尔很多作品中都能找到这种奇幻创作风格的痕迹。他也由此得以透过肤浅的表象揭露出其背后历史发展的趋势，即人类最终被边缘化的结果。

　　格奥尔格·海姆（Georg Heym）是除特拉克尔外最重要的表现主义诗人代表。他同样选择通过奇幻谣曲来表现虚幻的衰落场景。相比较而言，海姆更加不遗余力地将震撼的程度升级加倍，从而有效地塑造出令人毛骨悚然的、毁灭式的疯狂场景。其中最著名的便是那首谣曲式的诗歌《城市之神》（*Der Gott der Stadt*）（1910）。

　　该诗中毁灭之神巴力（Baal）①满城追逐着吞噬一切的大火。这个置身于住宅区之上的神话形象，代表着大城市工业发展魔鬼般邪恶的一面，随时准备着清除一切其他类型的生命。现代化进步的疯狂引发了生命毁灭的恐惧，无情的毁灭狂热也入侵到成片成群的房屋、烟囱和工厂中。人类跪倒在巴力神的膝下，沉浸在由自己发起的伟大进程的迷雾中，成为了后者毫无反抗力的牺牲品。

　　那毁灭一切的魔鬼所带来的荒漠地狱尽管是神话式的幻象，但同时也意味着潜藏在不顾分寸和人类自身局限性的文明化进程中的威胁与厄运。奇幻文学由此表现出在工业革命的时代背景下人类咎由自取而导致的无法改变的混乱场景。

　　1911 年海姆在《战争》（*Der Krieg*）一诗中描绘了一幅奇幻而恐怖的毁灭景象，其震撼程度无论是从细节上还是规模上来说都相较《城市之神》有过之而无不及。此处巴力神变为了战争恶魔，是一个没有名字、引发具体恐怖生活的抽象物。它再次入侵城市，袭击了草坪和集市，所到之处都只剩一片荒凉与死亡。这很容易让人联想到过热的工业经济繁荣与战争之间的关系。战争就如同《深自拱形地窖》（*aus Gewölben tief*）中的恐怖幽灵，转化自潜藏在人类意识深处的侵略性。当发展规划和工程扩展到巨大的规模并失去应有的控制时，它便会一举爆发。该作品中的奇幻之处便在于人类那种为了实则令人质疑的进步而大规模进行自杀式行为的毁灭性冲动。

―――――――――――――

　　①　巴力，犹太教以前迦南的主神，太阳神，雷雨和丰饶之神，达贡之子。曾打败过邪恶的海神雅姆，并在女战神阿娜特的协助下年复一年地与死神莫特相搏，导致四季的更替和万物的枯荣。

从中人们可以感悟到：在这样灭亡的过程中所有的一切都被殃及。没有任何个体能作为例外逃此厄运。一种集体死亡已经占领了世界，唯有战争这种原始的破坏力才显示出个人化的特征。由此那传统的神话人物才被赋予了新的奇幻维度。是他引发了让所有生命彻底消亡的终极战争。一个走向毁灭的世界已经呈现，它正在被升级成魔鬼的破坏力所征服。

这首谣曲结局中出现的"狂野的天空"不是救赎的、和平的天国，有些讽刺的是，此处的天国事实上就是地狱，是充满侵略与战争的地狱。它将世界推入虚无，又以战胜这虚无的胜利者的姿态挥舞着象征胜利的火炬。海姆在《城市之神》和《战争》这两首叙事谣曲中实现了对这一文类的创新。他用集体形象和神话人物取代了作为行动个体的人，从而让灭亡的幻境呈现为一种无法改变的、普遍性的命运。作者也将故事的反面主角塑造成主宰世界和历史的刽子手。

海姆的神奇幻景将世界转变为巨大的墓地。和将战争比作魔鬼的方式类似的是，他在《睡眠者》(*Schläfer*)(1910)这一谣曲中让睡眠这种抽象的事物塑造成长着深红色的喙和冰冷的翅膀、发出"病态的紫罗兰般"声音的奇幻形象。对在深夜黑暗中的沉睡者而言它就是一个带翼的死神。睡神许普诺斯(Hypnos)也在此被升级到其兄弟死神塔纳拖斯(Thanatos)的地位，死亡与沉睡合为一体了。一种病态的景象展开了。夜的黑色面目此时因死亡的红色印记受到侮辱。水面一眼望去深不见底。月亮将毒液滴入沉睡者的心脏，而茂密成荫的大树都扎根于这些心脏里。化身成死亡之鸟的睡魔引起了深受无名痛苦烦扰的沉睡者身上的恶梦。

在极端消极的黑色隐喻中人们看到了一种始终致命的神奇幻想。它呈现出一幅让人毛骨悚然的恐怖景象。当死亡带上了沉睡的面具，沉睡者也担任着死亡者的角色。没人能从死亡的睡眠中苏醒过来。这"枯萎年华的果实"(Frucht im welken Jahr)在海姆具有典型特征的委婉表达中象征着数不胜数的已经逝去的亡者。

在奇幻叙事谣曲中海姆塑造了一套独一无二的恐怖神话体系。在这个体系中诸如战争和睡眠这样的抽象事物变成了具体而恐怖的毁灭性生活。

而有生命的人这样具象的个体却无法逃脱被消解的命运。晦暗的终结场景在不断扩展，到处充斥着末日降临般的恐惧，人们对未来的憧憬也不断被打破。海姆的奇幻谣曲通过独特的现象寓示着人类的终极灭亡，这是没有未来的末日，是无法重启的世界终结。

海姆作于1910年的谣曲《演员之死》(*Der Tod des Schauspielers*)展现的虚幻格局就没有上述作品这么大，它如同一个奇幻的小型戏剧。分量重要的、充满活力的主角在戏剧的中场伴着死亡的肃穆登上舞台。他在不停转换的角色中所展现的人生，瞬间好像不过就是舞台上虚拟的表演。在被压抑的现实中只有死亡能让这演员从角色中抽离出来，并在所有角色结束时直面自己其实是必死之人的身份。

通过舞台上下的场景对比和戏里戏外的身份跳跃，嬉闹转变为严肃，虚构的人生转变为死亡的现实。戏剧不再是具有象征意义的地方，舞台也不再是阐释世界的场地。戏剧瞬间转变为世界和此在本身。在这里死亡的真理驱逐并扬弃了一切象征意义。让人感到奇幻的是，死亡的入侵是生命真正的灾难，而这正是虚拟的戏剧所无法表现的。

随着表现主义时期的结束，奇幻叙事谣曲的传统也被中断。强调冷静理性、以既定事实和经验为导向、热衷客观事物，所有这些人们试图通过新客观主义(Neue Sachlichkeit)①的概念把握住的一切，都没能给奇幻文学创作的新生起到多大的推动作用。那些对未来毁灭的预见和对混乱的预言也只不过给人以过分的奇幻和晦涩之感。流行的风潮过后，人们又回到了日常生活的常规之中。

新型奇幻文学的发展同样有其特定的社会历史根源。第一次世界大战的惨痛后果、魏玛共和国的乱局，尤其是纳粹主义对民主运动的打击、纳

---

① 新客观主义(又称新即物主义)是20世纪20年代出现的一种德国艺术运动，是对表现主义的反应。这个词是由曼海姆艺术馆的导演古斯塔夫·弗里德里希·哈特劳布(Gustav Friedrich Hartlaub)创造的，他用它作为1925年举办的艺术展的标题，展示了以后表现主义精神工作的艺术家拒绝表现主义者的自我介入和浪漫渴望、崇尚客观事实、强调功能性、专业责任心和有用性的理念。

粹的夺权和第二次世界大战的爆发重新引发了人们对毁灭的恐惧，其程度随着残酷的独裁统治与越来越明显的战争恐怖阴云而愈加强烈。稳固的生活环境被证明是骗人的假象。整个世界再次陷入天下大乱的局面中。在魏玛共和国时期的特殊社会背景下奇幻叙事谣曲也有所发展。这一时期的人们正试图通过一种无尽的娱乐消遣来粉饰"一战"带来的动荡与政治上的混乱。

战争的恐惧在表现主义的奇幻风格作品中出现的时间并不算长。它更多情况下是在真实历史事件的背景前呈现出怪诞的特点。布莱希特（Bertolt Brecht）创作于1918—1919年的《一个死亡士兵的传奇》（*Legende vom toten Soldaten*）可谓是奇幻谣曲发展过程中风格转变的先锋典范之作。它指涉的是第一次世界大战，但同时也进一步揭露出1945年法西斯灭亡前整个民族狭隘的思想意识。

这首诗以超过布莱希特之前最强作品数倍的程度标志着在战争恐惧下新型现代奇幻文学的开端。战争给人类带来的灾难激发出怪诞奇幻的表现方式，因为所有现实主义的文学风格在这极端恐惧面前都显得苍白无力。在这方面恐怖叙事谣曲的兴盛则具有至关重要的影响力。在纳粹上台后的逮捕人员名单中，布莱希特作为该诗作者于1923年被列入其中第五名。

该谣曲讲述了在世界大战临近结束时一位像英雄般壮烈牺牲的士兵重新复活并被医生认定为有服役能力的传奇故事。因为他为了逃避危险而躲进了坟墓中。一列怪诞恐怖的火车载着被迫成为幽魂游鬼的死亡士兵横穿整个德国。在身穿染成国旗颜色上衣的爱国者们的支持下，一种无法抑制的英雄情结被传播开来。教士们摇晃着神香桶，以此方式驱逐腐烂的气味。在轻快的音乐声中那些尸体也好像在听从指挥进行着军队式的操练。

这种怪诞的奇幻场景一方面揭露了纳粹的战争狂热，另一方面也通过给被迫成为幽灵的士兵们画漫画的方式刻画出战争中受害者和受压迫者的形象。列车如同梦魇一般疾驰而过，那些正在腐烂的士兵们此时就是表现在战争的恐怖和纳粹狂热中被扭曲的反常欲望的核心主角。

战争的伤口还未愈合，魏玛共和国时期风雨飘摇的政治格局下人们对灾难的恐惧仍在蔓延，能够挺过一切苦难袭击的人们则以此为消遣。凯斯特纳尔（Erich Kästner）的谣曲《高山假面舞会》（*Maskenball im Hochgebirge*）（1930）展现了魏玛主流时尚阶层在流行的滑雪运动中的典型代表。一种新潮的滑雪运动在小型爵士乐队的伴奏下，以一场雪崩终结了一群在非真实的奇幻假面舞会中装腔作势的可笑之人的生命。在"兴旺的二十年代"（the roaring twenties）中人们追求越来越精致的享乐，那索性遗忘一切的愿望，在对于自然界而言显得太过纷繁杂乱的喧嚣之后，便激发出一种诙谐滑稽的攻击型神奇幻想。其矛头指向了那些在政治上冷漠麻木、娱乐至死的富裕市民阶层。他们对真切的现实视而不见，面对岌岌可危的政治趋势毫无责任感，不对当下现状和环境进行批判和深思，反而从中谋取利益。

这种对社会奇幻式的讽刺揭露在当时尚属个例。但在后续时期中，尤其是在充满危机的实实在在的时代灾难中，奇幻文学再次得以发展。它不仅刻画了受侵害者的噩梦，而且还成为了反对滥用手中权力的当权者的武器，尽管是以秘密编码的暗语形式。因为那些针对专制独裁者的攻击性奇幻不得不放弃实质性的干预和改变手法。奥斯卡·略尔克（Oskar Loerke）在他作于 1939 年的诗歌《糟糕的童话城堡》（*Das schlimme Märchenschloss*）中就为奇幻的攻击性披上了由梦想推动情节发展的童话外衣。该作品通过对不允许有何思想上的冲动和企图掌控自然界和动物的暴君形象的刻画将其所影射之人的真实身份暴露无遗。但是明示其实际真名的结果无异于自寻死路。采用暗语的方式是为了掩饰那些对消灭独裁者心怀希望之人软弱无力的抵抗。

童话中追求财富增长、圆满的爱情和个人幸福生活等积极的愿望在该作品中却向消极的一面翻转，清除幸福路上的挡道之人变成了当务之急。于是故事中便有了一群神秘的刺客被雇佣，没人知道他们有何计划，以及背后的操控者是谁。但是这个愿望却让那位暴君送了性命，而那幕后之人则活了下来。

精神战胜了暴力，对独裁者虚拟的毁灭战胜了真实的、看似结实牢固的此在。补偿式的愿望陷入奇幻的攻击性幻想中，虽然饱含着无条件的消灭意愿，但最终却没能带来实质性的结果。对暴君的清算仅仅停留在童话世界里，代表的是历史上的软弱者无法实现的美梦。带有仪式性谋杀情节的奇幻文学证实了知识分子在现实权力场上的无能为力。这是他们内心流亡的一部分。在这一过程中，那被剥夺掉政治权利之人表达了他没有成效的毁灭威胁。略尔克的这首谣曲在纳粹时期没能被出版。直到 1949 年赫尔曼·卡萨克（Hermann Kasack）才将这首遗诗冠以"告别的手"（*Die Abschiedshand*）之名发表。

直到此时，该类反对非人性的政权统治的攻击型奇幻作品仍旧是凤毛麟角。人们主要的关注焦点转向了纳粹的恐怖独裁下数不胜数的受难者。在奇幻叙事谣曲中他们以鬼魅幽灵的形象回到人间，或被剥皮，或成畸形，丝毫没有人的尊严。其中令人印象深刻的典型便是彼得·胡赫尔（Peter Huchel）被收入丛书《撤退》（*Der Rückzug*）中的《影子公路》（*Die Schattenchaussee*）（1947）。

和略克尔的作品相似的是，从该谣曲中处于核心地位的第一人称叙述者眼前走过一队逝者鬼魂。第一人称叙述视角提高了叙述的可信程度，让这种幻想式的恐怖场景给人身临其境的感觉。这群被烟尘熏黑、被现代社会重压所累的鬼魂入侵到贴近自然的田园风光中，打破了此地原有的僻静生活。

自从它们出现后，一切就都不再是以前的模样了。种子被烧毁、叶子上的露水变得冰凉、道路中也被埋下了地雷。那群战争的亡魂带着空空的血手缓缓前进，重重阴森的暗影从无意义的世界中投入空荡荡的街道里。

这些亡魂也不停地入侵到那位亲眼目睹这一切的叙事者的意识中，并好似要带他一同上路。乌烟瘴气的村庄只剩下没有生命的工具。寒冷还在蔓延，在这没有人类气息的环境中死亡无所不在。所有的一切都无一例外地遭其吞噬。战争的灾难将这世界变成了不留一物、也没有目标的无人之地，弥漫的重重黑影笼罩着仅存的生命，将其拖入普遍的消解中。胡赫尔的这首谣曲虚构出一场关于惨烈战争的死亡噩梦，从此生命似乎变得不再有意义，因为人类已经永远丧失了作为人的权利。

类似的作品还有：在君特·库讷尔特（Günter Kunert）的谣曲《不速之

客》(*Der ungebetene Gast*)(1965)中，一位没有眼睛、喉咙裂开的幽灵客人向一张聚餐的餐桌走过去。比莎翁的《麦克白》中杀人鬼魂班柯①更具震撼力的是，这个沉默的幽灵代表了战争所带来的致命恐惧以及对人的蔑视。它象征着由沉迷于侵略狂热的纳粹所导致的大规模死亡的后果和那规模无法估量的人类灾难。

这首奇幻谣曲通过回归的受难幽灵形象再现了以战争之名的杀戮暴力所引发的恐怖，在此过程中人类的尊严是被忽视的。此处体现出奇幻特征的不仅仅是受难牺牲，还有社会的冷血与麻木。当那些畸形的鬼魂出现在眼前时，曾经经常发生的驱逐伎俩竟然失灵失效了。尽管人们强制自己用餐，努力表现得和平时没什么两样，好似回归到正常的生活秩序里，但是从无意识中油然而生的恐怖回忆就在眼前。此番骇然的场景让民众的战后日常生活遭遇人们想要忘记的恐惧，直面在大家应共同承担责任的那段历史中被扭曲成畸形的受害者。如果当下的人们对待他们的过去毫不珍惜，那他们只能通过这种方式才可获得一个具有人性的未来。

库讷尔特的那首《基于老传说的新谣曲》(*Neuere Ballade infolge älterer Sage*)(1967)被视为尘封在德意志历史精神遗产的杂物间里。在此文本中屈夫豪森(Kyffhäuser)城堡里的巴巴罗萨还过着幽灵般的生活。所有自诩为弥赛亚式的德国救世主都引用了他的传说。他们延续了传说的生命。传说中的那位中世纪国王或者其他雄主在某天突然出现，并一下就将有着戈尔迪之结特性②的德意志矛盾解决了。

─────────────

① 英文为 Banquo，莎士比亚悲剧《麦克白》中的人物，被麦克白下令杀死，后以鬼魂显灵，使麦克白暴露自己的罪行。

② 公元前334年，马其顿的亚历山大大帝(Alexander the Great)在远征波斯途中，来到小亚细亚北部的城市戈尔迪乌姆(Gordium)。戈尔迪乌姆有一座宙斯神庙，庙内有一辆牛车，车轭和车辕之间用山茱萸绳结成一个绳结。几百年来，多少人不断尝试都不能将其解开。这个绳结被人们称作"戈尔迪之结"(the Gordian Knot)。按照神的旨意，谁能解开这个绳结，谁就能成为亚细亚之王。当雄心勃勃的亚历山大面对"戈尔迪之结"时，他认定这就是征服亚细亚的象征。非常之人自有非常之举，他拔剑一挥，便将绳索砍断。"戈尔迪之结"便迎"刃"而解了。

这首谣曲不仅揭露出那段恐怖历史中的思想糟粕，同时还将其归结为失效无用和没有意义之物。重要的是，这个传说发生在屈夫豪森，在德国人的意识中依然有一个勇武好斗的幽灵作祟，尽管他被埋在地下的骨骼早已腐烂。

令人感到奇幻的是那禁锢于幻想之中的狭隘的历史意识，这助长了所谓的德意志的伟大和德国使命感的固有意识。幽灵在四处扩展，在德国人意识中他们能驱除鬼怪并能点燃攻击型幻想的激情。以看似无所不能的幽灵为中心的战争传说正在逐渐消解，由此可以看出，在两次世界大战惨遭失败之后，德国人将民族的最终胜利看成充满复仇情结的沙文主义孕育出的怪胎。这种使用灵异和荒诞元素并将其演绎得玄幻无比的奇幻叙事风格，其目的在于清除"全民感染性的德意志意识"（das nationalistisch infizierte deutsche Bewußtsein）（Freund，1999：67）。

托尔讷（Volker von Törne）的《天启骑士之歌》（*Lied von den apokalyptischen Reiter*）（1968）深受历史悲观主义的影响。布莱希特早在 1945 年开始创作《教育诗》（*Lehrgedicht*）时——尽管保留下的只有残篇——就有将天启四骑士的形象用于战争发起者身上的计划。托尔讷的作品却突破了战争场景的限制。《启示录》中分别代表暴力、战争、饥饿和死亡的四骑士在此处以更加可怕、毁灭性更大的方式袭击着人类。在这种直接、尖锐的表述中，它们不仅代表战争，还象征着通过战争谋取暴利的贪婪，象征着暴力与金钱的力量。战争与资本，两者相互依存，都是控制着从对战败者的剥削中获利之人的君王。这些人，但又不仅是这些人，对接二连三爆发的新灾难负有责任。那些沉迷于这罪恶骑士的虚假预言并成为其帮凶之人尤其要对此负责。正如诗歌中所言：

> 他们变了骨头。他们换了皮肤。
> 但他们还是老样子。
> 你们再次为他们盖起了房屋，
> 而他们就在那里面将你们压迫。（Freund，1999：67）

虽然那罪恶之身的样貌发生了改变，但其代表的毁灭程度却和《圣经》原型中一样恐怖。而对那些为这战争罪人"盖起房屋"的"你们"的控诉，则以第一人称的形式将批判的矛头直接指向了替这场浩劫"添砖加瓦"的推手。

世界历史就像这样轮番上演着一幕幕失败与胜利、损失与获利的场景。不断有新的战争爆发，也总有人从中获取暴利。上述诗作展现出的是一幅在奇幻背景衬托下的历史情景。在此场景中，人类仅仅只是受难者和牺牲品，他们被在天启骑士身上复活的帝国主义和资本主义的欲望所压制。

对于托尔讷笔下的人物而言，那如末日般恐怖的早已不是为给新生事物开辟道路而清除旧事物的行动，而是那持续不断的灾难。至此，历史的悲观主义与政治上的挫败感在文学的世界中已经具有了奇幻的维度。

除了战争外，资本是导致人性扭曲、激发奇幻创作的另一个主要因素。阿特曼（Hans Carl Artmann）的叙事谣曲《地里站着三个摩尔人》（*Drei Mohren stehn im Felde*）（1975）讲述了南美洲一位势力强大的种植园主的故事。他通过剥削积累了大量财富，并仍在不断贪婪地扩展自己的资产。他无情地让摩尔人①与克里奥尔人②在田地里忍受暴晒的酷热，自己却待在可以遮荫的阳台上午睡。此种情景不禁让人联想到 19 世纪的社会批判谣曲中的暴君形象，只是之前的政治独裁者此时变成了经济独裁者。相似之处是此时的暴君也不是用常规方式能对付的。该作品影射了海涅的《伯沙撒》，文中突然出现了将热衷剥削的园主罚入地狱的判决：

---

① 摩尔人（西班牙语：Moro，英语：Moors）是指中世纪时期伊比利亚半岛（今西班牙和葡萄牙）、西西里岛、撒丁岛、马耳他、科西嘉岛、马格里布和西非的穆斯林居民。

② 克里奥尔人（Kreolen），原指出生于美洲而双亲是西班牙或者葡萄牙人的白种人，以区别于生于西班牙而迁往美洲的移民。在西班牙殖民时期的美洲，克里奥尔人一般被排斥于教会和国家的高级机构之外，虽然法律上西班牙人和克里奥尔人是平等的。

此时，就在那围墙之上，

突然闪现出这样的字迹：

弥尼，提客勒，乌法珥新①，

哎呀，咖啡里被下了毒。（Freund，1999：68）

　　看来要想消除独裁统治，只能对其执行更高层面的审判，并让这种正义的审判与受害者统一起来。克里奥尔人的毒攻技能通过这奇幻的书写方式得到了证实并最终战胜了那位剥削者。但是海涅笔下应该被真实实施的行动，此处却如同叛逆的鹦鹉口中的鸣唱，没能产生有影响力的实质性回响。在现实中黑人们还在继续流汗，园主仍旧能待在他凉爽的阳台上午睡。这首包含奇幻的不祥之兆的谣曲只是唤起了攻击型的神奇幻想，至于它是否能成为现实，仍是有待解答的问题。但它还是起到了一种激励作用，尽管只是停留在虚构的层面，较之那些具体的行动纲领更像是飘渺的梦想。

　　在对灭亡场景的塑造中奇幻谣曲迎来了它短暂的最后一个发展阶段。与其平行发展的还有文学类型的表现主义现实化（expressionistische Realisierung）的过程。当下重要的不仅仅是因传统没落带来的不安和对战争的恐惧，同时还有因人类和其切身利益受到生产与效能的压力排挤而导致的极端方向迷失和意义缺失。

　　在此之前没有哪个时期的生产和技术能拥有如此强大的控制力，人类也从未如此被其所创造之物奴役征服，从未如此无助地听任那突如其来的

————————

　　① 原文为阿拉米语："Mene，Tekel，Parsin"，典出《圣经》中的《但以理书》：公元前539年10月5日，伯沙撒王设宴款待一千个大臣。正当众人狂饮之时忽然有一只手出现在墙上，写了一些难解的字。国王大惊失色。他手下的智士均无法讲解字的意思。后来但以理被带到王前。王表示他若能把字的意思讲解出来，便把他擢升为在国中位列第三，可是但以理却表示王可以把赏赐留给自己。然后他开始读出和讲解字的意思："'弥尼，弥尼，提客勒，乌法珥新。'……神已经数算你国的年日到此完毕。……你被称在天平里，显出你的亏欠。……你的国分裂，归与米底亚人和波斯人。"而就在当夜伯沙撒便被杀害。此典故用来指代不详的预兆和致命的审判。

灾难的摆布，也从未如此迷惘地预测过未来。对灭亡的可怕欲望有时会使媒介与电影作品屈从就范，这是面对被迫终极出局之后果时的黑色幽默，同时也伴随着对人类在一个已经没有意义的世界里失去其立足之地的莫名恐惧。

至此，虚构的幻想与混乱的真实之间的界限已经变得模糊不清。奇幻的叙事风格正以其独特的方式展现着人类正处在拥有巨大吸引力的深渊边缘的危机意识。

正是在这种背景下，德语文学领域产生了一批与灭亡和毁灭相关的叙事谣曲。1957 年卡诗尼茨(Marie Luise Kaschnitz)在《新诗》(Neue Gedichten)中发表了她的叙事谣曲《这世界的儿童》(Die Kinder dieser Welt)。该作品影射了大众熟知的七座山的童话母题：几个孩子一同翻越了六座大山并来到了最后的第七座山脉，这也是他们一行的最终目的地。整个行程就如同一场人生的旅程，有高峰和低谷，起起落落。其中交织着生活的欢乐与渴望，融合着对死亡的恐惧、对爱情的向往和对伤痛的害怕。一路上他们有过高涨的热情，也有过低落的情绪，有时纵情放肆，也有时胆小怯懦。就这样孩子们感受到了世界的整体风貌和它转瞬即逝的馈赠。登上第七座山时他们终于到达了此行的终点，来到了梦寐以求的目的地。但是那里却荒无人烟，他们感受到的只有虚无。他们伤心地放飞了带了一路的气球，怨声载道地迷失在森林里。

卡诗尼茨反转了童话的结局，以此来延续这奇幻的神话情节。等待孩子们的并非是一个安全保险的欢乐结局，而是在人世间的迷失。在历经了精彩的人生路途后他们不得不悄无声息地告别人世。这些被称为"莉萝菲的孩子们"(Kinder der Lilofee)影射着民间谣曲《野蛮水鬼被放生》(Es freit ein wilder Wassermann)。但这些孩子们的家乡不再是长着树叶和青草的人间，而是同一切生活的欢喜与乐趣隔绝的地下世界。最后的结局里没有升华，只有沉沦。孩子们最终陷入黑暗无名的命运中。这首谣曲的奇幻之处就在于，在被浓缩为希望与未来的此在中，最后的失望源自起初一切童话般的愿望的落空。

在这样的奇幻语境下，一切物种的灭亡都是注定的，就算是有战胜时间的梦想也是徒劳。在恩斯特·迈斯特（Ernst Meister）那首具有明显叙事谣曲风格的诗歌《你们，郁金香和水仙花》（*Euch，Tulpen，Narzissen*）（1960）中叙述者"我"讲述了一个关于战胜时间的梦。在花期只有短暂瞬间的事实面前，梦想化为了幻影：

> 你们、郁金香和水仙花，
> 我把这个梦向你们坦诚相告：
> 梦里我高高地站在
> 位于勒琴斯蒂格
> 已经老化的钟楼的墓地上，
> 我这个
> 时钟的窃贼，
> 在盗取报时的大钟；
> 我将它推了下去
> 此时天使在愤怒，
> 魔鬼在嚎叫。（Freund，1999：70）

"我"将象征着时间的大钟推下塔楼，成功地毁灭了时间的声响，似乎也阻止了时间的流逝，而象征彼岸的天使与掌管地狱的魔鬼却对这种破坏行为无能为力。然而这样的胜利只能在梦中出现，谣曲中的行动从一开始就只能是徒劳的愿望。事实上是时间的魔性在主控着局面，而不是谣曲中那盗钟的主人公。

克里斯托弗·梅克尔（Christoph Meckel）的《阿尔戈号英雄谣曲》（*Argonautenballade*）（1969）中那提纲挈领的开篇开启了一段毫无希望的旅程："追随着梦想，一再地追随着梦想。/没有人具备希望的理由。"（Freund，1999：71）

和卡诗尼茨的童话相似的是，这首谣曲是以古希腊盗取金羊毛的阿尔戈号英雄神话故事为基础。但与这家喻户晓的传说截然相反的是，梅克尔笔下的阿尔戈号英雄们没能抵达目的地。因为那个目的地正在逐渐消解成海市蜃楼般的幻景。环绕地球三周的航行战胜了想象力。海怪从巨浪中张开血盆大口开始了疯狂的报复，整个海洋简直成了英雄们的埋骨场。所有的英雄美梦早已惊醒，寻宝之旅其实不过是一场固有的空想。阿尔戈号英雄们的这趟奇幻之旅注定没有终点。

由此可见，现代的奇幻谣曲充满着无尽的失望。当对未来的憧憬化为虚无，前方只能看见空虚时，生活便被消解成一场不真实的梦境，变成对幻影的追逐和通往无人之地的无谓之路。而冥界也同人间一样，一切希望都成了绝望，一切意义皆归于荒谬。

在梅克尔的这首标题简明扼要的《叙事谣曲》（*Ballade*）（1962）中，公鸡的鸣叫声不再昭示那光明、灿烂的朝阳，随之而来的是"黑日"。伴随着黑日的上升，野蛮的诅咒被开启，威胁的大幕被拉开，现实变得毫无希望可言。

这首叙事谣曲展现出的是一种世界性的毁灭场景。这种场景伴随着死亡的必然入侵，似乎毫无缘由地被招引而来。而自然界本身也在提高声调宣告末日的到来，昭示世界的灭亡。此处的黑日是否影射核武器爆炸的场景，它是否代表了人类对其自身生命咎由自取的毁灭，这些问题尚有待解答。

但毋庸置疑的是，神奇幻想（至少是在现代作品中）正是立足于表现毫无意义的毁灭场景，并表达一切生命突然间毫无保留地被终结的糟糕预感，而不是在神正论和类似的推测上耗费思量。

卡尔·卡洛娄（Karl Krolow）在1965年同样大肆夸张地渲染的叙事谣曲涉及的不是世界的毁灭，而是"自我的灭亡"（das Ende des Ichs）。他的作品能让人感受到：在月亮惨淡的阴影中，受制于黑夜般的厄运，自我体验着时间的流逝。在如此奇幻的画面中，一番末日的场景呈现出来。那是如此的黑暗，万物都变成令人毛骨悚然的独立个体。亡者们朝着月亮这个死亡世界的主人大声嘶喊，这是神话中连接死亡与复活的"交替时刻"（die wechselnden Phasen)。但是这绝望的叫喊却没有得到任何回应。他们的脚步最终消失在无尽深邃的黑夜中，如同植物化为落叶而自我消亡。最后连自我本身也被月光吞噬。这样的奇幻场景描述的是个体的灾难：即受制于时间的局限，怀着追求永恒的渴望，而这渴望却被困于重返尘世的归途上，陷入从有意识到无意识生存的可怕形变里。

现代叙事谣曲呈现出明显的怪诞奇幻（das Grotesk-Phantastische）趋势。怪诞消解了事物间的联系，将曾经的相关者表现为没有交集的异质碎片。通过怪诞之镜的漫射，整个世界显得毫无意义。奇幻风格也如同怪诞一样击碎了看似牢固的关系连接，但它更多的是借助脱离一切解释的毁灭性入侵，而不是通过异质的碎片。

罗尔·沃尔夫（Ror Wolf）的谣曲《我的家》（mein famili）（1971）结合了上述两种风格。它描述的是：一家人围桌而坐，却彼此隔绝，相互间没有交流和联系。父亲的言辞充斥着工具和程序等枯燥乏味的字眼。这种描述实则是对外部碎片细节的任意排列。在这种情景下，话语也哑然失去了本来的意味。日常的就餐行为被分解为一个一个的元素。家庭原本是人们寻求庇护的最后港湾，这种温情的意义此时也被分裂消解，家庭成员间只剩下没有意义的对视。最后，笼罩在家庭中的荒诞氛围在一片混乱中被打破：

> 妈妈的围裙到处乱飘
> 挂钟在墙上噼啪直响
> 木桶下面蟑螂在狞笑
> 爸爸在说话但没有看着你们（Freund，1999：73）

作者此时已经完全打破了德语的书写规定和语法规则，因此阅读原文的作者能感受到一种语言上自带的错乱感。这样的表现手法巧妙地强化了碎片化的怪诞效果。在此场景中，所有的物体都是自主自为的。从中可以进一步感受到：面对失控的灾难，所有的社会联系都在消解，所有的交流都变异失常。人类能做到的或许只有闭上眼睛。这种怪诞与奇幻的结合用可感知的方式将毁灭提升至意识层面当中。

阿尔特曼的《恐怖台风来袭》（*Nun kommt der schreckliche Taifun*）（1975）也同样属于"怪诞奇幻"（grotesk-phantastisch）风格。在这篇谣曲中，一场突如其来的超强旋风将全世界搅得混乱不堪：中国人被吹得摔下了床，欧洲人吓得如同牛一般哞哞直叫，此刻似乎再合适的言语都显得迷糊错乱。被吹倒的芒果树，乱飞的笛子和单簧管，浮在半空的海豚和挣脱铁链的猩猩……这些都构成了魔鬼般混乱无序的场景，眼前仅剩毫无关联的信息和从整体中分裂出来的、再也无法复原的碎片。

在飞逝的暗影衬托之下，眼前的场景完全被一种纯粹的荒诞感所笼罩。这阴影正驱赶着 12 个娜芙蒂蒂①，她们面对着一片混乱的世界唱起了歌谣。只见滚滚烟尘从教堂冒出，银行大楼也消失不见。在如此怪诞的情境中寻求意义，那必定是没有意义的。假如还存在意义的话，那它也只能是产生出荒诞的无意义。

从此番场景中人们感受到的是：世界的整体性已被消解，被风暴吹散成无意义的字谜画，破碎成拼图游戏。而这些碎片再也无法组成一幅完整的图片，而是七零八落，混乱无章。此间人们对过去秩序的点滴记忆也不复存在。眼前的世界正在这荒诞可笑的场景中走向灭亡。

第二节　奇幻故事

故事（Geschichte）作为篇幅较为短小的叙事文本，其流行并不广泛，也不太适合当作一种文体名称来使用。其框架轮廓尚不清晰，几乎没有真正具备区分度的特征，更毋言显著醒目的、不易混淆的定义描述了。但是人们所说的"叙述故事"（Geschichtenerzählen）的行为却常常与紧张、刺激、

---

① 娜芙蒂蒂（Nofretete，公元前 1370—1330 年）是埃及法老阿肯纳顿（又译"阿霍特普四世"）的王后。娜芙蒂蒂与她的丈夫在统治期间进行宗教革命，推翻了所有古埃及传统神明，规定只能崇拜阿顿神。

新奇、恐怖等特征联系起来。

德语文学世界中就蕴藏着一个巨大的奇幻故事（Die phantastische Geschichte）宝库，其内容大多取材于古老的神话、传说、童话和魔法故事，形式上主要由内容相互关联的中短篇幅故事集合而成。从 19、20 世纪之交直至 20 世纪 30 年代，奇幻文学进入一个井喷式发展的时期。古斯塔夫·迈林克（Gustav Meyrink）将其发表的《兰花》（*Orchideen*）（1904）和《蜡像馆》（*Wachsfigurenkabinett*）（1908）称为"特别故事"（sonderbare Geschichten），保尔·布森（Paul Busson）给其作品取名为"新奇故事"（*Seltsame Geschichten*）（1919），汉斯·海因茨·埃韦斯（Hanns Heinz Ewers）也为其作品集附上"着魔者"（*Die Besessenen*）（1909）和"惊恐"（*Das Grauen*）（1911）这样的副标题。"新奇"（seltsam）这一特征倍受欢迎。如亚历山大·莫里茨·福莱（Alexander Moritz Frey）的《怪癖者》（*Außenseiter*）（1927），伊索尔德·库尔茨（Isolde Kurz）的作品集《看不见的时刻》（*Die Stunde des Unsichtbaren*）（1927），欧文·斯特拉尼克（Erwin Stranik）的《恐怖经历》（*Unheimliches Erlebnis*）（1926），卡尔·汉斯·施特罗布尔（Karl Hans Strobl）的《利莫里亚》（*Lemuria*①）（1917）。此外，博多·维尔德伯格（Bodo Wildberg）的《黑暗故事集》（*Dunkle Geschichten*）（1911）、汉斯·沃尔波尔德（Hans Wohlböld）的《恐怖故事集》（*Unheimliche Geschichten*）（1901）、J. E. 珀利茨基（J. E. Poritzky）的《幽灵故事集》（*Gespenstergeschichten*）（1913）和汉斯·弗里德里希·布伦克（Hans Friedrich Blunck）的《鬼魂故事集》（*Spukgeschichten*）（1931），都无一不体现出新奇的特点。托尼·施瓦博（Toni Schwabe）于 1920 年向《恐怖故事年鉴》（*Jahrbuch für die unheimliche Geschichte*）呈献了《幽灵船》（*Gespensterschiff*）一作。诸如此类的名单人们还可以毫不费劲地继续拉长。

细观其中的每个个例，除了篇幅短小外，集中聚焦某个刺激事件也是

---

① Lemuria 翻译为"利莫里亚"或"雷姆利亚"，是一个传说中的大陆，远古时沉入大海中。

其显著的特点。和中篇小说不同的是，这种事件不会被延伸扩展，而是作为一个激动紧张的时刻呈现出来，使读者情绪受到刺激。其中往往留有无法解释和令人疑惑的现象，对常规习惯的信任熟悉感也一再被动摇。这样的短篇故事结尾往往是若干平行存在的开放性结局。对情境性的强调和对关键时刻的聚焦将这样的短篇故事与叙事谣曲关联起来，并对现代的散文创作产生了影响。奇幻风格的故事能发掘到民众日常生活中的忧虑和不安。那是一种感知到习以为常的局面顷刻间会失去控制，可以解释和无法解释的、安全可靠的与任由摆布的边界变得模糊不清的深度焦虑。奇幻故事正是要塑造那个曾经熟悉可靠的世界被扭曲得阴森恐怖、让人觉得越来越不安宁的时刻。

除去让·保尔（Jean Paul）的《齐本克斯》（Siebenkäs）（1796/97）和《施梅尔茨勒的弗拉茨之旅》（Schmelzles Reise nach Flätz）（1807）这两部为追求更高的精神信仰而突破常规鬼怪故事的作品，奇幻故事的最初痕迹呈现于戈特弗里德·彼得·豪施尼克（Gottfried Peter Rauschnik）的《幽灵传说》（Gespenstersagen）（1817）中。在该作品里，恐怖小说元素与教化功能通过18世纪的风格实现了相互融合。约翰·奥古斯特·阿佩尔（Johann August Apel）和弗里德里希·劳恩（Friedrich Laun）于1810和1811年间出版的《幽灵录》（Gespensterbuch）也同样如此。魔弹射手传说（Freischütz-Sage）因韦伯（Carl Maria von Weber）的歌剧而出名。它们与传统惊悚文学（Schauerliteratur）的相似之处也显而易见，二者都融入了传奇、童话、魔法史（Zauberhistorien）和神话。那些通过塑造幽灵和鬼怪形象带来紧张气氛和刺激感的代代相传的鬼怪故事在其中占据着主导地位。

与之类似的还有1826年的《童话年鉴》（Märchen-Almanach）中威廉·豪夫（Wilhelm Hauff）的《幽灵船的故事》（Die Geschichte von dem Gespensterschiff）。故事中的叙述者"我"被困在一条船上。该船的船员因暴力丧生，船长被绞死于桅杆之上。船上的亡者夜复一夜地苏醒复活，并一遍遍重复着那恐怖的谋杀。

弗里德里希·黑贝尔（Friedrich Hebbel）笔下有不少短篇故事表现了人

类毫无希望可言的悲剧的必然性。《猎人屋一夜》(*Eine Nacht im Jägerhause*)(1837)和《母牛》(*Die Kuh*)(1849)这两个故事已经超脱了奇幻的原本意义，展现出充满了恐惧、害怕和对真实灾难的预想：

第一个故事讲述了两位好友投宿在一个大屠杀凶手处的恐怖一夜。在第二个故事中一位农夫杀死了自己的独子，原因是后者在模仿父亲抽烟斗时将卖牛得来的辛苦钱烧光了。这种弑子行为在一种自主触发的恐怖机制的作用下导致了农夫和其妻子、仆人的死亡，整个农舍也被烧毁。黑贝尔凭借极度的惊悚程度和对毁灭的恐惧强度为以后的奇幻故事开创了众多先河。

特奥多·施托姆(Theodor Storm)的短篇故事集可谓是奇幻故事领域的先驱。该故事集创作于1858到1859年间，并于1862年被冠以"在壁炉前"(Am Kamin)的标题在柏林的现代报刊《维多利亚》(*Viktoria*)上发表。主人公在壁炉前讲述故事的情境铺垫了一种有序、安稳的日常生活氛围。而在故事中这种生活背景的局限性却越来越明显，并一再被质疑。这个作品集包含8个故事，被分为两个故事组。

第一组的4个故事都毫无例外地围绕死去与灭亡的母题展开。充满奇幻色彩的虚构情节成为传递超现实认知的媒介。这种感知不仅涉及时间和空间现象的扩展，还关乎不可避免的时空消解(räumlich-zeitliche Auflösung)。在第一个故事中一个孩子因梦到被一只狼追逐而饱受死亡恐惧之苦。这个梦境成了从孩子潜意识中生发出的确定他必死无疑的真实镜像。在第二个故事中一位年轻商人于出游途中毫无任何先兆地突然意识到有座险峻的悬崖。顿时这位年轻人好似身无旁物，如同着了魔一般，面对着自己即将变成现实的死亡未来。在第三个故事中鬼魅般的月光越来越强烈。在这月光的照耀下，拥挤的斗室、睡觉的场合、形状难辨的乳白色物体，还有使用扫帚清扫的行为都体现着死亡的必然在场，有形的物体都消解为一堆垃圾。第四个故事的结局是一位母亲从死亡中超脱，安慰照顾自己的儿子。她好像在向人们挥动着一块白布巾，在这些人的意识中她将牢牢占据一席之地。

如果说第一组故事聚焦的是人类的生存命运，第二组故事则更加关注社会良知：一位富有而吝啬的会计师遗孀在死后变成了被冰冻的、永远寻求温暖的游魂。在这一为人熟知的奇幻母题中贪婪被表现为内心的冷酷（Herzenskälte）。死后这个贪婪的女鬼饱受孤独之苦的折磨。接下来的第二个故事讲述了一位财主在梦中被告诫要对穷人和他的工人们尽到关怀救济之责。第三个故事表现了人性的丧失。在一次防御部队的舞会上，一名即将被调离的长官将职位移交给一位朋友，其实他是有意将把破旧失修的谷仓布置成舞会会场的责任推让给后者。数日之后这位朋友大惊失色地来到军官面前，让他去看倒塌的谷仓下被砸死的亡者。被推卸的责任就这样落到了这位糊涂大意的朋友身上。

和第一组故事一样，第二组的最后一个故事也实现了矛盾的和解。一位追求身体和灵魂和谐统一的病人与他的私人医生约定在其死后放弃尸体解剖。然而这位病人去世时恰好他的医生不在场。代理医生对其尸体进行了解剖，然后又刻意将解剖下的部分拼接完整后再交付安葬。不久之后，这位医生突然与去世的病人产生了心灵感应，并知晓了代理他的同事私自将病人心脏保留下来制成标本的不义之举。

人类存在的完整性既包括生活实践又包括死亡意识，既包括个体生存也包括社会责任。施托姆的这一系列奇幻故事向那些生活在不被允许的局限现实中，并将死亡和他人排除出其生活的人们提出了批判。他们所承受的后果是面对无限空虚的恐惧。在无法得到守护的时刻，这空虚将侵袭每一个个体。这种恐惧却能使人的内心得到净化，让民众在个体生存在与社会存在的核心经验层面变得肤浅的意识逐渐深邃起来，并让生与死的格局得以拓宽，让人性回归到由自我和他者填充的整全状态。

施托姆的奇幻故事就好似在一个恐怖、紧张但又能让人有所受益的惊悚时刻，突然将一束聚光灯对准死气沉沉的社会现实。《在壁炉前》这一故事集很长时间内都没被收录进他的作品全集，直到1913年被重新发现后才得以加进增补集中。这个故事集以其对非常遭遇的紧张时刻的聚焦而符合当时的潮流，而这种潮流也促使了短篇叙述的形式发展成奇幻文学的表达媒介。

19、20 世纪之交的奇幻故事反映出因广泛的传统衰落而导致的方向性危机。这其中又融合着对人类形象的批判性审视，还有面对技术、经济与历史的自主迅猛发展时人们能普遍感受到的生存忧虑。这种结构安排上的特点在施托姆的炉边故事集里那些充满风险的情节转折点的设计中就已经体现了出来。

来自基辛根（Kissingen）的奥斯卡·帕尼萨（Oskar Panizza）既是一名神经科学医生，同时也是因写下渎神之作《风流的宗教会议》(*Das Liebeskonzil*) 而饱受诟病、声名狼藉的作家。该作品讲述了一个被魔鬼以莎乐美①这个被视为道德败坏之妇为原型创造的绝艳美人一个接一个地引诱德高望重的天主教神职人员的故事。这些教会与信仰的代表们堕落成化装舞会上伤风败俗的风流之人。作者对宗教信仰意义的彻底怀疑表露无遗。此作在发表后便被立刻查禁，帕尼萨本人也被判监禁一年。

在他的短篇小说《圣三一客栈》(*Das Wirthaus zur Dreifaltigkeit*)（1890）中，那种意识迷茫的无能感通过对传统舞蹈的怪诞和奇幻戏仿得以宣泄释放。此处批判的矛头同样指向腐朽无能的天主教会。故事的主人公——一位徒步旅行者在冬日一片毫无生机的荒凉景象中走进一家偏僻的客栈。作品所选择的人物和场景都象征性地指涉人类的生存之路和对有意义的目标的追求。而在一种看不到希望的外部环境中，这种目标其实早就被抛到九霄云外了。

在客栈中行者遇到了一位白发老人、一个无比热情的年轻男子和一个衣着不整、长着一副东方面孔、30 岁左右的女子玛利亚。此时从猪圈里传来一头半人半兽的怪物发出的吼叫声。一副令人感到惊奇无比的场景便由此展开：那因病态而让人害怕的白发老人介绍说，这个年轻男子是他的儿子克里斯蒂安。对这儿子他甚是满意。克里斯蒂安自己却因为这个肮脏不

---

① 莎乐美是记载在《圣经·马太福音》中希律王和其兄弟腓力的妻子所生的女儿，也有说法认为希律王是莎乐美的继父。据记载，她帮助她的母亲杀死了施洗约翰。她的美无与伦比，希律王曾愿意用半壁江山来换得莎乐美一舞。

堪、弊端丛生的世界而一心求死。玛利亚想要通过超自然的方式生育自己的儿子。于是，在如此怪诞的语境中他们三人便成了圣父、圣子和圣母。

在这类奇幻的渎神作品中，基督教神圣的核心人物和他们的使徒都丑态毕现。对早已被边缘化、失去神性的神灵的信仰是毫无用处的。这样的神灵已经变得软弱无力、百病缠身、道德败坏，沦落成贫民窟里那阴影般的存在。在这样的背景下，一切对拯救的期望都幻灭成泡影。上述故事中寒酸的招待、破陋的房屋、逐渐荒败的客栈都揭露出信仰崩塌的真实现状和糟糕窘境。

而那被关在猪圈里的怪物则是魔鬼的化身，喻意肉体上的性冲动，同时也暗示着虚伪的道德借口对身体的敌视态度和对人道与自然的违背。行者转悠着来到玛利亚想要在那里通过超自然方式受孕育子的房间中。"只见那房顶和地板不断被一层又一层的鸽粪覆盖着"（Freund，1999：82）。此处用文字再现了约翰笔下如鸽子从天上飞下的坠落天使。然而那所谓的神灵只不过是咕咕乱叫、除了粪便什么也没有留下的鸽子。

次日一早行者慌忙离开了这个恐怖诡异的地方，再次踏上漫无目地的旅程，并幻想着能得到身体、灵魂和精神上的愉悦。最终真相被揭晓：这家所谓的圣三一客栈其实是个屠宰场。它后来被搬迁到传说中能穿越虚无之境（Ort des Untergangs in das Nichts）的诺比斯克鲁格（Nobiskrug）附近。

在帕尼萨的短篇小说中，以上这篇算是最为滑稽可笑的。他的作品为奇幻文学增添了一种激进的批判维度。比如上述诡异客栈的故事就以极其荒怪又令人犹疑的结局生动地揭示出：传统价值观的破灭让一切又回归到巨大而毫无生机的空虚中，最终剩下的只有对毫无意义的存在的无尽绝望。

《幻想家画廊》（Galerie der Phantasten）的出版人埃韦斯是19和20世纪之交最著名的奇幻作家之一。他我行我素地选择了奇幻的主题和母题，将它们拼凑成一个充满欲望而又恐怖无比的奇异展览。其引人注目之处便在于那些被编排成炫目舞蹈的奇幻场景。这些场景让观众窥探到了违背伦常的荒淫画面。其核心主题是颠覆性视角下展现的两性爱情，还有那将个人拖入具有毁灭性深渊的对情欲的妖魔化。尤其是其中那些充满诱惑力的、既柔弱又带来致命威胁的女性都被赋予了魔性特征。这些如维纳斯般美艳的"蛇蝎女郎"（femme fatale）随时准备对男性进行无情的控制。

埃韦斯笔下表现毁灭性情欲的奇幻作品反映了 19 和 20 世纪之交女性对自身解放的追求。她们开始入侵男性不可动摇的地位。此时心理分析的视野也开始探入那晦暗混乱的无意识领域，即被社会规范和道德压制的"本我"（Es）。人们原本有规有序的日常也因此受到震撼。传统的人类形象因心理分析受到的冲击和女性解放运动对自古以来的男性权威的质疑都引发了人类在迷失方向中的担忧和恐惧。将心理分析知识以及女性解放运动的爆发同女性原初欲望的结合使得埃韦斯的奇幻短篇小说拥有了兼容娱乐消遣和对人类存在之奥秘进行严肃探究的鲜明特点。

出版于 1909 年的故事集《着魔者》（*Die Besessenen*）中开篇之作的主人公就是一个蛇蝎美人式的妓女。这位妓女和文森斯伯爵在风月场里开启了一段孽缘。文森斯向这位内心残忍的维纳斯女神倾注了所有感情。就在他最终费尽心力治好了心爱之人的结核病并要将其娶为妻子后，后者却和文森斯最好的朋友一起背叛了他。当文森斯拒绝让妻子和情夫一起私奔离开时，她便狠心在丈夫面前结束了自己的生命。她生前唯一关注的便是研究如何在死后保存自己身体的神秘方法。于是她便事先立下遗嘱表示要将自己的骨灰埋进伯爵的家族坟墓里。

之前的情节铺垫最终引向了埋葬骨灰盒这一无比奇幻的事件：开棺之后，伯爵和他那位曾为妓女情夫的好友发现了一具没有腐烂的尸体。但是，为了完成死者生前的遗愿，文森斯不得不将妻子的尸体肢解弄碎，他也因此陷入精神错乱的状态中。小说便在这残酷恐怖的一幕中结束："他再也不笑了，但他表情僵硬的脸上浮现出一丝令人恐惧的、显得有些满意的冷笑……他双手高高捧起那个沉重的红色骨灰盒，迈着坚定的步伐向前走去。"（Freund，1999：84）这一丝恐惧的冷笑不仅深化了惊悚的程度，同时也给这个看似了却心愿的结局留下了无限的悬念和猜疑，因而巧妙地强化了奇幻的审美效果。

　　这些关于"蛇蝎女郎"的奇幻故事似乎都蕴藏着一个共同的内涵：被美艳迷人而又招致祸害的女子所征服的必然后果便是自我本性的丧失。维纳斯的奴隶们得到的不是愿望的满足，而是无法弥补的伤害。这些女人的魔性力量甚至超越了生死，她们在更大的范围里施展着阴谋诡计。上述故事中的这位妓女为了能永久占有自己的身体，付出了丧失个体身份的代价，不是作为整体，而是被拆分肢解。死去的妓女通过坟墓讽刺地表明，留给她丈夫的，是七零八落的残体。疯掉的丈夫最终得到的只不过是摧毁他自己的幻想废墟。他唯有在疯癫的幻境中才能实现对妻子完整的占有。

　　通过激发性欲冲动，这种女性魔鬼升级成男性的驾驭者，能毫不留情地将受其摆布之人推向毁灭的深渊。"La belle sans merci"，即冷血美人，体现了爱欲(Eros)具有破坏性的一面，其唯一的目的便是毁灭。埃韦斯的最佳短篇小说要数同样出自故事集《着魔者》的《蜘蛛精》(Die Spinne)。该篇中作者将"蛇蝎美人"这一母题进行了具有现代特征的重新演绎：一位医学专业的大学生将自己关入曾有两名男子离奇自缢的密室中，以求寻找破解谜题的线索。但正如这位学生在日记中详细记载的那样，最后就连他自己也沦为那蜘蛛精所带来的恐怖厄运的受害者。这蜘蛛精在他既胆战心惊又感到飘飘欲仙的同时将其推向了死亡。作者甚至直接描述出了主人公死亡之时的内心独白："恐惧又来了，又来了！我知道，我会盯着她，会站起来，然后上吊自缢；对此我毫不畏惧。哦，不——这是多美，多诱人啊。"(Freund，1999：85)这简短的话语将那位大学生深受迷惑的内心动态和一步步濒临死亡的过程展现得惊心动魄。埃韦斯充分有效地利用了这个流传已久的传奇母题。在西方传说中蜘蛛精通常是会将猎物牢牢缠住，然后对其吸血抽髓的怪物，往往象征着恶毒的母亲和让男人们爱得死去活来、最后却夺其性命的凶残情妇。在埃韦斯的改写下，爱欲的冲动最终都以令人毛骨悚然的方式演变成死亡的冲动。一时的欲望需求却导致了自我的毁灭。

　　通过这骇人听闻的、甚至不惜被人诟病为"丧失品味"(Geschmacklosigkeiten)的叙事模式，埃韦斯成功凭借当时流行的心理分析

在一幕幕奇幻的画面和场景中颠覆了真实、美好和崇高的人类形象。在他
笔下的奇幻故事中，生活的矛盾和爱欲的冲动交织着具有破坏力的激情。
建设性力量与毁灭性力量的共生并存，爱情与死亡的对立，这些基本的生
存法则由此都得到了清晰的呈现。

阿尔弗雷德·德布林（Alfred Döblin）1911 年发表于《风暴》（*Sturm*）一
刊、又于 1913 年被收录进作品集《谋杀一株金凤花》（*Die Ermordung einer
Butterblume*）的奇幻故事《蓝胡子骑士》（*Der Ritter Blaubart*）也涉及两性爱情
问题。故事的主人公保罗男爵在湖边那沼泽遍布、只有老鼠和蟾蜍栖息的
荒野里建造了一座城堡。而他的三任妻子却接连莫名其妙地去世。于是便
有传言说是男爵定期将妻子祭献给一个住在悬崖边掌控着他命运的魔鬼，
以此表示臣服。直到后来一位真心但却徒劳地爱着男爵的年轻女士献出了
自己的生命，才使得城堡免遭毁灭，并将男爵从魔鬼的控制下解救出来。

在这个故事中受制于心灵深处潜意识的力量，并被爱欲吞噬的不再是
女性，而是男性。这爱欲的象征便是湖边荒凉的沼泽地，当时就是在那里
人们发现了满身污泥和海藻的男爵。这种爱欲也体现在那来自地狱深渊的
魔鬼身上，即满头蛇发的美杜莎。故事的叙述者揭开了幻想背后如同魔鬼
般的黑暗和残酷的欲望力量，使得积极正面的人类形象再次受到动摇。普
通民众日常生活的稳定安宁，包括伦理、理想和婚姻关系这些社会共同体
的核心要素，瞬间都变得脆弱不堪。最后那位年轻女性自我牺牲的传奇被
翻转成冷酷自私之爱欲的对立面，更加凸显了人类在魔性的毁灭之力作用
下的沦陷衰亡。因为人类已经无法靠自己的力量成为控制这种魔性的
主人。

和埃韦斯一样，施特罗布尔也属于当时惊悚风格的奇幻作家。他于
1919—1921 年出版的包罗万象的奇幻文学杂志《兰花园》（*Der
Orchideengarten*）备受关注。他笔下的最佳奇幻故事于 1917 年被附以标题
"利莫里亚"（*Lemuria*）收录在《幻想家画廊》（*Galerie der Phantasten*）中。施
特罗布尔作品中的首要主题是人类在混沌不明和神秘莫测的存在中寻找方
向和意义之尝试的失败。此类奥地利作家们笔下所展现的晦暗感官世界中

的死亡，引发了人们的"原始恐惧"（Urängste），同时也无法避免地刺激了那些与之针锋相对的创作和阐释。

在其中一则《放血小矮人》（Aderlassmännchen）（1909）的故事中，一个吸血鬼伪装成医生进入一家修道院为修女们进行放血治疗。当这入侵者露出其恐怖的真面目时，引发了一片昏厥和恐惧。领头的修女好似在无尽的黑夜中看着那黑暗的眼睛。扮成医生的吸血鬼在这血液与肉体的纵情狂欢中显出了原形。

假冒的医生成了杀人凶手。医生那手拿柳叶刀救死扶伤的救世主形象也随之被摧毁。其面目是如此狰狞，那原本紧闭的口也如同厉声惊叫般张开。在它面前所有的意图与推测都毫无作用。

此类奇幻故事无情地塑造着生活的灾难，不给人留下任何逃避的机会，也没有弥补的可能。那些对救世说和意识形态的奇幻改写流变为恐怖的戏仿。无论是在尘世还是彼岸，都无法实现对人类的救赎。医生成了屠杀者，救世主成了无能的受害者，连他们惊叫的回声甚至都无法被听到。

《拉雪兹神父公墓的墓碑》（Das Grabmal auf Père Lachaise）的故事讲述了一位科学家为了完成他关于物质衰败和终结的终生大作，在收到一份神秘的邀约后决定接受在一位俄国女侯爵的纪念墓碑为期一年的工作职位。但和之前一样，这次他为解决生命之谜所作的努力又以一场灾难结束。这个被幸免于难的仆人投喂养肥的科学家，成了为嗜血的女侯爵提供新鲜血液的血库和满足她反常肉欲的性奴。

那位科学家本以为可以在生命的黑暗漩涡中获得光明，结果却被困缚其中。因为后来他把自己的心爱之人误当成夜间折磨他的女鬼杀死了。本想寻求解脱却导致了爱人的身亡。这是精神错乱、化身作吸血鬼的第一叙述者无法看穿的发展结果。

在这样的故事中，科学研究的一切努力和救世说一样都无益于有效面对和战胜真正的恐惧。第一次世界大战的爆发势不可挡，科技的进步以其令人窒息的速度将人类和其真正的利益福祉完全抛诸身后，似乎要战胜一切解读尝试和科学攻关。在灾难步步逼近之际，无论是才智还是伦理都显得无济于事。

施特罗布尔的奇幻作品不仅颠覆了伦理秩序和科学技术的意义，也让在人类早已丧失控制力的阶段寻求意义的一切推测性、宗教性的神秘尝试大打折扣。在故事《千姿百态》(*Gebärden da gibt es vertrackte*)(1914)中学医的大学生尽管把死亡看成是完全无意义的事情，但同时又相信这种无意义能成就一个更崇高的自我，使自己洗净铅华，澄明如新，并根据其善良的程度延长他的生命，从而实现获得永生的愿望。当他说出那位舞女的预言时，揭露真相的惊悚时刻便由此发生。这预言让人联想到遥远的东方关于时间的智慧。这位舞女后来把这名大学生带到自己身边，接着又在其眼前慢慢消逝不见。但是她的肉体却发生了诡异的变化，顿时一层薄而淡的凝胶披覆在作为跳舞面具的那颗裸露的骨头上。最后这舞女如同歌德笔下著名的谣曲《死者之舞》中描述的那般得意纵情地施展出各种艳魅姿势，手舞足蹈地跳起了死亡之舞。

体现人类强大实力的代言人见证了使其幻想破灭的死亡之舞。对人性能变高贵并由此延长性命的信念不过只是没有根据的预测，是面对具体的恐惧时做出的抽象的逃避姿态。比编织得精美无比的哲学系统更加真实的是那被消解的肉身。从中人们不难感受到，理想主义已经陈旧过气，取而代之的是自然本性那真实的存在，但它却一再被摧毁。这是一种在诸如《拉雪兹神父公墓的墓碑》和《放血小矮人》这样残酷惊悚的奇幻故事中好似永生不死、却能造成致命伤害的存在，是从一开始就被埋下衰亡种子的存在。

在这样的奇幻语境下，没有哪种思想，也不是什么精神和意识决定着生命，而是那在没有意义的奇幻循环定律中物质的吞噬与被吞噬，这就如同那位在墓地被喂养的科学家，他的存在就是为了供养魔鬼而使其能长生不老。于是那科学家感叹道："我被养肥喂胖了。我那臃肿膨胀的身躯不过就是为吸血鬼存储大量血液的容器。它每晚都要过来饱饮鲜血。"(Freund，1999：90)吸血鬼形象的塑造使得死者一再复活、而生者一再被拖入死亡境地的奇幻悖论有了具体的表现样态。由此便形成了一种荒谬的循环：生者赋予死者生命使其复活，而后者又将自己的生命重新转让出去。

死亡同样是特娅·冯·哈堡（Thea von Harbou）的早期作品《死亡面具：七合一的故事》（*Die Masken des Todes. Sieben Geschichten in einer*）（1915）的核心母题。该作品将不同故事统一在中篇小说的框型叙事结构（Rahmenerzählung）下：7位年轻男士在散步完之后萌生了讲故事的念头，他们要看谁的故事最与众不同和奇妙非凡。整个叙述框架巧妙地以习以为常的生活气氛为背景，描述出一个个别样非常、令人深感不安的故事。

第一个故事《笔记本》（*Notizbuch*）讲述到一个劳累过度、疲惫不堪的商人遇到了充满神秘感的塔那托斯教授。后者在商人陷入人生低谷之时让他亲眼看穿了自己无休止的欲望是一种没有意义的存在。而死亡就好像是那无聊运转着的世界中的医生。在一场火车事故中商人离世而去，在死亡的瞬间他认识到是谁和他一起度过生命的最后时刻：

> 当死亡的阴影正在遮蔽他双眼的时候，他看到一个陌生的身影爬上铁路路堤，越来越高地朝他走来。这是一个正在走动的剪影。这阴影又和乌云合为一体，覆盖在这不祥之地的上空，仿佛笼罩着整个世界。（Freund，1999：90）

那缓缓爬行、越来越近的阴影不仅预示着笼罩世间的不详命运，也给那隐藏在意识深处的死亡预感赋予了具体的形象。

《阴影》（*Der Schatten*）这则故事体现了一种激进型的奇幻叙事风格。一位演员发现自己被一个曾经共事好友的魅影跟踪。而他又和这位朋友的妻子有着一段不正当的婚外情。被辜负之人的影子如同梦魇般沉重地压迫着负心之人，将其逼迫至精神失常。那则题为《母亲》（*Die Mutter*）的故事中，出生与死亡在一个特别的夜晚被并置在一起。母亲看着身边摇篮里刚出生的婴孩，却突然感到死神就在眼前，还听到他正在磨着他的镰刀，然后走进屋来。就在死神步步逼近之时，这位母亲抱着孩子逃至街上，却一直感觉被这恐怖的死神追逐着。然而无论怎么逃跑都无济于事。这奇幻的场景不禁让人们心生感慨：生命从一开始就注定要落入死神之手。死亡带着诸多面具闯入人们的日常生活，或是存在的命运，抑或是无情的报应，然而这些都无一不伴随着面对黑暗终结者的恐惧。在哈堡的笔下，每个独立的人生故事都无一例外地走向死亡这个必然的终点。

除埃韦斯和施特罗布尔之外，第三位 19、20 世纪之交的优秀奇幻故事作家要数古斯塔夫·迈林克。他最重要的奇幻故事被编入《德国小市民的奇异号角》(*Des deutschen Spießers Wunderhorn*)(1913) 中。其中包括了他早期发表的作品，如《热血士兵》(*Der heiße Soldat*)(1903)、《兰花》(*Orchideen*)(1904) 和《蜡像馆》(*Wachsfigurenkabinett*)(1907) 等。《蝙蝠》(*Fledermäuse*) 一书则收录了他的 7 则故事，出版于 1916 年。迈林克作品的核心主题是那一再令人惊异和震惊的从常规生活向异常状态的过渡。在此过程中，掩藏于事物表象之下的那一面变得清晰可见了。尽管有时很难分清到底是寻常变为非常，还是非常变为寻常。但这些故事都无一例外地彰显了存在两极间对抗的张力。它的奇幻之处就在于突破了判定常规标准的界限。这种自觉开放的视野对究竟什么才是常态提出了质疑。

在其中《圣金戈夫的骨灰坛》(*Die Urne von St. Gingolph*) 这则故事中，叙述者"我"闯入一个被荒废的古老园林中。他越走越偏离熟悉的道路，来到园中一座破败的城堡里，然后在一座饱经风雨侵蚀的骨灰坛边沉睡过去。梦境为他开启了一个时光倒流的世界。一个女人在寻找他的孩子。那女人多疑的丈夫曾因预感到妻子会背叛自己而将孩子刺死在摇篮里。这骨灰坛便是埋葬那孩子的地方。而这名女子始终没能找到自己的孩子，最终在精神失常的疯癫状态中死去。

叙述者醒来过后，那梦魇一直挥之不去。他眼前的场景也变了模样。此时那远离喧嚣、寂静安宁的自然环境已被梦境中恐怖而悲剧性的记忆所占据，充满了绝望、背叛、猜疑、仇恨、疯狂和死亡。在生命的大地上遍地是痛苦的哀嚎，生存的前景无比暗淡。那世外桃源般的自然风光在将世界推向深渊、揭开那安宁假象的悲剧面前变得不堪一击。

那篇《辛德瑞拉博士的植物》(*Die Pflanzen des Dr. Cinderella*)讲述了一个关于来自底比斯的小铜像的故事。这有可能是一个古埃及楔形文字学家的铜像。这铜像栩栩如生。而正是这生动的特点为整个故事奠定了神奇魔幻的基础。铜像给叙述者"我"施加了神奇的魔法，将他推上一条游离于已知和惊奇的道路。它就好似一名带着面具的海员出现在叙事者面前，在黎明时分默默地登上生命的航船。他从死亡的深渊而来，而当沉睡将白日的大门关闭时，人们的魂魄或许也在朝着那深渊而去。

这个铜像的双手高举过头，正用手指拨弄头发。一双眼睛如同入睡般紧闭着。这圆环状的姿态喻意古埃及永恒的象征——咬尾蛇(Uroboros-Schlange)。这蛇咬着自己的尾巴，该形象后来也成了炼金术的标识。

叙事者在铜像魔力的驱使下来到了辛德瑞拉博士的拱形地窖。只见木制的棚架上缠绕着拼接而成的血管，血管里流动着血液。其间还有能思考的生物的眼睛在闪烁。这一切都是为了将从别处夺来的灵魂注入植物的生长中。叙述者看着这些没有思想意识的生命在不停变化，时而变成作为个体的人的状态，但很快又恢复到植物的自然循环中。同样出自《蝙蝠》一书的《莱昂哈德大师》(*Meister Leonhard*)这则故事也涉及"通过出生时的烟雾回归死亡从而实现灵魂的循环运转"(Wanderung der Seele im Kreis durch die Nebel der Geburten zurück zum Tod)(Freund, 1999: 93)。"辛德瑞拉"(Cinderella)这一名字在拉丁语中原本就有灰烬之意。而骨灰便寓意着死亡。这也暗示着个体生命的死亡并不代表彻底完全的消解，而是回归到植物性的无意识状态，进入新的生命轮转之中。但个体死后能有意识地继续存活的希望却都化为了泡影。

最终叙述者仿佛和辛德瑞拉博士融为了一体。先前铜像向他指示的那条路让他成为了智慧的学者。他有意识的生活的终极目标就是到达无意识的永恒。当叙述者与阿努比斯①(Anubis)相遇之时，他就变成了这死亡之

---

① 阿努比斯是古埃及神学体系中的神，以胡狼头、人身的形象出现在法老的壁画中，是埃及神话中亡灵的引导者和守护者。

神的服务者。

在以上故事所呈现的种种奇幻的形变过程中，对冥界力量的认知一再进入人的意识中。它包括了生与死之间所有生命的循环进程。奇幻文学应当避免把人神圣化和将神拟人化。人和其他所有生命一样都是大地的产物。他从尘土中来，也将归于尘土。这才是人类存在最本真的现实。而那理想的和超验的设想只不过是奇幻的推测。

迈林克那透过事物的表象直击本质的表现主义创作理念还体现于将看似正常的社会权威作为奇幻元素所进行的辛辣讽刺上。《被蒸发的大脑》（*Das verdunstete Gehirn*）这则故事便实现了奇幻与讽刺的完美结合。其中给人印象最深刻的便是那只要轻轻触碰一顶普鲁士警察的头盔，就能使里面的大脑蒸发的惊奇设想。迈林克让故事里的克佩尼克（Köpenick）地区的沃伊戈特上尉只要戴上那顶普鲁士头盔，便能终止其他人思考，并使他们在一幅空洞的嘴脸前鞠躬。在这种行为过程中，权威人士让下属退化成满足其需求的工具，使他们无条件地屈从于被服饰伪装的空壳。而这种权威也成为了没有头脑的奇幻形象。迈林克的奇幻故事动摇了人们对事物表象的单纯信仰，也揭露出曾被认为最熟悉可靠、完全正常之事中那陌生未知的极为可疑之处。

这一特点同样适用于弗兰茨·卡夫卡（Franz Kafka）。这位出生于布拉格的作家在其所属的时代一直不受重视。1913 年他出版了题为《观察》（*Betrachtung*）的散文集，其中一个玄奥无比的世界一次又一次地被反复呈现。他笔下的人物就在这样一个世界中迷惘奔走，经历各种不可理喻和恐怖至极的遭遇。那既源于他们内心世界、又来自外部环境的非理性也不断向他们袭来。

还有在卡夫卡的《不幸》（*Unglücklichsein*）一文中，叙述者"我"如同上跑道比赛一样在家里来回奔跑。他一再跑向新的终点，而瞬间又从终点跑开。其实对于他而言根本没有真正的起始点，只有无休无止的消耗。这时在昏暗的走廊里出现了一个貌似小幽灵的孩子。这孩子神情静逸，举止优雅，并努力帮助这忙乱中的人平静下来。

"我"不由得意识到，那个不受社会喧嚣之扰、不会一刻不停地追逐新目标的孩子，其实就是原来的自己。只是这个自己在世俗纷扰的重压下被扭曲、异化了。他突然回想起来那个曾经的自己，同时也记忆起在追逐目标的过程中是什么将那个自己排挤出去的。

而主人公对小孩和自己进行的同一认定并未带来什么改变。因为"我"还未做好迎接剧烈反转的准备。他生命中那被深深掩藏、可能意味着拯救与解脱的一面，只不过是来自往日的幽灵，它就暗藏在那隐秘的角落里，却同时也成了日常纷扰的牺牲品。"但既然感到如此孤寂，那我索性还是上楼睡觉去吧。"（Kafka，1983：95）主人公最后的这句独白道出了现代社会中因自我的异化而导致的集体性孤独。

在来自卡夫卡遗作的短篇小说《庭院大门一击》（ *Der Schlag ans Hoftor* ）（1917）中，那看似熟悉可靠的世界瞬间就变得陌生可怕。故事中的兄妹二人正一起走在回家的路上，叙述者"我"的妹妹出于不明原因击打了一扇庭院的大门。随后哥哥被人抓住，并被带到那庭院里的一间小屋内。对于他而言，这小屋就如同一间牢房，没有可以逃脱的可能。他自认为人们没有针对他的证据。他相信作为城市居民他有超越农民的优势。他还小心叮嘱妹妹要穿上更得体的衣服。但这一切都被证明毫无作用，反而不利于他坦然应对自己的困窘处境。或许正是这些逃避的借口和伎俩，使他难逃罪责。

这种琐碎小事和司法资源消耗之间极不对称的关系必然令人感到困惑不解。同样难以理解的是：为什么兄妹俩会在回家路上，即在一个绝对熟悉的环境中，走进一个陌生村庄的偏僻院子里？卡夫卡没有揭开这个谜底。

故事的主人公从一个熟悉的环境一下来到一个陌生的世界，以为不会遭受被处罚的挑战，却突然就要被追究责任。那村庄之外的庭院大门标识着能自由活动和被困囹圄这两个世界间的界限。这其中令人生疑的破绽之处在于，被接受调查审判的不是真正实施了击打行为的妹妹，而是想要大事化小、清白脱身的哥哥。卡夫卡用这样一出近乎荒诞的事件揭露出人类生存的真相：正是这种常规性表象安稳(Scheinsicherungen der Normalität)的束缚，造成了如此恐怖的后果。那片人们可能会在路过时挑起事端并为此付出代价的不可踏足的陌生之地，正是人类生存的不安全之处。而当人们走在即将踏进能提供庇护的四面墙的回家路上时，有可能突然之间就闯入这不安全的是非之地。

里奥·佩鲁茨(Leo Perutz)和卡夫卡一样出生于布拉格，他所创作的故事于1930年被收录在《上帝请怜悯我》(*Herr erbarme dich meiner*)一书中。这些故事并不具备常规的奇幻特征，其中的作品赋予神奇幻想以具体的形象，却并不让人感觉混杂不清，但又有些令人捉摸不透。佩鲁茨以其客观、不带感情色彩的叙述方式放弃了同类文学的诡异情节，避开了对鬼怪和玄幻之事的描写。他作品中的恐惧来自于人们在日常生活中突然间迷失方向的窘境，而就在前一刻人们还能牢牢把握这生活中的一切细节。存在中的各种关联瞬间被扯断，生活的节奏受到严重破坏，个人的终结近在眼前。而这糟糕转变的发生却毫无缘由。

那则发表于1907年的故事《施拉梅克中士》(*Feldwebel Schramek*)后来被冠以"成为霰弹目标的客栈"(*Das Gasthaus zur Kartätsche*)的标题被出版。故事的主人公名叫金德里希·奇瓦泰克，是一个善饮不醉、爱好生活、幽默有趣的中士。他能把客栈里的客人逗乐，有时也会和其他士兵一起打闹。但正如书中所说，他本人却有着一定程度的抑郁倾向。当他那曾和一名中尉结过婚的旧情人再次闯入他的生活时，往日的记忆被再次唤醒。奇瓦泰克一幅身穿中尉制服与这位女士合拍的照片引起了人们的讨论。有人问起他是否有意亲近过她。他回答到："没有谁可以亲近他人。即便是最好的朋友也只不过是在同样的情境下站在一旁。"(Freund，1999：96)

其实这位中士根本就是生活在自己的世界里。过往的悲伤阴影笼罩着他的生活，摧毁了他人生的希望。酒精和那个中尉在其中起着关键作用。曾经的朋友再次闯入他的生活，而这朋友在那位女士看来却比他更有成就。不管怎样，中尉的妻子是奇瓦泰克青梅竹马的恋人。她的出现将从前的伤口再次撕裂。奇瓦泰克这样评价他的处境："没有什么比突然陷入自己的过去更不幸的事了。"这种明暗交杂的叙述方式让读者深刻感悟到那令人捉摸不透又在不停行进的命运。最终奇瓦泰克开枪结束了自己的生命。

这结局呼应了开篇对自杀的描述，使得整个叙述结构形成了一个闭合的圆环。这也是主人公命中注定的失败。他的灭亡正是叙述的焦点，故事在此刻得以完结。作者详细描述了子弹击穿中士胸膛的轨迹。悲剧就这样发生了。接着子弹被卡在一面座钟里，时间随之停滞下来。奇瓦泰克终于从过去的阴影中走出。任意飞出的子弹象征着无法停止的命运，而它却终止在完成致命打击的那一刻。

此处人生的不幸被赋予了奇幻的色彩。其悲剧性的结局早已被固定在过去的时间里。这结局被魔鬼般的因果关系操控着，是无法避免的。中士大声叫喊着试图战胜对人生的极度失望，却反被后者征服毁灭。世间万物终究是被人们无法逃避的无常命运所决定，即便历经多年也还是被其逮住并毁灭。

在这样的奇幻语境中，不幸的人类被夺去权力，世界变成了晦暗的命运空间，荒谬的生活之轮在个人危机的推动下周而复始地做着圆周运动，这些都反映出那个时期宿命论的历史悲观主义。这种始终不相信人类能自主把控方向的悲观主义在奥地利尤为严重，但远不仅限于此。那注定要被卷入深不见底却不停吞噬着的命运深渊的必然性导致人们对生存的恐惧越来越强烈。其中那看似偶然的意外环环相扣，构成了导致不幸灾难的链条。

佩鲁茨 1914 年首次提及的故事《月亮笑了》(Der Mond lacht)以一支来自布列塔尼①(Bretagne)的古老族群为例，生动讲述了月亮那不祥的影响力对神秘命运的主宰。每当月光从万里无云的夜空中洒下，便会在族群中引起极度紧张的反应。这种紧张甚至升级成行动不便或者对月亮的荒唐攻击。只见有疯癫之人开始对着这黑夜中的天体那所谓阴险放荡、满是邪恶

---

① 布列塔尼大区(布列塔尼语：Breizh'，法语：Bretagne，英语：brittany)是法国西部的一个地区。布列塔尼大区有一部分人是原始高卢人的后裔，另一部分是英国南部的威尔士人的后裔。

之态的脸射击。

一切现象表明，这种对月亮的病态狂热是无法治愈的。一旦有人身患此病便会被推向毁灭的深渊。此族群的最后一名代表将望远镜瞄向了这古老的对手。突然他在明亮的月光中竟看到自己年轻的妻子被搂在他好邻居的怀中。此时月亮露出了必胜无疑的笑容，被负的丈夫便一怒之下冲进了那对偷情之人的房间，狠狠鞭打着那位邻居，却反被后者在自卫时击毙身亡。整个族群也随之彻底灭绝。月亮也完成了它令人费解的、持续上百年的毁灭行动。

这则故事通过对人与月亮关系的奇幻书写，揭示出人类好似在听任某种神秘力量摆布的状态。它从外部入侵我们看似安全的生活，然后将其毁灭。然而这种毁灭性的力量也极有可能存在于我们每个人自身内部。在这个故事中，人类对毁灭力量的奇幻想象被展现得淋漓尽致。这力量与人类自诩强大无敌的自我控制力展开了激烈竞争，最终将后者拉到了自己这边。

莫里茨·亚历山大·弗雷（Moritz Alexander Frey）可谓是创作奇幻故事的大师。其作品却未被纳入奇幻文学之列。他的小说《小药箱》（*Die Pflasterkästen*）（1929）便是基于他在战争期间当卫生员的经历所作。在德语奇幻文学大师当中，来自慕尼黑的弗雷算是一位低调人士，他在当时鲜受关注。其最优秀的作品集包括《黑暗通道》（*Dunkle Gänge*）（1913）、《白日幽灵》（*Spuk des Alltags*）（1920）和《怪癖者》（*Außenseiter*）（1927）。

《黑暗通道》中的《无主之宅》（*Das unbewohnte Haus*）一篇于1914年被收入菲利克斯·施略姆普（Felix Schloemp）出版的《惊恐集》（*Das unheimliche Buch*）一书中。这是一个关于一座在大城市中被废弃的老宅的故事。叙述者从一份1708年的史料中得知，一个美丽的年轻女子在一次节日庆典中被谋杀于这座宅子里。就在此事被报道的100年后，附近有居民鬼使神差地想要进入其中一探究竟。又过了一百年，宅子才似乎恢复生机。一天夜里，叙述者在那里目击了那位曾经是失足女的年轻妻子被受到他丈夫教唆的嫖客刺杀身亡。

次日清晨，睡醒之后的叙述者无法断定，刚才那恐怖的场景究竟是真实的经历还是一场虚幻的梦境。正如故事结尾所言，"无论如何，事情终归发生了"（Freund，1999：99），这样的情景描述使得想象与现实、梦境与真实之间的界限变得游移不定。奇幻的叙述扩展了人们对未然之事的感知范围。随着那奇幻形象的出现并成为现实，那现实随之也化作了具有创造性的想象万花筒。奇幻就是一场感知的游戏。在这场游戏中，固有边界已然消失，真实世界与虚拟场景也浑然一体。弗雷的奇幻作品使原本清晰的定位有了相对性，也将日常生活溶解在迷雾重重的画卷之中，而那看似熟悉的事物在转瞬之间就变得让人恐惧不安。

在同样出自《黑暗通道》的《世界沦陷》（Weltuntergang）中，对莫名恐惧的神奇幻想占据了整个世界。正当一座大城市进入夜间运转之时，月亮却消失不见了。正如文中所述："就在我抬头向上看去的那一刻，不可思议的事情发生了。月亮突然褪去了光影。它消失得如此之快，就像一根蜡烛被人瞬间吹灭一般。"（Freund，1999：100）这个故事将世界沦陷的虚拟景象描述成如此真实可信的事件。这情景就如同灾难电影中的画面。大难临头时的极端恐惧和慌乱不安的情绪在四处蔓延。最糟糕的预想此刻成为了现实。本该出现黎明曙光的天空变得黑暗无比。"人们再也没有希望看到太阳升起了，永远、永远不会了。"（Freund，1999：100）

这样的奇幻文学模拟了最恐怖的可能性，一切对未来的期许憧憬和行动计划都将在此被迫终结。在这类作品中面对无法重启的末日之灾，弱小的人类却是那般的无依无助。弗雷的奇幻故事也是充满绝望之情的。他的末日预言倾向深深打上了当时人们面对世界大战一触即发时的恐惧烙印。当他的第二部故事集《白日幽灵》在 1920 年被出版之时，第一次世界大战已经结束。战争期间弗雷作为卫生员不得不接受希特勒的统治。身为和平主义者的弗雷借出版于 1944 年的流亡小说《地狱和天堂》（Hölle und Himmel）中的人物之口揭露出"军队与战争是这世上最儿戏、最无耻、最黑暗的阴谋"（Freund，1999：100）。这恐怖的人类灾难所造成的伤害还在继续。取代末日预言和恐怖幻想的是在伤痕累累的过去那重重重压之下一个又一个的噩梦。

《白日幽灵》中最晦涩的故事《绝望》(*Verzweiflung*)充斥着令人窒息的恐惧。叙述者"我"一日在毫无防备之下遭遇了他那恐怖骇人的替身。后者正在将一具接一具的尸体抬进楼上的储藏室。这一令人毛骨悚然的场景反映出人们对"一战"的恐怖回忆和憎恶之情。突然，在这奇幻的相遇中那曾经的大规模屠杀又出现在眼前。叙述者走进的那间堆满尸骸的储藏室，具象地表现出被压抑的惊愕之感和恐惧意识。那让人无法保持缄默的恐怖回忆，正在警戒当下的人们：所谓的《凡尔赛条约》之辱已经挑起了新一轮的激愤。由此可以看出，两次世界大战间的时局赋予了奇幻文学通过对没有逃避遭难之希望的恐怖书写而向世人发出警告的任务。相比对文学的变革和创造意义之功能的信念，这一时期的奇幻作家们更多的是受对这世界无法消除的无意义性的可怕预感所引导。

《怪癖者》一书的开篇之作有着一个别出心裁的奇特标题："小庇护"(*Hütlein*)。故事的主人公是个特立独行的怪人，他住在一个破旧失修的城堡里，周围是一片沼泽丛生的荒园。他在一个鸟笼中养着一个怪物。这怪物以磷光的形象出现，而唯一能看到这一形象的就只有主人公一人。看着眼前光芒闪烁的幻影，那人突然明白：万物的本质是腐烂，而万物在衰败时都会闪闪发光。破败、荒芜，还有物质属性的逐渐消解，一切意义在幻影里终结，这些共同构成了一种死亡与消逝的场景。在这个场景中，事物的本质实现于腐败的过程里，并以充满悖论的方式在消解中获得圆满。最后这个怪癖的主人公在散步时陷入泥沼地中，奇特的是，"这感觉就好像他之前乘电梯下楼一样———一点也不吓人。"(Freund，1999：101)

这是没有希望和慰籍、毫无任何玄奥的宗教性预兆的死亡。与一切粉饰和美化的手段相反，它是作为奇幻的现实呈现出来。弗雷以最简洁的方式塑造了人类没有回头之路的遭遇。这种毫无伪装的现实给人的印象是奇幻的。因为在它面前一切解释和阐释都是徒劳。这样的结果只会是一个虚伪做作、被强加意义、但原来并不真实的现实。弗雷的这则故事是以衰败为主要视角的奇幻寓言。他通过那焕发磷光的怪物和对其姓名的指小化

(diminutiv)称呼，奇妙地反讽了人类想要获得良好庇护的希望。

威利·赛德尔(Willy Seidel)属于 20 世纪前 30 年最后一批重要的奇幻作家。他因情色小说而名声大噪。他的奇幻故事和中篇小说被收录于 1930 年出版的《辛凯森先生的魔法灯笼》(*Die magische Laterne des Herrn Zinkeisen*)里。

和其他许多奇幻作家一样，赛德尔善于把握人类的终结这一主题，其中既有英年早逝的凄惨悲剧，也有衰老终年的漫长折磨。值得注意的是，他完全没有用奇特晦暗的色调将生与死描绘成对日常生活不可思议的入侵，而是塑造为在所约定期限的发展过程中那迟早会来的预期结局。但是在这结局之外还将呈现出一个全新的开始。那是对永恒的预感，是它让有固定期限、充满危险的人生在狭隘和局限中奇幻地显现出来。赛德尔认为自己与浪漫派关系密切。他的作品集是以他和 E. T. A 霍夫曼之间诗歌形式的对话为基础的，其中尤为突出的特点是幻想的永不消亡性(die Unsterblichkeit der Phantasie)。正如他那伟大的榜样一样，赛德尔力求跨越规约日常生活的界限，涉足一切限定之外的幻想世界。

在《心灵与死亡》(*Psyche und Tod*)这则短篇故事中，一位神父在年仅 6 岁却死于霍乱的扬·古斯塔夫的棺木前说，人的灵魂体现于人的内心。正是为了这样的心灵，阿普列乌斯(Apuleius)①笔下的小爱神阿莫(Amor)被燃烧于永不息逝的爱情之火中。这即是在暗示，死亡之神早早带着那少年离开了他不完整的人生，而他的灵魂却化作闪光的飞蛾，能自由飞向那不死的永恒。这给少年的姐姐留下了深刻的印象。不久之后她便在那闪着白色光芒的小身影中看到了自己的弟弟。他用清脆的声音欢呼着，朝河边匆匆飞去，想要潜入那奔流不息的生命之川中。那留下来的人类，仍然被束缚在没有灵性的木偶状态里，拘泥于在忧虑和希望、生存与死亡间摇摆的不自由的奇幻存在中，处于持久的不安和绝望状态之下。

———————————

① 阿普列乌斯(Lucius Apuleius，125—180 年) 罗马柏拉图派哲学家、修辞学家及作家，著有《金驴记》。

《春天的面具》(*Masken des Frühlings*) 这则故事的核心人物是一位年迈的伯爵夫人。她在狂欢节的周日和圣灰星期三之间总会回到她宫殿中的一个房间里，在那打点好自己的一切生活必需品，包括红酒和香槟。她年轻的侄女有次来此做客，出于好奇通过锁孔偷窥隔壁的房间，便看到姑母从一个箱子中拿出一个画着白色浓妆、穿着长长的白色丝衣的人偶。突然人偶在她手中变活了，那如同意大利戏剧中搞笑小丑的人偶睁开了双眼，好似春天到来万物复苏一般，然后便和青春焕发的老伯爵夫人在这重获新生的时刻一起庆祝狂欢节。

就在第三天，即圣灰星期三那日，当侄女发现姑母越来越像她年轻时的模样时，便再也无法忍受了。在一场怪异的争吵中，老伯爵夫人突然死去，那人偶小丑也再次陷入了永远沉睡的状态。而青春和对爱情的永恒追求却留在了侄女永不停息的生命轮转中。

人们原以为孤独度日、平庸老去、日复一日的单调重复便是生活的本来面目。但以上这则故事却将它呈现得奇幻无比。此处意大利戏剧中的小丑人偶被赋予了真正的生命，永远拥有青春、拥有生活的激情和圆满的爱情。在姑母身上逝去的，又重现于侄女身上，并且永远不会枯竭和消逝。赛德尔的故事将个体的有限性融于整体的无限之中，也由此使奇幻的意义得到了升华。我们只能通过一个个独立的个体，通过处于生与死之间的个体存在，才能将生命从奇幻的视角作为一个整体进行观察。生命在不断更新的循环中进入永恒，这并非意味着有所损失，而是跃身于另一种无比确定的状态之中。

这些隐喻"二战"的奇幻故事就这样被收集于一本本的故事集之中，尽管没有产生惊天动地的轰动影响，却实实在在地从 1945 年走到了今天。它越来越关注一个日益陌生的、人类被排挤出核心地位的世界。在这样的世界里，个体常常面对着捉摸不透的状况和事件，感到迷惘困惑，迷失了自我，找不到方向，生活举步维艰。此种状态下的人类已经失去了立足之地。这个阴森恐怖的世界夺去个人的影响力，将其内化进丧失个性的集体中。在一定的范围内，这个世界好像是可以被预见和解释的，但它其实却又是不可预见和无法解释的。因为置身其中的人类此时为了生存下去，总是尝试去适应一个作为替代品的虚假世界。

惨绝人寰的第二次世界大战使整个人类都成为了这场永远无法忘却的历史浩劫的牺牲者，也给人类的形象抹上了黑暗的阴影。战争结束伊始，经济和技术的恢复与发展便将作为个体的人和他的利益挤向边缘地带。同样发展了的还有机械设备的自动化，和那在一刻不停的创新推动下技术革命对人类的影响与干预，以至于生存的意义似乎成了对这完美的功能机制提出的质疑。因为人类已经深受自以为是之害，随之而来的是感受能力的扭曲变形和决定意义的方向定位的丧失。

一旦人们陷入这个入侵一切生存空间、变得日趋完美的虚拟媒体世界之中，那关于人类曾是世界之尺度的记忆便在慢慢淡漠消散。在日益增多的经济和技术假象那看似毫不停歇的发展进程中，被解构分离的人性将现代化的生活空间异化成一个被未知而神秘、且没有灵魂的工具理性所主宰的奇幻世界。人类的理想愿景已经破灭，魔法已然失效，也没有得到倍受其扰的存在意义之间的真正答案，人类似乎彻底败给了其生产和创造的能力。歌德笔下的魔法师能帮助不安分的学徒化解危机，然而在这现代版的《魔法师的学徒》①（*Der Zauberlehrling*）中可是没有哪位大师能管控得了这样的局面，因为所有的大师都已被纳入生产的阵营当中。彼得·汉德克（Peter Handke）在其作品集《寻常的恐惧》（*Der gewöhnliche Schrecken*）（1969）的引言中写道："这本书里的每一篇作品都是一个恐怖的故事、一个惊悚的故事，但这恐惧却不会被降格成满足读者猎奇心的文学上的享受，而是一种来自平日生活的寻常之事。"（Freund，1999：104-105）此语开宗明义地指出，这些奇幻的故事所讲述的，正是酝酿于日常琐事中的

---

① 《魔法师的学徒》原为歌德于1797年创作的一首叙事谣曲。故事取材于古希腊作家卢奇安的《撒谎者》。其主要情节为：一个自作聪明的魔法师学徒趁魔法师不在，用偷学的咒语将一根木杵变成一个运水者。不料由于他对魔法的掌控力不够，导致木杵不再受其控制，而是不停不休地来回取水。最后幸亏魔法师及时赶到，让木杵恢复了原型，才制止了"水漫金山"的不堪后果。

恐怖。

维尔纳·贝根格律恩（Werner Bergengruen）是在德语奇幻文学的繁荣时期就声名显赫的奇幻故事作家。1945 年之后，惊悚与恐怖元素在他作品中便占据着重要地位。《带风信子的圣母》（*Die Madonna mit der Hyazinthe*）于1920 年发表在施瓦布的《幽灵船》一书中。这是一个关于俄国圣母崇拜的故事。一名精神错乱的大学生沉迷于圣母崇拜，最终以无比神奇的方式成为被尊崇为独立女神的玛利亚的牺牲品。这位大学生的日记明确记载了他是如何在寻常世界和宗教崇拜的世界间摇摆，而事实表明后者的影响力更加强大。

一旦和浮夸的情欲挂上钩，人类对于非理性之物便显得毫无抵抗能力。因此不容忽视的是与当时这种创作方式的狭隘性保持批判性的距离。那是一个要将人类织入宗教预言和意识形态上的伪学说的大网中的时代，也是法西斯的宣传蛊惑大行其道的时代。

如果说早期的贝根格律恩还受着世纪之交时那种聚焦恐怖遭遇的奇幻故事风格的约束，那么在 1945 年之后他的一些短篇小说则鲜少突出人物的神秘困境，而更多的是着墨于人类与一个已经面目全非、危机重重的世界的交锋。在 1973 年出版、由贝根格律恩妻子命名为《志怪录》（*Spuknovellen*）的一书中，《双影人》（*Der Doppelgänger*）一篇尤为引人注目。

该故事讲述的是在"二战"期间一次大规模的轰炸袭击中，一群人躲入地下室避难的经历。其中的一名青年男子有一次在累得精疲力竭之后沉睡过去，并做了一个奇怪的梦。梦中他发现自己走出了地下室，然后如梦游般淡定地在这座他并不熟悉的城市里踏上了前往救护站的路。那里有他留下的一份书面情报。途中他遇到一名穿制服的女孩。后来在现实中这名男青年又一次遇到这个女孩，她把写着情报的纸条随身带了出来，于是躲在地下室的避难者们最终全部得救。

这让人不可思议、难以置信又无法解释的故事源自陷入困境之人那无能为力的责任感。贝根格律恩创作奇幻文学作品是为了激发深切的社会同理心。它本来应该有所帮助，但在前景如此黯淡的情况下却根本起不了作用。而比莫名其妙地遭遇双影人更离奇的，是这个将人类拖入重重灾难、同时又让人无路可逃的世界。奇幻文学成为了这种极度无助感的表达媒介，它用文字的方式让那永远不可能实现的奇迹梦想得以呈现，同时也保留着对残酷地摧毁个人和全人类的战争的真实印象。

对于女作家玛丽·露易丝·卡施尼茨（Marie Luise Kaschnitz）而言，神奇幻想是一种固定的叙事建构成分。尤其是在她的短篇故事集《长长的影子》（Lange Schatten）（1960）中，奇幻发挥着不容忽视的重要作用。她倾向于将故事的背景设定在人们熟悉的地方。正是在那里往往会突发一些稀奇古怪、不可思议之事。《幽灵》（Gespenster）这则故事就发生在伦敦这座国际大都市的闹市中。叙述者"我"和丈夫一同去老维克剧院①观看莎士比亚的戏剧。突然她发现丈夫的行为显得诡异反常。他并没有将注意力放在舞台上，而是一心关注着坐在前排的一对年轻人。到了晚上，他们和这对年轻人一起来到一座年久失修且无人居住的老宅里。丈夫认为这对年轻人是两兄妹。就在不久前他还在德国见过正开着一辆汽车的他们。当时他们冒险式的驾驶风格十分引人注意。离开宅子时丈夫遗忘了他的金色香烟盒。当夫妻二人次日清晨前去取回时，得知了令他们大惊失色的消息：原来这座宅子一直被空置着，那对年轻人也早已在一场车祸中丧生。而那只香烟盒却还留在桌上。

伦敦这座国际化的大都市，代表着井然有序的公共生活，而在人们生活空间的偏僻一角，那恐怖诡异的一面却被瞬间暴露无遗。顷刻间原本好似运转得滴水不漏的完美过程遭到质疑，对此人们却无法给出解答。最终这件扑朔迷离的怪事越来越使人困惑不解，因为对此人们始终找不出一个理性的和经验上的答案。留下来的只有对熟悉的规则体系和解读模式彻底失灵失效的印象。这则奇幻故事让神魅之事在一切好似都已祛魅澄明的时代得以复归，并让从一开始就坚守领地的理性投降屈服。当然，如果只从

---

① 老维克剧院（Old Vic-Theater），英国最著名的剧院之一，位于伦敦的滑铁卢桥路，前身是1818年落成的科堡剧院，1941年由于严重受损而被迫关闭，1950年重新启用。

肤浅的表面来看，人们的确似乎生活在一个熟悉可靠的世界里。正如玛丽在短篇小说《陌生之地》(*Das fremde Land*) 的开篇写道："在自己家里的四面墙中，我们被鬼魅、迷雾和虚无包围着。转眼之间，我们就像来到一个语言不通的地方，置身于一片神秘陌生的异域中。"(Freund, 1999：107)

《黑湖》(*Der schwarze See*) 这则故事描述的正是这种意义上的陌生和神秘。故事提到在亚壁古道①边有片通过地下水补给的阿尔巴诺湖②。湖水呈现出红色。然而由于外人的反复来往和拥挤的交通，湖水早已失去了它神秘的色彩，至少人们对它原初的神魅记忆已经消失殆尽了。就在这片地区的开发规模不断扩展之时，一群孩子骇然发现了一具被困缚在树根里的无头裸体女尸。疑似凶手的旅店老板后来被人发现在河岸边开枪自杀。

然而那些看似理所当然的事情，对于叙述者来说却并不那么有说服力。她最后发人深省地说道："我更愿意相信，在这被技术主宰的世界里，在那熙然聚集的人群中，终究有一片属灵的地方。我认为这些被驱逐和鄙夷的亡灵应该享受祭奠。"(Freund, 1999：107) 这一回，作者又一次在故事的结尾保留了谜底，一切到头来仍然悬而未解。那些显而易见的解释在原初的魔性面前都无济于事。后者无法被人理解，但又坚持自己的权利，侵入那井然有序的日常生活。于是这个短篇故事通过开放的结局迎合了奇幻的叙述意图，动摇了人们所期待和熟悉的阐释模式之根基。它警告人们：人类越是野心勃勃地想要利用技术开拓和征服世界，这个在神秘面纱遮掩下的世界就会越发令人捉摸不透，同时也越加强烈地昭示着它那原始性的混沌无序和自由的状态。

玛丽·露易丝·卡施尼茨的后期作品集又回归了奇幻的创作风格。这主要体现在《长途通话》(*Ferngespräche*)（1966）中的《航船的故事》

---

① 亚壁古道(Via Appia)是古罗马时期一条把罗马及意大利东南部阿普利亚的港口布林迪西连接起来的古道。

② 阿尔巴诺湖(意大利语：Lago Albano)是位于意大利首都罗马东南部阿尔巴诺山中的一座火山口湖，由两个呈椭圆状的古火山口形成。湖水由地下水补给，通过人工河道排水。

（*Schiffsgeschichte*）一篇里。故事说到一位女士因疏忽大意上错了船，也因此告别了那个她熟悉的时空维度。钟表不停地被调整，每次的定位报告完全是任意给出的，船用刊物也胡乱将早已发生的事件当作即时新闻报道，甚至还报道出金星上神奇的欢迎庆典。

但无论是时空系统还是报道的消息都无法提供可靠的方向定位。这条越来越离奇的船就这样带着人类朝着未知的命运驶去。唯一可以确定的是：人类再也不会回到那个曾经熟悉的现实生活中。这个典型的奇幻故事表达了一种迷失方向的生存感和身处世间的不安全感。人类本以为可以牢牢把控这个世界，但最终却失去了对它的控制。

汉斯·埃里希·诺萨克（Hans Erich Nossack）的作品总是将奇幻与讽刺融为一体，并向这个人们行为举止正常有序的世界投去怪异的光。其中的杰作要数1964年面世的故事《凯尔特人》（*Der Kelte*）。这个故事是以一颗头颅的视角展开的。这颗颅骨被发现者当成凯尔特人①的头骨收存，但其实它的主人却有着一半犹太血统。此人年纪尚轻，却因伦理上的缘由被父母日渐疏远而自缢身亡。他父母的表现迥异于常人，他们并不喜欢自己的这个孩子，却不停忙于处理花园里的杂草，就像那些无可救药的庸俗市民一样，毫无远见，拘泥于琐事，被困在自己那方狭小的天地中。文中还这样不无讽刺地提到："有时他们也会吵架，或许他们是结过婚的。"（Freund，1999：109）

不可思议的是，当人们把报纸塞进这颗颅骨中，以便将它更好地固定在木杆上时，这个"凯尔特人"竟然开始通过他被塞满信息的大脑描述他重新回到的这个世界。证券行情、战争、灾难、性欲反常、各种轰动事件、广告宣传、寻求配偶和连载小说等词汇在他的描述中混乱搭配，由此构成了一幅肤浅而没有头脑、无法教诲的世俗景象。在一处连载小说的地方他发现了"犹太人不受欢迎！"这句话，这也反映出存在于人类社会中一种根

① 凯尔特人（拉丁文为 Celtae 或 Galli）是上古欧洲一个由共同语言和文化传统凝合起来的松散族群，具体指约公元前2000年活动在中欧的一些有着共同文化和语言特质、存在一定亲缘关系的民族的统称。

深蒂固的刻板印象和狭隘偏见。

通过这颗远古逝者头颅的视角，人类的生存世界以如此荒谬的方式展现了它奇特的空虚。这一过程完全不需要意义和理解，就这样原地踏步，停滞不前，毫无意识。而只有抽身而出的人，才能真正看透其中这无可救药的荒谬。比起这个被选择的视角本身，它所看到的一切则更为奇幻。

类似风格的作品还有 1964 年出版的故事《维多利亚》(Viktoria)。故事中一位过世并已入土安葬的丈夫与前来墓地祭奠的再婚妻子相遇了。亡者的视角再次体现出了生者之所求的局限性。那是日常生活中无休止的忙碌、操劳和责任。这些都让人们忘记了那充满创造性和情感丰富的闲暇时光。

死去的丈夫总是通过笛子说话。这是他妻子曾经吹奏过的笛子，后来她放弃了这项活动，笛子也就被迫退出了她的生活。在以技术主导、效率优先的现代社会中，个性的表达、忘我的陶醉状态、人与人之间的和谐关系与相互青睐，都不得不让位于没有灵魂的日常生活。只有在死亡的阴影下那奇幻的空虚存在和单调生活才会显露出来。人们以为自己是在生活，其实只是像机器般在运转作业。在这种全新的阐释中，故事里的维多利亚雕像象征着亡者对生者的胜利，也象征着无忧无虑的自由对在自动机制运转下的重重压力进行奴役的胜利。

故事《小折刀》(Das Federmesser)(1962)的主人公是一个被逼仄而不自由的生活所困的人。他知道自己的局限性所在，却无法从中摆脱。有次他神情怪异地看着窗外花朵盛开的苹果树，感到似乎有种强烈的冲动欲望油然而生，耳边仿佛响起了无数个声音，但所说的内容他却没能明白。

到了晚上，那苹果树就像被画在油画布上一样从他房间里冒出来，紧接着又传来那些他听不懂的声音。好像有什么东西能够看到他，但他却仅仅只能感觉到对方的存在。他就这样被挑衅和威逼着，感到烦不胜烦，在他那清静安宁、与世无扰、空间狭小的住所里饱受惊吓。当他在一条横幅上看到"这里是天堂吗?"的问题时，便顿感手足无措。就在他茫然无助之际，周围的一切都消失得无影无踪。屋外只留下那些树，它们又被移动了

147

一些距离，剩下的便是那夜的寂静。

对于外面横幅上的那个问题他用显而易见的反问语气回答道："哪有的事！还天堂呢！那可是遥不可及的东西，我们中有谁能有这功夫来琢磨它呢。"（Freund，1999：110）主人公的那方小天地远不足以承载那苹果花的预兆。那是对希望开启新生活、对觉醒和获得自由的预兆。长期拘谨狭隘和单调空虚的生活让人们早已忘却了对天堂的记忆。这来自天堂的声音对于那些被困在自己想象的小世界里、与生机萌发的未来隔绝联系的人而言，无异于对牛弹琴，必定哑然失效。

同诺萨克一样，阿尔弗雷德·安德施（Alfred Andersch）也采用了奇幻的叙述策略将现实世界陌生化，并进行评判性的揭露。在其1958年首次出版的作品集《鬼与人》（*Geister und Leute*）中，他将其中两则短篇小说称为"鬼故事"（Geistergeschichten）。第一篇《最后的黑人》（*Die letzten vom Schwarzen Mann*）隐含着一些引人注意的线索：主人公卡尔·罗兰德在1945年后从邻国比利时经阿登山脉①将咖啡走私到埃菲尔地区的一个小村落。他行为处事神秘莫测。当地人都害怕地躲避着他的目光。那目光好似从很远的地方投过来。同样令人畏惧的是那高山上的黑暗森林。罗兰德就栖身于林中一间破败的储藏室里。乍读起来这与一个普通的走私犯的故事无异，不料后来罗兰德在山上的黑人那里从一个死人头骨下掏出一本被防水布包裹的士兵证。他打亮手电筒的光，成百上千次地反复观察着证件照片上那张和他自己一模一样的脸。

原来罗兰德是"二战"中阵亡者的幽灵，当初正是命丧于阿登袭击战②中。希特勒为了减轻自己的罪责，完全不顾军事专业知识而冒险发动了此次袭击，以此制造军事强势的假象。而德国空军也由此受到了惨烈重创。

---

①　阿登（Ardennen，也译作亚尔丁）是位于比利时和卢森堡交界的一片被森林覆盖的丘陵地带，并一直延伸到法国境内。

②　阿登袭击战（Ardennenoffensive），别称"亚尔丁之役"。战争发生于1944年12月16日到1945年1月25日，是指纳粹德国于"二战"末期在欧洲西线战场比利时瓦隆的阿登地区发动的攻势。

受难者的骸骨仍然躺在这幽暗的山林中。由于迷信禁忌的原因，这些尸骨始终未得安葬，乡民们也对此置之不理。人们对这场可怕杀戮的发生地讳而不言，对已经发生过的事情视而不见，仿佛直接将其从意识里抹掉了。从主人公罗兰德的经历中我们也可以看到，人们对这个来自那可怕的战争年代的幽灵态度也是如此——隔绝它、排斥它。因为它会让人回忆起想要忘记的黑暗过去。可见，安德施笔下的奇幻有两层含义：防御姿态和记忆提醒。人们想以神秘隐晦的方式去排除那无法排除的事情，但它却如灾难般又重新回归到充满虚伪假象的田园生活中。人们企图将那段历史从他们宁静安逸的生活中祛除删掉，但结果只是徒劳。

《鬼与人》中的第二则故事《给格卢斯特勋爵的委托》(*Ein Auftrag für Lord Glouster*)讲述到一位圣女贞德时代的英国贵族出现在了战后经济繁荣时期满是林荫大道、加油站、高压电线和火车铁轨的德国。但这位来自中世纪的幽灵对这些新时期技术进步的标志性事物并不感到到惊讶。他有意援引了中世纪命名学家的一句名言："普遍的概念即是名称。"(universalia sunt nomina)然而那些普遍的概念与现实并不相符，它们反映的只不过是主观的意识想象罢了。正如这位历史的穿越者所说："只要人们以此为出发点，就能制造出想要的实物。"(Freund，1999：112)技术创新的意识早已削弱了现实的力量，并开创了一个人造的世界。化学配方和设计理念排挤着现实，挤压着它的空间，也异化了人类熟悉的家园。人们在绘图板上设计出的这个由工业进步带来的虚拟现实就是这么的荒诞离奇。

在这种情景中圣女贞德所代表的"现实"一词的含义崩塌了。对于她的重现这位来自中世纪的时空穿越者应当做好了准备。这位来自奥尔良的少女象征着向在代代相传的生存空间里排挤和压迫人类的一切奋起反抗、为重获自由的生存条件而进行的斗争。然而通过以奇幻的方式展现被异化的现实，并刻画出这虚幻的扭曲现实中被技术设计征服的人们，安德施将一个民族的使命转化为了全人类的使命。

沃尔夫冈·希尔德斯海莫尔(Wolfgang Hildesheimer)的作品将批判的矛头对准了"二战"后那个在文化层面上冷漠麻木、想要忘却历史的社会，对其进行了新颖独特的抨击。作品集《无情的传奇》(*Die lieblosen Legenden*)(1952)中的开篇之作《世界的终结》(*Das Ende einer Welt*)后来被汉斯·维尔那·亨策(Hans Werner Henze)改编成了短歌剧,将一群"时尚贵族"①的代表搬上了以威尼斯为背景的舞台。其中的主要人物是身居穆拉诺岛②东南面的人工岛上一座宫殿里的马尔切萨·蒙特特里斯托。由于对大陆本土和当下现状充满厌恶之情,她逃离到这座模仿哥特式、巴洛克和洛可可风格的人造岛屿上。岛上满是珍奇古董,沉浸在一片历史气息浓厚的艺术氛围中。

故事的高潮出现在一位名叫雷莫的同时代作曲家的两首笛子奏鸣曲的首演时。而事实上根本就没有这样一位作曲家。这两首曲子其实是出自一位音乐研究者之手。在演出过半时,这座人工岛的地基开始解体分裂。海水漫灌而来,随着音乐戛然而止和烛火的熄灭,这个华而不实、基虚中空的替代世界连同它那浮夸古怪、惺惺作态的艺术氛围一起沉入海底。尤显离奇怪异的是那拥有孤傲习俗又自命不凡的"战后时尚贵族"(Nachkriegsschickeria)们沉沦灭亡的场景。那种自大高冷的姿态只不过是人们用来掩饰对刚刚过去不久的经历的恐惧感的伪装。人们从当前纷扰纠缠的困境里逃离至没有麻烦、充满艺术气息的旧日时光中。而后者其实只不过是一个华而不实、自欺欺人的伪世界。在这个奇幻讽刺作品的结尾,大自然终究埋葬了这个虚假、可笑的"人工制品":"月光下的海水平滑如镜,仿佛那个岛屿从来不曾存在过。"(Freund,1999:113)这样一个看似浓缩了艺术之精华的世界终究只是海市蜃楼、昙花一现。

希尔德斯海莫尔创作于1963年的故事《沙漠的呼唤》(*Der Ruf in der Wüste*)是个独特的个例。这个故事原本是计划写成长篇小说《马桑特》(*Masante*)的,但后来遭到拒绝,于是又在1972年被拆分发表于马塞尔·

---

①　原文为Jetset,字面意义是喷气机族,即指常乘坐飞机旅行的富有、时髦的人,此处指与大众和主流文化格格不入的时尚贵族。

②　穆拉诺岛,Murano,是意大利威尼斯潟湖中的一个岛,位于威尼斯以北约1.6公里。名义上是岛,其实是群岛,岛与岛之间由桥梁连接,形同一岛。

莱希·拉尼茨基（Marcel Reich Ranicki）出版的《1960 年后的德国故事集》（*Deutsche Geschichten seit* 1960）中。该故事的叙述者"我"一直致力于探寻"尚未研究但可被研究之物"。他一路朝着沙漠走去，途中在被不知是何人之手打下的木桩的指引下发现了一具男性骸骨。这条由木桩标记的路线是专门针对他精心设计、被人动过手脚的。但叙述者却绕过了所有出现在他面前、好似会将他带入无极之地的陷阱。在继续前行之前，他将自己的钉鞋与死者那双看起来十分结实的皮鞋进行了交换。那骸骨被换上鞋子后，让人感觉好像它随时能动起来。后来当叙述者在返回途中再次经过此地时，令他感到无比惊恐的是，那具骸骨竟然不见了。在重返此地的途中，他身上已经发生了根本性的质变。他自己也感叹到："我再也不是之前的我了。"（Freund，1999：113）后来他回到了城里，一次在一位对语言发音尤感兴趣的语言研究员朋友组织的聚会中，叙述者遇到了一个脚上穿着他上次去沙漠时穿的那双钉鞋的贝都因①男子。

这是通过生与死这位于存在两极的固有视角以奇幻象征的方式叙述的故事。通过互换鞋子，生者与死者也在短期内交换了存在的方式。逝者至少在短期内重新获得了生命，而生者透过脚上死者的靴子也能感受到面对那一片虚无的沙漠时的死亡恐惧。那沙漠里看似通往无极之地的路径，都只不过是陷阱。照此前行他将迷失在荒无人烟的沙漠里。这来自沙漠的呼唤唤醒的是突如其来的死亡意识，让他放弃那被精心设置、意外出现又突然消失的木桩所指向的目的地。那是通往无限的空虚之路。沙漠行者在这没有终结的生死交换中，在这因对外秘而不宣所以未被探究的、由叙述者"我"为代表的个体那前景无望的未来中，收获了洞察的智慧。

最终叙述者将那双已成为他累赘的鞋子卖给了那位研究语音的朋友。奇怪的是，这位朋友并没有收下整双鞋子，而只是要了部分零件。他认为唯有这样科学界才能保存幻想、掌握它的研究对象。而其他的人都致力于

---

① 贝都因人，Beduine，是以氏族部落为基本单位、在沙漠旷野过着游牧生活的阿拉伯人，属欧罗巴人种地中海类型，主要分布在西亚和北非广阔的沙漠和荒原地带。"贝都因"在阿拉伯语中意为"荒原上的游牧民""逐水草而居的人"。

知晓事物的全貌，急切想要获取由包罗万象的存在法则所主宰的认知。在希尔德斯海莫尔的奇幻故事中那陌生的世界里，被排挤出利益中心的个体找不到存在的意义，或长或短地迷失在这虚无的空间里。此处的那具骸骨作为唯一不会改变的事物成为逝者的代表。此时对复活的信念好像已不再是谣传。正如故事里的传说所言：当灵魂飞逝，躯体留存，而逝者的灵魂将不朽。

汉斯·卡尔·阿特曼（Hans Carl Artmann）的作品也被打上了厚重的奇幻文学烙印。其创作的名篇有《德古拉·德古拉》（*Dracula Dracula*）（1966）和《萨塞克斯郡的弗兰肯斯坦》（*Frankenstein in Sussex*）（1969）等。这些作品融合了恐怖文学、电影和连环画等不同叙述形式的元素，很难将其归为某一特定类型。其中引人注意的是吸血鬼、狼人、怪兽这几种通俗神话母题与可信的虚拟现实间的灵活过渡与转换。二者乍看起来似乎毫无关联，甚至某种程度上会造成极不协调的违和感。那无奇不有的恐怖世界与维多利亚晚期时代特征的交融，在殖民时期的印度背景下对狼人的追捕，还有将怪人弗兰肯斯坦与爱丽丝梦游仙境的童话的交织混合，这些都塑造了一种神话传说、童话故事和虚拟世界相互渗透、打破彼此之间清晰界限的创作理念。在这样的创作风格下，可能的事情变成了现实，而现实的轮廓却开始消散模糊。在这种令人迷惘错乱、已经改变又正在变化的感知中，一个由各种异质事物拼接而成的仿真世界逐渐成型。在这个世界里，那原本行之有效的常规受到局限并被异化。如此，那变异的感受和它能使感知对象发生形变的影响力便显得奇异无比。

阿特曼的灵异和鬼怪故事（Geister-und Spukgeschichten）都被收录于1968年出版的《旗子的首字母》（*Die Anfangsbuchstaben der Flagge*）一书中。这些故事将读者引入一个奇异玄幻的世界里，但对于这整个事件的过程读者却得不到任何解释，仿佛身处悬浮于习惯与非常之间的状态中。在这些故事里，惊骇之事与日常生活相互交错。例如在那篇《一个名叫索菲亚的怪物》（*Ein Wesen namens Sophia*）中，现实世界就向人们敞开了一个巨大的深渊。故事发生在一天夜里，一名喝醉酒的加拿大青年男子在离维也纳的圣方济会广场不远处发现了一个地下室入口。与其说他是从这个入口走下去的，还不如说是从这掉下去的。掉入地下后便有一股刺鼻的神香味向他袭来。耳朵里也充斥着格利高里式圣咏①般咯咯的嘲笑声。正在他身陷彻底黑暗的包围之中、感到无比窘迫之际，一个女性的声音在叫喊着他的名字。在一阵晕头转向的惊慌之后，男子又在一个房间里找到了一只炭火盆。

一个名叫索菲亚的修女正在这盆里的火中洗手。透过房间的门，他看到一个倒挂的耶稣受难像。正当他又陷入昏厥之时，索菲亚解开了自己的衣衫。她那绿色的双眼闪着令人晕眩的光，好似动物的眼睛一般。接着她露出了充满"神奇的野性"的三个乳房和一块从腰部向下皱起的狼皮。她用耶稣受难蜡像为这名加拿大男子塑了像。而第二天早晨人们却发现他如同蜡像般被破坏摧毁。

此处场景所呈现的事物都是对基督教的影射，但表达出来的却是与宗教话语完全相反的意义：那头部朝下、被倒挂的耶稣受难像作为黑色弥撒（Schwarze Messe）的渎神象征，暗示着救世主失败和投降的宣言。那神香刺鼻呛人，赞美诗听起来像是漫画式的嘲讽，而那修女实际上是个狼人。还有那洗尽铅华、源源不断的活水也被只有魔鬼才能免受其害的地狱之火所取代。

另外出人意料的还有，索菲亚这个名字喻意的智慧在此处并非指向生存之道，而是关于死亡的认知。叙述者那一次次的晕厥便是死亡的先兆。他最后的结局便是坠入黑暗，陷入如饿狼般贪婪吞噬的深渊中。人类的命运和那十字架上头部朝下倒挂着的救世主一样，结果注定都是失败的，是不可能复活的永久死亡。因此那魔鬼修女用失败的救世主像上的蜡塑造了她受害者的形象，但这并不是一种创造，而是一种毁灭。故事的结尾颇为讽刺。那名加拿大青年甚至丝毫都没有预感到自己的命运会发生如此大的

---

① 格里高利圣咏（gregory chant）使用于罗马教会礼拜仪式，以著名教皇格里高利一世（Gregory I，于590—604年在位）命名，因演唱者表情肃穆、风格朴素也被称为素歌（plainsong）。

改变。

在创作于 1969 年的故事《影子在身边拉长》(*Schatten wachsen nebenan*)中，阿特曼也写下了表达类似含义的引言："出自我手的作品究竟是否还有不涉及灾难素材的？我的每页作品不是都有为一切光洁明亮的事物、为充满阳光的欢乐、为节奏明快的哀歌和那幸福愉悦的感受提供平衡力量的一面吗？"(Freund，1999：117)

阿特曼曾设计过介于"堕落和优美"(Verworfenheit und Anmut)之间的经典场景：午后美丽的蓝天映在摇晃的屠刀上。接着那拥有诱人酥胸的美女屠户的肉铺似乎莫名其妙地飞向空中。叙述者订了一款新的金巴利酒——因为旧的喝起来有股浓浓的灰尘味——然后在大西洋清风的吹拂下享受着世间最宜人的天气。对于毁灭与沉沦的离奇荒诞，阿特曼以一种"痛苦的幽默"(Galgenhumor)，一种在无可更改的必然中绝望的求生姿态来应对。当所有的意义和希望都不复存在，这个已经变得神秘而恐怖的世界里便蕴藏着不可理喻、荒谬无比的灾难。正如文中写到："怪兽们正轻盈地浮动于每一缕香气、每一丝春意、每一阵清风中。这些都给我们带来了美好的四月，温柔中带着几分酸涩。"(Freund，1999：118)那怪兽已经和拥有香气、春意和清风的人间四月天融为一体，就如同恐怖的灾祸早已酝酿在安宁的生活里。

伊尔泽·艾辛格(Ilse Aichinger)笔下的不少故事也叙述了令人啼笑皆非、荒谬奇特的厄运。那篇由三个部分组成的短篇小说《海妖》(*Seegeister*)于 1952 年被首次发表，1953 年被收入作品集《被束缚者》(*Der Gefesselte*)中。故事讲述的是：一名男子在驾驶小船靠岸之前突然发现无法关掉马达，于是便绕着湖来回转了好几个星期。最后他只能绝望地把船往鹅卵石滩上撞。后来，每到秋天的夜晚，当地民众便会听到头顶有风呼啸而过的声音。故事还提到一位摘下太阳镜就消失不见的女人和三个拿一艘轮船上唯一的水手寻开心的女孩。这水手爱在醉酒时向她们显摆自己有多了不起。女孩们坐船时也总是会没来由地嬉笑打闹。

这三个场景中的人都有一个共同点，就是他们都会突然遭遇超出日常生活规范之外的事情，其原因却不得而知。事情就这么发生了，而且彻底改变了当事人的生活。其中那种莫名奇妙地受制于神秘影响力的感觉给人留下了不可磨灭的印象，这种影响能使人和其所处的外部世界完全疏离。其实根本就没有人会在乎当事人，只有他们自己在忧心忡忡地费力隐瞒他们的不幸。在那些促使水手死亡的女孩们无端的嬉笑中，人与人之间的无情与冷漠达到了顶峰。

在这种超现实的叙述中，艾辛格塑造的世界是这样一番场景：事物和他者对于个人来说都变得疏远陌生，这是一个没有关联的世界。其中那些对起因和效应的思考与期待模式、缘由和后果、行为和目的都好似统统失效。如此，反映个体失去生存根基、存在的荒谬无意和揭露现实中所谓的标准规则之局限性的奇幻寓言就这样形成了。

同样的情况也出现在创作于 1955 年并在 1963 年发表于同名小说集《我的居住地》(Wo ich wohne) 的故事中：女性叙述者"我"感觉到她的小楼正在从第四层悄无声息、莫名其妙地向地下室塌陷下去，而且种种迹象表明这种情况不会停止。一种诡异的事件就这样入侵到日常生活中，并向当前的生活秩序提出质疑。那看似坚定不移的稳固事物，突然间就动摇起来了。

这是如此地令人困惑不解和焦躁不安，甚至连意义最真切的话语也变得没有根据，身处危机中的叙述者"我"只能通过尝试在面对自己奈何不了的严重混乱时仍然保持她生活的节奏秩序，以此来被动地体验那出乎所有期待和意料的事情。这幅场景具象化地展现了现代人迷失方向的迷惘。那失去了对物质世界掌控的人类势必会脱离所有安全可靠的空间。

奇幻文学除了表现人的生存问题，还一再向这个处于离奇异化中的世界提出批判。莱因哈德·勒陶 (Reinhard Lettau) 的故事《迷宫》(Der Irrgarten) 在 1959 年初被发表于《德语评论》(Die Deutsche Rundschau) 一刊中。起初它被视为一种提供惊悚刺激感的休闲消遣之作。故事讲述了县长穆根斯图尔姆按照一位荷兰园艺师的规划建造了一座迷宫，此迷宫在这片富裕之地可谓是建筑领域的巅峰之作，不仅工人和仆从们会因无法走出迷宫而消失得无影无踪，甚至连一位前来进行国事访问的代表和穆根斯图尔姆自己也走失了。当等到所有的人都消失不见后，那位荷兰园艺师便接手了原主人的全部资产，包括他的妻子。

然而这位县长可不仅仅只是个特立独行的怪人，他更是代表了那些从"一战"后的困境和意外中挺过来的暴发户。他在给妻子的信中写道，他只是想让他们差点就要失去的房子恢复成可居住的状态。作品中值得注意的是那些具有讽刺意味的轻描淡写式的陈述，好像人们理所应当地重新回归到"被身穿制服的年轻仆人伺候的封建秩序中，再次养尊处优地享受往日的特权"（Freund，1999：119）。一切就好像没有发生过。随着灾难的阴影渐渐隐没消失，特权阶层又重新回归到因战争被终止的奢华状态。随着战后社会经济的复苏繁荣和人们对财富与奢华生活那无法阻挡的追求，不顾一切地成为唯一获益者和最后赢家的好胜心态到头来才是最大、最出人意料的恐惧。

正如这个故事的标题所示，人类社会在某种意义上其实就是一个道路交错不清、意图黯淡不明的迷宫。愚者一旦陷入其中便不得脱身，而聪明之人却会从方向的迷失中获益。最大的赢家便是这项工程的建造者自己，他织就出一张纵横交错的大网，眼看他人被困其中，自己便坐收其利，正如这迷宫故事中穆根斯图尔姆的遭遇一样。在现代经济的奇幻丛林里，生存的法则便是利用他人视野上的局限对其进行肆无忌惮的榨取诓骗。

在《一份新的列车时刻表》（*Ein neues Kursbuch*）（1985）这个故事中，主人公穆克布鲁格根瑙想到要让他的名字出现在高速列车能飞驰经过的每一个地方，于是便重新编制了一份列车时刻表。在这份行车计划的正中央，位于一级道路交通枢纽的地名便叫作"穆克布鲁格根瑙"。所有列车都必须关注它，而且根据设计者的计划，成吨的货物也都要在此转运。

这种滑稽古怪的想法揭露出那些被排挤和边缘化的人物追求心理平衡的需要，以及他们对拥有无限权能的幻象和体现其存在价值的期望。当一切都在其个人的驱使下运行，他便能重新找回被排挤至边缘的存在感。所以他这种奇特的想法至少能让他幻想自己又回到了中央地带，置身于臆想中那个所有运行都由此开始的核心枢纽处。实践证明新奇的设想是治愈失望与失落的方法。

　　穆克布鲁格根瑙一再坚决反对设立那些虚构站名的计划，因为这样的话他那个关于个人中心位置的梦想在现实中势必化为乌有。批判的矛头指向了在一定范围内被错误计划和估算的现实。人类已经没有了立足之地，个人希望受到重视的需求也无从谈起。事实上公共生活对于个人来说已经不复存在，就如同高速列车飞快驶过那许多看似无关紧要的小地方。

　　相较于情节内容而言，托马斯·本哈德（Thomas Bernhard）的散文在创作风格上体现出的奇幻特征则更为明显。在他那些反应过激、偏执的抱怨式作品中，叙述者"我"被塑造成一种极度厌恶现实、并对此在修辞上不断进行语言攻击和诋毁的人物形象。

　　在他的典范之作《斯迪尔弗斯的米德兰》（*Midland in Stilfs*）（1971）中，真相不是被叙述出来的，而是被难听的言辞谩骂出来的。其中的斯迪尔弗斯是一个位于超越历史时序维度之外的高山区域，完全与世隔绝，被切断了与外界发展的一切联系。斯迪尔弗斯成了一个没有意义的世界的代名词。身居其中的人面对的是绝对的空虚无意。独白式的讲述方式也反映出个体间相互联系的缺失。这充满攻击性的自说自话只有说话者本人才能听懂。

　　故事中的叙述者"我"偏执地不断重复着关于欧洲历史垂死挣扎的论调，反复强调人类正处于末日的边缘，人人都将遭受改变命运的祸害。贯穿全篇的只有这一种思想：现在的和曾经的一切都已逝去。哪怕是近在眼前的事物，也逃不出自然的规律，终将消亡流逝。鉴于此种意向，本哈德的这种书写方式可以被理解为一种奇幻的修辞方法。这种修辞召唤出人类彻底灭绝的终结、世界的终极毁灭和正在进行的沦陷。这样的描写成为一种帮助这个病入膏肓、昏迷不醒、已经向所有居民宣告无药可救的世界安然逝去的安乐剂。

　　本哈德的奇幻创作风格意味着叙述的终结，因为面对这样一种毫无希望、停滞不前的现状，人们似乎已经无话可述了，只能让结局为自己发声。在这个语言系统性崩溃的漩涡中，世界开始消解。因为所有未来的机遇都已被错过，一切生存的意义都消失不见，其余的出路也都被阻断。

在赫伯特·罗森多弗尔（Herbert Rosendorfer）笔下那些被收录于《被中断生命的人》（*Der stillgelegte Mensch*）（1970）一书的奇幻故事里，当下的世界是个陌生而不为人所知、并被持续异化的世界。本哈德对此采取的是厌恶和激进的态度，而罗森多弗尔则选择了忧郁者的怀旧感伤姿态。

在《竞技场咖啡厅前的乞丐》（*Der Bettler vor dem Café Hippodrom*）中，作者让神秘人物德古拉伯爵以一名举止端庄的老乞丐形象现身于闹市中心。这位独身老人闯入一家医院用来储存备用血液的房间里。叙述者饱含代入感和同情心地描述着这个来自特兰西瓦尼亚①的让人既不惊讶又不害怕的幽灵，他甚至都不会引起别人的注意。那恐怖的神话传说中满嘴尖牙、贪得无厌的吸血鬼形象已经成为过去，此处取而代之的是一个踏上回归特兰西瓦尼亚、孱弱不堪的"伪吸血鬼"（Vampir-Prothese）。

回首那段战乱不断、主权频繁更替的过往岁月，此时的他不再以声名狼藉的恐怖形象示人，而是化身为一个令人怜悯的受难者。他眼下的情况无比糟糕："在这个充斥着电脑、银行账户和超市的世界里，再也没有吸血鬼的容身之地。"（Freund，1999：122）最后，在被捕拘留期间，一缕阳光透过监室窗户照在他身上，德古拉伯爵便消失不见了，只剩下少许气味难闻的衣物残留。

这位穿越时空的吸血鬼伯爵的经历让人们深刻体会到，那些完美的技术和去个性化的机构形式将旧时的神话和那个由奇幻生物与元素组成的世界，连同通过多层次的符号和图像对世界意义的解释，都一并排挤祛除了。神话的灵魅已让位于科技进步带来的祛魅，奇妙幻想让位于智慧和理性。后者的光芒照亮了原本迷雾重重、难以捉摸的玄妙，也驱散了令人神秘莫测的恐惧。而这个位于神话彼岸、变得清晰可见、澄澈明了的世界，

---

① 特兰西瓦尼亚（拉丁语：Transsilvania；德语：Siebenbürgen），罗马尼亚中西部地区。中世纪时特兰西瓦尼亚曾是一个公国，它原为匈牙利王国之领土，在土耳其攻占布达佩斯后，成为匈牙利贵族的避难所，抗拒土耳其的文化入侵。在"一战"后，因1920年签订的特里阿农条约，成为罗马尼亚的一部分。

在一定程度上也被简化为一个没有任何关联、缺乏想象的空间。在这个空间里，对虚无的恐慌远远超越人们目前能感受到的所有惧怕。

在小说集的冠名之作《被中断生命的人》中，罗森多弗尔选题立意的视角已经突破了现代科学与研究的范畴。其中的主人公，医学院的学生达尔奥卡通过一项精心设计的程序，成功让被试者菲德尔福·贝尔切特整日陷入临床上的死亡状态，然后又将其唤醒复活。在遭遇各种不为读者所知的恐怖经历之后，菲德尔福从他有期限的死亡状态又回归到正常的生活中，而这样的生活他却再也无法适应了。

其实，为了与已故的苦命爱女建立联系，菲德尔福是自愿进入临床死亡状态的。在此期间他肯定已经通过神秘的方式意识到，女儿的父亲不是他，而是达尔奥卡。于是，实验刚一结束不久菲德尔福就枪杀了自己的妻子和她的情夫，然后便消失得无影无踪。在死亡的状态下显现出来的并非关于救赎的彼岸真理，而是现世生活中可怕的真相。科学在揭开神话面纱的同时，也让人看到了通往毁灭的深渊。生存是以隐晦和神秘为前提条件的。一个澄明的世界是让人失望、令人害怕的，对奇幻复魅的转向就发生在那疑惑被破解、奥秘被揭露、生活中的魔法消失之处。

罗森多弗尔是奇幻作家中的浪漫主义者。他使那些可以说明、能被解释之事变得神秘莫测，因为他感觉自己就身处一种无法解释、不可理喻的神秘状态中。

相比之下，芭芭拉·弗里施穆特（Barbara Frischmuth）的短篇故事《看不见的手》（*Die unbekannte Hand*）（1969）就显得不那么感伤怀旧了。其中的事件就如同有一双无形的手在操控一般，以完全不知所以、出人意料的方式发生了，并向人类的生存提出明显的质疑。在该故事中，动物以其持续不断的增长数量抢占着人类的生存空间，限制人类的活动范围，致使整个新闻系统瘫痪崩溃。当人们得知大量的冰雪正从南北两极开始移动时，忧虑升级成了恐慌。在这只无形之手的作用下，整个世界似乎就要被分裂瓦解了。日常生活的现状已被扭曲得面目全非，其中那种无能为力、听任摆布的认命心态占据了上风。于是，在深陷持续爆发的灾难漩涡、生存根本无法得到保障的世界中存活下去的现代意识已被赋予了奇幻的形状，它能预知任何时代的可能性。

博托·斯特劳斯（Botho Strauß）在其 1974 年首次见刊于《新评论》（*Neue Rundschau*）的故事《玛莲娜的妹妹》（*Marlenes Schwester*）中没有叙述外部世界的灾难，而是相对更加隐秘地讲述了人物内心的灾难。作者利用电影中的剪接艺术，以拼贴画的方式塑造了一位遭人抛弃、又被死亡思绪困扰的女性形象。人们仅仅知道她是玛莲娜的妹妹，她没有自己的名字，也没有除了与玛莲娜的关系外的其他身份。而当这种身份使她反感时，她便陷入麻木不仁和无精打采的状态，并开始偷偷与玛莲娜交换衣服，以此装扮成后者。

该作品既从现实层面、同时又从虚拟层面反映出人们对被关注的渴望和安全感的寻求。姐妹俩的朋友尤里安讲述了这样一则关于四个成年人的故事：他们在目睹了一场空难后，发现了对彼此的同情心。在这种同情心的驱使下，他们组成了一个与其他一切外人断绝联系、只有他们四人自生自灭的共同体。其中一个名叫伯特兰的成员在临死前承认为了能让自己过上衣食无忧的生活而实施骗保的行为。在葬礼结束回到家后，剩下的盟友在公共活动室遇见了已经有所改变的伯特兰。他已经变成为一个吸血鬼，而且也能把别人变成吸血鬼。他们就这样通过不断交替的死亡与复活来获取相应的保险赔偿金，直到骗局被揭穿，所有人被单独囚禁直至死亡。其中只有米歇尔一人宣称自己无罪。

这个米歇尔不仅是故事中的人物，同时也被作为叙述者尤里安真正的朋友介绍给了玛莲娜的妹妹。这二人都意图和玛莲娜以及其妹妹一起生活。现实的世界与虚拟的故事交错在一起。米歇尔身为吸血鬼的过去似乎是规划好了今生的另一种命运，于是那虚构的故事又在现实中重演了。对友情和集体的渴求在游离于生与死、虚与实之间的奇幻状态中，在这个过着与世隔绝、如痴如醉的生活的神奇梦境中得以实现。

向神话中或古风时期建立在血缘关系之上的生活共同体的复归，其实针对的就是启蒙后的现代伴侣关系和无休止的追寻身份认同的人。在上述奇幻故事中，通过把吸血鬼当作一种神话式的原始而古老的非理性叙述手法，斯特劳斯给这个母题赋予了超越理性的现代叙事上的新解读方式。那种神话式的存在可不像这个倾向于把一切都向死亡投射的启蒙后的世界这般离奇。这种现实与虚拟之间的游离状态，还有被借用过来的过气的吸血鬼神话都揭示出，大众对于现代人只有从向非理性的回归中才能得到治愈的信念尚保持着不可忽视的距离。

如此看来，奇幻文学似乎正是宣扬救世论的合适媒介。它的合适之处便在于对灾难的明确证实和对势不可挡地沦入忽略人类存在、没有人类参与的世界之威胁的预兆。从这个意义上说，卡佳·贝伦斯（Katja Behrens）在其出自小说集《水中起舞》（*In Wasser tanzen*）（1990）的故事《雨》（*Der Regen*）中，就让看似平凡无奇的日常生活滋生出祸患与灾难，而且是毫无缘由、无法逆转的灾祸。离奇的是，此时此刻所发生的事，并非是幻想中的惊悚，也不是被预言的毁灭，而是真切存在的一片混乱：

> 一场无休止的暴雨淹没了土地，入侵到每个不起眼的角落里，并不断摧毁着最基础的生存条件。此处与外界的一切联系都被切断了。商店里的货架空空如也。那个熟悉的世界就这样一点一点地被大水吞噬。面对这突如其来的骇人事件，每一个人都显得手足无措、毫无抵抗能力，只能在晃动的地面上，一步步被逼入无法动弹的困境里，直至溺水而亡。

在此番情景中，那轻描淡写的简练陈述显得尤为突出。冷静的笔触与细致的描写避免了任何情感上的重复堆砌，一幅世界沦陷的场景就这样展现在人们面前，这不是被渲染得惊天动地的灾难，而是伴随渐渐上升的水面而来的平淡终结："大水现在已涨至入口台阶的最后一级。深色的水正在轻轻溢出，如同一只悄悄潜入的怪物，怎么也赶不走。它就是一只驯服不了的野兽，发出令人发怵的咕咕叫声，一门心思要继续往上升高，想占得越来越多的地盘。"（Freund，1999：126）生命在水中被孕育，又被水所吞噬，这不仅仅是终结和毁灭，更是一种耐人寻味的神秘轮回。

在《俄耳甫斯，第二次下冥府》(*Orpheus, Zweiter Abstieg*)(1997)中乌尔斯·唯德默尔(Urs Widmer)将希腊神话中的传奇歌手塑造成一个年迈体衰的老者。他在第一次下到冥间解救妻子欧律狄克的尝试失败后，又第二次下到地府去找冥王哈迪斯。与神话传说不同的是，这回他被允许进入。他走过黑压压的碎石、骨头和骷髅残片，来到挤满恐怖幽魂的阴间，周围到处都是身份不明的亡灵面孔。

此时所呈现的场景不是天上的伊甸园，而是一个令人不寒而栗的恐怖世界。俄耳甫斯在复仇女神的挑唆下又再次闯入其中。和神话预言不同的是，此时的人类世界里已没有什么神性的东西，随着时间的流逝变得一无所剩。那种相信灵魂的自我净化力量并能由此进入至福乐土(Elysium)的俄耳甫斯崇拜，只不过是奇妙的梦想。在成千上万无法辨识的阴魂面孔中，他再也不可能找到欧律狄克了。因为其中每一个逝者的身份都早已被清除。

哈迪斯的冥府就在那阴影消散的地方，那个巨大的碎石陡坡是所有通往希望之路上的绝境，也是埋葬长生不死梦想的坟墓。俄耳甫斯偏离了德尔菲的方向，那里也早已不是宣示神明预言之地，它预兆的是充满残暴谋杀和毫无意义的死亡的阴暗未来："地球上有朝一日会人满为患，幸存者不得不把后来者杀掉……所有人都已四散逃去，只剩下堆积如山的尸骨。"（Freund，1999：126）人世和阴间已几乎别无二致，仅有一些细微的时间上的区别。而二者在实质上已经通过荒诞离奇且没有未来的死亡在场融合为一体。

综合上述分析可见，德语奇幻故事主要反映主人公与神秘力量的传奇遭遇以及他们在陌生世界的探险经历。这些故事揭露了暗藏在人们日常生活中的神秘力量，模糊了可被解释和无法被解释者之间的界限，让读者感到在不断上升的不安全感中被一个诡异陌生的世界所吞噬。而20世纪上半叶的德语奇幻故事则倾向于反映饱受战争摧残的人们集体意识深处的极度恐慌之感。到了20世纪下半叶，对人类未来的迷惘感和存在的虚无感则成为这些奇幻故事的题中之意。

第三节　中短篇奇幻小说

中短篇小说（Novelle）是除叙述谣曲外德语奇幻文学中最重要的媒介。第一批德语中短篇奇幻小说诞生于歌德的《德意志逃亡者讲述的故事集》（*Unterhaltungen deutscher Ausgewanderten*）（1795），其发端时间几乎与奇幻叙事谣曲平行。在浪漫主义时期中短篇奇幻小说的发展达到了顶峰，其趋势一直延续至 19 世纪施笃姆的作品中。

与奇幻叙事谣曲相似的是，中短篇奇幻小说在 19、20 世纪之交后又重新恢复生机，并被大众追随至今。如果说叙事谣曲集中表现了离奇事件中通过使人错愕不安的方式发生的情境，那么中短篇小说呈现的则是不幸的遭遇发展成离奇事件的过程①。在此过程中，无论是情境性的还是过程性的呈现方式，都极大程度地限制了人物的行为活动空间，有些作家甚至在实际操作时将其放弃。这些作品中的人物常常眼看自己被卷入发生了的以及正在发生的事件中，却没有采取有效措施拯救自己的机会。

路德维希·蒂克（Ludwig Tieck）尤为重视中篇小说中故事的转折点，他认为这是故事完全出人意料地发生反转之处。这转折点标识着不可思议之事入侵到能被理解和把握的秩序中的那一瞬间。它是中篇奇幻小说不可或缺的特征。凭借其独特的内部结构，没有其他文体类型能像中篇奇幻小说一样提供一种全新的文学风格并展现出历史变革时期人们被无名的恐惧所侵扰的思想意识。蒂克在其 1811 年才得以出版的《梦幻之神芳塔索斯》（*Phantasus*）中写道："最美好的地方总有幽灵，它们迈步穿行过我们的心灵。这地方会实施奇特的惩罚制裁，会有迷乱的影子穿过我们的幻想追逐着我们。我们只能逃跑，然后躲进熙熙攘攘的尘世间努力自救。"（Freund，1999：127-128）

---

① 因此 Novelle 一词也另译为"惊奇小说"。

意大利中篇小说在德国的接受从一开始就塑造了德语奇幻文学的风格特征，并由此为这种文体类型的形成和发展做出了独立且具有民族特色的贡献。歌德于 1795 年在席勒主编的《时序》(*Horen*) 杂志上发表的《德意志逃亡者讲述的故事集》一共包含了 6 个具有中篇小说性质的故事和一篇作为结尾的童话。这 6 篇故事中有 4 篇表现出非常明显的奇幻元素。其中被歌德视为这种文体主要特征的闻所未闻之事以神秘和完全无法解释的形象得以呈现。那以薄伽丘 (Boccaccio) 的《十日谈》(*Decamerone*) 为蓝本而展开的聚合性框架结构 (Gesellschaftsrahmen) 在此处也承担起和原型文本一样的叙事建构功能。在薄伽丘笔下，人们因鼠疫逃至乡下，而歌德故事中的人物则是为了摆脱大革命的乱局。与其意大利原型不同的是，在歌德笔下，那隐蔽在黑暗处发生效应的神秘力量一直在场。讲述故事也变成了一种证实在历史动乱的情况下人类秩序有效性的尝试。

其中开篇的两个故事一长一短，都讲述了无法解释、不可思议但又好像是真实发生的事。关于女歌手安东内利的故事讲述了一系列有关听觉的离奇轰动事件。这位美丽的女歌手在其恋人死后一直被这些事件所纠缠，而她此前已经和这位恋人分手，并且没有兑现让他见自己最后一面的愿望。第二个故事是关于伴随着一个女孩脚步的奇怪敲击声，这女孩坚定地拒绝了一个追求者的求爱。如果说以上两种情形都影射出人物感觉中那种神秘的力量，那么再尝试进行更深入的解释或许也是徒劳。最关键的是，作品中那闻所未闻和无法解释之事已经被塑造成展现历史人物的一个侧面，并规定了人物所属的界限。奇幻的书写并非彻底对人类秩序提出质疑，而是向个人提出了更多挑战，要求他正确对待自己和他人一目了然的生存空间，并在脱离人类掌控之权力的必然性中与社会秩序联系得更为紧密。因为只有在一个有序的社会中人们才能有尊严地生存下去。这种奇幻的强烈刺激使得融入社会生活变得必不可少。

在这两个前后连接的故事中，跟随那无法解释之事而来的是决定命运的关键时刻，这是一脉相承的中篇小说式的闻所未闻之事的变化形式。此外《美女商贩的故事》(*Gechichte von der schönen Krämerin*) 和《纱巾的故事》

（*Geschichte vom Schleier*）这两篇则可追溯至弗朗索瓦·德·巴索姆皮埃尔（François de Bassompierre）的《历史备忘录》（*Memoires contenant l'histoire de savie*）（1665）。它们都讲述了轰轰烈烈的爱情戛然而止的结局。前者中的美女商贩是那场以绝对优势悄然侵入年轻生命的鼠疫的受难者，而后者中的那对通奸情侣则被遭受背叛的妻子用纱巾施出的神奇魔法所击败。那条被赋予魔力的纱巾就如同新郎新娘互许忠心的承诺，一旦有人违背誓约便将遭受惩罚。厄运突如其来地闯入他们的关系，也终结了他们的幸福。当事人没有任何介入事件发展的机会，那些闻所未闻之事和作品的情节性，后来都被歌德视为一定程度上中篇小说的专属特征，使这种文体非常适合记录与描述那些所有解释和任何行动上的介入都失去效用的情形，也通过给人指明界限而迫使人认命和断念。如果把那种从根本上与经典的人类形象格格不入的神奇幻想理解为对有序的人类意志所发起的挑战，那么当时的人们还是觉得应该和它保持距离。

歌德之后的中篇德语奇幻小说则体现了年轻一代的革命精神，也承载着摧毁传统，终结这个因启蒙理性而变得狭隘的世界的希望。通过与不安定的混乱因素保持距离来巩固现有情况，这在此时已变得无关紧要。相反，关键是要摧毁那些没有生命和失去发展能力的固有僵化之物。

这一时期里第一部重要的德语中篇奇幻小说是克莱斯特（Heinrich von Kleist）的《洛迦诺乞妇》（*Das Bettelweib von Locarno*）（1810）。该作品创作于风雨飘摇的传统社会向结构尚未清晰明朗的新社会过渡的特殊时期。在这能构成框型结构的小说的开头与结尾中，作者通过用于陈述此时正在发生之事的一般现在时来表达对已成过往的城堡坍塌状态的暗示，其中显示出的还有在全新的历史意识下奔流不息、无法阻挡的时光流逝，而那在看似牢不可摧的城堡中的专制主义权力的崩塌之势更是不可阻挡。浪漫主义的余迹不仅仅被追忆往昔的伤感所包围，同时也沉浸在对自由发展的希望中。而这希望却遭到各路君王和诸侯们的阻碍。那曾经的统治者领地沦为一片废墟，生动形象地展现了这不合时代潮流的权力机制的崩塌，在那充满活力的新历史理念看来，这是建立一个自由秩序的前提条件。

《洛迦诺乞妇》中有两个对比鲜明的人物。一个是代表遭受排挤的弱势群体的乞妇，另一个是身份与之反差极大的马尔切斯，代表了处于统治地位的上流社会阶层。这被分裂开的社会两极的对立对抗产生了带有道德影射的强烈张力。马尔切斯仗着自己的阶级身份，待人极其刻薄暴躁。是他命令乞妇走到火炉后面，并对这名女性的最终死亡负有不可推卸的责任。

那阴魂游鬼，那神奇幻想对迄今为止被真实描述的历史世界的破坏与入侵，象征着深受损害的人性。那旧时迷信中为了复仇和洗冤从坟墓里爬出、具有行凶者和受害者双重身份的幽魂形象，标志着故事中最根本的转折点。让人感到奇幻的并不是事件的起因，而是对社会深度分裂的征象。它呈现着被人类腐化的道德秩序中的裂痕。

乞妇的阴魂无声无息，但她的回归却又不容忽视。这个惨无人道的社会秩序的牺牲者，这个要造反的复仇冤魂，将让道德上最受争议的统治阶层代表品尝恐惧害怕的滋味。在大革命后的时期里，只有贵族们享有在城堡中捣乱作祟的权利。这是民众们内心有愧的表达，因为他们驱赶或者杀死过那些纠缠不休的讨厌鬼，所以受害者的冤魂便在这统治权力的发源地游荡作祟，并毫无一丝愧疚地将凶手置于死地。这个房间里的统治者想让自己的权力永远持续下去，而其实那里面已经充斥着曾经弱势的被压迫者不绝于耳的反抗声，他们要夺取当权者的权力。直到最后那游魂还是无影无踪，没有人看见过它显出全貌。这暗示了对统治阶层事实上的削弱，是以无懈可击、足够强大的方式，使已经成形的权力扭曲变形。

通过以上分析不难看出，神奇幻想是使人醒悟的方式，能让人重新认识错综复杂的乱局起因。中篇奇幻小说里的事件过程往往是按照悲剧的逻辑规律发展，当事人完全没有机会进行控制性或者抵抗性的干预。在这些作品中，人物道德上的错误决定和由此带来的后果是不可逆转的。这样一来，被开始的行动便再也停止不下来，直到有罪之人受到应有的报应。

《洛迦诺乞妇》中的结局，即那个灾难式的终结，仍保持在现在时的叙述层面不变，并与整个故事完整的框型结构形成无缝对接。和蒂克的创作类似，故事的结局是有罪之人被执行奇幻审判的裁决。被审判者会因那摆脱不掉、耗费精力、折磨人心的游魂而陷入疯狂之中。马尔切斯放了把火，用那洗净罪孽的烈焰烧毁了自己和这罪恶衍生的不义之地。他就这样亲自动手执行了对自己的判决，以此摆脱道德上的污点。与同胞分离的人以最惨烈的方式丧失了性命，成为主张更高级别正义的奇幻控诉的牺牲者。

由此可见，奇幻文学带来的远不只是一种精神上的刺激，它更是以巴洛克式的伦理震慑为目标的净化情感的媒介。乡民们带着满满的人类正义感把马尔切斯的遗骸搜集起来，放置于乞妇死后的现身之处，那也是罪恶开始的地方。就是在这里，那妇人曾被送上绝路。

承载罪恶的城堡终将成为历史，那残存的遗迹还将继续展示封建专权灭亡的结局。结尾处城堡曾经主人的遗骸呼应着开篇对废墟的描述，它也默默见证着那个特权阶层的灭亡。这个阶层的处事行为不是按照道德的标准，而是以社会等级为依据，固执地与人性的自由发展作对。奇幻的叙事风格在这变革的年代里将覆灭的幻景塑造成建立新世界的条件。

被路德维希·蒂克自称为"民间童话"（Volksmärchen）的《金发的艾克贝特》（*Blonder Eckbert*）（1797）细读起来也能让人感受到中篇奇幻小说的典型特征，它同样是浪漫主义中篇小说中的翘楚之作。1812 年，蒂克将简洁精练的叙述风格融入他的童话和剧本，尤其是那部包含诸多中篇小说的《梦幻之神方塔索斯》（*Phantasus*①）中。后者以"框型话语"（Rahmengespräche）的形式探讨了诗学问题与意义阐释的发生机制。里面并没有明确界定童话与中篇小说的区别。和克莱斯特一样，蒂克通过此作以奇幻的创作方式开拓性地解构了传统叙述的内核。

主人公贝尔塔和艾克贝特过着离群索居的隔世生活。但那平淡的日常生活表面下却隐藏着可怕的秘密。小说以"内部叙述"（Binnenerzählung）的方式让贝尔塔将她不为人知的过去透露给丈夫前来做客的朋友瓦尔特。浅层的表象慢慢向深处打开，这是典型的浪漫主义叙事风格。那种遭受排挤

---

① 方塔苏斯(希腊语：Φαντασός)是希腊神话中的梦神之一。

和压抑的感觉占据了作为讲述人的贝尔塔的意识，她与那位神秘老妇一起共度"山林孤寂"（Waldeinsamkeit）的童年回忆如同失乐园般被唤起。

原来从小不被家人喜爱和善待的贝尔塔 8 岁时离家出逃，几经波折来到人迹罕至的险恶山林中，被一位独居的老妇人收留。这老妇养有一狗一鸟。这鸟是奇鸟，下的蛋是珍珠宝石，并一直唱着《山林孤寂》的歌。贝尔塔从此便和老妇一起过着远离人烟的安逸生活。后来，14 岁的贝尔塔理智甫备，对外面的世界心怀向往，于是趁老妇不在家时偷盗了她的珍宝和奇鸟，然后逃出山林并遇上了现在的丈夫艾克贝特。

在讲述中，被唤醒记忆的贝尔塔陷入深深的自责。这个转折点意味着由现实生活向奇幻世界的过渡，也标记出人类受到限制的现状与无限的可能之间的界限。那种"山林孤寂"代表了没有被破坏的充满原初自然性的生存状态。那被城墙环绕的城堡则象征着咎由自取的束缚和限制。

不料听完讲述后，瓦尔特竟冷不防地说出了贝尔塔一直想不起的老妇身边那条狗的名字。贝尔塔于是感到极度恐慌，从此卧病不起。艾克贝特为了消除妻子的心理负担，杀死了瓦尔特，可他行凶之后回到家中却发现妻子也死了。惴惴不安的艾克贝特为了摆脱这一系列事件的折磨，便决定离家与人郊游。此间艾克贝特渐渐发现那新结识的骑士胡戈和路遇的农夫细看之下越来越像被他杀死的朋友。后来艾克贝特逃到深山，正巧遇上了那位曾与贝尔塔一起生活的老妇。老妇向他讨要奇鸟和珠宝，并告诉他，那瓦尔特和胡戈就是她本人，而他妻子贝尔塔原是他的胞妹。听闻这些，艾克贝特当即发疯而死。这时，那只奇鸟又唱起它的歌来。

于是，起初作为被动听众的"瓦尔特"开启了贝尔塔和艾克贝特的死亡厄运，使这二人成为受害者。离奇的事件在蒂克笔下被表现为一种由个人引发的、在情节的关键转折点起到毁灭作用的过程。蒂克的这部中篇奇幻小说揭示了这个与无限可能性针锋相对的有限的现实世界陷入分裂的状态。在这个世界里对空虚的恐惧已经取代了由原初的充实所带来的幸福感。

如果说艾克贝特的故事里位于世俗生活彼岸的是人类的精神家园，那么《鲁能堡》（*Der Runenberg*）（1802）中的彼岸世界便是充满生存隐患的地方。身为园丁的克里斯蒂安因不满单调乏味的日常生活而出走至偏僻隐秘的山林中，后来在鲁能堡遇见了美艳迷人的山中女王。她交给克里斯蒂安一块牌板，上面的神秘符号深深烙印入他的灵魂内，使他沉醉着迷。渐渐的，克里斯蒂安与普通的凡俗生活的距离越来越远。和艾克贝特一样，最后他也陷入了疯狂。

山林中那幽寂的小路，还有他走下的矿井，都形象地阐释了主人公与自我徒劳而终的相遇。那自我已经脱离了与世上的他者以及植物性的大自然间的所有关联。《鲁能堡》可以算作与《金发的艾克贝特》相对的另一个极端。如果说从前者中人们至少能感受到一种"插曲式的存在扩张"（episodische Ausweitung seiner Existenz），那么后者带来的则是一种狭隘受限的感觉。前者中的主人公借助背叛走入奇境，而后者的主角则被困于窘境。然而这两种情况都没有实现人与生机勃勃的自然共生共存的可能。

穆特·福凯（Friedrich de la Motte Fouqué）发表于 1810 年的《上吊小人的故事》（*Eine Geschichte vom Galgenmännlein*①）涉及的是自我毁灭的威胁。该故事沿用了能赐人无限财富的曼德拉草的母题。在获得一个可让财富源源不断的瓶中小人后，商人理查德便过上了声色犬马的享乐生活。那个能带来厄运的小怪物不断引诱理查德沉迷荒淫放荡的生活，致使其在心醉神迷中以飞快的速度见到了死神。此时他已经彻底破坏了上帝的指令，后果无法挽回。苟且于醉生梦死的浮华表象是最有失人类尊严的生存状态，完全远离精神的渗透滋养与价值意义，只是沉迷于当下的享乐，毫无前景和未来可言。理查德是与歌德笔下的浮士德形成鲜明对比的人物。他沉浸于感官享乐的世界中，是奥尔巴赫酒馆的常客，也是在瓦普吉斯之夜跳得昏

① 原德语标题中的 Galgenmännlein 又称 Galgenmännchen，字面之意是"上吊的小人"。这是一个双人游戏。一位玩家想一个字，另一位尝试猜该玩家所想的字中的每一个字母。要猜的字以一列横线表示，让玩家知道该字有多少个字母。如果猜字的玩家猜中其中一个字母，另一位便须于该字母出现的所有位置上写上该字母。如果猜的字母没有在该字中出现，另一位玩家便会画上上吊小人图像中的其中一笔，直至小人形象全部完成，游戏结束。

头昏脑的疯狂舞者。

梦境为他揭开了生存的真相，那浑浑噩噩的生活所通向的致命深渊也呈现在眼前。这样的荒淫度日对于他来说无异于带来厄运的小瓶将治病的良药一把清除，以此彻底切断他的生命线。那从瓶中逃出的小人如梦魇般纠缠着他不放，就像是近在身边的一个巨大而丑陋的恶魔，黏得他感觉被幽灵附体。看那胸膛贴着胸膛、脸挨着脸，在那超越常规、伤风败俗的性爱行为中，这魔鬼般的引诱者夺取了他手下败将的全部财产。那曾经或许能让理查德的人生拥有无限可能的东西，却一步步成为扼杀他的致命困境。

可怕的小人带来了奇幻的厄运，也向人们提出了深刻的警示：金钱的世界是一个转瞬即逝的浮华世界。它以让人消费来代替幸福，却把对内在精神价值的认知等无法用钱买到的东西排挤出去。这就是那个上吊小人的世界。这个世界里最惨重的代价换来的却是最微小的收获，沉迷享乐之人深陷欲望和消费的泥潭中。这种人性的弊病只能随着自我意识的发展，通过省视自我时有效的恐慌害怕，才能得以治愈。就在个人的灭顶之灾发生的前一刻，福凯将这部中篇奇幻小说骤变为救赎的童话，给了理查德自己摆脱厄运小瓶的机会。在经过以当下视角对那段沉迷享乐的放荡生活进行奇幻叙述和那通过自我意识而实现的童话般的救赎之后，故事颇具辩证性的结局将中篇小说式的闻所未闻之事升华为对人类未来和后代生活实践的预警与告诫。

阿尔尼姆（Ludwig Achim von Arnim）的《来自埃及的伊莎贝拉》（*Isabella von Ägypten*）（1812）可谓是浪漫主义奇幻中篇小说的巅峰之作。它包含了三个彼此紧密衔接的层次。各种历史神话形象与奇幻人物在此间交替出现，相互穿插。整个故事框架的核心人物是具有传奇色彩的吉卜赛女子伊莎贝拉。她是米歇尔公爵的女儿，只有她才能将她的臣民们在漫长的忏悔和朝圣之旅后带回家乡。而天真无邪的贝拉只不过是个年轻女孩，就已经体会到这世间的残酷和有产者们的冷酷无情。

贝拉代表的是孩童的天真无邪，反衬着人类与其神性的起源渐行渐远的历史发展进程。她与年轻的卡尔，也就是后来的卡尔五世的相遇，揭示了爱情的纯真本能和未来君主身上以自我为中心的姿态间的鲜明差异。

当贝拉夜晚来到卡尔身边，逐渐被他年轻的外貌吸引并亲吻他时，纯真无邪的爱情与真实发生的历史仿佛在那一刻融为一体。这是心灵与权力的结合，传说中的预言在历史的现实中兑现成真。然而醒来后的卡尔却认为他之前看到的只不过是鬼魂。这位君王对真正的爱慕幻想式的误读反映出由权力造成的人类意识上实实在在的错乱。

与真实历史人物的相遇使贝拉迫不及待地期待二人再一次见面。她深切渴望与即将掌控一国命运的卡尔确立海誓山盟的约定。毕竟那些留名青史的都是有权有势之人。

然而贝拉没有料到的是，她想要与之建立联系的世界，其内部已经腐朽不堪。她的欲望引发了整个故事的神奇转折。贝拉谋求财富并非因为自私，而是出于对卡尔的爱。很快她便遭遇到那反映已经腐化变质的历史世界中充斥着荒诞的欲望冲动的奇异现象。在一本古书的指引下，贝拉将那株神奇的曼德拉草连根拔起，然后带着满满的爱意和关切之情来到卡尔身边。然而这个神奇的生物并不懂爱为何物，只能帮助她施展爱情的魅力。此处的神奇幻想似乎走上了由爱情铺就的荒诞歧路。这酷似人形的曼达拉草根里生长不出真正的人性。它体现出当前在仅仅以物质追求为目标的压力下人性的弊病所带来的威胁。

曼德拉草生长于无情无爱、没有感觉的麻木之地，它的探宝功能招来了一个贪婪懒汉的亡魂。如果不能把钱财带进坟墓里，他便永远不得安息。和曼德拉草一样，他也是从泥土般深暗的地下深处而来，而亡者又是属于冥界的死神，钱财和尸体由此构成了一个诡异的共生体。谁要是和这懒汉一样沉迷于物质追求，便无异于一个游荡的死人，就像失去活力的假人一样。超常的拜金欲将人掏成一具空壳，变为一个没有生命、也不会死亡的诡异怪物。如果说曼德拉草以其对金钱的强制倾向表现了普遍性的堕落腐败的原因，那懒汉这一角色的塑造则对此进行了犀利讽刺。这两者都是对物欲和死亡奇幻式的形象化，同时也与人世间的麻木不仁有着紧密的关联，其产生的效果并不那么惊悚恐怖，更多的是带来一种怪诞之感，其目的主要是表达嘲讽和厌恶，而不是让人感到恐惧害怕。

　　此时他们不能伤害伊莎贝拉。然而与他们的相遇让她感受到了这世界的丑陋。贝拉唯一的目的是与卡尔的圆满爱情。她遵从自己的内心委身于卡尔并怀上了他的孩子，而卡尔却向她隐藏了自己的傲慢和不断萌发的勃勃野心。无辜的贝拉只能看到人性中善良的一面，而卡尔身上那人性原初的善良却在权力欲望的影响下不断向相反的一面转化。在与伊莎贝拉的恋情中，卡尔感受到了他一生中唯一真正的幸福。"他觉得整个世界都豁然开朗了，他也第一次表露出心中柔软的一面……如果不是命运如此迅速地将他从这段慰藉心灵的恋情中拉扯出来的话，或许他不会再不停不休地争夺一切了。"（Freund，1999：137）

　　值得深思、发人深省的是，贝拉与卡尔的恋爱关系的建立和破裂都被打上了奇幻元素的烙印。她想要进入卡尔的世界的愿望召唤出创造财富的曼德拉草。人们用陶土做成的美女贝拉欺骗了提出怪异要求的曼德拉草，如此之后才有了伊莎贝拉爱情愿望的兑现成真。历史人物已经被神秘力量的魔力牢牢吸引。深陷其中的的每一个人都注定与之脱不开关系。这株求财贪权的曼德拉草，还有沉迷于死亡财富、麻木不仁的懒汉，以及没有思想和灵魂的陶土人偶，都以奇特的方式表现着真相的本来面貌，并互相间腐蚀着能被无限引诱的人类。

　　在该作品中，奇幻元素之间，还有奇幻与非奇幻元素之间的交汇融合就如同发生化学反应一样。其中只有伊莎贝拉是例外。这位传奇的吉普赛侯爵夫人起初还对那曼德拉草心怀念想，后来却放下牵挂抽身而出，并后悔没有让其在土里自由生长。她的纯洁和真爱，她对星象的执着，抵挡了她与神奇幻想的关联。是与大自然的亲密联系使她没有受到扭曲变形的影响，不至于沦落到没有灵魂的境地。伊莎贝拉始终如一地保持原本的样子，忠于自己内心的想法。甚至连她与卡尔的恋爱关系也是纯洁无瑕的，因为与卡尔不同的是她的爱是完全无私的。当她发现卡尔迷恋于陶土人粗糙的质感时，便彻底抽身而去，和他划清了界限。伊莎贝拉由始至终都代表着纯洁的灵魂，是来自过去那段黄金时代的人物。她超脱于腐朽不堪言的当下，放眼辽阔的星空，期待着一个充满希望的未来。

在这篇小说中，奇幻元素与作为历史代表人物卡尔之间实现了真正的混合相融。卡尔和陶土人贝拉的关系纯属庸俗的肉体交往。他与曼德拉草之间的结盟虽然让他后来升职为财政部长，但也只是出于作为基本权力机构的国家对金钱的巨大需求。当人类一旦与神奇幻想建立起联系时，人与人之间的交往就总会被打上物质性的烙印。爱情流为两性关系，金钱也成了衡量社会价值的唯一标准。历史臣服于象征财富的曼德拉草的权杖之下。

卡尔那充满奇幻色彩的历史世界是一幅讽刺创世的漫画，沉迷于奇幻魅力之中的人则是对上帝按照自己形象造人的嘲讽。奇幻的世界和历史的世界都注定要走向沉沦毁灭。阿尔尼姆的这篇小说借助神奇幻想的表现手法创造了一个关于深受引诱的人道德腐化堕落的寓言。这篇作品也给人留下了深刻的印象，因为他在虚构的故事背景下塑造了真实的历史人物。伊莎贝拉最终离开了卡尔那个看不到希望的历史世界，并带着她的臣民们回到了前景光明的埃及。

在这童话性的虚构中，乌托邦式的幻想与讽刺性的奇幻书写，即一种创新性的人物塑造，和对历史的夸张改写相互交锋。此处的女性角色就是为建造一个摆脱自私男权的新时代而生的。

在阿尔尼姆的第二部中篇奇幻小说《长子继承权人》（*Die Majoratsherren*）（1819）中，拥有继承权的长子和美丽的埃斯特尔以超自然的方式因为相似的面像而联系在一起。作为彼此的同貌人他们在一次幻境般的社交晚会上相遇了，也由此走进对方的命运中。这位长子作为其父亲的私生子被推到生母身边，以此来确保该家族男性成员的继承权顺序。几乎和他同时出生的埃斯特尔本不是犹太人，而是被托付给一个犹太马贩抚养的诚实女子。但她却一直遭受养父的第二任妻子瓦斯蒂充满深仇大恨的追踪。在一场幻境中，这名长子继承权人经历了埃斯特尔的死亡，并将瓦斯蒂视为扼杀生命的死亡天使。当他将那死亡天使浸洗宝剑的杯中之物饮尽之后，便也中毒身亡了。

在相互秘密约定的幻觉状态中，这位长子权继承人与埃斯特尔相遇了。他们没能受到现实的眷顾，而唯独是死亡将他们联系在一种阴森可怕的真实情景中。这个世界已被仇恨、权力所掌控。瓦斯蒂将已经衰落的长子继承封地改建成生产萨拉米香肠的工厂，由此也扼杀了爱情。相爱之人在现实世界中没能得成眷属，却在幻境中感受到一种更高级的真实。正如小说所述："通过构建这个世界似乎看到了一种只有在幻想中才能认识意义的更高级的世界。"（Freund，1999：139）阿尔尼姆这部受到超现实主义者们高度评价的作品让以经验主义为导向的中篇小说式叙述情节发生了反转，使那山穷水尽的绝境为了无限的给予和满足变得一目了然。

沙米索（Adelbert von Chamisso）的《彼得·施莱米尔的奇异故事》（*Peter Schlemihls wundersame Geschichte*）（1814）讲述了一个关于社会地位卑微且身无分文的年轻男子的故事。它的主人公不是笼罩在非凡、异域或者诗性光芒之下的浪漫主义英雄，而是仅仅希望能够自食其力、踏实度日的小人物中的一员。在强烈的社会等级意识和私有财产至上的环境背景下，皮特·施莱米尔想好好利用推荐信接近一位名叫约翰的先生。这位先生住在北门前一幢由红白大理石和许多梁柱建成的崭新大宅里。他"应该能帮助施莱米尔实现那朴素的愿望"（Chamisso，2014：8）。

约翰先生的世界是一个特异的神奇世界，在那里无论怎样稀奇怪异的事物都变得自然而平常。这个世界里也没有什么愿望是实现不了的，人们就像在商品社会中一样能意外得到其实根本不需要的东西。沙米索通过那个身穿灰色大衣，后来被称为"灰衣人"的形象生动描绘出这种社会现状。这灰衣人能像玩戏法一样从口袋里变出人们想要的东西，却没有一个人对此感到奇怪。

沙米索在故事情节发展伊始就成功做到了对资本主义商品世界的典型刻画。每一个愿望实现后又会有新的愿望随之而来，这样的诉求就是一个巨大的无底洞。而且欲望越是得到殷情的满足，人类就越容易沦为这物质世界的奴隶。但这些物质其实根本没有用处，只是人们想要占有罢了。

灰衣人这个角色其实就是被以奇幻的方式拟人化了的资本主义商品社会。一旦人们听命于它，便能实现任何愿望，因此没有什么目标是够不到的，社会声望也能得到保障。小说中的魔鬼化身成平淡无奇、白发苍苍的商人，而那引诱之术便是他的经商待客之道。那些追名逐利并将其当成自己唯一价值标准的人，都像约翰先生一样臣服于他。

施莱米尔在灰衣人面前，"就像被毒蛇吸引的鸟儿一样"（Chamisso，2014：20）。这引诱者给了施莱米尔幸运女神的聚宝袋，这是能无条件满足其所有者心愿的神物，作为交易他也取走了施莱米尔的影子。

但是就在出卖影子后不久，人们碰到没有影子的施莱米尔所做出的反应让读者产生了第一次叩问与反思。小说的关键情景具体地呈现出金钱与道德的基本关系：只有靠努力奋斗所得且不与道德价值观相违背的财富才能在社会中发光发热。金钱、功名、道德和社会地位都处在一个互为条件的场域中。

在这场博弈与交锋之中，那影子代表了每个人与生俱来的在公民社会中投下自己身影的权利。当像彼得·施莱米尔这样的人与社会基本常规和期待格格不入，有违工作和劳动的伦理时，这种权利就会变成一团乱麻。灰衣人和施莱米尔的交易使得这个原初的统一体被分解，当事人的物质性与精神性的存在也因此不断被撕裂，而且再无弥合调解的可能。

施莱米尔在愧疚感和求财心之间来回摇摆，他试图通过用金钱来弥补自己社会存在感上的损失。他大量捞取钱财，感觉自己就像是尼伯龙根传说①

---

① 德国中世纪英雄史诗，分上下两部。上部名为《西格弗里德之死》，下部名为《克里姆希尔德的复仇》。故事源于民族大迁移后期匈奴人和勃艮第人的相互斗争，又穿插了许多其他历史传说。整个情节围绕女主角克里姆希尔德展开。史诗叙述尼德兰王子西格弗里德向勃艮第王国容貌非凡的克里姆希尔德公主求婚，她哥哥巩特尔要求王子帮助他在比武中战胜美丽的冰岛女王布仑希尔德，才肯应允妹妹的婚事。王子帮助巩特尔比武获胜，赢得了女王的爱情。于是两对新人同时举行婚礼。婚后，王子携克里姆希尔德回尼德兰继承王位。10 年后，巩特尔夫妇邀请西格弗里德夫妇到沃姆斯堡做客。两位王后勾心斗角，结下深仇大恨。布仑希尔德买通大将哈根，谎称外族入侵，伺机暗害了率兵前来支援的西格弗里德。克里姆希尔德发誓要报杀夫之仇，将尼伯龙根宝物运至沃姆斯散发；哈根担心她博得人心，遂将宝物沉入莱茵河。13 年后，克里姆希尔德为报夫仇嫁给匈奴王埃策尔。又过 13 年，她设计宴请布尔根德王族。巩特尔兄弟率精兵赴宴，双方展开比武。克里姆希尔德借助边境领主的帮助，把勃艮第人斩尽杀绝，并手刃巩特尔和哈根，她自己最后也被愤怒的匈奴大将杀死。

里看守宝藏的恶龙，可他却一再遭受被排斥和孤立的痛苦。

就在施莱米尔深陷分裂的绝境时，他第二次遇到了灰衣人。后者提议与他进行一次新的交易，即用他的灵魂换回他的影子。施莱米尔毫不犹豫地与魔鬼完成了这场交易，然后便去找那位约翰先生。"事情在我这成了定局。当我牺牲掉我的爱情，当我的生命慢慢黯淡无光，我再也不想要我的灵魂了。似乎所有的生命都要献身于影子的世界。"（Chamisso，2014：56）值得注意的是施莱米尔这种行为中的自主性。他完全是独立自愿地与灰衣人做交易的，直到他后来充满鄙夷地将聚宝袋扔进深谷，以此断绝自己与灰衣人的关系，以及和自私自利的资本主义导向的关联。

施莱米尔在完成自我救赎的同时，也获得了重启人生的自由。在他接下来的人生阶段中，七里靴（Siebenmeilenstiefel）这一童话意象起着至关重要的作用。穿上七里靴的施莱米尔从此体验到将日常生活与习规置之身后、行走如飞的新人生。如果说施莱米尔与灰衣人的相遇是他人生陷入混乱与自责的第一个转折点，那么第二个转折点便是他自我解救的行为。这部中篇小说也由此扩展至对一个有精神和灵魂之人的乌托邦式的塑造。

施莱米尔人生的真正起点是他的第二次转折。与灰衣人和聚宝袋这两个奇幻意象不同的是，七里靴是典型的童话母题。在以往的童话语境中，非现实的情景以让人害怕的形式入侵我们熟悉的世界，而在施莱米尔的故事里，七里靴则是一种逃遁出世的方式和象征，即从一个狭隘受限的世界脱身出来。此时希望代替了恐惧，神奇幻想也转换成了乌托邦式的风格。之前施莱米尔所作的一切都是以金钱为中心，没有真正经历人生的成长过程，后来的他摆脱了金钱的诱惑，并在与自然的相遇中找到自我。那个曾经沦为物质性牺牲品的世界瞬间变得明朗活跃起来。处在核心地位的再也不是追求功利和效用的价值观，而是能看透个中关联的见解。

卡尔·威廉·萨利斯·孔特萨（Carl Wilhelm Salice Contessa）用索尔维斯特（Sylvester）的名字加入以 E.T.A 霍夫曼为核心的联系紧密的四人团体

"谢拉皮翁会"（Serapionsbrüder）①中。他的中篇小说《死亡天使》（*Der Todesengel*）于 1814 年发表在福凯主编的杂志《缪斯》（*Die Musen*）上。

故事在开篇就呈现出一种阴郁的基调：外面正电闪雷鸣、风雨交加，金匠之女马丽娅却唱起了一首关于两个相爱之人死亡和被埋葬的悲歌，期待着她那未曾相识的新郎。她父亲也和她一样有着不详的预感。他曾梦见自己死去，此时一切似乎都处在一个难以理解的命定关系中，每个人都无法摆脱命运的操控。命运正在做着标记，以寻找进入个人意识的入口，而人们却意识不到步步紧逼的厄运何时何地会到来。在个人没有影响力的权力范围内，人类眼看着自己被推向那个处于黑暗之中的目标。就在普通民众的家中，在家里的纺车旁边，那种神秘的恐怖场景就这样侵入进来，并向看似毫无问题的安宁保障提出质疑。是的，死亡无所不在。马丽娅的目光扫过母亲的画像，今天正好是她的周年忌日。此时父亲的口中第一次说出了死亡天使的承诺。

恐怖的气氛正在蔓延，突然门铃响起。马丽娅害怕得将身子紧紧缩成一团；金匠师傅也吓得惊跳起来。不详的预感就要成真，噩梦中的情景马上就要在眼前一一呈现。那纯粹的预感眼看就要成为真正的现实。但是眼前出现的这名年轻男子只是慕名前来向金匠拜师学艺的。

尽管如此，马丽娅却仍然疑虑不安。她偷偷打量着这深夜到访的客人。此时她的内心深处仿佛展开了奇特的较量，她觉得自己既被他深深吸引，同时也对他厌恶反感。当她频频朝他那被深色金发遮盖、俊美而白皙的脸庞看去，并注视到那双闪着忧郁目光的眼睛时，便再也抵挡不住那关于死亡天使的想法。来访者饱含忧郁气质的俊美恰好完全符合死亡天使的形象。

这充满奇幻色彩的年轻男子其实是在为黑色势力效劳，而这一点连他

---

① 谢拉皮翁是 4 世纪埃及一位有精神病的清教徒圣者，最后殉道而死。霍夫曼与几位文友常常饮酒聚谈，并风趣地自称为"谢拉皮翁兄弟"，把他们的小圈子称为"谢拉皮翁会"。在霍夫曼看来，游移于理智与疯狂之间的谢拉皮翁体现着一种独特的艺术理念。以此命名，既是一种自嘲，也是间接对社会的一种抗议。

自己也没有意识到。眼前这年轻女孩敏感而动情的目光里，却藏不住根植于生命深处的死亡秘密。就在她父亲吹嘘自己通过炼金术方面的尝试走上了人生的黄金大道时，一种生离死别的灾难预感在马丽娅心中油然而生。而那男子也已对此盖下了确认的印章。对于这个年轻的金匠沃尔夫来说，马丽娅便是他心之所向的神秘目标，也是他生命重新开启的起点。他的人生从此变得如同含苞待放的青春，充满渴望，也深谙惩戒，他在马丽娅眼中就如同头上那明朗的蓝天，生机满满，振奋人心。马丽娅觉得压抑和害怕，沃尔夫却满怀自由和信赖之感。威胁与希望、死亡与爱情就像是对立的两极，它们正同时向她存在的中心点挤压过来。

两个相爱之人在由父亲选定的忠诚老实的新郎出现时无可抗拒地在一起了。此人魁梧的身形、正直的品格和富有的资产并没能影响他们纯真的、与外在之物无关的自由爱情。至此马丽娅终于明白，她对沃尔夫的爱慕之情是如此的激烈强大、无可阻挡，而他俩的命运又是如此相依相赖。尽管周围的人都知道这对恋人的命运紧紧相连，但她却对父亲隐瞒了此事。当沃尔夫向马丽娅求婚时，他毅然地将情敌击退回去。

随着老金匠生命神奇的终结，死亡再次闯进这对恋人的生活中。这次它不是以预感和梦境的形式出现，而是成了有血有肉的形象。下面的情节便向读者揭秘道，沃尔夫是导致金匠之死的罪魁祸首。原来他用有毒的蒸汽蓄谋杀死了自己的师父。离奇的不是谋杀本身，而是预感与现实之间那强制性的神秘关系。离奇的还有那迫使沃尔夫鬼使神差般以死亡天使的角色去杀人索命的隐秘力量。

死亡似乎成了世间因人类咎由自得的冷酷无情而导致的无法避免的后果。在占有欲一锤定音之处，便没有爱情的立足之地。当物质性一统天下之时，便再无生机勃勃的发展之机，伊甸园也将永远消失。然而那金钱至上的庸俗现实、出于一己私利而犯下的侵占之罪，终将招来魔幻离奇的报应，使有情人终成眷属。

后来良心不安的沃尔夫离开了已经怀有身孕的马丽娅，多年来销声匿迹、了无音讯。当沃尔夫在经历了长期的悔恨和反省后再次找到马丽娅并第一次见到自己的儿子时，他当即便相信那永恒的幸福一定会到来。愿望的实现似乎就近在眼前。直到那一闪而逝的希望之光再次证明这些都只不过是假象而已。

下文中读者便会得知，沃尔夫此时已是一个化名为"黑色猎人"的拦路抢劫犯，为人虚伪造作，可谓臭名昭著。他只能偷偷溜进马丽娅家中。当那孩子在玩耍过程中不慎坠河溺亡时，他们的情缘又开始朝着悲剧的方向发展。当时身为父母的二人就在附近，却一心只想着对方。在潜入家中的沃尔夫最后离开之前，死亡又再次出现了，这次是彻底的解脱，一切终于恢复了安宁。

那个作为爱情之结晶的孩子，他的生命也像父母的爱情一样脆弱不堪。那个老金匠成了懂炼金术的伪币制造者，代表了这个被物质表象覆盖和扼杀的世界中强势的父亲形象，剩下的唯有渴望。孔特萨的这篇小说讲述了一个关于失乐园的故事。里面的人物受占有欲的驱使，同时也错失了作为相爱之人在伊甸园的生活权利。和那些追求物质之人的死亡不同的是，那些死后仍心怀渴望之人，他们的死亡开启了新的希望。夫妻俩追随过世的孩子而去。在沃尔夫"黑色猎人"的身份暴露并因此获罪被判死刑后，作品中又和开篇一样出现了大量关于死亡的征兆与暗示。

死亡以荒诞离奇的方式迎接着婚礼和相爱之人的最终结合。就在沃尔夫要被执行死刑的那天，马丽娅确信她的新郎即将归来。她给自己带上了新娘的鲜花饰品。在她内心深处，那死去的孩子就是天使的模样。他不再是死亡天使，而是传递永恒福音的信使。矛盾终于得到和解。作为临逝前无法消免的时间性终结的死亡与作为永恒之起始的死亡有着天壤之别。马丽娅与沃尔夫在他们尘世间最后一次相见后便一同死去。那时她还带着新娘的装扮，坐上押解新郎去刑场的车朝他疾驰而去。

小说在真正的诗性开始之时便戛然而止。和许多同时代的作家一样，对于孔特萨来说，神奇幻想是一种反映物质性拘束与限制的表象形式。从那无法解脱的物质追求以及精神的缺失和灵魂的缺席中，奇幻的威胁突然出现，并将人类困入狭隘的窘境中。那些市侩之人与庸俗之辈便是深陷其中的受害者。他们沉迷于物质表象，在世间趾高气扬，已经并将继续扰乱世道。失去的伊甸乐园已经不可能在人间寻回。时限性、死亡和对必然终结的恐惧受缚于唯物质论的结果。只有在终极时间的彼岸，那不为浮华表象所迷惑、憧憬与渴望爱情的天堂之门才会敞开。

E. T. A 霍夫曼是奇幻诗人和怪诞市井人物肖像画家，同时也是世界文学史上重要的奇幻作家。他的作品让读者感到身临其境、惊诧震撼，也动摇着人们乐于接受的世界形象，并给人以被推入深渊的恐惧感，好似一切美好的理想都被扭曲成邪恶的嘴脸。在恐惧面前，对荒诞怪异的嘲笑变得僵硬起来。时代的巨变、革命与战争带来的灾乱，都引发出消除关于美的美学现象和摧毁对人性之善的信仰的方向性危机。如果说"奇异"（das Wunderbare）是将人塑造成"和神近似的形象"（Gottes Ebenbild），"怪诞"（Das Groteske）呈现的是被扭曲的人物形象，那么用"奇幻"（das Phantastische）风格描绘出的人物则是造物主那具有邪恶魔性的"反面形象"（Gegenbild）。神灵的宇宙体系由此转变为混乱无章的魔幻世界。低俗、丑陋、谎言和仇恨在此间占据主导，那崇高、美好和真实的一切都被消散瓦解。正如霍夫曼在《唐璜》（Don Juan）中写道："魔鬼拥有伏击人类的神秘力量。这就是原罪带来的惊人后果。"（Freund，1999：147）

心理活动过程对于霍夫曼来说不仅仅是人物的个人行为，同时也反映出人类集体性的历史发展进程。在《夜章》（Die Nachtstücke）一书中创作于1817 年的小说《长子继承权》（das Majorat）里，霍夫曼展现了封建文化不可阻止的衰落。小说以位于东部地区的库里奇尼赫鲁格为背景，一个男爵家族世代生活在此处的罗塞腾封地上，不知餍足的贪欲是该贵族家庭成员的特点。他们力图将财产和权力都收归自己旗下。

他们的那位祖先在塔楼里进行天体观测，将星象变成向上帝祈福的永恒见证。然而当权的贵族阶层的发展却在变革发生的几年之前——即故事叙述的时间点——陷入瓶颈。此时他们财产与权力的诉求便很难得以保障。占有欲正在一点点转变为赤裸裸的贪欲。统治的合法化得到了迷信的认可。道德风气也在不停地堕落下滑，与之同时发生的家族宫殿的坍塌正是这种堕落沦陷的生动注解。在这个家族回迁到他们的发源地时，那个宫殿就已经是半倾倒的状态了。几年后塔楼的尖顶也倒掉了，大块方石击穿了下面的拱门，使一段围墙也断裂开来。家族当时的首领也在此送命身亡。宫殿那不知不觉的坍塌进程与其中居住者的死亡似乎被一种神秘的力量联系在一起。随着巨响轰然倒塌的还有那法庭的屋顶。许多房间都被摧毁得满地都是残砖碎瓦，发出了不可避免的灭亡信号。隐藏在这充满魔性的衰落现象之后的终极神秘力量，通过幽灵鬼魂的奇幻母题被赋予了清晰的轮廓和样貌。那笼罩着这个权贵家族的厄运的幕后操纵者，便是这宫殿的老管家丹尼尔。他在情感上遭受过主人的伤害，死后便化身为复仇的幽灵，无情地对男爵家族的成员赶尽杀绝。鬼魂丹尼尔既是复仇的精灵，又是针对那些不讲情面、处处与人为敌的权贵之人的判官。他和《旧约》中《但以理书》的先知同名绝非巧合①。后者预言了一个正在走向死亡的异教帝国的灾难。在非基督教国家里也存在着无可救药的贵族专制阶级。他们将受压迫的大多数剥削一空，并大举实施以他们自身利益为核心的策略。

　　正是通过这复仇幽魂的形象，霍夫曼笔下的奇幻书写清晰地表达了对复辟时期贵族社会的强烈批判。奇幻的文学风格塑造了一种关于毁灭和沦亡的虚构现实，它虽然并非真实存在，却让人感觉能变为现实。通过神秘的陌生化效果，1815 年后真正弱小无能的受奴役者们的愿望得以表达，并清晰地反映在城堡的毁灭与压迫阶级自身的腐败瓦解上。像《长子继承权》这样描述在不知不觉中步步升级的毁灭过程的小说，从文学层面上来看是具有革命性的。奇幻的文学风格给弱势群体的攻击梦想赋予了具体的形象。奇幻的故事为那梦寐以求的暴力反抗的真正实施提供了空间，使其能够由此跳跃进当前的现实中。

---

　　①　但以理（Daniel）（前 622—前 530 年）在出生时犹太国已岌岌可危，被巴比伦王尼布甲尼撒二世所俘房。他与另外三个犹太人被选中服侍尼布甲尼撒。凭借自己的聪明才智，但以理在新巴比伦帝国扶摇直上，直至巴比伦亡国，被波斯帝国取代也都一直被重用。传说他死后被葬于今乌兹别克斯坦的撒马尔罕。《圣经》中的《但以理书》相传有部分内容由他所写，而其他部分则是后人记录他的生活事迹。

在霍夫曼的作品中，人们总能感受到并非是意念与理想掌控着叙事的进程，而是人的本能欲望和攻击性。身为奇幻作家的霍夫曼需要做的，是把后来在分析心理学上被称为力比多（Libido）①的内在心理能量当作具有驱动力的叙述内核，充分发挥其建构功能。因此在他笔下人们感受到的是欲望、权力、暴力和攻击性的梦想作为魔鬼遗留下的烙印掌控着人类的精神生活。霍夫曼奇幻创作的核心不是拥有神性的人，而是充满魔性的人。同样出自《夜章》中的人物伊格纳兹·登纳尔通过其父亲与魔鬼立下盟约。他肆无忌惮地掠夺和谋杀，使整个国家陷入一片恐慌中。他好似成了凶残作祟的狼人。在其父亲，即本名为特拉巴乔、作为魔鬼化身的神奇博士（Wunderdoktor）的唆使下，他甚至屠杀孩童，用他们的鲜血使自己永葆青春、长生不老。

就这样，在这令人匪夷所思的神奇幻想中，人类正如魔鬼之子一般，深受撒旦的蛊惑，与生命做对抗。抢劫、谋杀和黑医术这些与吸血鬼母题密切相关的事物，它们的首要作用不是充当制造张力的元素，而是表现一种潜在的毁灭性。奇幻的虚构勾勒出人类兽性的一面。那恐怖叙事的沉淀积累成虚拟世界中一面反映人类具有破坏性的潜在欲望的明镜。

在1819年出版的小说《斯居戴理小姐》（*Das Fräulein von Scuderi*）中，霍夫曼放弃了诸如魔鬼盟约、复仇游魂、幽灵出没等奇幻元素，力图集中体现奇幻文学特征的内核，即已被扭曲变形的和还在不断被扭曲变形的人。他那细腻精妙的内心刻画表现出的都是各种各样的毁灭，这是无需其他效果渲染的真实混乱。小说的核心人物是金匠卡迪拉克，他个性偏执狂热。当他把自己如痴如醉地打造完成的饰品交给顾客后，又会千方百计将其夺回，并将原来的买家杀死。他将这种行为称为跟随自己"邪恶之星"

———————————

① 力比多（libido）是弗洛伊德理论体系的重要概念，它与无意识、本能、焦虑等共同构成了弗洛伊德理论的基石。它是由弗洛伊德假设的作为涉及其客体（投注的位移），涉及其目标（如：升华），涉及性兴奋的来源（爱诺区的多样性）的性冲动的变化的基础。其基本含义是表示一种性力、性原欲，即性本能的一种内在的、原发的动能和力量。

(böser Stern)的指引行动。从心理学角度看，这正是一种强迫性精神障碍的典型症状。那创造性的工作依存于同制作完成的饰品之间无法解除的关系。饰品中融入了金匠自我的一部分，因此与饰品的分离对于他而言就是一种迷失自我的体验，必然让他感到恐惧害怕。为了摆脱这种恐惧他不得不实施这种强迫性的谋杀行为。就是那些看起来十分明显的紧张情节，此处也成了叙事性的、上升至奇幻层面的心理过程的外显化处理。那看似平庸的小人物表象之下潜藏着可怕的魔性。

人们无法看透卡迪拉克究竟是怎样一个人，因为他隐藏在正派老实的面具之下。这本质与表象的分裂反映出他存在的虚伪性。那作为他自己的一部分，又如同以一种精美的形式将他自己让渡出去的作品，意味着他的全部。闪亮夺目的精美饰品向外界阻挡物投射出他完美的神奇形象。卡迪拉克已经沉浸在对自己无尽的爱恋中，变成了自私自利之人，肆无忌惮地准备随时夺人性命，以此满足他的自恋需求。他那极度的虚荣自负已将魔鬼路西法从天使的群体中驱逐出去。他的作品常常只能映照出他自己。造物主满怀博爱地将创造力作为礼物赠与人类，而对自己作品的狂迷却给卡迪拉克打上了造物主对手的烙印。卡迪拉克就如同魔鬼一样被囚禁在自己打造的自我地狱之中，却无法解脱。

在《夜章》里创作于1817年的《沙人》(Der Sandmann)一篇中，霍夫曼将人的自我沉醉极端化为"对与上帝相似的渴求"(Gottesähnlichkeitsstreben)。人类意识的深不可测再一次以夜间故事的形式被表现出来。在故事的主人公即第一人称叙述者纳坦内尔的孩童时期，一名叫科珀琉斯的律师常在晚上来家找他父亲。他躲在那可以看见秘密与禁忌之事的隐匿处偷窥二人进行炼金术实验。闪闪发亮的器具被蓝色的火舌舔噬着，被锤子和钳子加工。这又是一个关于炼制的故事。和金匠卡迪拉克相似的是，如同迷信中的传说一样，作为操作火的大师，锻造工就相当于魔鬼的学徒和盟友。而炼金术士们则致力于使金属变得更加高贵完美，让黑色的原始材料通过提纯和净化发出闪亮夺目的光芒。突然纳坦内尔看到了没有眼睛的人脸，他的惊叫声暴露了自己。此刻科珀琉斯似乎正要挖去那孩子的眼睛，于是恐怖的效果便有了清晰具象的呈现，并以真正身体的残缺威胁着个人。那在纳坦内尔成长过程中成为他终身梦魇的恐怖场景，也最终将他推向了毁灭的深渊：失明的威胁本身也见证了科珀琉斯与纳坦内尔父亲身上人性的盲目和理智的缺失。父亲平素真诚的面容在进行那魔鬼的实验时却扭曲变形了。自然的产物被人工制造取代，都由人类刻意为之。他们试图想要让金属这样没有生命的绝对死物焕发出生机，这就好似从纯粹物质的状态转升至精神的王国。那将原料物质进行精神淬炼的热切努力，通过炼金术士与神秘直觉密不可分的目标，让科珀琉斯和纳坦内尔父亲所背负的罪孽醒目地凸显出来。"上帝那老家伙可真会玩！"（Hoffmann，2000：151）科珀琉斯渎神般地说道。然而这种说法同时也暗示出他们的炼金术实验毫无所获。"纳坦内尔（Nathanael）"的名字具有象征意义，代表着"上帝的恩赐（Gottesgabe）"，暗示只有上帝才能制造出真正的生命，而人类注定要将生命当作受赠的礼物来尊重和珍惜。

此处的炼金术士好似魔鬼的化身，因为他们想要自己取代造物主的位置，从而毁灭、而不是造就自己和他人。这种对有机性与创造性的蔑视，以及对机械原理的神化，便是导致那些力求成为近似于神、想让所造之物成为创造者之人最终失去理智的最深刻的原因。

这炼金术士具有金属质感的人脸中那空洞、丑陋的黑色眼窝映衬出其创造者的盲目。"科珀琉斯（Coppelius）"这一名字与自意大利语"coppa"谐音，即"眼窝"之意，暗示了缺失眼珠的畸形面孔，也意味着名字的主人对活跃的创造精神的盲目不清。主人公儿时的观察经历后来也发展成发生在这充满魔性的人物身上的恐怖场景。

那种试图通过炼金术实验来造人的物质-机械狂迷（die materiell-mechanische Obsession）主要是一种人类思想上的迷误，即试图绕过自然的生产过程和母体的孕育，单靠造物者一己之力创造生命的想法。这样的实验结果也注定是缺失爱的。机械装置与技术在这种骄傲自负的疯狂中以创造的完美和开创男性的独立自主性为目的。霍夫曼对机械化的世界形象和那些利用炼金术进行伪创造的疯狂炼金术士的批判通过纳坦内尔父亲之死达到了极致。后者在最后一次实验时因爆炸而身亡。这场与上帝比拼造人的魔性较量，势必以灾难收场告终。骄傲自负的普罗米修斯成了可怜可悲的失败者。

在接下来的岁月中纳坦内尔便从来没有摆脱过这噩梦的困扰。已是大学生的他沉迷于那没有生命的技术产物的世界，并被制作得栩栩如生、完全能以假乱真的机械人偶奥林匹亚深深吸引，深陷于她诱人的形象而无法自拨。纳坦内尔一次又一次通过望远镜偷窥奥林匹亚。在光学仪器的观察下，她简直就是上帝创造的完美生命。

由上述分析可见，《沙人》是一篇自然与艺术视角相互交替、清晰的思维与理智的丧失共存并行的寓言。纳坦内尔作为悲剧受害者的心理活动过程也得到了淋漓尽致的展现。他的观看方式揭示出人类的狂妄自大，同时也将其以一种虚伪的假象暴露出来。正是通过纳坦内尔的视角，原本熟悉的世界才显现出它神秘的模样，那自以为是的魔鬼才能现身于聚光灯下。叙述者头脑中的无意识如同大屏幕上的画面般清晰可见。通过《沙人》，霍夫曼成功实现了令人印象深刻且贯穿始终的奇幻视觉效果。叙述者纳坦内尔用于窥视的望远镜，影射并放大了他内心异常的欲望和冲动。

而这奇幻的视觉效果折射出的不仅是主人公扭曲的欲望，更是由此反映出：人类疯狂的自负自大在极端的膨胀升级中发展到了贪恋权力、毁灭幻想和极度自恋的层面。这个世界在魔鬼的掌控下陷入暴力、仇恨与无可救药的异化中。霍夫曼的奇幻创作描绘出一幅关于人类和这个世界的阴暗画像，其中那原本与神相似的形象扭曲成魔鬼的邪恶嘴脸。霍夫曼的笔触探照进人类意识中那最黑暗的深谷中，将人类的光辉形象从神坛上拉了下来。他毫不留情地扯掉包裹其外的伪装，彻底暴露出人们内心深处混乱无章的潜藏力量。那王侯将相世界里的阴暗面也变得昭然可见。奇幻的书写揭示出那层薄弱的、看似安定的表象之下所潜藏的混乱和一触即发的毁灭之灾。

到了浪漫主义晚期，保守的复辟精神占据上风，掌控着中篇奇幻小说的主要基调。在那风云动荡、变幻莫测的现状下，所有威胁内心与外界固有关系的一切都显得如此离奇。神奇幻想成为一种起到威慑作用的文学风格，能把人的感官本性、自由精神和对实现终极圆满的追求妖魔化。

艾兴多夫于 1817 年在布雷斯劳创作完成、并于 1819 年印刷出版的小说《大理石像》（*Das Marmorbild*）将异教习俗中对感官之美的欲求转化为基督教教义抑制感官享受视角下对自我消解（Selbstauflösung）的恐惧。故事从年轻诗人弗洛里奥踏上寻找卢卡之旅开始。弗洛里奥贪婪地用心感受着跃动的生命中丰富的色彩、芳香和声响。所有烦心的忧虑都被他抛到九霄云外。他向朝着自己奔涌而来的一切敞开了胸怀。弗洛里奥在即将长大成人之际遇见了自己的初恋。一次夜间庆典上，他在美丽的邻家女孩那火红而炙热的双唇上印下自己的吻，这与情色冲动和肉体欲望无关，就是一种内心倾慕的表达。被亲吻的女孩顿时脸颊绯红，宛若浪漫主义画像中那端庄、纯洁的少女。她有一个贴切的名字"比安卡"（Bianka），这是一种人与名字在身体上、更是灵魂上的契合：其意为"洁白无瑕"。此时弗图纳多的歌声听来也是那般宁静柔美，但突然间却音色大变。

离奇的事随着多纳提闯进了弗洛里奥的生活，给他的生存带来重重危机，使其陷入迷惘和混乱之中。他策马疾驰于多纳提和弗图纳多之间，感觉自己被困在光明与黑暗两种法则的夹缝里，在感官的混乱和深刻的赋意间，也在欲望冲动和精神理智之间摇摆不定。当弗洛里奥夜里醒来时，梦境与清醒间的界限被奇怪地抹去了。他神志恍惚地开始找寻那美艳无双、宛若仙灵的女子身影。庆典上那纯洁女孩的超凡脱俗使得这身影在他心中活了起来。弗洛里奥被这充满隐秘愿望和潜藏冲动的世界深深吸引。他来到水塘边，岸上立着一尊维纳斯的石像，他觉得这女神好似刚刚从波涛中浮出水面，这美得无与伦比的塑像仿佛就是他追寻多时的爱人的身影。那拥有倾城美貌的女子，在此之前都只留存在他的心底深处。而此刻弗洛里奥感到自己的愿望与情感都在向外映射。与这异教爱情女神的不期而遇让那压抑许久的远古激情焕发出活力并重新回到意识领域中。

而当他第二眼看去时，那石像却完全变了模样。原本不会动弹的白色大理石神像上的两个石质眼窝看向前方，变成了一尊恐怖的塑像。那纯正诱人的欲望变得像石头般僵硬。观察者的迷惘反映出对那异教爱神所代表的原始欲望的态度转变。令人毛骨悚然的并不是雕像本身，而是它所唤醒的被基督教教义妖魔化的潜藏肉欲。世界的表象似乎被分裂成光明之国与黑暗之域。一个是基督教充满光明的精神世界，另一个则是异教表达性欲冲动的禁忌领域。

然而在光天化日之下，在明朗的意识中，事物发生了奇怪的转变。"在弗洛里奥看来，一切好像早已沉陷，岁月之川轻轻泛着清波从他身上流过。此刻花园就像被固定在河流下面，还被施了魔法。他梦到了过去的时光。"（Freund，1999：154）维纳斯的王国是一个充满感官享乐的爱欲世界。它已经沉寂，早已成为没落的文化。但此处重新回归的不仅是远古废墟中的残片余灰，更有被激起的梦幻人生，充满了魔力，并被牢牢固定。

置身于维纳斯的花园里，弗洛里奥在被绚丽绽放的繁花包围的大理石阶上遇到了骑士多纳提。与女性初次见面时的感官诱惑再次变得黯然失色。维纳斯与骑士之间，或者说美貌的诱人魅力和那无法被拯救的受害者之间，存在着一种不幸的关联。

在夜色中，弗洛里奥和多纳提来到一座宫殿处。它完全由大理石建造而成，看起来极似异教的神庙。这是在面对罪恶与超然于罪恶的状态下，一场找回异教的感官欲望、重返失去的乐园的复归之旅。只见一位美丽女子身着天蓝色的长袍，身型体态美艳无比。她正躺在小床上休憩，风姿妩媚。靓丽的玫瑰、夜莺的鸣唱，那看得见、听得到的情欲刺激包围着她。这美艳的形象就如同委拉斯凯兹①画中的维纳斯从镜子里走了出来。这番充满感官刺激的场景，影射出弗洛里奥心中隐匿的愿望，与比安卡苍白无力的柔弱少女形象形成了色彩鲜明的对比。此番场景也通过大胆的神奇幻想向人们宣示出：唯有那被唤醒的激情和因激情燃烧而炙热的黑夜才能开辟出一条道路，使得对身体的崇拜与逐渐升级的感官享受结合成一场隐藏

---

① 迭戈·罗德里格斯·德·席尔瓦·委拉斯凯兹（Diego Rodríguez de Silvay Velázquez，1599—1660 年），17 世纪巴洛克时期西班牙画家，以画肖像著称。

在大众心底深处的欲望狂欢。

弗洛里奥跟随这位女子走进宫殿的内部核心处，抵达了他自己内心愿望的目的地。这精心营造的紧张气氛，无拘无束的引诱与刺激，在此刻达到了极限程度，需要得到缓和与满足，这是在进入宫殿最核心、最华丽的屋室的过程中通过那毫无遮掩的画面感事先铺垫而成的。就在这充满激情的刺激达到顶峰的时刻，令人清醒的事情随之发生。弗洛里奥的目光看向深渊。外面的花园里突然响起美妙的歌声，这是一首他童年时经常听到的充满虔敬之心的老歌，他永远忘不了歌中所表达的景象千变万化的旅途。

次日一早，弗洛里奥便和弗图纳多与在这既是自己软肋所在、又是优胜之处重新会合的比安卡一道启程出发了。途中他们经过一座已是一片废墟的维纳斯神庙，庙中还有一座破裂的大理石像，暗示着没落的文化和被挤压至隐蔽处的诱惑。弗洛里奥方才意识到比安卡身上真正的美，"她就像黎明时深蓝色的天幕中那明亮的天使身影"（Freund，1999：155）。相比活着的凡间女子，她更似圣母的画像。如同玛利亚般圣洁明丽的比安卡已经成功战胜了维纳斯那骇人的情欲诱惑。基督教的贞操最终抹杀掉了异教的感官欲望。

艾兴多夫这篇小说的神奇幻想已不再是源于受到如消费、金钱、权力、技术等将人性扭曲为物质性并破坏人类生命整体性的力量威胁的意识，反而是来自对包括感官维度在内的人类存在之整体范畴的恐惧。

如果说从蒂克到霍夫曼的中篇奇幻小说是发自一种有机而活跃的自我发展的精神，那么艾兴多夫的小说则体现了一种断念弃舍的复辟意识。浪漫主义对一切局限的突破和超越同拘缩于与公共生活隔绝的个人窄仄空间里的比德迈耶尔（Biedermeier）式的狭隘形成了鲜明对比。奇幻塑造的起因和动力便不再是紧缩式（das Beengende）的，而是扩展型（das Erweiternde）的，换言之，不是让人变得呆滞和残缺不全，而是给人自由，让其拥有实现生命完整性的可能。

亚历山大·冯·温甘恩·施特恩贝格（Alexand von Ungern-Sternberg）1834年出版的小说《女双影人》（*Die Doppelgängerin*）中那个我行我素的鬼魂

遭人蔑视。作品的结构体现出明显的叙述跳跃感和强烈的片段感。随着场景与中断点的猝然交替，通过紧凑的暗示所表现出来的强烈时间张力和距离感得以克服。小说里那个可靠的叙述者有意识地将读者的注意力吸引至叙述过程中情节性和画面感突出、迅速交替出现的关键片段上。

第一组情节画面展现了一幅田园风光式的安宁场景。法国军官科尔马和比安维尔元帅之女贝雷尼泽结为了夫妻，但新郎却成为这与世隔绝的贵族生活里唯一的潜在危机，其背后隐藏着一段不为人知的黑暗历史。他已故的第一任妻子留下了神秘的暗示，这暗示来自比利牛斯山上一座静寂的城堡，里面时常闹灾闹鬼。有着黑暗过去的科尔马带来了入侵比安维尔封闭的社交圈和有着复辟思想的贵族社会的孽缘，威胁着原本安逸宁静的生活。

科尔马的心理障碍最终还是导致了东窗事发。亡妻的面容竟如月光般在他面前闪耀，出乎意料地使他失控而不能自已："那恐怖的光亮映照着他因愤怒和惊讶而发生扭曲的面容，……在当场有人能意料到之前，他那高高在上的权力已经招致了对他心爱之人的灾难性打击。"（Freund，1999：158）那捉摸不透的奇异之事侵入了平和安稳的生活，并将其一击摧毁。属于奇幻领域的不是行为的实施者，而是促使他行动的神秘力量。他似乎被这力量深深迷惑，而对于其他人和读者而言它还在那看不见的阴暗处制造着推进情节发展的叙事张力。

在经过一场没有流血的决斗后贝雷尼泽的哥哥得知了这命定的事实真相。科尔马说起了他在意大利庄园中的经历。他在那里遇见了身为贝尔吉诺伯爵夫人的奥菲利亚，并与她陷入爱河。他又通过奥菲利亚认识了其叔父贝尔吉诺伯爵，此人是个能召唤魔法的神秘人物。他的分身之术已经成为公开的秘密。他具有在不同地方同时现身的奇能异禀，站在他面前的人甚至都不知道他到底是谁。

科尔马感到自己被这充满神秘色彩的伯爵所吸引，便去到他位于偏远郊区的屋宅中寻访他。这伯爵笃定地坚信人类意志无所不能，甚至可以解脱与造物主的关联并向天国的皇冠发起冲击。他认为拥有自主掌控权、突破精神与经验的局限、克服认知的盲区与弱点都是人类的目标。"人类意识到其意志的无限权能,在被封锁于心中的秘密前,没有意志的人自然成了臣服的奴隶。"(Freund,1999:158)这是极端化情况下的一种将人类从一切宗教和固有约束中解脱出来并宣示个人独立自主权利的革命哲学。

施特恩贝格有效地将代表进步思想的贝尔吉诺伯爵妖魔化为怪物和恶鬼。奇幻的创作风格成为诋毁启蒙思想的手段。伯爵在科尔马的眼前将他的精神付诸用意志之力打造的人工形象中。这形象从外观上看与真人分毫不差,而原来的那具身体却奇怪地萎缩起皱,脸上看来毫无血色,眼睛也全然黯淡无光。被这虚假的人像吓唬住的科尔马惊慌之中跑到了野外。

在与奥菲利亚结婚后,科尔马只是表面看似从他自愿陷入的离奇的困境中摆脱出来。他当初曾无视一切警告而沉迷于伯爵的诱惑中,甚至保护这个明显看来就是无耻之徒的人。当他得知他那与哈姆雷特的恋人同名的妻子从年少时便和她叔父有染,还向后者学习了"地狱之术"(*Künste der Hölle*)并已将其付诸实践时,自然大惊失色。奥菲利亚提出的那个一旦她的眼睛失去光芒便强行将她的灵魂"装"回她的真身的请求,摧毁了二人原本完美的姻缘。直到奥菲利亚英年早逝后,科尔马才似乎从与贝雷尼泽的爱情中得到解脱。

然而此时的科尔马仍未摆脱厄运的纠缠。由自己引起的对妻子的打击让他的命运继续被绑缚于曾被允许进入他生活之中的骇然事件之上。正如小说中的这番感受:"月光忽然照在你脸上。眼睛里那突来的微光瞬间唤起了我对奥菲利亚和她所说之话的记忆。我被那昏暗的力量所俘获,成了听任她摆布的玩偶。"(Freund,1999:159)

这种强硬冷峻的表述风格让人联想到蒂克、克莱斯特,尤其是霍夫曼的作品。由此,通过神奇幻想,这种文本间的相互影响借鉴持续不断地通向个人的毁灭。诸如艾兴多夫笔下那种最终和解的姿态已经不复存在了。激烈的意识障碍在该作品中从一开始就呈现出来,又在科尔马的生平故事被详细陈述完后将小说故事情节的第一部分和第二部分结合在一起。

这里的灾难性事件爆发于两个完整的独立情节的中断之处。焦点首先落在索菲·本纳德这一人物身上。她是一位佃农之女，被当作元帅"激情所致的牺牲品"（Opfer der Leidenschaft des Marschalls），生下了与贝雷尼泽同岁的女儿玛丽。作为科尔马在巴黎的贵族亲戚家的常客，玛丽结识了科尔马，并对他爱得至死不渝。当科尔马给她看新娘贝雷尼泽的画像时，她甚至把画中人当成了自己，并以为自己是那被选中的新娘。当她从臆想中清醒过来后，便陷入深深的抑郁中。

在两个完整的独立情节中断处，那道德与精神上的错误行为所产生的后果交织在一起，共同注定了当事人的灭亡。和开篇一样，此时人们感受到的是一种田园式的安逸宁静。科尔马与贝雷尼泽重新回归庄园生活，外部与内心的平和也同样得到舒散扩展。但是每逢奥菲利亚的忌日，阴影仍会如期而至。对于科尔马来说，这无疑是个灾难性的日子。早已被驱散的阴魂会在这一天再次进入意识中，使被袭者的身心遭受伤害。而玛丽恰好在这个时候去见那对她的爱意毫不知情，却被迫要为她糟糕的人生负责的爱人最后一面。

就在奥菲利亚忌日当天，这充满不详的相遇导致了可怕的后果："贝雷尼泽，那不幸的贝雷尼泽，被钻穿胸部，倒地不起。她身边跪着一个披头散发的身影，其样貌吓得此刻进来的男士们大惊失色——原来这个人也是贝雷尼泽！……科尔马双手掩面，依靠在房间一角。工作灯昏暗的光线闪着神秘莫测的微光，照在这恐怖房间里的人身上。"（Freund，1999：160）饱受厄运的科尔马如今已成为谋杀妻子的凶手，因为他在看到玛丽时错把他妻子当成她的"双影人"了。

这出人意料的诡异情节也在说明，对常规的离奇偏离迎合了那些向其生命里不经意间发生的超自然之事坦然敞开并与之结合相连的东西，然后又对其进行调试校正。死亡与疯狂都是已设界限被强行突破的后果。

戈特黑尔夫（Jeremias Gotthelf）1842 年出版于作品集《瑞士图画与传说》（Bilder und Sagen aus der Schweiz）第一卷的中篇小说《黑蜘蛛》（Die schwarze Spinne）成为了复辟式的比德迈耶尔奇幻文学的高潮与尾声。除了在民间传说方面，戈特黑尔夫的这部作品尤其和朗拜恩（A. F. E. Langbein）1819 年的同名小说一脉相承。那邪恶之灵在这位瑞士作家笔下被加以改变和深化。它被木榫钉在杉树上，化身成一只巨大的黑蜘蛛。原本那蠢笨可笑的怪物，此时已变成无人能挡的邪恶引诱者。而在许多民间传说中，蜘蛛常常又和女性形象密切相关。

该小说的结构因其鲜明的表现力引人入胜，由三个部分组成的框型结构彼此层次分明。叙述者讲述的故事在晴空下的宁静诗意中徐徐展开，最后汇聚成祖父的第一轮讲述。小说中所有部分都通过黑色窗框这一象征意象联系在一起。起初的离奇事件聚焦于两个内部故事（Binnenerzählungen）上，而那个叙述框架则塑造出一幅被神话了的真实图景。

祖父漫长的第一轮讲述以对中世纪封建制度的社会批判性描述开始。一些农夫放弃自身工作，为骑士们建起了一座城堡。之后那城堡主人要求这些农夫在为期一个月的时间内用一百棵山毛榉树搭建起一条遮荫长廊。而要将如此多树木搬运至城堡所在的山顶需要花费的气力自是不言而喻的。就在农夫们深陷最无助的低谷之时，一位身形高大而干瘦的猎人突然出现在他们面前。他帅气的四角帽上晃动着一根红羽毛，黝黑的脸庞上那火红的小胡子闪闪发亮。魅力与魔性同时汇集于这个形象身上。

不久后，当这个猎人索要一名刚刚出生且还未受洗命名的婴孩作为劳动报酬时，他便露出其作为残忍"猎人者"（Menschenjäger）的本来面目，伺机伏击处于弱势和无助中的猎物。他表示愿意帮助农夫们如期完成遮荫长廊的建造，但这诱人的主动提议背后的恶意却昭然若揭，他诡异的样貌与骇人的要求揭露出他作为生命之对手的魔鬼本性。

邪恶的力量被扩散至林道①女子克里斯蒂娜身上。身为外来移民，那带有野性的黑色眼睛与其他喜欢待在家里、在安静的环境中打理生意、除了料理家务和照顾小孩外别无他事的女子有着明显的区别。克里斯蒂娜这个显得有些格格不入的外乡人，实际上是魔鬼的新娘。在原本的契约关系中，她信心满满地认为能用计谋骗过魔鬼，从而令他不能为自己提供的服

---

① 林道（Lindau），德国巴伐利亚州城市名。

务索要实质性的等价劳作。结果到头来她却因自视过高而受到惩罚，反而成为受骗者。

契约的盖印签订颇具启示意义。在克里斯蒂娜承担下全部责任后，魔鬼要求不要用传统的方式以血签字，而是用他印在妻子脸上的吻来代替。这种与魔鬼极为亲密的接触惊震了天国，也让克里斯蒂娜感到双脚深深扎根进土地之中。她已彻底将肉体上的软弱驱除出天国，并化作一株纯粹的植物，与走向永恒死亡的生命融为一体。作为魔鬼的新娘，克里斯蒂娜从此便只属于会消亡的肉体的世界。如同从天堂坠落的天使一般，她成了跟随魔鬼的邪恶者。

在魔鬼如约完成了他的工作并两次上当受骗之后，便毫无顾忌地让这邪恶的创造品降临了。克里斯蒂娜的脸上显出分娩时阵痛发作的表情。就在魔鬼亲吻她的地方，那孩子以令人毛骨悚然的方式出生了。"她从微弱的白光中看到无数长腿的黑色毒蜘蛛从她的肢体爬出去，然后消失在黑夜中。"（Freund，1999：162）

在这些蜘蛛给人类与牲畜带来无法言说的灾难之后，眼看魔鬼就要得逞的第三次诡计再次引发了情节上千钧一发的关键时刻。幸好在最后一分钟赶来的牧师果断阻止了克里斯蒂娜将抢来的新生儿交给魔鬼。此时小说的恐怖氛围也达到了张力上的极致："触碰到圣水的克里斯蒂娜在嘶嘶惊叫声中如同火中燃烧的羊毛般缩成一团……她在嘶嘶地收缩着，火光飞溅到她脸上那不断变高膨胀、恐惧无比的黑蜘蛛上。"（Freund，1999：163）克里斯蒂娜已完全化身为蜘蛛，成了孕育灾难的"地狱孽种之母"（Mutter der Höllenbrut）。一种可怕的死亡已经开启，向农夫和骑士们袭来。仅仅只是触碰到这蜘蛛便足以让人中毒丧命。她甚至连自己的丈夫也不放过。他的尸体被人们发现时，其死状极其恐怖。

小说中出现的母亲这一角色作为女性的理想形象是蜘蛛精的对立面。这位母亲是那个最终在蜘蛛面前保护孩子的人。她想到了上帝并迅速伸手朝蜘蛛抓去。而后者身上顿时喷涌出一条火舌，这位虔诚的母亲从手到臂膀连同心脏都被烧着了，但是母性的虔诚和无私的母爱控制住了大火中的手。她忍受着撕心裂肺的痛苦，用一只手将蜘蛛按进一个大洞中，另一只手拿着木桩对准它刺去。这骇人的恐怖场景似乎影射出这样一种价值观念：渴望和自恋不是女性的美德，对生命的奉献和牺牲精神才是。当女性忽视了这些美德时，灾难便会降临。而拯救的方式唯有放弃和断念。这种由男性塑造出的保守、片面的女性形象代表了比德迈耶尔式和复辟时期的思想局限性。

第二个故事比第一个明显短了不少，更多的是展现一个巨大的抛物线般的故事轮廓，而没有过多深入细节。故事发生在封建地主失去社会影响力后农民和市民阶层兴起的时期。以往的叙事模式中常常是由骑士的傲慢引起奇异事件的发生，而这个故事展现的却是富裕起来的农民身上那种强悍的气焰，因受到外地女子带来的影响，产生毁灭性的灾难后果。

在一个圣诞节的前夜，发生了一件轰动性的事件。一个放荡不羁的仆役将钉住毒蜘蛛的桩头从那棵老树里拔了出来。在这个救世故事的魔性反转中，降临到人间的不是救世主耶稣，而是因人类堕落无德的行为而招致的致命毒蜘蛛。

在第一个故事的结尾，母亲为了救子而伸手去抓蜘蛛。第二个故事里却只有耶稣基督这个男性的宗教英雄形象以牺牲自我为代价，再次拦住蜘蛛。值得注意的是"克莉丝汀"（Christine）和"基督"（Christen）这两个名字的谐音关系。当女性这一性别被迫承受罪责和诅咒之后，男性后代则作为罪恶拯救者出现。毁灭与复活在此处和洗礼仪式一起同步决定了整个事件的发展走向。

如此一来，这个典型的复辟式的故事便有了一个类似真实历史的完满结局。当祖父讲起他的祖先时，那古老的要求通过他的言说再一次清晰地呈现出来。一位智者曾向先人透露道，他们可以安心地在旧宅所在地建盖新房，但两件东西必须保存好——钉住蜘蛛的那棵老树，和蜘蛛被钉进树中的古老意义。建在老地基上的新房屋明确指涉着专制权力改头换面的复辟社会。在作为叙述者的祖父身上革命前与革命后这两个时期实现了无缝衔接。戈特黑尔夫通过把在浪漫主义运动中表现出重要意义的，并由此至少在艺术创作领域和男性平起平坐的女性当作对秩序的奇幻威胁而提出警示和告诫。

特奥多·施托姆(Theodor Storm)是德语文学史上现实主义时期里唯一声名显赫的奇幻风格作家。他创作的 19 世纪中篇奇幻小说继蒂克的《金发的艾克贝特》之后和霍夫曼的《夜章》一道形成了该领域发展的早期高峰。

施托姆当时正处于其创作生涯的中期阶段。失败的 1848 年民主革命、停滞不前的社会和历史关系、僵化的国家权力机构和不断发展的工业化进程导致的异化共同决定了那个时代的基调。处在当时环境中的个体不断眼看自己被裹挟到这种发展进程中，此时个人似乎已经失去其影响和控制力，人性已经开始变形和扭曲。之前作为施托姆奇幻创作对象的那种僵化狭隘的思想意识，此时也已被展现在暴力的外部震撼之压力下人性的损害和变形所取代。

所谓的"童话"往往诞生于作者灵光一现的瞬间。1863 年的圣诞夜，施托姆开始创作《唤雨人》(Die Regentrude)，同时被起草并演绎的还有《布勒曼之家》(Bulemanns Haus)。《居普良的镜子》(Der Spiegel des Cyprianus)于 1864 年 11 月被创作完成。施托姆就这样在惊人的短时间内跻身一流的奇幻作家之列。

"奇异"(Das Wunderbare)从原则上来说具有建构性和积极乐观的特点。它从渴望幸福与被解救的视角来观察人类和其所处的世界。而"奇幻"(Das Phantastische)则是以对恐怖和灾难的害怕为视角来审视人类和这个世界的。如果说童话塑造了实现愿望的非现实天堂，那么奇幻文学则构建了非现实的令人绝望的恐怖之地。《唤雨人》便是这个意义上的衬托背景，凸显出《布勒曼之家》第二部分的晦暗阴郁。那老旧破败、充满神秘和恐怖色彩的屋宅引发了一场阐释性的反转事件。这里就是自私自利的地狱，在这残酷无情的非人性状态中，离奇的变化和混乱的纠缠都被激发出来。

在怪诞漫画式的特点越来越明显的过程中，布勒曼先生身上表现出资本主义经济价值取向的趋势。对于其父亲而言昂贵的抵押品仍代表着一种感官享受上的意义。然而在这一阶段人类社会与借贷和占有相融合，并受其奴役控制的强行积累资本的特点已表现得颇为明显。以赤裸裸的财富占有欲为导向势必会导致人与人之间的孤立和隔离。资本主义的商品交流与人和人之间的交往如同水与火般两不相容。

作为小说核心人物的儿子身处资本主义发展的另一个阶段。对于他而言重要的是将所占有的商品换成金钱。具体的物品和其真正的使用价值被抽象的钱财和被绝对化了的交换价值所取代。不幸的是，随着商品与金钱的抽象关系愈加强烈，人类自我异化的程度也在不断增加，而他人的利益与困境却被抛诸脑后。

这种敛财之道的非法性是毋庸置疑的。因为那些变为资本的贵重物品根本不是出借人的所有财产。其实他们的每样财物都是别人借贷的抵押品，即仅仅只是临时财产。对于资本家而言，物质上的占有相当于一种绝对价值，后者价值的提升也意味着他本人的增值。抵押借贷典型地反映出资本主义贸易和交换关系的弊端。如此得来的利润在道德层面而言，就是对财产原有者的盗窃。因为出借方能从抵押品的赎回价与其实际价值间的巨大差价中获取暴利。在这种借贷行为中商品取代了人的地位并破坏了每一种真实的关系。

布勒曼不断升级的孤僻和颓废反映了持续增强的异化过程。随着对这荒谬的财产占有的痴迷程度越来越深，如同着了魔般的布勒曼丧失了人性与尊严。他狠心地拒绝了同父异母的妹妹为救她生病的孩子而提出的归还那只曾典当给他的银碗的要求。布勒曼也因此失去了让自己摆脱魔鬼的金钱圈套、重新回归充满生机活力的人类社会的最后机会。

这只银碗是古老的生命象征。谁用它换取"绝对的死亡"（das absolut Tote），便是对生命的背叛。他妹妹那病危将死的儿子代表着畸形的物欲所导致的生命力丧失的威胁。这时事态没有像童话故事般发展下去，那生命之碗中没能出现拯救生病孩子的救命药水。在这个追逐利益、自私自利的世界里不会有奇迹出现，因为奉献和爱心已经失去了立足之地。只有当人和人之间互相关爱时，生命的奇迹才会发生。一旦金钱把人排挤出去，那致命的集体性自私就将不断蔓延扩展。

在无情地拒绝了妹妹的请求后布勒曼的生活便发生了不可思议的转变。他突然发现他的两只猫开始长大，最后变成了两头令人害怕的巨型野兽，控制着它们原来的主人。这无法言说的变故突如其来，标志着整个小说的转折点。冷血无情、残酷不仁的布勒曼人性异化的过程，在这奇幻的扭曲变形中呈现出清晰的轮廓。这两只分别名叫"格拉普斯"（Graps①）和"施诺雷斯"（Schnores②）的猫反映的是布勒曼自身在陷入无穷的贪欲时那野蛮的兽性。

那两只猫在不断长大，而与此同时布勒曼作为人的形象却在不断萎缩，直到退变为一个仅有一岁大的孩子。在巨猫的暴力控制下被困于狭小斗室中的布勒曼先生，成为了反映在资本主义的束缚下人类被异化的、狭隘的生存状态的恐怖形象。原来的主人成了真正的奴隶，被卑微的本能和物欲所控制。面对如此程度的异化，任何现有的现实主义表现手法都显得苍白无力。通过这由异化和变形实现的奇幻场景，那深藏在幕后的异常欲望露出了它的真实面目。

在中短篇奇幻小说这种文学类型中，导致人类糟糕后果的主流经济意识直到 19 世纪才被表现出来。物质财富夺取了思想上的价值，并将人类扭曲成恐怖怪异的形象。困拘于无情占夺的荒谬过去中，人类失去了充满生机活力的未来。在愿望得以满足的存在表象的另一边，布勒曼先生在生与死之间游移。在这种既非生又非死的状态中，他成为在这个物质性的异化时代里对扭曲的人类形象发出的奇幻告诫。

和谐与冲突、奇异与奇幻、童话故事与奇幻小说在《唤雨人》和《布勒曼之家》中彼此界限分明，却在《居普良的镜子》中相互巧妙地衔接融合。和《唤雨人》类似的是，该小说开始于一种明显的无序状态。那个茁壮成长、看起来如春天般充满朝气的孩子，与死亡形成了鲜明对比，但却突然莫名其妙地染上了怪病。他的人生在母亲因难产死亡时就蒙上了阴影。出

①　谐音 grapschen，意为"攫取"。
②　谐音 schnorren，意为"寄生"。

生与死亡、成长与消逝决定了故事开篇对比鲜明的基调。框型结构下身患怪病的孩子所陷入的危机开启了乳母口述的"内部故事"（Binnengeschichte）。

居普良出现在乳娘讲述的故事中危机的高潮处。他是一名在战争中受伤的医生，在一位伯爵夫人的看护下恢复了健康。与自然的力量有着神奇关联的居普良有一面能创造奇迹的魔镜。这面"在命运的特殊十字路口和吉祥的年月里打造完成"（Freund，1999：168）的镜子被视为生命根基的神秘符号。谁满怀憧憬地朝它看进去，美好的生活也会被分享到他身上。

只有那些像伯爵夫人一样满怀对生活的热爱并愿意投身其中的人，才能与那生命的原初活力融为一体。凡是与这种热爱相违背的一切，都会摧毁与原初生命力一致的和谐、完整的生存状态，并将创造力转变为毁灭力。因此"无论如何都不可以让恶性的场景出现在镜子中"（Freund，1999：168）。这是镜子原主人居普良发出的警告。建构和毁灭的力量都可以成为人类的帮凶。只有人类自己才能决定，是活在神奇的现实中还是置身于奇幻的恐怖世界里。

起初魔镜大显身手，实现了伯爵夫人求子的愿望。然而这童话般的得偿所愿在内部故事中只是一个小插曲。在伯爵夫人去世后，伯爵将这面魔镜搁置于一个偏僻隐秘的房间中，并用一块黑布将其盖住。他与一位美丽但却冷酷的女子的第二段婚姻也越来越不幸。前妻的孩子库诺拒绝承认其继母的身份。后者生下一子后矛盾的激烈程度便达到了顶峰。在伯爵去世后，新任伯爵夫人便委托哈格上校除掉库诺，以此确保自己的孩子能得到那不可分割的遗产。

在那间存放魔镜的偏僻密室中，令人惊讶的奇事出现了。"当他们来到被遮盖的镜子前，这小家伙的双腿被裹卷进那块盖布中，以至于他突然跌倒在地。这期间那邪恶的凶手就在他身子上方。"（Freund，1999：169）一场谋杀案就这样在裸露的镜子前发生了，而这正是居普良之前一再强烈告诫的不可为之事。随着这致命打击的发生，镜中影像与原型主体间最初的统一关系被破坏了。身犯谋杀之罪的人与孕育生命的自然处于激烈的矛盾对立中，罪人的杀戮行为将神奇的生活现实转化为奇异的死亡场景。

那原本因人类对生命充满敬意而获得的馈赠，却变成了招致死亡的不幸之源。生命只与愿意对其进行经营和守护之人建立盟约。那些背信和毁约之人，自身也会遭到生命进程的质疑，并最终走向万劫不复的末路。当那个二婚之子走入魔镜所在的密室时，也终究难逃一死："他此时站在镜子前，惊讶地看着里面自己的形象在闪着光芒。突然他伸出双手朝自己的心脏抓去，然后痛苦地往上一跳。"（Freund，1999：169）映入镜中的暴力与死亡场景，同时反射出如死亡告知般的光芒。那原本要确保伯爵一家延续血脉之物，却成了灭口的孽障。生命的魔力转变为了死亡的黑魔法。

小孩死亡的母题将框型叙事结构与原初意义上的奇幻内部故事结合了起来。在内部故事中有两个孩子夭亡，那么框架故事则延续了小孩身染怪病的话题，而那小孩的名字同样叫作库诺。同样的名字不觉让人有了可怕的预感，尤其是，正如之前叙述过的那样，这个孩子也同样不幸地遭遇到这不祥之镜，而他的死亡预告也早已注定被写进他的人生里。谋杀的罪恶没有被简单遗忘，其影响力随着一代又一代人一直延续下去。这面魔镜同时也是那罪行的见证，记录着人类对生命所施加的暴力。

居普良再次发出的叫喊声包含着最后的希望："唯有以犯罪者自身的鲜血赎罪方能恢复魔镜的拯救能力。"（Freund，1999：170）伯爵夫人的命运事实上在框型叙述中和作为罪魁祸首的第二任伯爵妻子联系在一起。她看向镜中的目光打破了邪恶的魔力。当她的目光穿过镜子温柔的表象时，便看到小库诺在里面睁着双眼躺在枕头上：她看到他面露微笑，那抹健康的红润气色如一层薄雾浮在他的脸颊上。此时人们不禁要感慨到：暴力将遭受厄运的惩罚，而爱会带来福祉。

在以上三则童话中，最后一个《居普良的镜子》同时融合了"奇幻"与"奇异"的特征，而在前两则中二者是界限分明的，要么是爱战胜了恨，要么是生超越了死。

作为诗意现实主义作家的施托姆将最后一个故事与第一个故事首尾相接，并在童话式的救赎中塑造了从自私与仇恨中解脱出来的人类社会的乌托邦形象。在第二个故事以及第三个故事的内部叙事部分中，这位现实主义作家却向人们展现了反映人性异常欲望的恐怖景象。"奇异"与"奇幻"分别在极端的结果中指示着真实事件最好和最糟的转折，指示着充满希望的理想结果和危机重重的真切灾难。

于施托姆去世的 1888 年出版的《白马骑士》(Schimmelreiter)再次继承了 19 世纪中篇奇幻文学的传统，并又很快为其画上了句号。施托姆典范性地再现了人性出于无情无爱和冷漠无为的自私。情节的时间跨度为从一个漆黑昏暗的夜晚到一个阳光闪烁的早晨。以自我为中心的豪克·海恩的人生故事就是在这个时段内被讲述出来的。葬身洪水后的豪克化作鬼魂在当地出没。遗憾的是人们一再误读了这位主人公，甚至在至今改编的三部同名电影中将他塑造成纳粹元首式的人物或者冒险英雄。在温弗莱德·弗洛恩德(Winfried Freund)看来，他其实不过就相当于布勒曼先生的后代，是一个尽人皆知的个人中心主义者，只是不如布勒曼那般疯狂地着迷于金钱的魔力。他代表着将本身的自负转嫁到他者身上的傲慢。似乎只有他能做出正确的事，唯独他被授予无限的行动权利。他筹建耗资巨大的堤坝工程并非出于社会责任心，而是受到无法估量的功利目的的驱使。当豪克在堤坝完工后发现一直被忽视的老堤急需继续修复时，却没有采取必要的手段，因为这将有损他的声名。出于对自我成就的迷恋他甘愿冒着巨大风险，最终命丧洪灾之中。

值得肯定的是，豪克最终认识到了自己的过失，并也为此付出了生命的代价。但毋庸置疑的是，他的人生直到最后时刻都带着傲慢自负的烙印，并明显缺乏团结和友爱之心。与布勒曼先生一样，豪克也受到了诅咒和谴责，这也是对让人性受辱的自私心理提出的告诫。如果说布勒曼先生没能作为一个有尊严的个体体面地死去，那身为堤防长官的豪克的结局则是在死后变作幽灵骑士为他向乡民们所犯下的过错赎罪，这种魔鬼式的异化处理也是对无可估量的工具理性提出的警告。豪克·海恩身上那种傲慢的程度已经不能用现实主义的手法来表达。(Freund，1999：172-173)只有在奇幻的变形塑造中，通过那双眼空洞、脸色苍白、身上的黑色大衣迎风飘摆、骑着白马的幽灵形象,人性的扭曲才能得到淋漓尽致的彰显,并起到震慑作用。神奇幻想也由此成了表现人性异化的媒介。

权力的自私性作为奇幻创作的对象暗示了在中篇小说诞生时期已发生转变的历史条件。18 世纪 60 年代占据显著地位的是经济上不断发展壮大的市民阶层和广泛传播的"经济唯物主义"(Wirtschaftsmaterialismus)①。而在 1871 年德意志第二帝国成立之后,普鲁士专制独裁主义登台亮相,同时也导致了威廉时期的狂妄自大和人性的扭曲变形。对个人财产的占有欲此时已让位于追求权力的私欲。

在布勒曼和豪克身上,畸形的社会与历史发展所产生的弊端得到了集中体现。沉迷于占有财产和权力的他们就是对当时芸芸众生的讽刺画像。被离奇缩小的布勒曼没有死亡的能力,变成幽灵骑士的豪克也同样令人感到悚然惊骇。他们都反映了可怕的人性缺失。除了对欲望狂迷程度的离奇增长,《白马骑士》中还呈现了对恐怖的幻想,也表达了深切的不安和迷失方向的危机感。

小说中堤防长官豪克的人生故事主要是由各种传言和所谓目击者对一些灵异现象的描述拼接而成的。其中反映了当地人的一些迷信思想,也包含了不断升级的误解,以及认为豪克所为并非着眼于乡民们的安全保障,而是在乎自身名誉的深切不信任。在一个人际关系破裂和信誉丧失的环境中,不幸的灾祸一步步扎根蔓延,在耶韦岛上出没的水怪和鬼马,就如同从天而降的血水或者牧师盥洗盆里的死者头颅一样,让迷信的人恐惧不已。一旦一己私欲和对权力的非分之想驱赶了对他人的关爱和对集体的奉献精神,不安与恐惧就会蔓延开来,人们原本熟悉的生存空间也被扭曲成恐怖的危险环境。被压迫的弱势者除了将那些自封为首领的人妖魔化外便别无他法。变成幽灵的白马骑士和数不清的城堡鬼怪与那些吸血鬼的地位和作用是相同的。通过这些形象,原本无力反抗的民众得以将当权者的傲

---

① 经济唯物主义又称"经济决定论",其主要观点是把经济看作社会发展过程中唯一起作用的因素,试图简单地用经济因素的自动作用解释复杂的社会现象和历史发展进程,是一种庸俗的机械的历史观和崇拜自发性的机会主义理论。

慢妖魔化，并将自己心中无名的怒火表达出来。愤怒与恐惧的情绪使原本的家园变得恐怖而不祥。不断出没的幽灵和鬼魂表现了非人的功利心与权力欲望那恐怖的在场。

奇幻文学刻画了在自以为是、无可救药的发展道路上越走越远的人。他们自己谋划了这种发展，而后者已经开始反过来掌控他们自己和他人。离奇荒诞的是这个失控而虚假的具象世界，在那里产品凌驾于生产者、集体超越了个人、抽象的资本和权力胜过具体的人。

到了19、20世纪之交，中篇德语奇幻小说主要反映的是历史的巨变和战争时期人们的恐慌心理。在一个过度强调父权的国家，面对正在步步降临的毁灭之灾却又无力抵抗、只能任其摆布的儿子们还面临着失去自己个体身份的威胁。对旧事物灭亡的感伤不断升级，由此产生的毁灭恐惧，还有那面目不清的新事物的到来，都是通过对不可避免的死亡过程的描述而表现出来的结果。沉沦与衰灭、逝去与死亡，这些都决定了当时中篇小说的叙述基调，有时甚至会升级成离奇的"临死挣扎的幻觉"（Agonievisionen）。

不过需要说明的是，中篇小说在奇幻文学领域的地位明显排在短篇故事和长篇小说之后。作为更具现代性和更适应时代潮流的文学表现方式，后两者显然更容易被大众接受。在纳粹统治下的20世纪30年代末期，随着野蛮粗暴的"伪现实主义"（Pseudorealismus）的到来，中篇奇幻小说的传统，甚至连整个奇幻文学的发展都被迫中断。普通民众感到灾难日益临近和混乱步步紧逼的意识与新当局宣扬的极权主义的世界设想格格不入，因此受到了暴力压制。

卡夫卡在1914年12月19日的日记中表明了他所代表的的立场："一旦中短篇小说被赋予合法化的权利，它便包含着完备的机制体系，即便它还没有得以完全发展成熟。"（Kafka，2012：174）在1915年10月15日写给出版商库尔特·沃尔夫（Kurt Wolff）的信中，卡夫卡提到了一本正在筹备中的中短篇小说集，并将1915年首次出版的作品《变形记》（Die Verwandlung）明确称为中短篇小说。正是这部属于卡夫卡最有名的短篇作品彰显了世纪之交后重新崛起的中短篇奇幻小说的典型特征。

这个创作于 1912 年的故事以非同寻常的方式开始于发生在格奥格尔身上那闻所未闻的变形事件。他在一个早晨从睡梦中醒来后发现自己居然变成了一只令人讨厌的大甲虫。这种荒谬怪诞的变形让主人公的自我认知意识突然显现出来，随后又立马对自己产生了反感。由于父亲公司破产，为了维持全家的生计，格奥格尔在越来越强烈的抵触中被迫四处奔波挣钱。而他却越来越认不清那个掩藏在忙碌工作背后的自己。通过变成甲虫的形象，格奥格尔因家人的伤害而被贬低的自我价值得到了形象而生动的表达，同时也从中体现出一种拒绝满足外界强加之期待的态度。变成甲虫的格奥格尔得不到关爱和理解，甚至遭到家人的残酷对待。父亲用苹果砸向变形后的儿子，使他身受重伤并最终在彻底的鄙视和孤寂中死去。

必要的发展成熟的中短篇小说机制是通过在不允许个人自由发展的社会集体之压力下个体注定无法改变的失败命运而实现运转的。卡夫卡笔下的父亲尽管生意失败，但仍具有至高无上的权威，是父权社会的代表。而在传统的等级体系中，儿子只能对其屈服顺从。卡夫卡的这篇小说极为精准地把握了第一次世界大战之前的社会现状，即儿子被家长制所压迫、后辈被剥夺生存机会的传统社会秩序。

此小说成了反映历史性萧条的媒介。儿子们注定要走向灭亡，而父亲一辈则如同来自独裁统治的过去又扼杀当今一辈的不死幽灵。年轻一代对于强加于他们之事已无力思考，只能毫无反抗地接受，他们身上的弱势是显而易见的。作为家长制关系中的牺牲者，他们迷失了通向自我的道路，产生出一种僵化的自我价值感，并逐渐异化为奇幻式的扭曲形象。

那篇创作于 1914 年，直到 1919 年才得以印刷出版的《在流放地》（In der Strafkolonie），同样被卡夫卡在 1916 年 10 月 11 日写给沃尔夫的信中被视作中短篇小说。对于这部作品他这样解释道："感到狼狈的不仅是她，我们普通的大多数和这个特殊的时代曾经是、现在仍是极其窘迫的。"（Kafka，2012：175）

这篇小说描写的是一场恐怖的酷刑，作品围绕一次以"杀人机器"为工具的处决展开叙述：某旅行家受邀到一个岛上观看对一名犯人的处决，处决由一架构造精密的"杀人机器"完成：犯人被固定在"床"上，由"靶"按照"绘制仪"中储藏的图纸在犯人的身上刺字并最终将其送上黄泉之路。陪同的军官不厌其烦地为旅行家讲解机器运作的原理，企图说服他成为这项由"老司令官"发明的刑罚的支持者，并与自己一同对抗新司令官意图取缔"杀人机器"的革新措施。旅行家的拒绝最终使军官自愿成为机器的最后一名受刑者。

通过《在流放地》，卡夫卡展示出现代人集体无意识的具体表现。首先，面对机器的包围，现代人无动于衷。他们整天围绕着机器运转，甚至连自己也变成了机器的一部分却对此一无所知。其次，面对权威者虚伪的正义，现代人视而不见。整个世界完全落入集权者之手。于是，人们无一例外地变得没有生气。曾经的信仰、道德和追求都消失得彻彻底底。麻木、浅陋成了现代人的通病。人类需要被拯救，却又无药可救。该作品的意义也正是在于为现代人掘出了窥视社会荒诞本质的洞穴。

该故事发生在一个作为流放地的偏远小岛上。故事的内核部分通过旅行者在参观过程中保持一定距离的观察视角被叙述出来。这片流放地里上演着用设计精密的仪器以极为残忍暴虐的方式执行死刑的恐怖"仪式"。被牢牢绑住的受刑者的皮肤会被纹上刺青。6个小时后他们开始颤抖地辨译其伤口上文字，再过6个小时他们便会死去并被机器埋进坑里。辩护和上诉的权利在这里是绝无可能的。行刑本身具有的非人的、残酷的不合理性与受刑者的罪过一样不容置疑。

旅行家见证了行刑的过程。在执行死刑的过程中，这台机器处于失控的状态，对犯人的处决也变成了赤裸裸的谋杀。行刑的过程简直是闻所未闻，第一眼便能使人毛骨悚然、惊惑不已。参观已故的老司令官，即杀人机器发明者的坟墓的场景同样发人深省，他甚至有可能在墓碑上复活。老司令官和这台机器构成了一种因果关系：在这杀人的机器上，传统的独裁专权和统治暴力被固化为机械的原理，即家长制的自动机制（patriarchaler Automatismus）。被判决者身上被刺上带血的文字："尊重你的上级！"

（Kafka，1983：165）而这个岛上所上演的"行刑表演"，虽然是奇幻的虚构，但又何尝不是对残酷的现实中那"吃人"本质的真实刻画呢？

　　这些被判决者和卡夫卡的另一部小说《审判》（Der Prozess）中的约瑟夫·K有着相似和关联之处。该小说主人公约瑟夫·K在30岁生日那天突然被捕。他自知无罪，便找律师申诉，极力证明自己的清白，然而一切努力均属徒劳，没有任何人能证明他无罪。法院也成了藏污纳垢的肮脏地方，整个社会如同一张无形的法网笼罩着他。最后他被杀死在采石场，这便是官僚制度下司法机构对他的"审判"。作品中描述的"法律"审判着所有人，随随便便就能毁掉一个人的一生。无数的被告人被困在那个大囚笼里，筋疲力尽，无法逃脱。小说中几乎所有的"被告"都迷失在那偌大的、混沌的法律体制里，只能一天天在所谓的"法院"里等待希望，争取获得无罪判决，只有极少数的人在为自己抗争。有些人像其中的布洛夫一样失去了尊严，奔波5年，寻找6个律师，卑微地希望着能被证明无罪，可是在那样一个牢笼里，普通人的无罪终究成了空谈。

　　相比之下，约瑟夫·K像是一个糊涂世界里的清醒者。他自认为看清了这个法律体制的混乱不堪。与布洛夫不同的是，在寻求无罪的同时他保持着自己的尊严。但在一次又一次的努力尝试后，他仍然找不到方法获得真正的清白，也没有人知道怎样才能在这样的世界里获得无罪的认可。甚至当后来画师问他想获得哪种形式的自由时，即使他始终认为自己是真正无罪的，他也开始犹疑，考虑着自己能否接受其他两种方案。经历了一年的抗争，他始终没能弄清楚这法律体制究竟是怎么回事，甚至连大法官都没有见到，更不知道要怎样才能证明一个无罪之人的清白。直到生命的最后一刻，K先生依然高举双手，张开全部手指想要抗辩，相信还存在着被遗忘的抗辩可能。"'像一条狗！'K这样说道，仿佛耻辱于他身故后，尚可苟且偷生。"（Kafka，1994：232）这样的结局给人们留下的是沉重的无力感和深深的绝望。在那个谎言被当作秩序的世界里，个体的抗争显得是如此的弱小且无力。

　　对于以上两部作品中的主人公而言，诉诸法律之路都被封死堵住，同时他们也失去了通向自我的道路。因为他们都着魔般地僵执于独立运行的法律机器。小说中呈现出的个体毁灭并不是没有出路的糟糕厄运，而是那可悲的屈服顺从所导致的必然后果。这种情况下受刑者的罪责实际上是毋庸置疑的。只有停止对传统的集体权威无条件的认可接受，他们才能通过个体对自己的信仰得以升华。卡夫卡的小说在离奇升级的毁灭场景中入木三分地刻画了因无力反思和奴隶般的顺从道德而引发的个体残损和毁灭性场景。

威利·赛德（Willy Seidel）这位写下了充满异域风情的奇幻故事的作家遗憾地被人们遗忘了。他在 1923 年由库斌配画插图后出版了小说《世间最古老之物》（*Das älteste Ding der Welt*）。小说那严格着眼于最糟转折的情节走向导致了无法调和的悲剧后果。在一种神奇幻想的文学风格中，潜在的战争攻击性所带来的挑战被展现得淋漓尽致。

小说讲述到一位年轻男子在充满田园风光的自然环境中感受到一种异样且越来越强烈的动物间的杀戮欲望。在梦境中他看到了土星闪烁的铜色光芒，这是仇恨与威胁的征兆。在这莫名的恐惧最为强烈的时刻，他遇见了一位亚洲学者。后者正在从事挖掘世间最古老之物的工作，即挖出扎泽尔（Zazel）的像。后者是来自土星的嗜血恶魔，曾作为陨石落入地球表面，并由此对每一场暴力死亡都负有责任。它的名字也影射在《圣经》中的荒野恶魔"阿扎赛尔"（Asasel）①之中。大到人类有史记载以来的所有战争，小至动物间最不起眼的谋杀，世间的每一滴罪恶之血都源自这个古老的不祥之物。它在起源之时便被打上了血腥的烙印。

这种挖掘被证明是一种招致灾祸的错误。因为曾经的地球尚能抗衡这魔鬼的毁坏能力，而当后者现在显露出它令人惊恐畏惧的形象时，其破坏能力之大便是无法估量的，早已超出人们可以控制的程度。毁灭与混乱取

---

①　阿扎赛尔（Asasel）是居住在沙漠、旷野中的恶鬼，传说它是由一位名叫阿赛尔（Azael）的背叛上帝的天使所变。在犹太教的赎罪日，祭师会用仪式和咒语，将众人的罪转置于一只羔羊上，并将之驱往旷野中，交予恶鬼阿扎赛尔，藉以满足他的需求，也藉以消除众人的罪恶。

得了胜利，因为就连这年轻男子也成了受害者。有人听到那位亚洲学者预言到：他有千万种理由相信，在不久的将来，或许就在几天之后，战争便会爆发，到时所有的一切都将被笼罩在阴影之下。

威利·赛德本人并未经历过第二次世界大战，但却在作品中以晦暗而奇幻的不祥征兆预示了"二战"的爆发，暗示着一个包含着蠢蠢欲动的戾气、正在一步步沦为人间炼狱的时代即将到来。这篇小说可谓是提前为即将爆发的战争写下的令人窒息却有先见之明的纪实作品。

赛德的第二部中篇奇幻小说《幼虫或一个怪人的忏悔》（*Larven oder die Beichte eines Sonderlings*）同样由库斌配画插图并于 1929 年出版。这部创作于赛德去世前一年的作品所涉及的是人类的终结和未来。叙述者"我"经历了女儿玛丽的死亡。后者曾答应父亲会再次回到他身边，二人将在他送给她的玩偶屋中相聚。叙述者确实如约在夜里来到了玩偶屋，而已是死亡之身的玛丽也很快出现在这里。令人不可思议的是玩偶娃娃们居然向"我"说了一大堆空洞的废话，就像是生活里单调乏味的回声，其全部的内容都化作了无聊的公式化的简单表达。通过叙述者惊人的想象，女儿在他面前现身并重新获得了生命。

这些玩偶们事实上不过只是生者的影射，也是对单调枯燥的现实生活那如傀儡般无聊乏味的本质内核的真切反映。玛丽一心想着延续她依靠被深深铭刻下的记忆和父爱而复活的第二次生命。父亲的生命活力为她提供了赖以生存的给养。当父亲在缺席了如此之久后再次回到玩偶屋时，女儿却又好像永远消失了。

这时，叙述者透过窗子看向屋外漆黑一片的环境，竟然发现了一张蜡黄的脸。而这正是他自己的脸。它上面的那双眼睛紧紧闭着，大张的嘴巴如同深渊一般，从里面发出沉闷的叫喊声。在僵化成没有生命的幼虫并逐渐蜕变之后，人的死亡恐惧便伴随着对死后陷入的虚无的认知而来。从这漆黑的夜色中望去，叙述者的目光与自己那事先早已注定好的未来相遇了。这未来便是他个人的消亡。

通向那没有痛苦、能救赎治愈的神奇无比的黑夜同时也意味从傀儡式的存在中解脱，即摆脱那种机械式的重复性再生。死亡是命运，也是一种救赎，是宣布时间无效的不可逆转的终极判定，是对未来和永恒之希望的极端破灭，也是从所有记忆、愿望和欲求中解脱出来的涅槃。

有人安排叙述者去一家心理诊所就医。在那里，他向心理医生做了世界观层面上的忏悔自白。但是发疯失常的不是他本人，而是那些一心想要续命长寿之人。赛德的这篇小说毫不留情地否定了在一个正在走向灾难和不幸的时代中人们对彼岸世界不切实际的幻想。因为眼下对战争临近的预感已经消解了人们对未来的所有期望。

亚历山大·勒内特·霍雷尼亚（Alexander Lernet-Holenia）是 20 世纪重要的德语奇幻作家之一。在他的短篇故事和长篇小说中，神奇幻想是一面反映这个受到恐怖威胁的、不断走向灭亡的世界的镜子。

1936 年出版的中篇小说《巴格男爵》（Baron Bagge）是勒内特·霍雷尼亚最重要的中短篇幅作品。其中年轻的少尉巴格和他的巡逻队在一座桥上遭遇到一场小规模的冲突。他貌似挺过了这场冲突并存活下来。后来一座匈牙利的边防小城的居民们友好地收留了他。在此他还遇上了自己的妻子。而当时的现实环境却看起来被诡异地陌生化了。四周清静、空无一人，头上是云层密布的天空，显得压抑而晦暗。空气在浑浊而冰冷的晨光照射下，好似浸满了灰雨。他的妻子此时也神色迷惘，面容苍白，毫无血色。当这支队伍重新向桥上行进时，骑兵们一路驾马而过，巴格却脱离了他的队伍，后来被人发现时已身受重伤，而他的巡逻队也损伤惨重。这座宁静安逸的边防小城，这片和平与友爱的天地就如同陷入临死挣扎时的癔梦。然而正是通过这梦境的角度，那蕴藏着死亡恐惧的现实被作为奇幻的场景显现出来。

这座桥是小说中承载寓意的象征物，暗示着现实与奇幻的经验领域紧密联系、相互依存的关系，也指涉着生与死之间始终存在的亲邻关系。对于巴格而言真实的历史在他的不安与恐惧中明显被奇幻地陌生化了，而梦境中的现实却提出了要转变成真的诉求。令人感到离奇的是集体的历史世界以如此方式破灭了个人对和平与爱心的向往。在第二次世界大战爆发前夕，勒内特·霍雷尼亚在这篇小说中塑造了当一场势不可挡的灾难近在眼前时人的主体性变得破碎不堪的恐怖幻景。

埃贡·弗里德尔（Egon Friedell）的中篇奇幻小说《时光机之旅》（*Die Reise mit der Zeitmaschine*）创作于 1937 年至 1938 年之间，但直到 1946 年才出版。初看之下这部小说尤似是对赫尔伯特·格奥格尔·威尔斯（Herbert George Wells）的《时光机》（*The Time Machine*）（1895）的戏仿。弗里德尔延用了穿越时空的母题。主人公在成功穿越到未来后，为了追寻过去的时光，又开启了进入过去的第二段时光之旅。这次他没有返回。

但一切好像都是针对他和他的行动所策划的阴谋。那颇具轰动性的时光之旅所带来的知识对于他而言平庸无奇，也无甚价值。人们随意从任何一个时间点审视世界历史，总会为各种战争和革命所困扰，陷入暴力和毁灭不断重复上演的单调乏味中。而在现实世界里，身为文化历史学者的弗里德尔对纳粹在德国夺取政权深表震惊，并于 1938 年希特勒的军队入侵维也纳时结束了自己的生命。

相应地，在小说里，弗里德尔把每一种历史描述都评判为"打探过去的羞耻"（*Aufschnüffeln verflossener Blamagen*）（Freund，1999：180）。因为那时的一切历史行为活动，在当下和今后又将使世界重新变得荒诞离奇且混乱不堪。面对这种乱局，人类的本真存在是唯一值得被保护和拯救的。因为无论是在时间、空间还是其他任何维度上，如果人类只是自诩为这个世界的征服者，那他将错过唯一真正值得拥有之物，即那个原初的自己。

在君特·格拉斯（Günter Grass）的《猫与鼠》（*Katz und Maus*）（1961）和马丁·瓦尔泽（Martin Walser）的《惊马奔逃》（*Ein fliehendes Pferd*）（1978）让中篇小说这种文体类型呈现出新的局面之后，直到 20 世纪 80 年代才又出现了值得一提的中篇小说出版热。从此，在不计其数的中篇德语小说中涌现出一批引人注目的奇幻文学作品。它们共同的显著特点都是反映了作为极端存在危机的死亡体验。死亡被现实中的自恋、自负、无休止的消费和分散人心的"永久性娱乐"（Dauerunterhaltung）排挤得多严重，它回归文学的势头就有多强烈，因为它能揭露出人类无法治愈的伤痛。遭受排挤之人灾难式的命运在奇幻的恐怖场景中以令人震惊的方式入侵到貌似受到精心照顾和保护的生活表象的世界中，带来了面对无情的消解和终结的恐惧，同时也将一切新的起点排除在外。

现代的中篇奇幻小说在一些杰出的作品中体现出了巴洛克式的维度。它们让脆弱的意识沉浸到一种迷醉恍惚的生存状态中，并在人们急不可待地追求永恒的生命之时，激唤起世人的虚荣之心。突然间，令人惴惴不安的是，那所谓的人生到头来却是在无法逃避的深渊前迷失自我、忘乎所以的死亡之舞，是摆脱了自我绝望的亡者所跳的死亡之舞。生命越是被塑造成唯一的最高意义，没有意义的死亡之音就越强烈。真实的生命越是显示出永恒的样子，奇幻那致命且真实的侵害力就越有优势。

在格尔特·霍夫曼（Gert Hofmann）于 1981 年出版的中篇小说集《话说巴尔扎克的马》（Gspräch über Balzacs Pferd）的标题小说中，那位脆弱得不堪一击的法国作家在剧院等待自己剧作的首映时，从和邻座的聊天中得知了巴黎下水道中令人毛骨悚然的奇幻场景。"写啊写，不停地写下去，直到陷入泥潭之中。"（Freund，1999：182）正如巴尔扎克此言所述，身为小说家的格尔特·霍夫曼一直笔耕不辍。那位剧作家所搬上舞台的，只不过是生命反射出的微弱且虚假的光。而揭示生命真相的骇人大戏则隐藏在地表下的阴沟里。那里的导演不是大文豪巴尔扎克，而是下水道检查员布里索。这不见天日的地下阴沟里所发生的一切，都是地面上的世界所看不见的。在这里，真正的人生悲剧被搬上舞台，这样的过程其实就在人世间自动上演。

在谈话过程中，地上和地下两个层面不停地来回转换，叙述视角也在"历史剧院"和"下水道舞台"相互交替。戏剧艺术的世界正在真实的、脱离历史性的恐惧面前被一点一点地消解。而这下水道舞台上的演员们却是一匹衰弱将死的老马和数不清的成百上千的老鼠。它们用细小的牙齿在马身上啃咬。另外还有一具"活着"的骷髅骨架。马和老鼠表现的是生活的恐怖真相，是在毁灭性的死亡袭击下这污秽和腐烂之地所上演的只留下恐怖虚无的永恒杀戮，也是对相信有可以抵抗这毁灭恶灵之说的嘲讽。

被死亡吞噬的生命，它的最终归宿就是这藏污纳垢的下水道，并在一群贪婪而有窥视欲望的观众的见证下走向消亡。后者津津有味地观看着生命的悲剧，直到他们自己也被抛入这场死亡的闹剧中。此处彰显离奇特点的是人们面对毫无出路的结局时的愕然惊骇，这是最终随着下水道落入阴间的荒诞人生的终极恐惧。

在格尔特·霍夫曼笔下的《卡萨诺瓦和女配角们》(*Casanova und die Figurantin*)中也同样出现了奇幻的死亡转折。年过五旬的卡萨诺瓦，头发凌乱无光，牙齿也几乎掉光了。他患有严重的心脏病，身上衣衫破旧，是不受幸福与成功眷顾之人。富人、权贵和女性都对其退避三舍。小说反映的对象便是充满艺术和诗意的奇幻生命设想与平淡乏味的现实间那巨大的落差。卡萨诺瓦驾着马车一刻不停地追求幸福。与其说他是驱车人，不如说他是被驱赶着前进，并卷入一支送葬的队伍中。在这荒谬的情节发展线索中，人的存在目标并非是活着，而是死亡。结果就在那墓地发生了闻所未闻的事件。对此小说叙述者一再以游戏般的方式斟酌思考，同时又以不可避免的严肃姿态呈现出来。

在墓地卡萨诺瓦遇到了从冥界出来变成幽灵的母亲。原本赋予他生命之人现在却成了魔鬼般的死亡信使。卡萨诺瓦随后和母亲一同进入的狭窄斗室也与墓穴一样成为母亲葬身之处的象征。母亲的那只黑色箱子也是同样的情况。这只敞开的、高度和宽度适中，但是长度夸张的箱子带有两个铜制提手，是这篇小说中经典的象征物。它被打开时寓意母体和出生，关闭时又让人联想到棺材与死亡。

在儿子生命转折点与其相遇的母亲，以恐怖至极的方式向他强调，她给予他的生命，是走向死亡的生命。如果儿子在人生的舞台上扮演的是在艺术的幻想中自己塑造的角色，母亲便是与他近在咫尺的神秘配角和沉默的女伴。只要儿子在艺术人生中绽放光芒，母亲就保持沉默。只是现在，他的人生走向了下坡路，艺术上也失意不顺，她便用几不可闻的声音提醒他道："你要想到，你注定是要死去的。"(Freund，1999：183)

最多产的现代奇幻中篇小说家要数哈特穆德·朗格(Hartmut Lange)。

他于 1986 年出版的中篇小说《演奏会》(*Das Konzert*)描写了一种"坠入地狱"(descensus ad inferos)的场景。这个奇幻的地下世界被设定在 1945 年后的柏林，但却是战争前没受到损毁的样子。地上活着的人们看不见的是，这个世界的一边有被纳粹屠杀的犹太人在此活动，其中包括因年事已高而自然死亡的犹太画家马克思·利伯曼①，而另一边是勃兰登堡门旁元首地下室的纳粹分子。克莱文瑙是其中的典型代表，其他人都消融在身穿制服的群体中。这魔鬼般的现在正以令人痛苦的方式复制着过往历史中的受害人与犯罪者。未来的发展道路都被封死堵住。停滞不前的萧条状态和历史的被迫重复限定了他们的行动，并一如既往地让他们开辟新道路的尝试走向失败。他们的生命发展轨迹似乎被封冻在其死亡的时间点上，但受害者对自己人生恐怖终结的记忆是不会消失磨灭的。在这良心倍受谴责而不得安宁的情境下，罪犯和读者相遇了。这个地下世界和那地狱一样毫无和解宽恕与得到救赎的可能。唯有曾经的犹太批评家和小说家舒尔茨·贝特曼奋起反抗那停滞不前的萧条和有气无力的重复：最迟在变成与受害者同样的状态后，那些杀人凶手们势必会得知：他们的这种行为是荒谬至极且毫无意义的。

贝特曼拒绝在死亡中弥补活着时的愚蠢和疯狂，便像曾经的罪犯一样继续仇恨、侮辱和折磨他人。在他的推动下，那位还在青少年时期就惨遭杀害的天才钢琴家莱万斯基终于答应在元首地下室内给要求原谅和赎罪的纳粹战犯开办演奏会。这是鉴于正直的悔恨之心而宣示和解的意愿。这场音乐会是该小说的高潮和宗旨所在，也正如其明示的那样，是引发转折的闻所未闻的事件。

演奏会的核心是贝多芬晚期所作的 E 大调奏鸣曲。它的终曲常让这位年轻的钢琴家感到困难重重。进行到此处时他必须挑战自我，开始弹奏激

---

① 马克思·利伯曼(Max Liebermann，1847—1935 年)，德国犹太裔画家。作为柏林脱离主义艺术运动的领袖之一，他把法国印象主义等欧洲艺术风潮介绍到德国。他以描绘荷兰和德国日常生活的感性画作而闻名。19 世纪 90 年代他受到马奈的影响，加入了印象派画家行列。其作品包括《养老院》《荷兰风景》《拔鹅毛》等。

烈的转鸣音，紧接着又是流畅的乐段，仿佛在经历诸多强烈的风暴之后，天空终于豁然开朗。但这位年轻的钢琴家在这场关键的演奏会上还是失败了。因为他尚未足够成熟，还无法驾驭这样一场为受害者与罪犯之间的最后和解而准备的终极表演。这闻所未闻的事件在中篇小说式的极端结果中成了必然导致的失败。

小说中被有意挑选的唯一非虚构角色——老年利伯曼意识到，在看似无止境的失败对面一定存在一种希望，将他与音乐，与莫扎特在离世前几日仍在创作但最终未能完成的安魂曲联系在一起。令他记忆尤其深刻的是其中的女高音，它具有如此强大的穿透力，又是那样的使人平静，抚慰心灵。这音乐正如 E. T. A. 霍夫曼对贝多芬作品的评价那样为人类开启了一个全然陌生的国度，这也是小说的创作初衷与主旨所在。无论是在这位年轻的钢琴家身上还是在莫扎特的演奏下，这音乐都在作品完整结束前就戛然而止，然而在此之前受众们却能预感到从根本上能让人解脱的和谐。

最后那巨大的天秤座的星象如同飞闪而过的预兆，闪亮夺目、动人心魄地滑向地平线，然后又消失不见。这似乎也在暗示着，暂时的失败其实是属于一种"临界状态"（Grenzsituation），它势必要开拓出新的道路。

朗格通过"后置视角"（Perspektive post festum）将小说中的毁灭过程引向积极方向发展的转折点。其实如果真有转折点的话，不会出现在过去的失败中，而只能发生在对当下有可能的成功的期待中。然而该小说却鉴于一段灾难性的历史坚持着失败的视角。

在朗格较为新近的中篇小说中，死亡不再是一种情节性的事件，而更多的是一种奇幻的经历和个人的命运。《浅滩徒步》（Wattwanderung）（1990）中的书商弗伦克里在他位于城轨拱桥下那柏林书店的狭窄空间里梦到沿着浅滩从阿姆鲁姆徒步漫游到弗尔岛。在徒步过程中他遇到了一位煤场的工人，后者不停地朝一个方向铲煤饼。但是剩下的煤饼似乎总是没有动静。这名男子具有挑衅性的动作姿态给弗伦克里留下了不可磨灭的印象。他一再感觉到自己是被人带到了煤场。他猜想那后面是一块空地，而其实却开着一家火葬场和墓碑店。

　　冬天的时候，弗伦克里和女友一起去了趟阿姆鲁姆，而他梦中的那个煤场工人竟然出现在那里。那人就在屋外的海上，朝他问好，并引诱他走过去。而在此之前那无边无际的地平线对于他来说还只是一种空洞的承诺。在内心强烈欲望的驱使下，弗伦克里不顾别人严肃认真的警告立刻和女友一道沿着浅滩漫步行走。女友被涨上来的危险水流冲走了，而他却渡过了这致命的劫难。他能感觉到周围的景色之于他是多么的别扭，以及他要费多大的劲才能不对从那无情的远方袭来的寒意绝望。

　　朗格的这部中篇小说描述了奇妙难解之事对人类意识领域的入侵，并通过与铲煤工人的相遇这一转折事件将其凸显出来。在探寻远方的路上，就像是沉浸在书籍的世界里，在对火车驶向的目的地的回味中，抑或在启程前往另一座岛上时，个人总是一次次面对那空虚和虚无。那片煤场后的空地纯粹是主人公的幻觉，实际上那里是个火葬场。而他与为焚尸炉铲煤的工人的相遇则寓意着死亡的临近。那广袤无垠的大海便是没有明确目标的坟墓，且毫无到达彼岸上容身之所的希望，但人们已经朝它启程出发了。在种种奇幻征兆的包围下，当事人陷入惨淡无望的死亡迷雾中，他没有反抗之力，只能听天由命。那梦中要前往的遥远之地，就在地平线上的一个定点处，不过只是一场海市蜃楼的幻景。最终一切都消沉于人类命运无济于事的现实中。

　　《施尼茨勒的扼杀天使》(Schnitzlers Würgeengel)是朗格 1995 年出版的中篇小说集里的作品，以第一人称叙述者"我"的视角讲述了奥地利作家阿图尔·施尼茨勒①在 1931 年秋天去世前几日的最后时光。死亡临近的意识被奇特地赋予具体的形象而呈现出来。在踏进家门时，施尼茨勒感觉到在后方的走廊里，有一个影子躲在那几乎漆黑一片的阴暗处。不一会儿这设想便凝聚成对屋中"扼杀天使"(Würgeengel im Haus)的死亡预感。就在叙述者离开房屋的前一刻，他也觉得在这没有窗户、仅闪烁着墙灯昏暗的微

---

　　①　阿图尔·施尼茨勒(Arthur Schnitzler, 1862—1931 年)，奥地利作家和小说家，是 20 世纪初德国"青年维也纳"(Jung-Wien)文学印象派运动的领军人物。

光的走廊上看到了黑影，这也使得施尼茨勒的死亡预感变得更加可信。

在整个叙述过程中，那能被奇幻地感知到的、无处不在的、甚至能触摸到其在场的死亡给人留下了深刻的印象。它如同梦魇般依附在人身上，人的一切积极主动的行为都对此毫无作用，生命的意志也将被慢慢扼杀。这房屋也将会在当事人面前倒塌，而他却无路可逃。在秋天悲凉的气氛下，施尼茨勒的命运终结于死神的扼杀中。后者以其令人窒息的在场将作家的安身之所转变为恐怖的毁灭之地。作家那追求创造意义的一生却沦陷为没有意义的荒谬，变成对陷入荒诞人生时一切思想挣扎的驳斥和对那具有创造性的生命规划的否定。

到了现当代，德语中短篇奇幻小说更倾向于通过令人震骇的方式展现隐匿而被压抑的死亡恐惧。此时的人类很容易感受到在生存空间的边缘弥漫着丧失个体身份的恐惧，害怕在这个世界显而易见、不可忽视的冷漠中迷失自我，同时也受到被边缘化、变成符号，从而沦为纯粹工具的威胁。因此这一时期的德语奇幻作品中经常出现闻所未闻而奇异无比的人类毁灭和人类自我形象怪诞的扭曲变形。同样令人感到神奇的还有那种能持续不断地使人毁灭、异化和孤立，并给人类的"类神形象"（göttliches Ebenbild）画下讽刺漫画的力量。

米歇尔·施耐德（Michael Schneider）在他的中篇小说《镜厅》（*Das Spiegelkabinett*）（1980）中讲述了著名的传奇魔法师艾尔弗雷多·坎比亚尼的故事。他的魔术似乎能消除重力的作用，穿透物品，并能打破时空维度的限制。他表演的大变活人节目轰动一时。只见舞台上的他将自己锁进一个黑箱子里，然后又出现在 30 米外的国王包厢中。他被奉为整个国家的"超能奇人"（Wundermann）。因为那些凡常平庸和对生活失望的人们似乎能从他身上看到自己对伟大的向往转变为现实的希望。在那祛魅的科学启蒙和技术近乎完美的时代，人们对真正奇迹的渴望在急剧增长，迫切需要一场非理性的复兴。

但报刊与电视乐于渲染和吹捧的魔术奇迹不过只是精心上演的骗人伎俩。事实上坎比亚尼是和他的孪生哥哥一起合作完成表演的，以此达到神乎其神、以假乱真的迷幻效果。一旦需求神话和传奇的大众将这骗人的伎俩视为真实的奇迹，那这万众追捧的魔术师就只不过是一种镜像。人们将自己神秘的迷信愿望投射其中，而坎比亚尼则完全将这镜像视为自己的真身，并对其迷恋不已。在千百次的对镜反观中，他认定自己就是镜中的那个超能奇人，就是实现那些永远得不到满足的非理性渴望的救世主。甚至坎比亚尼在他别墅的镜厅中也与被持续不断地反射出的自我镜像实现了神奇的共存。

无论是观众还是他们心目中的魔术明星，二者都在这灵异的虚拟现实中重新找回了自我，而这其实不过是变形走样的、自欺欺人的假象。这篇小说也由此发展成一则关于蒙蔽迷惑和自我欺骗的寓言，影射这个被人们视为真实的虚假世界那不可估量的力量。后来不甘于沦为替身的哥哥放弃参与这骗人的表演，并自己作为魔术师登台出场。他努力使魔术表演与失败的可能完美结合，让表演显得更加人性化。直到此时这幻惑人心的迷局才出现了被打破的迹象，然而坎比亚尼试图向人们澄清真相的尝试最终竟宣告失败。因为人们认为这澄清者不是魔术师本人，而是一个神智失常的疯子，于是便将其送入精神病院中。

大众们固执地渴望神话般的奇迹和非理性的事物，并拘束在他们充满神奇幻想的意识中，满足于自欺欺人的假象和对被辜负的期待与没有实现的愿望的虚假补偿。施耐德的这篇小说为这个充满神奇幻象的现实世界刻画下肖像。在这样的现实中，各种假象披上伪装，使上当者不断深陷自我欺骗的泥潭中，而这些其实都不过只是满足了大众渴望被迷惑的心理需求罢了。

在格特·罗舒茨（Gert Loschütz）于 1984 年出版的中篇小说《一场疯狂的爱恋》（Eine wahnsinnige Liebe）中，自我欺骗升级成了一种幻觉。年逾四十的医药代表卢卡斯·哈特曼在其个人成长经历中受到自我责任感和道德义务的双重重压，他与母亲的关系也一直使他困扰不堪。后来他攒钱买了一台小型电脑，把它装饰得像个玩偶娃娃。渐渐地，人们跟随着第一人称叙述者的讲述逐步了解到，卢卡斯与这个被赋予了幻想出的自我生命和独立生命体征的傀偶建立起一种独特的亲密关系。这台具有灵魂的机器成了他路途中的同伴和在酒店孤身住宿时的伴侣。他们甚至一起聊天谈心，这机器玩偶简直成了他梦寐以求的理想妻子，二人好像已经正式结婚了一般。然而当卢卡斯把他母亲的那件毛衣给人偶套上、想让其变成母亲的样子并通过母亲的评判时，事情却败露了。在极度难堪的情况下，卢卡斯所有的爱欲和与之相关的联想都烟消云散了，对这台疯狂电脑的亲密情感也被降低到最小值。

就在这故事情节发生反转的时刻，主人公对这完美人造妻子的幻想开始摆脱其机器的属性，这自由幻觉的产物从此有了独立自主的能力。作者继而将其描述为一个就在卢卡斯身边的真人，她能说会笑，还会拥抱他，永远就在离他最近的地方。当所有与真实女性的亲近在母亲那遭遇失败后，幻觉便会代替真实的满足，对于关心与爱意的渴望被投射在这个幻想的人偶身上。

这种奇妙的人-物关系其实是在说明：那个"我"只有在作为他者的"你"身上才能得以实现。"我"创造了一个幻想中的对象，而后者不过是反映了主体自身的疑难困惑。这荒唐的爱情意味着打破对"自我"界定的尝试，是结束于纯粹的疯狂妄想中的爆发，这种妄想在越来越没有出路的情况下反射着自我。"我从床上起来，把抽屉都拉了出来，又全部锁上。"（Freund，1999：190）小说的这句结束语影射的正是那个将自己封闭和被封闭上的"自我"，而与之相伴的只剩那幻想中的爱情，这是一种悲戚的独居生活，与这个世界和他自己相脱离。这也是在现实面前遁入疯狂的具有社会性之人的肖像。那原本可爱的妻子后来褪变为魔鬼般恐怖的傀儡，那个备受期待的和"你"一起构建的共同体便被缩限为极端孤僻的幻想隔离区。

弗尔克·卡明斯基（Volker Kaminski）在他的中篇小说《最后的测试》（*Die letzte Prüfung*）（1994）中设想了从单调乏味、倒退回低级生活方式的世界中逃离的尝试。那是个一切高级文明的痕迹被消除、每一种进步都被驱逐的世界。一位年长的先生和一名青年男子一起驾车前往梦想之地的黎波里。那里有房屋楼宅，没有工作和痛苦的生活在此处也成为可能。但是想到达这个目的地，就得学会放弃一切对衰败与灭亡的疑问、对未来的计划以及前进的规划，以此通过最终的测试。

他们整日行驶在广阔的、蒙上冰层的非洲大平原上，那里早已没有了生命的迹象。人类曾经的摇篮已经变成一片巨大的死亡之地，在永不消融的冰面下僵化成神秘的无人区。而当离开所驾车辆后，年老的考官无情地驱使年轻的应试者走在他前面，向着所谓"绿地"的方向行进，进入一片炙热的原始丛林。在那茂密的植物中隐藏着致命的沼泽地。

的黎波里是遥不可及的。这座"纯净之城"（saubere Stadt）是人们从那"令人厌恶的肮脏之地"（aus dem erbärmlichen Schmutz）逃离出后的理想目标。那道路的起点与终点似乎都在此处，就在这茂盛的植物自由生长的原始自然环境中。而在这行程的终点等待人们的，却是个体在噬人的原始泥潭中的消解，此时主人公的感受是："……我在坠落，我在下沉……它直立着将我包围……我在腐败……我在变质，水正漫过我的头顶。"（Freund，1999：191）作者以奇幻的创作手法实现了生命之终点与起点的重合相遇，展现了人类身份的彻底消逝。通过这场致命的奇幻之旅，卡明斯基塑造了新时期的人类和其历史走向灭亡的末日幻景。或许从这旧世界中将会诞生出一个崭新的世界，正如全篇最后那戛然而止的结束语给人们留下的幻想："彼岸到了……"（Freund，1999：191）

在米歇尔·克利贝格（Michael Kleeberg）的中篇小说《赤足》（Barfuß）（1995）中，个人身份的消逝完成于持续升级发展的充满虐待色彩的结局中。事业有成的巴黎广告撰稿人亚瑟·K因其所养公猫的死亡而第一次遭受到自己精心经营、孤芳自赏式的幸福生活被打破的痛苦。突然之间幸福对于他而言好似成了转瞬即逝的东西。一旦人们认为占有了什么，便也会害怕失去它。那些日常的安稳保障和对秩序的追求突然间让他感到充满疑惑，显得负担重重。而那些试图保留无法挽回之物的尝试看起来也都是无济于事的。

在疏忽大意和漫不经心的状态下，亚瑟因为电话网络故障而阴错阳差地与一个寻找正在接受军事训练的青年男子的施虐狂建立起联系。他毫无抵抗力地、如同梦游般恍惚地听从后者所有的邀约和指令。随着鞋子被脱下，亚瑟那被精心保护却备受束缚的小市民身份也被除去。他光着脚，享受着没有约束和管制的自由。随之而来的身体疼痛刺激着他，并让他沉浸在个人的存在中，只要他能足够专注于那疼痛的感觉。

亚瑟的人生继续被平庸的婚姻生活与日常工作和那受虐的诱惑撕扯着。后者似乎唤醒了他内心的魔性，使他只能任其摆布，欲罢不能。后来他离开了怀有身孕的妻子，放弃了工作，自暴自弃地完全听命于他所谓的"主人"。就在亚瑟陷入一无是处、一无所有的境地时，他剩下的个体身份开始消解。他兴致勃勃地感受着疼痛，同时也感受到他日常意识的消失和对曾经追求并经营幸福生活的记忆。在身体感官刺激和无意识的痛苦快感的控制下，他只希望能无条件地战胜自己。

在小说结尾处，不断奇异升级的自我消解体现于求死的可怕结局中，即在死亡中体验绝对的身份缺失。亚瑟·K本质上更像是受自我毁灭的魔性力量神奇控制的怪物，最终被他的"主人"所杀害。在克利贝格的这篇小说中，奇幻的自我毁灭源自令人失望的、对幸福无法容忍丝毫损失的过分追求。那个自我无力阻止损失，也无法创造幸福，便在病态的自恋中开始带着恨意地厌恶自己，并由此走向了自我毁灭的道路。

在这篇小说中，神奇幻想成为了表达将失望、损失和死亡单纯感受为自恋的自我所遭受的凄惨伤害，而不是作为被夺去个人幸福的集体命运来理解的时代意识的批判。出于此点考虑，这篇小说并非终止于自我毁灭的受虐情节，而是以对活着的妻儿未来人生的展望为结局。这篇反映个体身份缺失问题的当代奇幻小说在一种独特的层面上成为折射自我危机的镜子，能照见那个在自恋中无法建立与他者的联系、不能适应自己成为集体一部分的自我。从中人们还能看见不断蔓延的人际关系的缺失升级成彻底的"现实异化"（Wirklichkeitsentfremdung），并由此激发出一个奇幻的世界。

第四节　长篇奇幻小说

与英语文学相比，德语文学中的长篇小说（Roman）起步稍晚，直到19

世纪才真正发展出具有自己民族特征的结构体系。除去为数不多但却别具意义的特例外，在德语文学中神奇幻想与长篇小说的结合是成功的，其中尤以库斌（Alfred Kubin）的《另外的一边》（1909）为甚。该作品确定了长篇奇幻小说的基调与传统。同英国长篇小说的发展史相比，德国的长篇小说起步相对较晚，几乎直到19世纪才真正出现具有自己民族特色的德语长篇小说。

歌德的《威廉迈斯特》（*Wilhelm Meister*）可谓是发展/成长小说（Entwicklungs-und Bildungsroman）的典范之作。它按照历史时间顺序，以个人在与大千世界的交锋中塑造自我命运这一独特的个性化视角，展现了主人公一生的经历。其中至关重要的是对人类在其内在固有的生存空间中从根本上实现圆满人生的信念。该小说始终涉及个人的自我保护与自我主张，哪怕外部环境的压力让人感到窒息。

这种主张坚信个人能战胜命运的力量与外部因素影响的小说模式终结于展现人类被无法解释与控制的神秘力量所征服的奇幻文学。在长篇奇幻小说刚刚兴起之时，这类作品或是像 E. T. A. 霍夫曼的《魔鬼的万灵药》（*Die Elixiere des Teufels*）（1815/1816）那样借鉴如刘易斯（Matthew Gregory Lewis）笔下《安布罗斯或修道士》（*Ambrosio or the Monk*）（1796）的英式哥特小说①风格，或是从中短篇小说中发展出长篇小说的复杂叙述模式，比如威廉·豪夫（Wilhelm Hauff）具有时代和艺术批评性的《来自撒旦备忘录的公告》（*Mitteilungen aus den Memoiren des Satans*）（1827）就融合了短篇故事与中篇小说的特点，还有威廉·曼霍尔德（Wilhelm Meinhold）的小说《琥珀女巫马丽娅·施魏德勒》（*Maria Schweidler die Bernsteinhexe*）（1843）也同样脱胎于之前的中短篇小说。

初探之下令人感到些许奇怪的是，启蒙后期的幽灵小说一度最受青睐，但却未能得以延续和发展。而无论是克里斯蒂安·海因里希·施彼斯

---

　　①　哥特小说是18世纪流行于英国的一种小说。它描写恐怖、暴力，以及对中世纪的向往。

（Christian Heinrich Spiess）的魔鬼小说《小矮人彼特》（*Das Petermännchen*）（1791）和《无处不在又处处不在的老人》（*Der Alte Überall und Nirgends*），还是约瑟夫·阿洛伊斯·格莱希（Joseph Alois Gleich）笔下数不胜数的幽灵小说，如《霍伦施坦因的文德林或者午夜丧钟》（*Wendelin von Höllenstein oder die Totenglocke um Mitternacht*）（1798），以及卡尔·格罗斯（Karl Grosse）的神秘小说系列《天才》（*Der Genius*）（1791—1794），都与新型奇幻文学风格的目标意旨相符。它们通过呈现一种“理性化的魔力”（rationalistischer Dämonie），让所有充满神秘和非理性之事都在一定程度上被赋予了理性的解释，故事情节也按照神正论的模式发展。克拉拉·里夫（Clara Reeve）——比如1777年的《美德冠军》（*The Champion of Virtue*）——和将神秘的表象赋予理性结尾的女作家安·拉德克利夫（Ann Radcliffe）的小说——如1794年的《奥多芙的神秘》（*The Mysteries of Udolpho*）——都在叙事结构上受到了广泛认可。在这一层面上不得不提及的还有弗里德里希·席勒（Friedrich Schiller）1787年发表于《塔莉亚》（*Thalia*）中的小说片段《能看见鬼的人》（*Der Geisterseher*）。那些神秘难解的和非理性之事被揭示成交织着政治阴谋的策略，它们只是表面看似错乱迷混，实则极具目的性和针对性，可以被解释得滴水不漏。

对于已成为独立门类的奇幻文学而言，与叙事优于写人的中短篇小说的衔接显得尤为重要。人们曾很容易就预见到，到20世纪中叶除了发展/成长小说外，将产生出一种与中短篇小说有密切亲缘关系的时代小说（Zeitroman）。这种类型的长篇小说反映出当时的主流时代特征。正如冯塔纳所述，其核心重点位于那种限制性的力量（bedingende Kräften）上，呈现出一种多条同步线索相互纠缠的复杂叙述结构，而不再是单一向度发展的故事。正是基于历史、经济和文化间相互联系愈加紧密的总体格局，受到各方影响和制约的个人作为时代浪潮中的随波逐流者退居到了幕后。此外多线同步发展的叙述模式还使内容的创作有了即兴中断的可能，它们不需要冗长的铺垫，而是毫无准备并能让人感到迷惑的一时兴起之笔。

时代小说的重点在于表现那些在时代背景中产生重要影响并起决定作

用的要素，它以对文化和历史变化如地震仪般的敏感度聚焦充满变数、风云激荡的重要历史节点，并因此成为世纪末奇幻文学中的核心叙述模式。从库斌到兰斯迈尔(Christoph Ransmayr)，这一时期的长篇奇幻小说用"同步幻景"(Simultanvision)表达了恐惧，展现出秩序与混乱的同时并存，并模拟了末日之时被赋予诸多意义的世界在毫无意义的衰落中陷入一片混乱的场景。

出版于1815—1816年的长篇小说《魔鬼的万灵药》表现了坠落的天使这一母题。嘉布遣会修士梅达杜斯最初一心修道，以求摆脱尘世罪恶，却经不起魔鬼的万灵药那神奇魔力的诱惑。在喝下"能让人陷入万劫不复之地"的魔药后，梅达杜斯便被一种神秘的邪恶力量所控制，他内心之中野性的贪婪被强烈激发，使他沉溺于感官的迷醉，而忘记了向上帝所发的誓言。那无度的淫欲、贪念和享乐冲动驱使着他行动，同时也撕裂着他的灵魂。于是，离开修道院进入尘世后的梅达杜斯勾引女性，谋求权势，杀人行凶，犯下了累累罪行。

那魔药揭示的是潜藏在人心底却又受宗教与习规束缚的冲动和欲望。失去控制的冲动离奇地闯入以修道院为典型代表的宗教生活中。在教义规约的秩序之下，那黑暗的毁灭之力正在发酵和沸腾，它不承认宗教理念的作用，而是将戒律习规的大厦和人们的祈愿幻想整个推翻摧毁。

该小说以具有叛逆性和恐怖感的视角窥探了人性的本质。这样的奇幻风格揭示出人性中颇具毁灭性的冲动力量。西格蒙德·弗洛伊德(Sigmund Freud)对小说家E. T. A. 霍夫曼给予了高度评价。他的作品从文学上有力印证了这位心理学家所发现的"本我"(Es)和"超我"(Überich)。而位于两者之间的"自我"(Ich)只有学会控制"本我"中的黑暗力量才能获得一席之地。

E. T. A 霍夫曼笔下的人不再是"类神形象"(Ebenbild)，而被塑造为"神的反面形象"(Gegenbild)，撒旦与天使存在于同一个人身上。在魔药快感的刺激下梅达杜斯一再犯下原罪，使他沉溺堕落的魔鬼引诱着他犯下一个接一个的暴行。对男爵夫人奥雷利的爱欲之火促使梅达杜斯与她的继母通奸，然后将后者毒死并刺死了奥雷利的哥哥。通奸与谋杀是通往人性道路上的障碍，并通过咎由自取的手段激发出梅达杜斯身上那邪恶的魔性，使他变为一个来自地狱的杀人狂徒。如此，梅达杜斯将其周围的人卷入彻底的混乱中。

在离开修道院的途中，梅达杜斯一再遭遇到自己那可怕的同貌人，此类场景无一不令人感到惊恐万分。最震惊的一次是在他等待自己被宣判的监牢里。当时的情景就好似从牢房的地板中、从意识的最深处，那如同被困在牢笼中的毁灭性冲动突然一下爆发出来。梅达杜斯心甘情愿地为他那源自灵魂深渊的同貌人的到来当起了"助产士"。

通过这令人毛骨悚然的情景，E.T.A 霍夫曼生动形象地刻画出那招引灾祸的神秘力量爆发时的画面。同貌人的母题反映出完整人性的分离破裂。后来英国浪漫主义代表作家史蒂文森（Robert Louis Stevenson）在他的代表作《化身博士》（*Dr. Jekyll und Mr. Hyde*）①中吸收借鉴了 E.T.A 霍夫曼笔下这种精彩的人物关系模式，即自我意识被一分为二，一半在费尽心力地维护着期待中的表象，而在另一半身上那纯粹的毁灭冲动却赤裸裸地爆发出来。

着了魔鬼般的修士梅达杜斯不仅制造了空前的混乱，他自己本身就代表着一种混乱，即那无药可救的"失常神性"（pervertierte Gottheit）。让小说充满奇幻效果的是那失去控制的混乱世界，而主人公内心分裂的自我又给人物塑造赋予了极具张力的奇幻色彩。奇幻的创作风格塑造了世界和人类疯狂的一面，后者是制造混乱并使其变得一发不可收拾的罪魁祸首。

借助奇幻的文学风格，尤以 E.T.A 霍夫曼为代表的浪漫派作家们使得

---

① 《化身博士》是英国作家罗伯特·路易斯·史蒂文森创作的短篇小说，是其代表作之一。书中塑造了文学史上首位双重人格形象，后来"杰科和海德"（Jekyll and Hyde）一词成为心理学"双重人格"的代称。小说主人公亨利·杰科认为人是由多种多样矛盾而又独立的品行构成的一个整体，自己便是一个典型案例。长期以来杰科受困于自己的性格方面的两重性，一方面向往自律，而另一方面渴望放纵。主人公在杰科和海德的两种形态间不断转化，最后在绝望与苦恼下自尽，终结了自己矛盾的一生。

人类意识领域的黑暗深渊昭明显现，让那具有毁灭性但却被唯心主义者以美好的伦理教化粉饰的内心深处坦然敞露。E.T.A 霍夫曼是德语文学领域奇幻现实主义（phantastischer Realismus）的开创者之一。相较于奇异（das Wunderbare）与怪诞（das Groteske）领域，他的奇幻艺术可谓达到了登峰造极的程度。E.T.A 霍夫曼的创作宗旨是将人类意识的阴暗面暴露在聚光灯下，以此描画出完整而真实的人类形象。

人们对奇幻文学风格的发掘可被理解为在生动直观的象征和如同身临其境般的情节中展现脱离感官经验的灵魂过程，相当于用文学手法表现进入月亮那不为人知的阴暗面的视觉过程。如此才有可能让隐藏在灵魂深处那感性意识难以企及的世界在文学描述的黑暗镜面中显露出来。在奇幻的语境中，一切看似经验性和感官性的工具手段都是为窥探人类意识的黑暗面而精心设计的。

比如在《魔鬼的万灵药》中，那从牢房地面突然裸露出现的同貌人，并不是虚拟的现实，而是不受约束的冲动向外爆发的隐喻。那事发的地点、抑制不住的向上冲力、毫无遮掩的揭露，这所有的一切都是展现人物心理活动过程的一部分。也正因如此，E.T.A 霍夫曼开创的奇幻风格一直被后人吸收借鉴。

人类的兽性（Die Bestialität des Menschen）也同样体现在威廉·曼霍尔德笔下的《琥珀女巫马丽娅·施魏德勒》中。这是一部"如在地狱般被天堂之火炙烤"（vom Feuer des Himmels wie der Hölle glühende Werk）（Freund，1999：198）的长篇小说，讲述了被打上魔鬼烙印的邪恶魔性试图毁灭一切善意的故事。而在琥珀女巫故事的"前传"，即篇幅稍短的《科塞罗的牧师之女》（Die Pfarrerstochter von Koserow）（1825）中这个寓言就已经具有了基本的框架结构。值得注意的是，曼霍尔德始终将这两部作品都称为中篇小说，因为它们都与闻所未闻的巫婆审判事件（Begebenheit eines Hexenprozesses）密切相关。

这部具有中篇小说结构特点的长篇小说将聚光灯对准了三十年战争时期。当时像波莫瑞的乌泽多姆岛（Usedom）这样几乎与世隔绝的世外桃源之地也没能幸免乱局的困扰。小说的核心人物是一位名叫亚伯拉罕·施魏德勒的牧师和他那德貌双全的女儿马丽娅。整个故事的情节通过牧师的第一人称视角由颇具古风特征的语言呈现出来。正如出版商向曼霍尔德事先规定好的那样,教堂收藏室的管理员从科塞罗教堂唱诗班的椅凳中发现了并不完整的三十年战争时期的编年史。其中第六章节插入了据说是原迹的文字:"……行李箱、衣箱、柜子全都被弄破打烂了,我的牧师袍也被人撕碎了,只能无比惶恐窘迫地站在那里。然而他们还是找到了我可怜的小女儿。我之前把她藏在牲口棚里,那里漆黑一片……"(Freund,1999:199)

　　三十年战争的历史背景指涉着人类侵略性的爆发与永不满足的心理状态。后者在普达格拉的长官阿佩尔曼与施魏德勒牧师的紧张关系中得到了进一步的强烈体现。身为巫师的阿佩尔曼掌控着力量强大的害人之灵。肉体的欲望折磨着他,令他费劲心机地想要将牧师那美丽的女儿占为己有。

　　马丽娅发现的一块琥珀石让情节发生了反转,后者拥有化解一切困难和危机的魔力。突然富裕起来的施魏德勒慷慨地赠食乡里,而谣言也随之传播开来。琥珀石的预言被证明是自相矛盾的。有与魔鬼定下盟约之嫌的马丽娅被歧视为女巫。迷信与嫉妒升级为蓄意的煽动性讨伐,并向阿佩尔曼承诺让他离目标越来越近。

　　而事实上阿佩尔曼长官曾经的情人莉泽·科尔肯才是真正的女巫。她作为撒旦的助手,导致了牲畜死亡、一位女士生下怪婴、小孩子们生病以及她的丈夫悄无声息地消失。而这些罪恶行径最后都被强加到了马丽娅身上。于是美德被污蔑为恶毒,而真正的恶毒之人却被当成了善者。

　　当人们在马丽娅连夜前往发现琥珀石的斯特雷克尔贝格途中一路追踪她,并在一群怪物中发现了带着毛茸头罩的马丽娅时,灾难的进程便已经开启了。迷信的人们便立刻在自己的想象中描绘出一幅完整的画面。他们认定此时出现在众人面前的不是别人,就是撒旦本身,而事实上却是来自梅伦汀的贵族青年吕德格尔·冯·诺伊尔基兴为了马丽娅不被人识破身份而将她进行了伪装,以此保障自己善良爱人的安全。

古斯塔夫·阿道尔夫乘船抵达佩内明德，以胜利者的姿态穿过科塞罗，并向马丽娅投以特别的关注，这些都是在马丽娅被关进普达格拉监牢之前被精心设计的困局，当然这也是魔鬼的恶行与巫术的结果。淫荡的阿佩尔曼长官以能救马丽娅出去为筹码逼迫她委身就范，但马丽娅却誓死不从，接下来便是对充斥着道听途说和偏见判断的正式巫术的详细描述和诱供。在严刑拷打之下马丽娅不得不承认人们想听到的一切，因为那巨大的痛苦让她无法忍受。

马丽娅的父亲见证了迷恋魔鬼的莉泽·科尔肯的惨死，她才是所有不幸悲剧的幕后操控者。他如此描述道："这邪恶的女人轮流召唤着上帝、魔鬼和我赶去帮助她，直到她暴毙在一堆向她复仇的蛆虫上，身上发黑、发青，就像一株黑莓一样。"（Freund，1999：200）魔鬼与被它诱惑的毒妇在这令人不堪启齿的象征性画面中合为一体，并入侵到后者身上，使其像牲畜一般走向死亡。

马丽娅的死亡也同样是注定的。在她被行刑的当天，可怕的队伍从普达格拉一路向斯特雷克尔贝格行进。人们在那里架起了执行火刑的柴堆。灾难性事件一直朝着严峻的趋势发展。被诽谤、嫉妒和愤怒的漩涡裹挟的个人毫无反抗之力。突发的非常事件支配着个人对事件的影响力，势不可挡的厄运战胜了行动和操控中的人，这些都组成了该小说的主要结构。由此可见，曼霍尔德在这个琥珀女巫的故事中让阿佩尔曼所代表的魔鬼式的邪恶与施魏德勒所代表的的柔弱间的矛盾张力升级到一种令人绝望的程度，以此凸显人类面对突然降临的灾难时无奈与无助的状态。施魏德勒与阿佩尔曼，一个是正面主角，一个是反派人物，二者如同天堂和地狱、上帝和魔鬼般处于对立的两极。而魔鬼似乎又将再一次取得胜利。

然而在最后一刻，悲剧式的情节发展突然出现了逆转，因为吕德格尔·冯·诺伊尔基兴成功拯救了心爱之人马丽娅。在阿佩尔曼跌落进磨坊水轮后，该小说便和传统的大团圆结局一样让有情人终成眷属了。绝对邪恶的奇幻威胁再次被抵挡击退。但即便如此，那种对人类所体现出的邪恶破坏力的恐惧却依然挥之不去，这也使得对人性本善的信仰遭到了深刻的质疑。

第一次世界大战期间的长篇奇幻小说以在幸存者的意识中留下不可磨灭之影响的人类浩劫为背景,临死前的无力挣扎与对末日预言的恐惧是这类作品的显著特征。对必将走向自我毁灭的人类历史眼下就要被终结的认定激发出了灭亡的噩梦和终极沦陷的黑色预言。在奇幻文学这面黑暗的镜子中,一个正在滑坡和陷落的时代清晰可见。它没有未来可言,只有那一片混乱中无处不在的威胁。

对在表象之下涌动着的毁灭力量的感知催生出一种新的现实关系。此时无论是现实主义还是自然主义的表现方式都已无法真切地反映出这个由人类潜意识所具有的破坏性的自生动力所驱使的时代。为了推动潜藏在表层经验之下的力量能朝着自己迫切渴求的方向往前冲去,并具有破坏性地入侵一切生存领域,奇幻作家们那冷静理智的洞察力和他们极具天赋的幻想力,还有能将一切现实化为乌有的恐怖力量,都被赋予了形态,变得清晰可见。

库斌的《另外一边》(Die andere Seite)(1909)是 20 世纪第一部德语长篇奇幻小说。此作品具有开创性的意义并在该领域中确立了一种新的水平高度,这一水准直到 1930 年才有被重新达到的迹象。小说塑造了一个没有月亮星辰,永远处在日出前黎明状态下的梦幻国度。在亚洲腹地的某处,从欧洲迁移过来的房屋无一例外地成为往日罪行的秀场,凸显着博物馆式的特点。时间在此似乎凝固了,没有进步和发展。现实消失在梦境中。具体的认知被怪诞无章的想象力取代。以珍珠城为首都的梦幻王国代表着在奇幻的毁灭背景下正在走向死亡的过去。统治者帕泰拉被塑造成如同捕捉不到的幻影,和从前一样游离于生与死这两种状态之间。已经衰老、毫无希望可言的欧洲已僵化成展示在博物馆中的模拟景观,并遭受到美国富人海格力斯·贝尔的致命打击。随着他的出现,一个理性的,以物质为导向的世界正来势汹汹,并在这个充满毁灭与死亡的地狱中实施自己的意图。一个不幸的、只可预感而无法描述的未来已经呈现出来,但它也同样受制于造物主兼具求死欲望和生存意志的二重性。该小说被扩展为关于灭亡的奇幻寓言，这灭亡的种子在万物形成之时便被种下。正如尼采在《权力意志》(*Der Wille zur Macht*)(1887)的前言中所言："我们整个欧洲文明早已是在折磨的痛苦中前行。痛苦的程度十年十年地增长，人类似乎正在走向一场浩劫。它如同激流般永不停息地猛烈翻涌着，向着终点奔腾而去……"(尼采，1991：202)小说《另外一边》的第一人称叙述者"我"作为描绘者就塑造了这样一幅关于末日灾难的噩梦场景。在反差鲜明的对比下，小说中的人和物通过声音与形象的塑造被嵌入没有实体的灰暗背景中，有时甚至被四处蔓延的黑暗笼罩着。库斌在该小说中的奇幻书写唤起了人们对世界末日的恐惧，此情此景让未来的诞生在过去的消亡中被描绘呈现。库斌的这部作品正是通过一种极端化的神奇幻想刻画出身处正在消亡的时代和世界灾难日益临近时人类的意识形态。

书中不乏类似下文中这般触目惊心的场景描写："这硕大的广场就像一个巨型的下水道。人们在里面用尽最后一丝力气相互扼掐着，撕咬着，直到把对方干掉。从窗口里悬吊出一具具没有灵魂的看客们僵硬的尸体。他们呆滞的目光反射着这个死神的王国。还有那些被扭歪的手臂和腿脚，那伸开的手指和攥起的拳头，还有鼓胀的动物腹部，以及马的头颅，和那从长长的黄牙中伸出来的肿大的蓝色舌头。灭亡的方阵就这样势不可挡地向前推进。"(Kubin，1909：204)

从这骇人的文字中人们不难发现，这位奇幻作家的人生体验是悲剧性的，他预感到了超越一切经验之外的失败与灭亡，但同时又通过激发步步升级的破坏力而激进地将矛头对准正在灭亡和正在重获生命的力量，而后者又反过来给人类社会带来损害和灭绝的威胁。库斌在小说的内部情节中塑造了一种具有威胁性的、与看似一切井然有序、形成框型结构的"叙述者现实"(Erzähler-Wirklichkeit)相反的"对照设计"(Gegenentwurf)。无论是那迫于压力而写下的经历与体验还是作为事件讲述地的疗养院，都指示出外部环境和内在精神世界中潜在的混乱。库斌的《另外一边》总的来说包含了奇幻的表达方式。而且这种表达方式——即毁灭的景象、恐怖的场景和晦暗的预言——在后续年代中也获得了进一步发展。

　　古斯塔夫·迈林克（Gustav Meyrink）1915 年首次出版的《黏土人》（Golem）与库斌的小说有着密切关联。库斌甚至还为该书的第一章绘制了插图，而这些插图后来也被他用到了他自己的小说中。在那灾难场景的深深吸引下，库斌让自己笔下的奇幻叙事也呈现出清新的形态。具有启发意义的是《黏土人》中奇幻描写部分那震撼人心的效果，其中神秘、灵异的特征都被彰显得淋漓尽致，并赋予了该小说神秘主义（das Mystizistische）的转向，而这也正是库斌后来的创作中所缺乏的。

　　迈林克的《黏土人》在创作上具有一定"超前性"的预言意义。小说所描写的布拉格犹太人隔离区里那充满莫名恐惧的奇幻程度堪比库斌的梦幻王国。此作中的叙述者"我"在半梦半醒的恍惚状态中找回作为宝石加工师阿塔纳修斯·佩尔纳斯的自己，他强烈地预感到能在此处延续自己黑暗的命运。他的职业暗示着对失去的自我身份的加工修复。身处隔离区的他这样描述自己的感受："我感觉所有的房子都带着对我充满莫名恶意的奸诈面孔僵立在那。那些大门就是一张张裂开的黑色大嘴，从里面伸出腐烂的舌头。仇恨能让厉声的尖叫随时爆发。那声音是如此的刺耳并充满恨意，能引发人心底最深处的恐惧。"（Freund，1999：206）

　　在这具有表现主义风格的语言描述下，隔离区变成了充满生存威胁的恐怖之地，笼罩在仇恨和潜在的激愤之下，如同一座无可救药、惨无人道的炼狱。这里狭窄而昏暗的环境造就出一种生存的绝境。处于清晨微光与暮色暗影中的世界产生出的压抑之感在旧货商瓦瑟特伦等人物身上得以充分体现。他们被贪婪的占有欲和物欲所控制，直到最终自我毁灭。那片隔离区反映出身处危机之中的人们正被困于脱离了精神根基的咎由自取的狭隘中。这背后不容忽视的是小说对人类社会工业化的急速发展和在集体异化的压力下人们独立自主的个体身份所陷入的危机的影射与叩问。

　　这个沉沦于物质的世界中的一部分便是由"黏土人"这样神秘的神话形象所构成。它是一种艺术模型，代表了"未完成的作品"（das Unfertige）和追溯人类原初身份的挑战，它的实现以超越黏土人的状态为前提。它并不完整的形象使其成为象征身份恐惧的奇幻角色，并在这个以物质为导向的狭隘世界里现身作祟。而正是通过犹太人隔离区这一作为现代人所处境况的"空间上的危机密码"（räumliche Krisenchiffre）的设计，迈林克将奇幻的震撼效果渲染到了极致。但与库斌不同的是，他向个人指明了摆脱生存困境的出路，以此将一种具有代表性的危机状态下的奇幻图像消解。作为由此处到对岸的过渡方式的伏尔塔瓦河石桥正是这种出路的象征。

　　小说中奇幻的场景上明显覆盖着神秘主义所渲染的玄奥气氛，即一种混合了来自犹太教的神秘教义、炼金术和埃及神话的模仿式的大杂烩。阿塔纳修斯·佩尔纳斯被塑造成经典救赎故事中的魔鬼人物。他的名字就是一种精心的设计。对他生存危机的穿越与渗透，还有重新实现生活各层面的统一，这些都使他重获生命，实现不会死亡的永生。在这段路程开启的初始阶段，黏土人只是一个没有完成的模型，而到最后却作为救赎人物成了被加冕的"双性人"（Hermaphrodit），男性和女性的特征在其身上实现了完美的和谐统一。通过将历史上的独立个体与普遍存在的融合，黏土人所代表的并不完整的形象又与宇宙万物的原初面貌融为一体。"微观宇宙"（Mikrokosmos）与"宏观宇宙"（Makrokosmos）按照神秘主义的教义构成了一个统一体，并在小说里具有象征意义地出现在塔罗牌的第一张卡片上。那象形符号的第一个字母"阿列夫"（Aleph）既有向上的寓意，也有下指的寓意①。小说最终以市民主体性的神化作为结局，将对个人身份的寻找呈现为救赎故事中的拯救过程。

　　针对工业社会中个体被大众化的危机，迈林克通过自我消解的神秘仪式予以回应，而他后续的小说中却出现了这种拯救模式的不同变体。比如在《绿色的脸》（Grünes Gesicht）中这种神秘主义的救赎设计就变成了瑜伽式的，在《白色的多明尼哥会修道士》（Weißer Dominikaner）中成了道教式的，在《西窗天使》（Engel vom westlichen Fenster）中又是炼金术式的。对独立个

----

　　①　希伯来的第一个字母א，也是最神圣的字母，相传人们不太敢多念它，因为它也代表着上帝的意思。

体的神秘主义的拯救尝试弥补了在日益增长的集体压力下切实的异化结果。这种明显具有通俗消遣性的叙述模式是由迈林克在 20 世纪早期独具匠心地创造成形的。他由此也将奇幻小说发展成具有神秘主义色彩的混合文类。

卡尔·汉斯·施特罗布尔以其长篇小说《埃莱奥加巴尔·库佩鲁斯》（*Eleogabal Kuperus*）（1910）走在了迈林克的前面。该作品通过善良的魔法和邪恶的预言者之间的较量体现了一种"正角对反派"的模式（Spieler-Gegenspieler-Modell），即一种二元对立的世界观。弗朗茨·斯朋达（Franz Spunda）的处女作《德瓦昌》（*Devachan*）（1921）明显受到迈林克的直接影响。这部长篇魔法小说混合了东方的神秘主义和炼金术。他的炼金术小说《巴福梅特》（*Baphomet*）（1928）同时也是关于充满神秘色彩的圣殿骑士追求复活的故事。同样充满神秘色彩的还有小说《梅尔基奥尔·德龙特的重生》（*Die Wiedergeburt des Melchior Dronte*）（1921）中以一种分裂的方式通过"灵魂游走"（Seelenwanderung）而推测预言的因斯布鲁克人保尔·布松，以及生于爱沙尼亚的保尔·马萨克。斯朋达的另一部小说《黑魔法师》（*Der schwarze Magier*）（1924）吸收借鉴了远东地区的神秘学说（Geheimlehre）。当神秘学被看作一种能通过召唤黑魔法来实现具体目的的"操控技能"（Herrschaftswissen）时，便将被视为向科幻文学的过渡，比如奥托·索伊卡（Otto Soyka）的小说《梦想皮鞭》（*Die Traumpeitsche*）（1921）中神奇的化学药物，亦或如施特罗布尔笔下库佩鲁斯故事中的托马斯。这个一心想要征服世界的疯狂大反派也是对后来以著名电影角色马布斯博士（Doktor Mabuse）①为代表的"疯狂科学家"（mad scientist）原型的一种预兆宣告。

然而无论是魔法还是神秘学，抑或是科学幻想中的乌托邦书写，它们

---

① 电影《玩家马布斯博士》（*Dr. Mabuse, der Spieler*）于 1922 年 4 月 27 日在德国上映。影片讲述了在 20 世纪初的德国，一个精通心理学的犯罪天才马布斯博士，利用各种伎俩，包括催眠、易容、赌博等，把他的受害人完全操控于股掌中。他自称能够医治战后人们的精神创伤。他欺骗了舞蹈演员卡罗扎，又从百万富翁的儿子胡尔手中靠赌博赢得了五万马克。

和奇幻的融合仍处于非主流的边缘地带。奇幻的虚构不仅针对罪行实施者，同时也涉及受害人；不仅塑造强大的全能者（Allmacht），同时也描写无助的弱势者（Ohnmacht）。在此大背景下，奇幻作家们所关注的不是人类的统治与征服，而是人类的失败；不是对宗教上拯救观念的信仰，而是对灾难现状的绝望。只有当自诩为领导人物的这种疯狂权欲给世界带来灭顶之灾的威胁时，正如上文提到的施特罗布尔那晦涩难懂的小说中所叙述的那样，才能出现向奇幻的过渡。

保尔·莱平（Paul Leppin）那篇被无辜遗忘的布拉格幽灵小说《泽韦林的幽暗通道》（*Severins Gang in die Finsternis*）（1914）是值得关注的奇幻作品。这篇先于迈林克的《黏土人》一年出版的小说也将故事的发生地设置在光线昏暗、巷道交错、戒备森严的布拉格犹太人隔离区这样充满神秘氛围的环境中。不过莱平既没有对神秘气氛大肆渲染，也放弃了鬼怪灵异事件的惊悚轰动。他的奇幻书写源自无意义的日常生活，源自这个已经虚而不实的世界，身处其中的人们就像是行走的影子一样。而小说的叙述者则以手拿铲锹站在墓坑里的形象出现在受众面前。他不停地挖呀铲呀，但那细腻柔滑的沙子总是一再滑落下来将那坑穴又填埋上。这种西西弗斯式的行为赋予了客观物体一种有灵的生命特征，也使得该小说发展成记录绝望不断增长的纪要。沉迷于肉欲中的个人试图麻痹那种先验的无家可归的感觉，或者在对这个荒诞世界的仇恨中将其毁灭。

莱平写到尼古拉斯①的救赎建议（Heilsangebote）时使用了其好友迈林克作为原型，但这建议不过只是一种用心良苦的自我欺骗。"人们知道他很富裕，拥有一座价值连城的大图书馆……而且还在从事神秘的业余活动。"（Freund，1999：209）然而他那位行为端正、自命不凡、与世界格格不入的好友的庇护所也对这位叙述者大门紧闭。他的人生道路在这荒诞无意的神秘中走向了空虚和幽暗。这篇关于被遗忘的布拉格叙述者的长篇小

① 尼古拉斯（Nikolaus），小亚细亚半岛上米拉的主教，他通常被与圣诞老人和圣诞节赠送礼物的习俗联系在一起。

说在空间的陷落和人际关系破碎的层面上描绘了这个沦亡时代的世态风情。

小说中人的行为活动整个都倒退了。不确定性和神秘的失踪成为主导气氛的元素。破裂的情境奠定了叙述的基础并使得人物角色变成了昏暗的魅影。每一次启程出发都是在走向灭亡的深渊。正如小说中所述："他所认识的这座城市已经面目全非了。它的街道错乱不堪,不祥的灾难就潜伏在门槛之上。心在潮湿敞露的城墙前叩击。夜色在此处划过没有光亮的窗户,并将灵魂扼杀在睡梦中。"(Freund,1999:209)

汉斯·海因茨·埃韦斯(Hanns Heinz Ewers)将这种视角拓展成"有偷窥欲性质的通俗元素混合体"(voyeuristisch triviale Komponente)。他颇有主见地使用了奇幻文学中的相关主题和素材,将其组合成一幕幕充满欲望的恐怖场景。其中尤为突出的是那被描绘得花哨刺眼的奇幻画面,几乎要将读者变成欲望扭曲变态的窥视狂。特别值得注意的是1911年出版的《曼德拉草》(Alraune),这是埃韦斯最成功的一部长篇奇幻小说。小说情节以一个妓女通过被绞死的奸杀犯生前最后的精子进行人工受孕这样一种精心设计的震撼实验为开始。实验产生的"成品"便是一株雌性的曼德拉草。此处作者埃韦斯并无意对这种不负责任的造人实验进行批评指责,他针对的是对颓败的享乐欲望的操控利用。埃韦斯认识到了被压抑的欲望冲动和在威廉式的强悍外表下涌动的激愤,还有那种扭曲反常的淫欲和原始的毁灭冲动。他笔下的奇幻创作风格仿佛建起了一个恐怖惊悚的游乐集市,为人们提供着奇幻的饕餮盛宴。

这位欲望得到释放的女主角被塑造成淫魔的形象,并作为招致毁灭的曼德拉草的转世化身(Reinkarnation)出现。她无情地征服着对她迷恋的男子,然后残忍地伤害并谋杀他们,就像是披着外衣的再世维纳斯。"她亲吻着他,柔长而炽烈地亲吻着他。后来她的细小的牙齿搜寻到他的嘴唇,然后迅速咬下去,只见那鲜红的血滴沉重地落在雪地上。"(Freund,1999:210)女性情欲那具有毁灭性的力量在这对沃尔夫拉姆(Wolfram von

Eschenbach）笔下的帕齐伐尔故事①中耶稣受难节进行吸血鬼式的通俗化改写的场景里被毫无遮掩地揭露出来。在继埃韦斯之后，同样的创作特点也体现于索伊卡的小说《艾娃·莫尔西尼》（*Eva Morsini*）（1923）中那着了魔、能用目光催眠的女主角身上。

对女性的爱恋之于男性而言同时也意味着受伤和死亡。通过离奇升级的蛇蝎女郎形象，埃韦斯对那源自颓废文学中的经典题材进行了感官享受层面的生动描绘，并对其加以妖魔化的处理。因小说《魔法师的学徒》（*Der Zauberlehrling*）（1909）和《吸血鬼》（*Vampir*）（1920）而闻名的弗兰克·布劳恩，还有那些暴虐的色情狂们最终以受虐症的方式展开了残酷的性别终极较量。在女性魅力的深深吸引下男性似乎被彻底征服了。对此小说中有着极为触目惊心的描述："她的贪欲好像永不知足，那炽热难耐的饥渴也仿佛永不消解。这天夜里他在她的亲吻中变得消瘦屡弱，接着渐渐脱离她的肢体，然后闭上了眼睛，如同死人一样。"（Freund，1999：211）

在19、20世纪之交为了妇女应有的身份而奋力斗争却被歧视为淫魔的女子，似乎生来就是制造混乱和无序的，使得男性的有序统治遭受被毁灭的威胁。然而和之前丑化自然科学实验和性别歧视的魔鬼化处理一样，埃韦斯此处对女性的魔性书写并非是要表达对时代的批判或是用奇幻的方式制造一种"文明恐惧"（Zivilisationsängste），而是要尽可能充分地利用丰富的奇幻母题，并通过对此集中使用来释放逆来顺受的威廉时期的小市民们内心的压抑与负担。到了小说的结尾，那梦游的魔女直接从屋脊坠入深

---

① 《帕齐伐尔》（Parzival）是德国中世纪最具原创性与自我风格的诗人沃尔夫拉姆·封·埃申巴赫（Wolfram von Eschenbach）最重要的史诗作品：帕齐伐尔是十字军骑士加赫姆雷特之子，父亲去世后与母亲隐居森林。母亲不愿他成为骑士，但他后来偶遇亚瑟王的圆桌骑士后，一再恳求母亲让他外出闯荡，母亲无奈同意。帕齐伐尔首先来到亚瑟王宫廷，到处闯祸，后在骑士古尔纳曼茨的教诲下，做了不少出色的事情，并且娶女王康维拉莫为妻。不久他外出寻母，途中来到圣杯堡，但因言行不慎，被逐出圣杯堡。在圣杯国王的兄弟隐士特雷福利森特的帮助下，他逐渐认识到了自己的罪行，通过加强骑士修养，最终达到了"至善"。后来帕齐伐尔得以再次来到圣杯堡，满怀同情地询问国王的病情。国王痊愈后，立他为圣杯国王。

渊，邪恶的曼德拉草也在登峰造极的魔性情色描述中被消灭了。奇幻的毁灭狂欢（Destruktionsorgie）中那索多玛式①的虚构也被扬弃了，人们又回到了日常生活的有序轨道中。这恐怖而惊艳的画面就这样结束了，而作为窥视者的读者又重新回归到小市民的身份中。所以，在经历了这所有恐怖事件之后的弗兰克·布劳恩只是低声说道："我要回家，我母亲还在等着呢。"（Freund，1999：211）

一批出生于19世纪八九十年代的作家在小说中继续扩展了神奇幻想的维度。除了诸如赫兹马诺夫斯基（Fritz von Herzmanovsky-Orlando）的《玫瑰花网惊魂》（*Der Gaulschreck im Rosennetz*）（1928）中那古怪荒诞，甚至有时让人产生反感的哀歌式的灭亡景象，还有包括保尔·舍尔巴特（Paul Scheerbart）的星象乌托邦（astrale Utopie）小说《莱萨班迪奥》（*Lesabéndio*）（1913）中那具有讽刺性的漫画式描写和充满神秘色彩的"对立世界"（Gegenwelt）。此外各种恐怖的场景凸显着晦暗的不祥之兆。其中有一部分是没有经过奇幻加工而直接来源于现实并通过具有威胁性的方式对现实进行的陌生化。踏进世界末日阶段的时间比临死挣扎的空间更具震撼效果，它们开始强化与战争恐惧同步叠加进行的、滋生于工业化进程温床的变革恐惧。

莫里茨·亚历山大·弗莱（Moritz Alexander Frey）1914年出版的长篇小说《不被看见的索尔内曼》（*Solneman der Unsichtbare*）是一部具有特殊地位的作品。主人公是一位名叫索尔内曼的寂寂无名之辈，就如同他名字反写的意义一样②。他购得了一座价值不菲的城市公园，并建了一堵巨大的墙将其围起来。他在墙里过着一种极为神秘的生活，外人无法进入也窥探不了。那些好奇的人想要翻越围墙的所有尝试都以失败告终，于是相关的谣言便传播开来，但这些小市民们的幻想却始终无法解开围绕着索尔内曼的

① 索多玛（Sodom）这个地名首次出现在《圣经·旧约》的记载当中。这座城市位于死海的东南方，如今已沉没在水底。依《旧约》记载，索多玛是一个耽溺男色而淫乱，不忌讳同性性行为的荒淫、糜烂之城，后来也就逐渐成为罪恶的代名词。
② Solneman 反过来拼写成 Namenlos，在德语中是"没有名字"的意思。

种种谜团。

　　似乎只有当人们从无可救药的庸俗世界中抽身出来，并将自己掩埋在独立、密闭的生存空间中才能实现对自我的保护。那被以怪诞方式呈现出来的个人与集体间的极端断裂已升级到了奇幻层面。这二者每一次能被识别的结合都会意味着存在的结束。这种存在只有在边缘地带，在绝对的隔离中才能得以实现。只有那些摆脱了集体影响的人，才能真正幸存下来，而被统一化了的大多数则事实上成了什么也不是的无名氏。弗莱进行了一场自我保护与致命的自我威胁间的荒诞游戏。在不迷失自我的情况下人们是无法走出自己设定的隔离区的。这部小说通过奇幻的象征手法刻画出在这个正在走向灭亡的、没有灵魂的社会中人们不堪一击的精神存在，也正是从这样的社会中滋生出了致命的威胁。

　　弗莱在逃离集体的不幸中发现了个人的福祉。而威利·塞德尔（Willy Seidel）的小说《温室之神》（ *Der Gott im Treibhaus* ）（1925）则描绘了一幅启示录式的图像，展现了关于旧时代不可避免的灭亡和新时代下至少已经显露迹象的发展。在一种昏暗模糊的场景中，那被一种没有灵魂的机制所统治的世界之沦陷得以清晰呈现。"只见那房屋前方有些摇晃，屋里的人们像溺水的老鼠般吓得瑟瑟发抖，然后四散而逃……失控的火车头疾驰疯跑，引起一片混乱，脱轨的电车径直对着房屋冲了过去。"（Freund，1999：212）这场浩劫的高潮便是那近在眼前、让千百万人失去性命的战争。

　　从对植物永不消亡的原始力量的信仰，即对"温室之神"的崇拜中，人们对新生活的希望被再次唤醒。这希望是一种针对"后天"的暗示，而眼下的此刻仍是处在巨大灾难的门槛上。

　　威利·塞德尔并没有亲历过第二次世界大战的爆发，但是却在晦暗的奇幻凶兆中对此进行了指涉："然而他们已经为自己做到了极致，也在达到极限之处走向灭亡……战争一触即发……我们这所有成百上千的人都将无可挽回地消失。"（Freund，1999：213）他贴切地阐释了一个由充满戾气、朝着地狱逼近的时代所发出的信号。由此也能看出，两次世界大战期间的奇幻文学将历史真实的潜在侵略极端化为世界末日般的恐怖画面。

利奥·佩鲁茨(Leo Perutz)的小说放弃了那些震撼惊人的奇幻表现手法，而是让作品观照个体极为混乱迷惘的意识中的不安与恐惧。佩鲁茨创作的核心要义是表现作为主体的人与灾难重重的历史间的交锋。他于1915年出版的处女作《第三颗子弹》(Die dritte Kugel)就让读者深刻体会到个人没有能力在人道的意义中有效地介入人类集体的历史进程。小说讲述了一位在卡尔五世的西班牙驻军营地中名叫格拉斯艾普弗莱茵的长官尝试重建失去的记忆的故事。那个头发灰白的西班牙人讲述的关于格鲁姆巴赫森林伯爵(Wildgraf)的传说对于格拉斯艾普弗莱茵而言意义尤为重要，因为他在其中重新找回了自己。过去的记忆立刻变得鲜活起来，他阻止了科尔特斯和他的舰队毁灭阿兹特克王国①。因为他清楚地知道，西班牙人行动的首要目标不是军事上的胜利，而是受赤裸裸的金钱贪欲所驱使。

阿兹特克人的麻木冷漠让格拉斯艾普弗莱茵下定决心杀掉蒙特祖马，以此挑起印第安人起来反抗，然而这种疯狂可笑的行为却最终导致了西班牙的胜利。正当讲述进行到格鲁姆巴赫追上科尔特斯并将枪口对准后者那千钧一发的时刻，故事竟出人意料地戛然而止。因为格拉斯艾普弗莱茵的一个仆从出于对一切与西班牙有关之人和事的仇恨将讲述者开枪击毙了。于是格拉斯艾普弗莱茵重建自我身份的尝试便在这关键时刻宣告失败。由此人们可以清晰发现，悲剧反讽(tragische Ironie)中的个人干预只会加速灾难的发展进程，而后者反过来又会阻碍个人的发展。历史有时似乎就是一种充满不幸的毁灭性过程，正是这种遭遇将个人的身份夺去。因为他鉴于自己切实的弱小无助排遣掉所有失败的记忆，同时也迷失了自我。充满奇幻色彩的是那被异化的、迷失方向的主体。他背负着零碎残破的过去，还要遭遇迷惑难解、没有未来的当下。产生奇幻效果的还有那与所有时间界定脱离并在永无止境、充满灾难的历史长河中随波逐流的生存状态。后者

---

① 阿兹特克(Atztek)是一个存在于14—16世纪的墨西哥古文明，其传承的阿兹特克文明与印加文明、玛雅文明并称为中南美三大文明。14世纪初，阿兹特克人定居于墨西哥中部谷地，后不断扩张，16世纪初形成东达墨西哥湾、西抵太平洋的庞大国家。1521年被科尔特斯率领的西班牙殖民者灭亡。

呈现在个人面前的总是一幅世界末日般可怕而不祥的面孔。

1933 年出版的小说《圣彼得里之雪》(*Sankt Petri Schnee*)同样涉及严峻的身份和方向危机。在某家医院里，医生安伯格意识中的现实层面变得越来越模糊，里面的内容在相互抵消。人们不知道的是，安伯格究竟是一场交通事故的受害者——这是医院员工们的说法——还是在马尔兴亲王的雇佣下进行一种名为"圣彼得里之雪"的能让人上瘾沉迷的毒蘑菇实验过程中被造反的农民用连枷给击倒了——这是安伯格自己所相信的版本。随着二者不断接近，再加上他自己的主观推测，两种说辞开始相互牵制，让读者无法确定究竟哪个是真实可信的。这种矛盾性后来又再次出现在安伯格自己证明的事件讲述中。

安伯格提到的他那本题为《为何对上帝的信仰从世上消失》(*Warum verschwindet der Gottesglaube aus der Welt?*)的书给人们提供了启示。这是他在一家古董店发现的。它提出了针对历史之意义的疑问，同时也是对那些看似无意义的关联的追问，还是对神正论，即上帝所允许的世间罪恶之合法性的怀疑。这不可能得到的解答将提问者逼入了伴随着生存恐惧的个人身份缺失中。奇幻的叙述方式在此被视为失效的神正论。在游离于现实和梦境间的记忆中，安伯格通过合成法研发出了这种名为"圣彼得里之雪"的致幻剂。在它的作用下已成为历史的过去那有意义的整体性似乎被重新组建。马尔兴亲王意在恢复霍亨斯陶芬王朝的秩序，并将毒蘑菇分发给农民们，而后者却在毒蘑菇的致幻影响下兴起了共产制的大变革。想要对当下进行历时性逆转的尝试将以混乱的未来为代价，并正好促使人们想要阻挡之事的爆发。

从这篇小说中人们不难感受到，历史的进程自有其发展规律，不会被单独个人的创造而影响。他们在意识到自己弱小无能的同时也丧失了他们人生历程的持续性和个人的发展机遇。那个与自己疏远了的、连自己都觉得错乱难辨的个体是奇幻匪夷的。这种毫无关联性的历史经历让主体脱离了所有关联，并被扭曲成一个怪异的"双重身份者"(Identitätszwitter)。其存在之恐惧构成了对那残破沧桑的历史的晦暗预言。佩鲁茨在《近日大师》

(*Meister des jüngsten Tages*)（1922）中借戈尔斯基博士之口这样说道："恐惧与奇幻是相互联系的整体，二者不可分离。伟大的幻想家往往同时又是对恐惧和惊悚着迷的狂人。"（Freund，215）

弗莱笔下的索尔内曼通过逃离威胁和扼杀个人的社会实现了对自我的拯救。而卡夫卡小说中没有正式姓名的主人公们，如《审判》（*Der Prozess*）中的约瑟夫·K 和《城堡》（*Das Schloss*）中的 K，则处在一种怪异的"过分自我毁灭"（Exzesse der Selbstzerstörung）中。"有人诬陷了约瑟夫·K.，肯定的。因为，在这天早上，他被捕了——但他什么坏事都没做。"（Kafka，1983：1）这是小说《审判》的开头。

《审判》是卡夫卡最为著名的长篇小说，于 1914 年开始创作，1915 年创作中断，1925 年由马克斯·布劳德(Max Brod)①作为片断出版。该作品体现了教科书式的奇幻创作风格。小说叙述主人公约瑟夫·K 在 30 岁生日那天突然被捕，却仍可照常生活与工作，只需在审讯时出庭。他自恃无罪，找律师申诉并极力证明自己的无辜。然而一切努力均属徒劳，没有任何人能证明他无罪。在小说中，法院就是个藏污纳垢的肮脏地方，整个社会如同一张无形的法网笼罩着他。最后约瑟夫·K 被杀死在采石场，这就是官僚制度下司法机构对他的"审判"。

从小说中人们可以感受到，一种产生无序和不安、不具合法性的存在正渗透进井然有序的合法生活中。不过直到小说结尾读者也无法获知约瑟夫·K 被捕的确切理由。而相关的负责人却一直在暗处，人们甚至不能确定其是否真正存在。

不过随后读者对约瑟夫·K 的了解倒是越来越多。作为一名银行襄理的 K 一直很注重自己良好的口碑和事业。他生活中所有的一切都是经过尽心计量和安排的。无论是聚餐还是聚会，他都看成是扩展社交和事业进步的机会。而另一方面，他租住在一个小套间里，过着极为节俭的生活，拒绝一切奢侈享乐，但会在时常到访的恋人身上释放自己的欲望需求。

---

①　卡夫卡的好友。他违背卡夫卡的遗言整理遗稿，出版了三部他的长篇小说。

可以说，约瑟夫·K完全是一个遵从社会交往模式的小市民，丧失了生活的激情和乐趣，苦苦挣扎于普通庸常的市井生活中，而不是作为一个真正的"人"存在。被一个秘密机关的下级代表不明缘由的拘捕虽然让K感到有些迷茫错乱，但他却根本没有问自己究竟犯了什么罪，甚至当他得知委托这些办事官员的机构并非是来追责的，而是被罪行本身所吸引时，也没有提出这样的问题。K十分肯定地确信，他一定是被人污蔑了。由于小说始终是从个人视角来叙述事件的，所以读者只能了解到被捕者不可避免的偏颇判断。至于被人诬陷的推测自然也是带有主观性的，并与K之后的典型行为方式有着直接关联。他坚持认为调查罪行是别人的事，而不是他自己的责任。

这种态度从根本上决定了小说后续的整体情节走向，即K越来越深地纠结于迫切辩护和法律上的吹毛求疵。他委托一名能代表他利益的律师想尽办法不停地打听那让人摸不着头脑的判决，并和相关的审判负责人员建立联系，结果却一次又一次地陷入死胡同。

约瑟夫·K不知疲倦地努力证明自己无罪。但在无数次令人绝望的尝试后，他感到已无瑕经营自己的事业。他至今一直严谨细致、井井有条的生活突然间被恼人的混乱无章所侵扰。那在K看来荒谬无稽且纯属诬陷的指控罪名似乎触动了这位被告人的神经，使他激动不安。

小说最后的场景是约瑟夫·K与一位宗教人士在大教堂里的相遇。后者自称是监狱神甫。对于K"我是无辜的"（Kafka，1994：200）声明，神甫反驳道："有罪之人都是这么说。"（Kafka，1994：200）然后立马厉声指责到："他太过于追求外界的帮助了。"（Kafka，1994：201）此言可谓一针见血地点破了问题的要害。因为其实就约瑟夫·K而言，无论是对罪名一再的否定还是对帮助和支持者的不断寻求都是明显缺乏自我认知和自信的表现。

这如侦探故事般悬念丛生的小说一步步揭示出那迷雾重重的逮捕背后的真正原因。这是约瑟夫·K一直试图抹去的，但却越来越清晰地呈现在人们面前。他的罪过在于毫无条件地屈从于外部的生存环境。工作、名望、职业、物质上的保障和刻板机械的秩序观念驱赶掉了他原本作为人的个体身份。他无法对别人坦诚相待，因为其他人于之而言都只是其精心算计里的中间环节。他也无法对自己的爱人敞开心扉，纯粹的欲望满足已经耗尽了他的情感。所以，他远没有达到一个真正完整的人应有的境界。正是他身上所体现出的人之颓败，那种原初的自我向集体之名的出卖，那种对自己的行为举止和目标设定毫无质疑的外部导向性（Außenorientierung），使得他被起诉于公堂。咎由自取而来的罪过也只有在他本人坦白招认后才能得以开释。无奈 K 一再宣称自己无罪并期望获得外界的帮助，于是他离那个本真的自我越来越远，并最终造成了自我的毁灭。

借助《法的门前》（Vor dem Gesetz）这则寓言神甫再次告诫约瑟夫·K 要主动坦白，唯此方能使他摆脱困境。寓言讲述的是一个乡下人试图走进法院大门里去，却一再被门卫虚张声势的权力所恐吓阻拦。这位乡下人就这样等在大门边的凳子上渡过了他的余生。临死前他才从门卫口中得知这道门任何别的人都进不去，"因为它是专为你设下的"（Kafka，1994：201）。可惜 K 却将这则寓言误解为单纯的骗局，而没有领悟其中启示他确立和把握住自我身份，进而从使个体离自我越来越疏远的外部条件的压力之下解脱出来的寓意。遗憾的是，K 直到生命的最后一刻都没能领悟出这其中的启示，依旧保持狭隘短视的状态，最终将自己消解在外界的准则与集体的权威中，成为一个彻底失去自由、没有独立自我的人。

与开篇的被捕同样具有奇幻效果的还有最后对 K 的处决。他在自己三十岁生日前夜由两个男人接走后被带进一家采石场。"一个同行者的两只手已经掐住 K 的喉头，另一个把刀深深插入他的心脏，并转了两下。K 的目光渐渐模糊了，但是还能看到面前的这两个人；他们脸靠着脸，正在看着这最后的一幕。'像一条狗似的！'他说，他的意思似乎是：他死了，但这种耻辱将留存人间。"（Kafka，1994：223）

这种仿若描述现实般的寓言式书写构成了情节原本的奇幻特征，其中大起大落的情节正体现出明显的中篇小说的叙述模式。这是一个关于个体身份被出卖于集体的故事，反映出个人如丧家之犬般臣服在集体的特权之下，受制于专权体制的压迫。而约瑟夫·K所代表的以外界为导向、一直拘于既定条件的自我，最终毁灭了自己。遭受死刑处决就是那荒诞不羁的自我毁灭所造成的灾难性后果。

19、20世纪之交正是人类社会发生巨大变革之际：传统的安稳秩序受到严重损害，对个人自我责任的意识也随之增强。卡夫卡在这则奇幻的寓言中塑造了一个无力承担这种责任并将自己送上绝路的个体，同时也影射出个体在一个集权主义的社会中咎由自取的压抑与消解。

完成于1922年的的小说《城堡》(Das Schloss)拥有与之相似的叙事结构，也同样作为片段于1926年由马克斯·布劳德出版。小说的主人公依旧名叫K。土地测量员K受命赴某城上任，不料却被阻挡在城堡大门外，于是主人公K同城堡当局围绕能否进入城堡之事展开了持久而烦琐的拉锯战。城堡就位于眼前一座小山之上，但却可望而不可即。它是那样冷漠、威严，像一头巨兽俯视着K。它代表了一个庞大的官僚机构，那儿等级森严，有数不尽的部门和数不尽的官吏，还有数不尽的文书尘封在那里，长年累月无人过目，得不到处理。面对这座强大的城堡，K很无奈，直到最后也没能进入城堡，也没见到城堡的当权者。

值得注意的是，当有人问询到K的居留许可时，他声称自己是受伯爵雇佣、来自一个地理位置无法更精准指称的村庄的土地测量员。他试图在第二天抵达城堡的尝试失败了，不过却在临死前等到了来自城堡官员克拉姆授予他的许可。

在客栈里K和克拉姆的情人——女招待弗丽达迅速发展了私情，并借此获得了城堡当局的传谕。很快他收到了克拉姆对其测量工作表示满意的秘密信件，而一直与门卫苦苦周旋、想要进入城堡的K却始终没能得见克拉姆一面。在城堡秘书的要求下，K考虑到克拉姆的利益而结束了与弗丽达的私情。最后精疲力尽的K不得不放弃执念。在布劳德的建议下，卡夫卡让小说随着K的死去戛然而止。

和《审判》中的主人公一样，《城堡》里的测量员同样也是完全将自己委身于一个遥不可及、虚无缥缈的权力机构，后者的所有职能和行动都隐藏在暗处。人们在这依附关系的丛林中陷得越深，就越容易迷失自我。K 寄希望于通过勾引卡拉姆的情人而深入城堡内部，但最终没能得偿所愿。和《审判》中的约瑟夫·K 一样，测量员 K 也是幻想借助外界之力达成目标，而没有去建构一种真正属于他的人际关系。

《城堡》以父权专制结构塑造了被社会吞噬的个人。后者屈服于社会权威并被迫遵循强加其上的命令和规则，饱受压迫。那位测量员 K 的真正使命其实是测量他的自我身份，却一直试图在社会权力体系中获得明确的生存许可，而没有依助真正的自我，最终导致了自我的灭亡。

卡夫卡的这则奇幻的"小说寓言"（Romanparabel）刻画出没有自由、沦为奴隶的个体。主人公以悲剧性的反讽方式在那条他期望能找到自我的路上失去了自我。通过这种奇幻的荒诞，原本的探寻自我之旅成了自我毁灭的不归路。在法西斯势力正开始走上独裁之路的时代背景下，被过去的专制社会机构所迫害的个人其实也预兆着那场正在逼近的惨绝人寰的未来浩劫中无法逃脱的牺牲者。

第二次世界大战从步步逼近，到全面爆发，这场战争的整个过程以及战争结束后留在人们意识中长期挥之不去的阴影都促使奇幻文学成为反映危机与灾难的一面镜子。这面镜子将作为对人类及其历史进行极端否定的混乱映射出来。在它的观照下，被视作荒诞命运的死亡、坠入虚无的沦陷、大规模灭绝的无名生命都呈现出奇幻的、超越常规期待视野的面貌。这是一个人类面临着天下大乱的威胁、自己和这个世界将被灭亡的时代。这一时期有限的奇幻长篇小说或许就是对这个时代高度浓缩但却极为真实的写照。

亚历山大·勒内-霍雷尼亚（Alexander Lernet-Holenia）的奇幻小说对 20 世纪这场最大灾难的反映方式既具有代表性，又体现出不同的时代特征。在第二次世界大战爆发的 1939 年，他的小说《一场红梦》（Ein Traum in Rot）出版面世。其主要情节为：一场厄运降临在加利西亚的地主格洛多夫斯基家中。这是一场可怕并且显然无法躲避的灾难。那场从蒙古荒原蔓延过来的革命，正在给传统的统治阶级带来灭顶之灾。席卷整个欧洲的极度不安和深切的灭亡恐惧一直延伸至东边的部族。

晦涩的预言成为贯彻作品始终的红线。这预言出自一位名叫阿南钦（Ananchin）的诗人和预言家。这个名字融入了希腊的命数之神阿南刻（Ananke）。在此基础上读者读到的是：格洛多夫斯基从自家庄园的窗户向东远望的目光中流露出的既有深深的忧虑，同时又有个人行为的无助与无可奈何。大祸临头的不祥气氛正在蔓延，最糟糕的一幕即将到来。人们在短暂的反抗与麻木的听天由命间来回摇摆。

年轻的米哈伊尔被死亡使者附身。这个被命运选中的非基督徒执行了开篇提到的最晦涩的预言，开启并完成了他的毁灭之作。他的出现处处伴随着骚乱与不幸。当那些深受其鼓动和诱惑的奴仆与婢女们试图起来抗议造反时，整个庄园便陷入一场火海之中。直到遇上三个神秘的蒙古亲王，米哈伊尔才意识到自己身负的责任并在他们的帮助下完成了自己的使命。最后米哈伊尔身上那个善良的自己获得了最终胜利。他的自我牺牲似乎改变了厄运的方向。"这个非基督徒已经踏上征途，但却无法战胜这个世界。"小说的结尾处有人说道："奇怪的是，自从他死去后，再无人提及战争之事了。"（Freund，1999：221）

然而这部小说的结局并不令人乐观，而是充满悬念。作品此处的言辞也明显具有保留意味："或许上帝会让玫瑰从雪中开放，或许没有播种的土地也能丰收，葡萄酒能汇入河流。甚至于或许这就是他的意愿——让那永无止境的痛苦结束。谁又能知道呢？"（Freund，1999：221）小说以问号结尾，终止于一种反复强调的或然和穿越非现实边界的愿念。恐怖的战争威胁如同一场奇幻的灾祸笼罩着整个欧洲。在小说出版的那年，一场莫名而隐晦的命运浩劫正酝酿开来。奇幻的文学风格在此体现为末日的晦暗预言。能保留下权利的不是许愿者，而是怀疑者。

在接下来的小说中，已经历了战争爆发的勒内-霍雷尼亚让战争残酷的真相彻底暴露出来。那篇1941年就已被印刷，但由于纳粹政权的禁令直到1947年才出版面世的《白羊座里的火星》（*Mars im Widder*）中被奇思构想出来的螃蟹列队便作为一种末日征兆成为了充满奇幻色彩的主旨意象。故事的核心人物于"二战"爆发阶段的波兰战役期间遭遇到一支巨大的、引人瞩目的螃蟹列队。它们在地上刮刮蹭蹭地爬着，行进时嘎吱咔嘟作响，就像是身负装备的骑兵部队。这支队伍前行时看起来就像在做着无数种不同的动作，而且似乎停不下来，仿佛它们是唯一能在大街上爬行的动物。

这场 20 世纪最大的战争灾难爆发伊始，那些具有毁灭性、传播死亡与衰败的远征队伍便一路自西向东进击，又从东向西迁回，宣示着自己的到来。一个关于集体性灭亡的故事正在展开：个体身份正在消亡，将人类倒推回野蛮的原始状态。这队伍就像从地狱深渊中升腾而来，火焰、烟雾和硫磺也随之从来自地狱的毁灭机制中喷发出来，消灭了三分之一的人类。被神奇召唤来的不祥之兆在对"二战"的末日恐惧中成为了现实。神奇幻想一下子更像是一种关于个人陷入迷失方向和存在危机的集体历史的隐晦预兆。随着对人类与人性完整性的信任遭到破灭，世界也变得陌生而充满敌意。当人们意识到在真正的浑沌无序面前重新建立意义的不可能性时，故事里的世界也变成了荒无人烟的不毛之地。

除了对灾难降临的晦暗预感和关于人类战争浩劫的描述，勒内-霍雷尼亚在他 1955 年出版的最后一部小说《月亮伯爵》（*Der Graf Luna*）中还展现了那场人类历史性的震颤在主人公意识中所产生的深刻影响。该人身负罪过。负罪感带来的良心煎熬使他一步步深陷迫害妄想症的痛苦泥潭。

在奥地利被纳粹德国吞并后，维也纳企业家亚历山大·杰西尔斯基接手了某位月亮伯爵的地产。后者的财产被瞬间没收，本人也被关押进了毛特豪森集中营里。战争结束后，负罪感一直萦绕着杰西尔斯基，始终挥之不去，主要是因为伯爵的死一直让他耿耿于怀。他越来越觉得自己曾经加害过的人在跟踪他，似乎要来找他讨回公道，让他为自己的罪过付出代价。

房屋里不时传来的可疑噪音让杰西尔斯基总感觉到那看不见的幽灵的存在。他追赶着这幽灵并将其当街刺杀，而事实上被杀死的是他妻子的情人。不久之后，当杰西尔斯基回到乡下时，他开枪击毙了一名猎人。他将这猎人认成了之前提到的月亮伯爵，而其实后者只是月亮伯爵家族旁系亲属中的一员。

　　迫害妄想与负罪感导致的幻觉替代了真正的现实，也使得在幻想者意识中现实与恐惧的界限模糊不清。神奇幻想的文学风格向那些妄想从法西斯对人性的蔑视中获取一己私利之人提出了控诉，同时也警告这些人必然要为扭曲的恐惧付出代价。杰西尔斯基迷失了自我，最终落入罗马暴政的墓穴中。

　　如勒内-霍雷尼亚一样，赫尔曼·卡萨克（Hermann Kasack）也写下了对那场来势汹汹的战争浩劫的印象。他那部于1942年开始创作、1947年得以最终出版的长篇小说《河流背后的城市》（*Die Stadt hinter dem Strom*）在选材和风格上都让人联想到库斌的作品，同时也体现出对从20世纪初期到中叶的奇幻叙事模式的继承和延续：在河流的背后、现世之彼岸的一座城市里，编年史作者林德霍夫遭遇到一群魅影。它们栖居在洞穴和废墟中，像木偶一样进行着呆板的工作。到处都呈现出残败落破的景象，连最不起眼的工具中都留下了败落的痕迹。人们如同鬼魂般生活在这满目疮痍的废墟中。极具荒诞和讽刺意味的是，人们用尘土做成的石块建造工厂，为的是将其在相反的工序中又碾碎成石头，以此获得建造的新原料。在如此毫无意义的循环中，工人们就如同机器人一样劳作，却不会反思他们的行为。

　　从这座鬼魅之城回来后，林德霍夫又来到同样是一片废墟的乡下。和那河流背后的城市一样，此处曾经完整和谐的生活空间眼下也只剩残砖断瓦。那里的人们行为举止也如同来自被遗忘的时空中的幽灵。启示录中的末日场景在现实中上演。卡萨克的这篇小说，尤其是其中的第一部分，就是一则关于"二战"这场人类历史灾难所导致的对人类毫无意义的毁灭与伤害的奇幻寓言，如此它的功效性得以保留。那充盈的佛家思想和远东的宗教观念玄奥地将作者的原始意图遮蔽在源自迈林克和其追随者的创作风格中。作为或许是"库斌圈"中的最后一位奇幻作家代表，赫尔曼·卡萨克再一次将这种体裁的优势和短板同时展现出来，让惊悚和恐怖具象化于扭曲变异、混沌无形的世界里，同时也陷入宗教式的怀疑论中。

汉斯·亨利·雅恩(Hans Henny Jahnn)的最后一部长篇散文作品《铅之夜》(*Die Nacht aus Blei*)创作于1950—1953年,并于1956年首次在长篇小说《众生难逃》(*Jeden ereilt es*)中被独立成篇发表。虽然该作至今未被纳入奇幻文学的范畴,但其奇幻的叙事结构却不容忽视。故事的开篇和结局都笼罩在一片黑暗的氛围之中。作为黑暗天使的水手加里出场时只闻其声,他将马蒂厄独自一人留在城市的夜色中,并要求他去探究这座城市。漫漫长路就这样开始于昏暗之中,开始于如铅般的黑夜里。伸手不见五指的黑夜重重地向那孤独的夜行者袭来。马蒂厄一路寻找着自我,受尽了各种恐惧、孤独和迷惘的煎熬。但家家户户都大门紧闭,窗里的灯光也一盏盏地熄灭。"我们穿街过巷,直到我们的爱心受到伤害。"(Freund,1999:225)他拒绝了艾尔维拉和她的新郎对满足其感官享受的应许,因为这些将成为他走向自我之路的瓶颈。

使他深受触动的是和17岁的同名人的相遇。因为对于马蒂厄来说,"他就像一面镜子,保留下了当年的我"(Freund,1999:225)。这个年轻人身上有个伤口,那是死亡的标记。所有对他施救的尝试都失败了。年轻的"马蒂厄之二"在睡进地下室深处的一座石墓之后便离开了人世。剩下的老马蒂厄领悟到了人终将一死,死亡是无法逃避的,因为它是从人的青少年时期就被注定下的结局。

在一片空寂和虚无中,马蒂厄朝黑暗天使喊道:"加里——我认识的天使、黑暗天使啊……"(Freund,1999:225)然后他好像听到墓穴的顶盖扑腾掉下的声音。一幅追寻圆满人生的画面在中篇小说式的精辟有力的描述中呈现出来,而这条道路的终点却注定是死亡。那如魅影一般的黑暗天使,便是否定彼岸信仰的拟人化表现。

1945年后的世界已彻底失去了对于存在之意义基础的承受能力的信任,也失去了对于人类在慈悲上帝的庇护下获得保佑的希望。毫无意义的黑暗仍在蔓延,充斥着孤独寂寞与个体的迷失。这些人们自愿走进黑夜中来,并将自我消逝于生无可恋的绝望中。城市也变得阴森恐怖,人们被剥夺了安居乐业的权利,只能居无定所,独身的人更是无家可归,连周围的邻伴都失去了。雅恩的这部篇幅相对较短的长篇小说，或者说更像是一部中篇小说，它在奇幻的述写下揭露出意识到刚刚发生的这场能将一切人类之积极和乐观销毁耗尽的历史事件何其惨烈的人们那举手投降、听天由命的态度。

综合上述分析可见，"二战"前后的德语长篇奇幻小说通过怪兽人、末日预言、自我消解、生存危机、混乱和灾难这些常见的母题，模拟了充满意义的世界陷入无端毁灭的末日情景，在超现实的语境中反映出面对工业化的进一步发展和资本主义经济危机与世界大战阴云笼罩下的人们内心的挣扎、恐惧、焦虑与极端的无助感。

到了现当代，媒体的发展改变了人们接受信息与感知体验的方式，真实与虚拟之间的界限也变得游移不定，信息操控着对真实的模拟，这些在当下都促生出一种具有普遍性的奇幻大环境，一种关于秩序与条理破散、结构与归类消失、身陷一片杂乱与混沌的意识。世界也因此变得疏远而陌生，仿佛那头脑中的臆想与真实发生之事可以相互对调，似乎通过虚拟媒介的模拟人们可以对任意空间进行再造、修改或让它消失，过去、现在与未来的时间界限可以被毫不费力地穿越。

通过媒体传播所带来的各种炫目刺激将传统的常规与秩序体系搅乱成各种感官刺激层叠交错的混沌一团。在持续不断的改变、扭曲变形和异化的漩涡中，这些质变常常呈现出糟糕而充满威胁的转变趋势，因为它们激发了一种听天由命与晕厥无助的意识，以及对于无法避免的灭亡的预知。神奇幻想由此升级为自动跨越界线和解构一切的时代症状。

赫尔伯特·罗森多弗尔的首批长篇散文于 1969 年被作为长篇小说《废墟建造师》(Der Ruinenbaumeister) 出版。这是一个由交互关联的众多故事构成的迷宫碎片。其中的故事在某处戛然中止，随后又重新开始，成为一个独立的内容。由此便产生出一个交叠虚构的世界，一切意义的关联都被排除在外。

所有的叙述由一张纸开启，上面布满奇怪排列的小点。每一个点原本应该是一个孔洞，但看到它们的样子，叙述者便会产生一种幻觉。这幻觉将他引入一个神秘但又尤为熟悉的世界中。在那儿他经历了奇怪的遭遇，碰到了奇怪的人，讲着说不完的故事。在虚拟的叙述环境中，时空的界限也顿时变得模糊不定，读者被带入一个陌生异常并随着依次出场的人物角色而发生改变的时空秩序中。其中一些人物似乎来自极为远古的文明时代。在此奇幻的背景下，文艺复兴、巴洛克和洛可可时期都以敏锐的艺术感和轻快的阿拉伯风格再次重现。

其中那座一人高的纪念碑有着特别的意义。那是一个悲伤的守护天使形象。石头上布满的小孔表明，那看似缺失的字母曾经是清晰可读的文字。"守护天使……不再悲伤，他为自己哀悼，为他失去的意义悲伤——哀悼回归到了本体……"（Freund，1999：227）直到很久之后，叙述者"我"才得知，那座纪念碑并非因旧破损，而是被废墟建造师精心设计并有意呈现出现在这种残破的造型。

这种残破和缺损的情况也同样发生在文中的两个机器小人身上。其中一个在24小时驱动装置下一直保持活动运转的状态，另一个则只运转12小时。两个小人可以相互将对方拉升起来，如此构成一个类似于永动机的装置，而其设计者却在制造出完美小人的计划实现之前就离开了人世。这两个分别名叫希泽恩（Schizeon）和派蒂克勒斯（Paitikles）的机器小人，成为了对分裂与不成熟状态的影射。

两个机器小人将叙述者带上一艘轮船。在船上他遇见那位废墟建造者和来自其他年代的神秘人物。对世界沦陷的影射成为贯穿他们谈话的核心主题。对此，在保守的文化批评转向中，技术作为将现代世界工具化和祛魅化的伪预言者负有不可推卸的责任。诸如"因启蒙而被蒙蔽"的表述听起来颇有后现代的意味。对一种不完整的、碎片化的现实的印象成为了主流。它的产生就是为了分解，然后再分解，在看似永恒的循环中周而复始。那毫无意义的永动装置其实从长远看就是一种必不可少的能量损耗现象。

该作品中各种故事如迷宫般错综交杂，诸多怪诞的偶然事件一再将情节线索混杂弄乱。最后，叙述者终于从这乱局中走出，并似乎通过闭上眼睛吟诵那哀悼天使像基座上的碑文突然找到了解开谜团的钥匙。那碑文如下：

"Sator

Arepo

Tenet

Opera

Rotas"（Freund，1999：228）

其中的第一个单词与最后一个互为镜像，第二个与第四个也是如此。而中间第三个单词则不管是顺读还是逆读都是同样的发音。塑造者将他的作品视作一种循环，同样如此的还有那影响了整个小说并透彻地诠释了叙述者幻觉的粗略翻译版。

然而每一种循环带来的终将不过是残破和缺憾。守护世间的天使仅有一只翅膀，因此不能飞行，也没有在这种循环往复的定式中一跃而起的能力。这饱含创造力的神像并非是完美之神，而是哀悼那永恒的不完美的神灵。启蒙理性对最理想的可能世界的信仰就是一种迷信。在戏谑而不可理喻的笑话的奇幻伪装下，罗森多弗尔终结了人们对现代文明进步的幼稚幻想。那种不完整性将始终在这循环中运转，直到内部的能量被彻底耗尽消竭。

罗森多弗尔的另一部小说《斯特凡妮和她的前世》(*Stephanie und das vorige Leben*)(1977)讲述了关于这样一位女性斯特凡妮的故事。她有一天做了许多奇怪的梦，梦里她置身于另外一个时代的陌生之地。就像做噩梦一般，她一再发现自己在一个极度华丽的卧室里，身边是一个被切开了喉咙的男人。她从这座宫殿般的房子的窗户朝那座充满异域风情的花园望去，只见那里面开着无数火红的花。远处，一座明显具有东方特色的城市映入眼帘。

　　她曾经向其倾诉过的哥哥认出这是母亲口中安达卢西亚的格拿纳达王国（Granada①）那奇特的轮廓。兄妹们的旅行证实了这种猜测。返回后不久，斯特凡妮却神秘地失踪了，又于数周后惊慌失措地、在几乎病入膏肓的状态下回到家中。去世前她向哥哥讲述起她埋在城堡不远处的磁带中具有启示性的录音。从留存下的文献资料中可以得知，如今名为埃斯特法尼亚的斯特凡妮在二百年前的前世是一位公爵夫人。她谋杀了自己的丈夫，其动机一方面是因为丈夫的桃色绯闻，另一方面也是因为她丈夫成了她自己婚外恋的阻碍。因为受到西班牙当局的怀疑，她在将自己的前世记录下来后又从 1761 年回到了两百年后 1961 年的生活中。令人疑惑的是，她在记录时是将自己的兄长当成未来的受众来进行叙述的。

　　这个奇幻故事通过对过度纵欲的自白表现了依附于时代的个体命运。过去、现在和未来在其中实现了无缝交融，也消解了日常秩序中人们熟悉的界限。个人就像看似任意进行的游戏中的玩偶。他好似一个时间旅行者，可以随时从现在回到过去，也可以轻易从"当下的过去（Gegenwart erlebte Vergangenheit）"穿越到未来，再从"未来的当下（Gegenwart der Zukunft）"继续出发。这场时间的游戏将时间意识简化为一种具有方向性的法则。最终，两种分裂的时空之间的灾难性转换摧毁了人类的生存基础。罗森多弗尔通过这种奇幻的自述展现了在当下时代中人们内心深处的不安。在这个时代中，实然与偶然、经验与模仿常常相互换位，以至于人们迷失了方向，对现状不知所措，在语言真正的意义中茫然若失。

　　此处不得不提的还有当今德语文坛怪才之称的奥地利著名作家克里斯托夫·兰斯迈尔（Christoph Ransmayr）。他是一个永远在路上的作家，不断地游历于世界各地，在艺术上追求别有洞天的异域风格。兰斯迈尔的文学创作始终与他的世界旅行经历密不可分，水乳交融。在文学探险的征程中，他一再义无反顾地走进一个个遥远而陌生的世界。可以说，他总是以

---

　　①　公元 1250 年，在西班牙的基督徒已经控制了除格拿纳达王国以外的其他地区。格拿纳达王国一直给莱昂（Leon）和卡斯蒂利亚（Kastilien）的国王进贡，但是到了公元 1492 年，这个在西班牙的最后一个穆斯林王国也被攻占了。

独特无比的艺术表现视角，饱含象征性地展现出一幅幅别开生面的艺术画面，又自然真切地使之与他所感受的生存现实交相辉映，从而让虚构的异域图像在读者的心灵里不知不觉地成为当今世界不可或缺的镜像。

在兰斯迈尔发表于 1988 年的长篇小说《最后的世界》(*Die letzte Welt*) 中，变形的母题构建出了承载意义的结构原则。这既体现在情节框架的设计上，也涉及出场人物的塑造。公元 1 世纪诞生于奥维德(Publius Ovidius Naso) 笔下的《变形记》(*Metamorphosen*) 为该作提供了文学上的创作源泉。《变形记》中，在大量神话人物变形为植物或动物的背景下，这个世界实现了从最初的浑沌无序向奥古斯都时期的帝国秩序的转变。

在兰斯迈尔笔下，许多古老传说中的变形形象被转移到现代，即产生了二次变形：一次是依据文学原型的变形，另一次为发生在叙事时当下的变形。小说的故事情节围绕着奥维德的朋友及崇拜者科塔找寻被奥古斯都大帝流放至黑海的诗人展开。这位诗人得知了皇帝孙女尤莉亚的无耻欲望，并因被当作可恨的知情者而丧失了权力。钢铁之城拖米，即今日临近黑海的港口城市康斯坦察，在科塔被流放至此之时就已经表现出明显的衰败迹象。"周围的一切都受到海风的腐蚀和侵袭，到处锈迹斑斑。铁锈的颜色成为了整个城市的背景基调。"(Ransmayr，2004：230)①房屋不断地倒塌并消失在攀援植物和苔藓之下。曾经受到工业和矿业排挤与破坏的自然又重新夺回了统治地位。与其文学原型不同的是，这种变形本质上不是从混乱变为有序，而是在一片神秘的衰败场景中从文明倒退回混乱的自然状态。身处其中的人们面对这种状态却显得麻木无能，无助无力。一场奇幻的灾难正笼罩着这座城市。它变得永无宁日，直到一切都无法挽回。

作为流放与死亡之地的拖米城，成为这个最后的世界坠入无底深渊的陡峭轨道。黄金时代并未到来，取而代之的是堕落腐朽的世界末日。这是一种由幽灵般的内在冲动导致的对文明财富的严重废弃。兰斯迈尔描写的

_____

① 本研究中该作品中文翻译部分引自谢建文：《发现者对失落意义的追寻：论兰斯迈尔的〈最后的世界〉》，《外国文学研究》，2006 年第 3 期。

既不是宇宙的起源，也非赞美歌和田园诗，而是在与奥维德模式相反的一种极端构架下展现奇幻衰亡的末日乌托邦，也是一种终结于混乱无序中的更糟糕、更致命的变形。集体的毁灭凌驾于创造性原则之上。与库斌的《另外一边》相似的是，小说结尾处展现出了造物主的另外一面。

科塔获得的第一批信息是充满矛盾、令人困惑的。人们无法确定的是，奥维德究竟是已经死去还是仍然生活在拖米北部一个叫特拉奇拉的村子里。科塔的继续探究一直未能取得实质成效，直到那证实为奥维德留下的石刻文字被发现。他满心希望这些发现能记录下那个时代以及此番陷落的场景。

科塔一再遭遇到来自奥维德笔下奇特无比的变异形象，其中就有侏儒身形的库帕里斯，其原型是古罗马神话中倍受阿波罗青睐的美少年库帕里索斯①，此处却成了一位漂泊四方的电影放映员，并在游历途中亲历了植物的变形。在他放映的影片中出现了众多古希腊罗马神话中的英雄人物，如海格力斯，赫克托耳，奥尔弗斯等。仙女艾柯变为了一个身染牛皮癣的妓女，却在某天夜里成了科塔的恋人。希腊神话中因精湛绝伦的纺织技术令女神雅典娜嫉妒并愤恨不已的阿拉克尼②，此时却又聋又哑地在拖米城将从奥维德口中听到的故事编织进地毯里。那个曾经生活着各种古典神话形象的拖米城，现在却充斥着电影院、电话、广播喇叭和罐头食品，随处都可听见手工工场里机器轰隆作响的声音，仿佛在无序错乱的年代中来回穿越。字里行间，人们可以感受到气氛的弓箭被拉紧，其张力一直持续到

---

①　罗马人将 Cyparissus 转写为 Cupressus，植物学中的柏属 Cupressus 即源于此。

②　希腊神话中一名普通的人类少女，她拥有一手非凡的编织和刺绣本领，林中和喷泉中的女神们都钦慕她的手艺，认为她一定是掌管战争与智慧技艺的女神雅典娜亲手所教。可阿拉克尼非常骄傲，她马上予以否认，她无法接受被人看成女神的学生。雅典娜知道这个消息后很不高兴，找到了这位少女进行纺织比赛，想教训一下她。比赛中阿拉克尼故意在自己的图案中织出了显示众神缺点和错误的主题，她的作品精彩绝伦，雅典娜不得不佩服她的手艺，但同时又对她表现出的傲慢和不敬感到无比愤怒和屈辱，就把她点化为一只蜘蛛，让她永远编织下去。于是她的名字演化成 arachn/o 这个词根，表示蜘蛛的，蛛网的。

当下。在古风的包装下，现今的毁灭趋势变得更加明显醒目。

艾柯如此讲述奥维德的这番憧憬："那从因饿狼般的贪婪、残忍和控制欲而走向毁灭的种族泥潭中滋生出的，被纳索称为原本的、真正的人类，其实就是一群铁石心肠的混蛋。他们有着毒蛇一样的眼睛，冷血无情，完全不懂爱的语言……"（Ransmayr，2004：231）此番充满奇幻而又令人震惊的描写证明了兰斯迈尔笔下最终的世界就是人类进步的终结，是对向完美生活形式发展的古典乌托邦的极端复兴。从那锈迹斑斑的废墟中将诞生出一个"石化时代"（steinernes Zeitalter），生活其中的都是被石化成没有情感和灵魂、不懂爱恨，在空虚的日子里得过且过的怪物。比死亡更糟糕的是，在没有记忆与幻景、失去了历史与未来、不需要任何观照与反思的僵化生活中一直呆滞下去。

"书籍霉变，被焚烧，最终灰飞烟灭；石碑都被当作不成形的废料倒进了垃圾堆，就连那些凿入玄武岩的文字也消失于时间的流逝中。虚构的现实再也不需要什么记录了。"（Ransmayr，2004：232）由此可见，兰斯迈尔的这部小说是一种晦暗的奇幻预言，但却无关神灵，而全都指向衰亡。这不是隐匿神性的天启，而是掩藏在幂幂之中的混乱的显现。它宣示的不是未来的开始，而是彻底的终结。

在这最终的世界中，所有变形的物种都逃不过消亡的命运，并将最终走向没有历史与意识的虚无。纳索把每个故事叙述至其最终的结局，并以此将他的世界从人类社会和其秩序中抽离出来，于是最后他也身陷荒无人烟的空虚景象中。由此读者感受到这样一种过程：奇幻的虚构将人类秩序化的现实转化为自然界混乱的现实，并最终宣告了自我的结束。

阿尔班·尼克莱·赫尔博斯特（Alban Nikolai Herbst）凭借1998年出版的《忒提斯①·别样的世界》（Thetis. Anderswelt）展现了一首非凡的变形类主题史诗。叙述者汉斯·迪特斯用各种不同城市的街道、广场和房屋组合出

---

① 忒提斯，古希腊神话中海神涅柔斯（Nereus）的女儿，海中女神之一，她也是珀琉斯（Peleus）的妻子和阿喀琉斯（Achilles）的母亲。她和珀琉斯的婚礼上发生的"金苹果之争"导致了特洛伊战争的爆发。

了一个范围从克拉科夫到南锡的大都市，他将其称为布宜诺斯·艾利斯。该小说将现实叙述、科学幻想和怪诞风格融为一体，塑造了一个别样的世界。这是一个既有生者又有亡灵、充满怪异形象的神奇国度，一个由技术操控生命过程、有着高科技文明的国度，里面都是出自试管和化学物的产品，此间社会的等级差距极大，又饱受破坏性的灾难侵袭，城市与乡村被洪水淹没，这也是对海洋女神忒提斯的影射，她拥有变身为不同形态的本领。

该作品中城市之间的地域界限似乎被消除，柏林、巴黎、伦敦、切尔西、巴勒莫都不分彼此地融为一体，共同组合成一块如马赛克般的大背景。时间概念也被彻底打乱弄混，瞬间被延长为数年之久，一年又如同瞬间般飞逝。

在柏林的银石咖啡馆，迪特斯构想出一个关于极度疯狂的世界的故事。当他还自认为能掌控他虚构的故事时，他周围的现实正在转变为一个生活着他幻想出的各种奇幻形象的奇特世界。幻想战胜了真正的现实，并使得叙述者最终迷失在自己虚构的世界里。这个世界正在以一种可怕的方式呈现出具体的样貌。在寻找曾经居住过的街道时，迪特斯差点就要迷失方向了。"这不是一座未来之城，而是另一种当下……汉斯·迪特斯精疲力尽地向前走着。幸运的是，他发现了布宜诺斯·艾利斯，但这也并不意味着他对这个城市了如指掌。"（Freund，1999：233）

可以说，赫尔博斯特笔下的别样世界处于一种人们彼此间没有联系的孤立状态，所反映出的是一种终极性的、丧失立足之地的意识，是人类面对咎由自得的混乱时缴械投降的姿态。兰斯迈尔和赫尔博斯特的小说让现当代奇幻文学中的恐怖变形达到了巅峰，并向人们呈现出一个在怪诞与荒谬中自我消解的世界。

此外不容忽视的是，青少年奇幻文学也成为奇幻文学中的新兴类型。不过真正意义上的青少年奇幻文学目前仍然并不多见。因为人们总是要避免青少年受到这种不安和恐慌氛围的影响。但它在开始出现之际，就引领着克制那种使人茫然无措、惊恐不安之感的路线。青少年奇幻文学无疑和成人奇幻文学有着差别，但仍然存在着不少由恐惧向希望，由奇幻向乌托邦过渡的例子。

詹姆斯·克鲁斯（James Krüss）的《蒂姆·塔勒》（*Timm Tahler*）（1962）作为首批德国青少年奇幻小说的重要典范与沙米索的彼得·施莱米尔的呼应绝非偶然。如同后者中的影子，克鲁斯小说中的笑容也成了获取利益的交换物。通过对物质的离弃与向精神上不断扩展、丰富的人类自然属性的转向来克服奇幻的迷惑构成了这部带有长篇小说特征的中篇小说的主要结构。克鲁斯同时也基于一种乌托邦式的前景展望视角给这部奇幻小说赋予了充满理想主义的结局。

蒂姆·塔勒从一开始就相当于现代版的施莱米尔，是个卑微的倒霉蛋。他成长于贫穷困苦的环境中，家中还有继母以及那个没有血缘关系的哥哥。不久父亲也去世了，他便受尽了冷落与欺辱。虽然生活的现状残酷无比，但蒂姆对美好生活却有着炙热的向往。遭遇越是不幸，他的美好梦想就越是丰富精彩。这些梦想无一例外都是以发财致富为中心，因为蒂姆认为财富能有效地终结一切苦难与不幸。于是他便尝试在父亲曾带他参观过的赛马场上碰碰运气。

带着对得到补偿的渴求，与"方格先生"（der karierte Herr）的相遇为故事的发展提供了重要的前提条件。这位名叫"勒富特"（Lefuet）的先生，其真实身份正如他倒拼的名字（Teufel）一样，是魔鬼。他向这位渴求富贵和声望的年轻人许诺，能让其在今后的任何赌局中获胜，但蒂姆必须以出卖他的笑容作为交换，并且不能将此次交易透露给他人。而一旦他输掉赌局，便能立刻重获笑容。蒂姆同意了交易条件，这便有了现代版的魔鬼协约。他也通过赛马赢得了大量钱财。然而，在享有荣华富贵的同时，蒂姆也体会到他丧失了作为人的一项基本特征。他在木偶戏中听到的笑声，让他发现这其实就是人与动物的区别。

和沙米索笔下的灰衣人一样，这位"方格先生"其实就是魔鬼的化身，他闯入人间的世俗生活，并不断引发混乱。在此情景下，原本滋养奇幻文学影响力的温床却在个体的意识中成为了短板。个体备受压迫的生活环境需要改变，而日常生活却处处阻碍这种改变的发生。直到这种体验使他受到奇幻引诱的影响，被这种纯粹物质上的、表面性的解决假象所迷惑。

笑容的出卖让蒂姆失去了一项人类的基本特征，他后来的人生轨迹也不出意料地在金钱的世界里越陷越深。在赢得一次赌局后蒂姆成了全世界最富有的年轻人，因为男爵将其名下的全部财产都转移给了他。有了这样的身份后，蒂姆从事着一切能想象到的资本运作活动，如投机倒把、投资、生产、储存货物、广告推销和收取回扣。后来蒂姆·塔勒成了一个批发行业的资本家，并显然已将自己失去笑容之事忘到九霄云外。这一切现象都表明，当人的自由在物质的压力下被剥夺后，对金钱的迷恋就成了他行事的唯一动机和目的。蒂姆就这样沦为了资本的奴隶，也成了被异化之存在的象征。在整个沦陷的过程中，勒富特几乎一直在他身边，让他听到那交易得来的笑声，并借此表明即便是对魔鬼而言，会笑的能力也比占有财产更重要。

詹姆斯·克鲁斯的这部青少年奇幻小说可谓是一则关于资本主义商品世界的奇幻寓言。在这个世界里，当人们无法抵挡物质的诱惑时，便会失去生而为人的本性。此外，蒂姆的退变过程也形象地展现了那些被金钱奴役之人不断增长的空虚状态。物质财富与人性似乎成了相互排斥的对立关系，世间最富有的人在魔鬼看来就是个精明的商人。被引诱的蒂姆其实只不过是个百依百顺的工具。

在蒂姆成为首富之前，他通过克莱西米尔结识了一名男子。此人同样也因为贫苦的窘境而受到引诱，将自己的眼睛卖给了男爵，换来的是引诱者死鱼般冰冷无情的眼睛。蒂姆也亲耳听到了这被骗者在进行回换交易时的那场关键谈话。克莱西米尔基于自己的经验在无需违反协议的情况下为蒂姆指点了迷津，他深刻的洞察力与坚定的决心为蒂姆指明了走出困境的道路。在另一方面这位充满同情心的同伴也体现出了非同一般的重要意义。在意识到蒂姆的危机之后，克莱西米尔向他伸出了援手。他后来让蒂姆得知了内幕消息。当他们再次相遇时，克莱西米尔便打赌蒂姆无法赢回自己的笑容，而蒂姆作为对手便选择了相反的情况，于是这种困局便以惊人的简单方式解除了。如果蒂姆输了，按照协议他将重获自己的笑容。如果他一如既往地赢了，那勒富特也必须要将笑容还给蒂姆才行。理智与同情最终战胜了魔鬼的伎俩。小说结尾处有这样一句话："人类拥有笑容，魔鬼便失去了力量。"蒂姆回答道："人类正应这样和魔鬼交锋。如此它的犄角才会变钝。"（Freund，1999：236）

于是，之前看起来强大无比的勒富特，最终却变为虽然富得流油但也只剩钱财的可怜鬼。而蒂姆则放弃了他的财产，成了一家木偶剧团的经理。他所经历的这番心灵净化过程的最终目的是人类从异化的资本和死气沉沉的财富中获得解脱。魔鬼妄想通过利用人性的贪婪而使世界妖魔化的企图最终没能得逞。人类成了最后的赢家，因为自由与同情终究被唤醒。

欧特弗里德·普鲁斯勒（Otfried Preußler）借鉴了索布①神话中的母题，在其青少年小说《卡拉巴特》（*Krabat*）（1971）中以另一种方式表现出奇幻的迷惘。小说的故事发生在 18 世纪初"强力王"奥古斯特二世时期②的上劳齐茨，即有相对明确的背景时间和地点。主人公卡拉巴特是个无父无母的 14 岁乞丐少年。在某年的新年和主显节之间他做了个奇怪的梦。梦里他看见 11 只乌鸦立在一根木杆上，杆子上还留有一个空位置。有个声音一直在催促他前去施瓦茨科尔姆的磨坊。他马上赶到那里，然后见到眼前雪地里有只模样模糊、令人害怕、身形强壮的凶恶野兽，正在潜伏等待，伺机捕杀猎物。

这种与乌鸦有关的诡异噩梦在民间信仰中常预示着恐怖的灵异事件，可这在小说的后文中却成了步步逼近的可怕现实。身穿黑衣的磨坊主身上散发出一阵强烈的寒气。卡拉巴特感受到那种死一般的寂静，磨坊主那冰冷的手、如粉笔涂过的惨白的脸，还有那桌上的死人头骨，一同构成了指

---

①　索布人为一个分布范围极小的西斯拉夫民族，主要分布在德国的萨克森与勃兰登堡两州境内，人口在 5 万至 6 万之间。他们居住的地区被称为卢萨蒂亚。

②　萨克森选侯奥古斯特二世（1670—1733 年）之所以被称作"强力王"（der Starke），是因为他的体格健壮，魁梧高大，力大无比，也被称为"萨克森的赫拉克勒斯"。

向死亡的象征意群。尽管看到了这些恐怖的信号，卡拉巴特却不打算离开。他认为那空下的第 12 个位置一定意味着有第 12 只乌鸦的存在。它们背后隐藏着 12 个磨坊伙计，正好是与耶稣的 12 门徒对应的魔鬼形象。就连磨坊主自己也成了扭曲的耶稣讽刺画像。围绕着他的不是光明和生命，而是黑暗与死亡。

小说从一开始，那阴森恐怖、超越人类想象的诡异之事便闯入这位孤独少年的意识与生命里，并由此引发了这番令人震惊的遭遇。和克鲁斯笔下的故事一样，此处也有魔鬼对个人施加的威逼压迫，然而那神秘诡异、与世隔绝的事发地点却与前者有明显的的不同。勒富特闯入现实世界的目的是让他的目标对象臣服于物质和金钱，而这与世隔绝的幽灵般的磨坊主所带来的则对人类生存有着更深广的威胁。作为一个半大小伙子的卡拉巴特在其成长路上与魔鬼形象的遭遇，其实便是人类死亡意识的突然出现。死亡的声音对他苦苦相逼，迫使他直面人类生存的核心问题。

磨坊本身也是发生恐怖事件的场所。12 个帮工伙计会定期变身为乌鸦，并向师傅学习魔法。每年都有一位神秘的客人来到储藏磨坊粮袋的厨房里，每年的新年之夜也都必定有位伙计死去。直到最后读者才被告知，原来磨坊主和魔鬼签订了协议，并达成交易：以三个伙计中牺牲掉一人的性命来获取他的永生不死。

卡拉巴特在磨坊里苦熬了 3 年，但他在这段时间却比在一般情况下的 3 年时光里更快速地变得成熟老练起来。因为磨坊里的 1 年相当于现实中的 3 年。磨坊成为了死亡之地。在古老的民间传说中，碾磨本身就有着毁灭生命的象征意义。而磨坊中时间流逝的翻倍则是死亡逼近的信号。

普鲁斯勒通过塑造卡拉巴特这一典型角色生动形象地表现了人类的死亡意识和其逃避灾祸的尝试。然而卡拉巴特也渐渐意识到，在磨坊的生活让他陷入了进退两难的死胡同。死亡和对死亡的恐惧无处不在。在死亡的魔力下，人类似乎没有了最终决定所有生命的真正有生命力的态度，从而失去了自由，成为恐惧的奴隶。死亡之恐惧对小说主人公在其发展的某一阶段的侵袭绝非偶然，因为这一阶段正好是其从青少年进入成年期前的极度敏感时期。再加之卡拉巴特在进入磨坊之前一直是处于社交孤立的状态，身边没有能给予他建议和安慰的人。人们能直观地感受到这位处于青春期的少年摆脱所有束缚的成长经历，和他重回内心世界、独立探寻出路的意识。恐怕唯有这种对个人生命意义追问的积极回应才能彻底从无终无果的恐惧中解脱出来。

在这种意义下，磨坊伙计们因受到死亡惩罚而禁止与任何女孩接触的情况则显得尤为关键。如此，这种奇幻冲突的一种解决方案已经露出苗头。卡拉巴特在附近的一个村庄结识了一位女孩，名叫坎托尔卡，她在复活节的时候作为领唱者登台表演。根据这个秘密团体的规定，如果这群伙计中的一人能成功获得一位女孩的芳心，并使她甘愿来到磨坊解救她的心上人，这可怕的禁令就有可能被解除。而这女孩必须从众多伙计中认出自己的心上人来，当然这会因为一些变化无常的魔法而相当困难。一旦这女孩失败了，那她就将和自己的爱人一起死去。

坎托尔卡其实就是磨坊主的克星。复活节的重生信仰与魔鬼的沦陷堕落、生命与死亡、社会奉献与利己主义在二者间形成了不可调和的矛盾冲突。随着坎托尔卡的出现，完整的人性得以渗透进磨坊这个非现实的奇幻世界。她与充满魔性的磨坊主的相遇引发出一种类似神话般的关键情景。被蒙上双眼的坎托尔卡不顾死亡的威胁，为卡拉巴特勇敢地接受了冒险，因为她爱上了他。"坎托尔卡来回走过伙计们排成的队伍，一次，两次。卡拉巴特的腿几乎都要站不住了。他感到自己的生命就要枯竭。一种从未有过的恐惧向他袭来。我就要害他丢掉性命了，这个念头一直萦绕在他头脑里……此时奇迹出现了。只见坎托尔卡……伸出手来指向了卡拉巴特。就是他，她说道。"（Freund，1999：239）

于是磨坊主的控制被攻破了。当卡拉巴特后来向坎托尔卡问到是如何认出他来时，她回答说："我感受到了你在害怕，在为我害怕。"（Freund，1999：239）最终的结果是爱情的力量战胜了死亡的恐惧与个人的统治欲望。这也是复活节的重生信仰对人类的死亡陷落的胜利。人性之爱与神性之爱一起成就了无畏无惧的幸福生活。魔法式的阴谋诡计再次被与自然和谐一致的人类生活所代替。

其实死亡在人类成长的早期阶段就像是一头神奇的怪兽。因为它击破了童年认为的万物和谐的幼稚思维模式，并引起人们发自内心深处的迷惘困惑。这是对彻底毁灭与身份丧失的恐惧。这种恐惧只有在无条件地转变为另一种恐惧时才能得以克服。卡拉巴特领会到了坎托尔卡作为生命的承载者对他起到了怎样的引领作用。他对死亡经验的意识也得到了进一步扩展，并且摆脱了恐惧与奇异的幻觉，甚至拓展到了社会的维度和对有意义的生活的信仰。

此外，进入近现代以后，德语奇幻文学界还出现了科幻文学这样的新变体。比如当代德国女科幻作家夏洛特·克尔纳（Charlotte Kerner）①的作品就通过科学元素将幻想和现实有机结合起来，塑造了饱含质感的人物和充满张力的情节，也彰显出深刻的哲学思辨与深厚的人文关怀。从她迄今为止创作的四部小说来看，读者不难感受到书中玄幻奇妙的虚拟世界背后对现实社会与人性的探索和思考：

《生于1999》（*Geboren* 1999）（1989）讲述了一个17岁男孩寻找生母的故事：长相英俊但性格冷漠的男孩卡尔向他的养父母宣布，要寻找他的生身父母。于是在女记者弗兰齐斯卡的陪同下，卡尔开始了自己动人心魄的寻亲之旅。尽管当代社会的档案机构和科学设施给卡尔提供了大量信息，但神秘的数字和符号还是让他无从知晓自己的生身父母到底是谁。于是卡尔陷入了从未有过的惊诧与困惑之中。他不断呼唤着妈妈和寻找着自我，最后，所有的证据把他引向了一台奇特而冰冷的机器。机器腹中正在发育的胎儿破解了他的来历——原来卡尔是由机器孕育出来的生命。

在《无头》（*Kopflos*）（2008）一书中，一次严重的意外事故导致艺术家格罗身体瘫痪。妻子伊凡娜决定通过手术将他的大脑移植到一名大脑死亡但身体却完好无损的病患——大学生约瑟夫身上。手术成功了，然而揪心的

① 以下对克尔纳作品的分析主要参见王微：《夏洛特·克尔纳科幻小说中人物塑造的美学特征研究》，武汉大学出版社，2016年版。

问题也随之而来：手术后，获得新生的人究竟是谁？和伊凡娜继续共度夫妻生活的又是谁？是格罗的头脑，还是约瑟夫的身体？于是，一场"旧体"与"新生"、伦理与道德的矛盾冲突便这样上演了。

小说《重生的简》（*Jane Reloaded*）（2011）的主人公——出身于人类学世家的年轻少女简在暑假满怀好奇地来到父亲工作的老挝实验基地，并在那里遇到了 18 岁的杰米———一个被通过基因复原技术创造的人猿。在简的强烈要求下，父亲同意让她参与对这个联系着人类过去与未来的物种所进行的研究，并与其单独接触和交流。这位年轻的科学爱好者带着满腔的热情投身到这项大胆的试验中，并逐渐被深藏在杰米身上的奥秘所吸引。随着与杰米关系的日渐亲密，简对人生问题的思索也愈加深入：我们从何而来，又将去往何方？我们与其他物种的区别又何在？

而《我是克隆人》（*Blueprint*）（1999）一书则通过克隆人丝丽伊在迷茫中寻找自我的心路历程，更为直接地展现了科学技术与人类本性、社会进步与道德伦理、爱与被爱、私欲与亲情的激烈碰撞：

著名的女钢琴家伊丽丝·塞林被确诊患上了绝症。为使自己出类拔萃的才华能得以继承，她做出了一个让世俗难以接受的决定：通过用自己的细胞克隆出胚胎，并由自己十月怀胎后以自然分娩的方式，"制造"一个和她一样有着美丽外表和惊人天赋的女儿。于是，她的孩子丝丽伊就以这样独特的方式来到人间。正如之前料想的一样，女儿在母亲的培养下很快显示出极高的音乐天赋。但渐渐长大的丝丽伊也慢慢意识到自己完全生活在母亲的世界里：不仅遗传了母亲的样貌，更承担着母亲的愿望。迷失了自我的丝丽伊便开始踏上充满矛盾冲突与内心挣扎的"寻我"之路。而这条路上，主人公经受的痛苦也无一不折射出现实世界中人们内心的困惑与迷茫。凭借这部作品，克尔纳于 2000 年第二次获得了德国青少年文学奖[①]。

总之，读过克尔纳的作品，人们不禁会想到：科学与技术的飞速发展

---

① 1987 年她就曾因原子物理学家莉泽的传记 *Lise, Atomphysikerin. Die Lebensgeschichte der Lise Meitner* 首次获得德国青少年文学奖。

成就了许多美好的梦想，也创造了无数奇妙的神话。但身处现代工业文明中的人们逐渐迷失了最初的自我，不少人甚至沦为功利主义和拜金主义的奴隶，丧失了对自我内心世界进行审视的意识。

而夏洛特·克尔纳的作品则刚好为迷失的人们敲响了警钟，让人们反思：我是谁？我究竟为何而活？也正是这类问题使得其作品具有深刻的思想性，而且值得研究。

此外需要强调的是，"二战"之后的许多现当代德语奇幻作品还呈现出的一个显著的特征是在矛盾性和模糊性（Ambiguität）基础上的游戏式处理方式与态度。尤其是在后现代语境下，越来越多的德语奇幻作品出现了游戏式的风格转变。这类作品几乎与恐怖或惊悚没有多大联系，而更多的是演绎虚构的可能要素间的对峙和交锋。许多（后）现代的奇幻作品通常只呈现出一套"现实系统"。其塑造出的"替换世界"（Alternativwelt）不再意味着相互对立的秩序，而是可被作为同类物接受。一种古典优雅的"非理性主义"与现代启蒙式的"理性主义"融为一体。与传统奇幻文学中奇异因素的突然闯入不同的是，此时的所述世界是一种反模仿性的结构。其中的奇异性更多体现出一种"中立特点"（Neutralität）。所有的"迷惑"（das Irritierende）和难以置信（das Unglaubliche）都伴随其呈现出来。

比如在英格博格·巴赫曼（Ingeborg Bachmann）的广播剧《曼哈顿的善神》（*Der gute Gott von Manhattan*）（1958）中广播剧的故事就发生在一个非现实的、近乎神秘的世界里，但其背景却暗示着一个不可否认的现实。曼哈顿的善神作为一桩刑事案件的被告在法庭上接受法官的审问，因为他发现一对情侣不顾社会秩序疯狂恋爱，便派遣小松鼠在他们下榻的旅馆放置了炸弹。在法庭上受审时，曼哈顿的善神以极为轻松的姿态向法官陈述事件的来龙去脉。他俩如同观看一部爱情戏的观众，以倒叙的方式，边看边议。巴赫曼通过以上这条两条线索的交错来演绎全剧，场景在两个相互交织的层面上展开，时而转到法庭上，被告曼哈顿善神和法官对这对恋人的爱情态度评头论足，时而则转到这对情侣不同的幽会和相聚场所，而叙述的视角就在神和人的两种状态间来回摇摆。随着叙述视角的不断变化，一种"不可靠"的迷惑性也由此而生。

　　另外从题材来看,启示录式的场景、末日景象和关于人类消失的故事都是这一时期德语奇幻文学常见的叙述对象。其中的突出代表有迪伦马特的《隧道》(*Der Tunnel*)(1952),格拉斯的《母鼠》(*Die Rättin*)(1986)。此处值得一提的还有卡佳·贝伦(Katja Behren)笔下的《雨》(*Der Regen*)(1990)。该作品描述了一场《圣经》中大洪水般的大暴雨。不断上涨的大洪水将周围的一切都淹没了,而两个互为邻居的人却在这世界末日般的场景中淡定地用家具打造了一艘船。一种灭顶天灾和平静如水的心态间的张力便由此塑造出一种全新的奇幻效果。

　　此外,荒诞的语言幽默和高度的怪诞滑稽也是现当代德语奇幻文学的一大显著特征,曾经的毁灭和恐惧被赋予了幽默诙谐的表现形式。比如上文提到过的罗森多弗尔的《废墟建造大师》就通过带有幽默感的语言和迷宫般层层嵌套的故事让废墟这一灾难式的意象产生出一种怪诞荒谬的效果。

　　到了后现代的语境中,德语奇幻文学作为一种新型的书写方式呈现出以下五个特征:(1)多元编码(Mehrfachcodierung);(2)互文性(Intertextualität);(3)作者的反向指涉性(Autoreflexivität);(4)根茎结构(Rhizom-Struktur)和(5)反讽的叙事方式。此时的许多德语奇幻作品与后现代风格相结合,再加上不可靠叙事的融入和隐喻修辞的使用,总能激发出一种微妙的叙事迷惑感,并产生出一种奇幻式不确定性的新型游戏风格。

　　总体来看,德语后现代奇幻文学发展出两种不同的变体,一种为情节驱动型奇幻:其中奇幻式的不确定性与传统的不可靠性有着明显区别,这方面具有影响力的典型便是帕特里克·聚斯金德(Patrick Süskind)创作于1984的小说《香水》(*Das Parfum*)。这是一个关于气味和嗅觉的故事:身世凄惨、形象卑微、饱受折磨的孤儿格雷诺耶却有着超凡的嗅觉。他用独特的方式谋杀了26个少女,目的只有一个:获取她们的体香。这貌似是个以谋杀案件为主题的悬疑小说,但在其犯罪文学的外衣下却浓缩了整个西方思想史,如此深厚的精神内涵令无数读者称绝道奇。不断延展的气味具有极强的构建功能和生成性,成功起到了多重编码的作用,并呈现出开放、多元的性质。小说中外在的物理时空与角色内心世界里纷繁各异的气味链条串联起了人物的命运和叙事的逻辑，共同织就出一面张弛有力、层次分明、变化无穷的网络，塑造了一个真与伪、美与丑、生与死、理智与感性、有限与永恒交互作用的多层语境。这类作品并未出现显著的奇幻体系冲突，却因为作者别出心裁地妙用了气味这一能指符号的建构功能和审美表现力，再加上主人公游离于天才和魔鬼之间的存在状态与传奇命运经历，从而产生出一种充满了多元性和复调性的后现代主义奇幻效果。

另一种为语言激发型奇异：此种奇幻的不确定性主要来自竞争性的话语和隐喻性的文本理解。比如在兰斯迈尔的《最后的世界》①中，科塔追寻被流放的诗人奥维德的足迹，来到罗马帝国最遥远的边疆——黑海边荒凉的托密城，即小说标题所示的"最后的世界"。他像个侦探一般触摸和破解了一系列符码与命运的谜团，同时也以提问的方式，切入一组组在具象和抽象间多重映射的叙述。

在托密城，科塔不断向居民们提问，探询奥维德的住处、他的著作以及人们对他的记忆（Schirrmacher，1989：218②）。但对方总报之以沉默、躲避和怀疑，或者只作一番闪烁其词的暗示。当科塔第一次来到特拉希拉，这个据说是诗人避难的地方，所期盼的对象并不在场，诗人精神错乱的老仆也只能说出奥维德是"离去了"，但是什么叫"离去了"，去哪了，谜底却无从知晓。

就这样，在与科塔相关的托密的叙事时空里，关于奥维德的信息和线索不断涌现，无处不在，但诗人却一直没有直接出场。他时而存在于埃修关于他的叙说中，时而透过女织工无言的画，或借助希腊老仆的石碑和写满文字的布条，或仅通过科塔不时勾起的关于诗人罗马生活及其传言的记忆，透露他的踪迹。诗人奥维德无疑是整个探访活动的磁石，也成为了叙

---

① 以下对《最后的世界》的分析部分参见谢建文：《发现者对失落意义的追寻：论兰斯迈尔的〈最后的世界〉》，《外国文学研究》，2006 年第 3 期。

② 转引自谢建文：《发现者对失落意义的追寻：论兰斯迈尔的〈最后的世界〉》，《外国文学研究》，2006 年第 3 期。

述的黑洞。他一直被揭示，也一直处于被揭示之中。（谢建文，2006：87）
通过这种叙述性混乱和多角度认知所激发的细致入微的不可靠叙述，还有
沉浸于虚构叙述者和人物角色之间的叙述层次跨越，《最后的世界》体现出
后现代奇幻文学的一大典型特征：对奇幻传统风格游戏式的处理方式。

对峙的世界是后现代奇幻文学的又一突出特征。这类作品通常会通过
替换式历史（Alternativhistorie）或者对立抗争式的故事情节设计虚构出一个
"替换世界"（Alternativwelt），这个替换世界通常被塑造为存在于非现实体
系中与真实历史事件反向发展的故事。比如《最后的世界》就通过主人公科
塔在托密城的行动轨迹、所激起的种种反应以及他的联想、思索乃至梦幻
等在叙事层面上明晰地将罗马和托密这两个对立的世界联系在一起并由此
形成鲜明对比：

一方面，托密城相对于作为帝国中心的罗马来说，在地理位置上被远
远地抛到了世界的尽头，地理环境上则被大海和海边连绵的石山挟持，逼
仄地缩作一团。它与外界的联系，也主要是依靠不甚稳定的班轮和零星的
货船。这确实是一座孤寒的小城，一个像上百座其他滨海城市那样荒凉、
老旧而毫无希望的地方。它作为边疆之地的萧瑟、封闭和贫穷，同罗马由
皇宫、别墅和进献给皇帝的犀牛以及新落成的体育场等所透出的奢华、明
亮与富足，特别是同皇帝的威权向帝国四面八方的放射，形成强烈的对
比。（谢建文，2006：85）

另一方面，托密城在动态的性质中，也悄然把罗马引为比照。它依据
春、夏、秋、冬的自然时序和相应的叙事时间框架，在荒远的基本品相、
海风腐蚀出的铁锈色基本色调和神秘、怪诞的行为逻辑上，流转地展示出
变化的特征、色调与行动指向。在托密城内，疯长的植物依从其自身形式
和美的法则，长过并遮没了"人类技术熟巧地创出的所有符号"（Ransmayr，
2004：271），居民的房子成了长着青苔的危岩，街巷成了荆棘丛生的狭
路，居民们变成了石头、鸟儿、狼和空空的回声，而那巨大的海鸥群，也
挣脱了聋哑女织工用细纱织成的织布画，冲入蔚蓝无云的天空（Ransmayr，
2004：286）。它的活力与似乎来自远古的蛮力，强烈地反衬着罗马的僵化

和文明化。这是一个绝望的预言得以实现的世界，在这个荒蛮的世界里，与人类相联系的文明、理性以及其他规则和特性，都如同潮水般退去，而且退得干净彻底。可以说，借助科塔的视界，小说连缀起一幅与罗马所代表的旧世界迥然不同并完全告别了人类文明的新天地。（谢建文，2006：86）

在这种理性与神秘和非理性对立、文明同自然和蛮荒对峙的张力间，从奥古斯都皇帝与诗人奥维德之间的关系中，一种建立在反差性上的新型奇幻效果由此产生。在这一过程中人们不难感受到政治权力对文学与艺术的压制和肆意宰割、对工具理性之膜拜和由此产生的人之异化的揭示，还有对德国乃至人类现代史有意识的影射。（谢建文，2006：92）

此处需要说明的是，从宏观的叙述层面看，文学作品中虚构的叙述系统内不同世界之间的关系并不是静态的，而是不断变化的，虚构叙述世界中的或然可能世界不可能一直与文本真实世界完全保持一致。当或然可能世界在文本真实世界中不令人满意时，例如人物的愿望世界与义务世界或真实世界不相调和时，叙述宇宙就陷入冲突的状态。冲突是人和宇宙的永恒状态，叙述的主要目标就是"尽可能多地制造文本真实世界与人物内心世界之间的冲突"。（邱蓓，2018：84）而这种对特定历史和人物的对比性改写和替换式虚构则大大强化了这种冲突的张力与激烈程度。

再比如本书之前已提到过的小说《另外一边》，它是具有高度复合性的作品，包含了启示录寓言、恐怖场景、魔鬼式的世界末日场景等，反映了一种无法辨识、但又能隐隐预感到正在陷入失控状态的微妙心绪。在这样一个阴暗晦涩、令人疑惑重重、琢磨不透的世界中，无能为力、迷失方向的个人失去了自主自为的行动能力，越来越被不确定性的思想、欲望和幻觉所控制。

该小说正如标题所示，呈现出两个对立的世界或相反的极端，这也体现出了现代奇幻小说所具有二元性。这一方面在库斌的《另外一边》中通过语言表述和情节设计等被全面和多维地表现出来：小说的叙述场景常常从一个一目了然、受到的限制的现实世界跨越到梦想世界，然后又从后者返回现实中。

在时间和空间层面上，通过对日夜、明暗交替的描写，处在"另外一边"的国度永远呈现出昏暗的氛围。在认知层面上，这个国度给人带来捉摸不透的压抑感，让所有人都深陷绝望和迷惘之中。

需要指出的是，塑造这种对峙的世界内涵的关键并非在于对立，而是在于两个世界间的联通、交流与互动。比如《另外一边》就通过物的拟人化原则变形，成功实现了从人到动物的跨界转变，其中还包括元素之间的转变，例如物体的氧化。

此外还值得一提的是，《另外一边》中动物性或者转变为动物的可能性是贯穿整个作品的关键要素。纵观库斌的文学和绘画作品，其笔下的动物已经脱离了动物学甚至是自然科学所能描述或分析的范畴，而更像是一种与神秘的恐怖力量紧密相连并具有特殊能力的生物。这些能力使其在外形上与人类十分接近，甚至在很多情况下还超越了人类。人们不难发现，库斌笔下的动物身上蕴藏着一种神秘的力量，这不仅体现在他的文学作品中，也体现在其绘画作品里。这些外形各异的动物象征着永恒的变形力量，也象征着形式改变的永恒节奏，而人类却无法免于其害。这种对持续的人类形变的倾向，对变形为恐怖的生命形式的倾向，给库斌的作品打上了独特的风格烙印。另一方面，其笔下的人类也和动物一样没有固定的形态，而是会根据不同的状况发生彻底变形。塞壬、哈耳皮埃①、斯芬克斯和吸血鬼等半人半兽都在他笔下以神话和宗教传说中广为流传的熟悉形象登场。反之，外形各异的人类角色也体现出动物的特征。

其实，库斌对动物的偏爱在他的现实生活中是有迹可循的。不同种类的蜘蛛在库斌家中被当作朋友对待。他的花园也成为了蛇、乌鸦、鹿等动物免于被捕杀猎取的庇护所。它们都是库斌之家这个生命宇宙里的成员，也是他作品中奇幻宝库的珍藏。

---

① 　哈耳皮埃(Harpy)，古希腊神话中的鸟身女怪，是有着女人的头和躯干以及鸟的尾巴、翅膀和爪子的可厌、贪婪的魔怪。

相应的，在创作的幻想领域里，库斌笔下的动物世界是充满魔性的，同时也是游戏式的。其中生存着形态各异的混合生物，它们不断经历着变形，并且承担着抵御灾难的功用。所有这些界于人与兽之间的怪异物种都体现着库斌作品中非凡的想象广度，而且这种组合还在不断地更新，不断有新的呈现形式。原型虚拟世界的导向性也并非体现于神话式的解释上，而是有意识地通过持续的反讽与怪诞的幽默被突破，其表现形式也总是如此的奇特另类，以至于增添的解释不但没有带来"轻松"之感，反而增强了旁观者的"不安全感"。

库斌笔下的动物世界并不依附于人类活动而存在，而是与后者紧密相连同时又全方位、渗透式地接近人类世界。他一直在寻求与所描绘对象的直接对话，并且随着创作进程的深入一直将这种对话进行奇幻式的扩展。库斌也正是通过对动物题材细致入微而又多样化的处理表现出了非凡的创作才能。他展现出的不仅仅是一种另类别样的奇幻，他的作品能激发观察者丰富多样的情感，并对任何一种单一维度的秩序进行彻底的否定。

库斌对动物形象的刻画通常是都对兽性想象的直观隐喻，是一种具有象征意义的类型意象，尤其是到了晚年，他的创作风格变得更加开放，他笔下的很多动物甚至都成为几乎看不出形状的图像语言，变得更为灵动活泼、同时也更加接近人类的日常生活。可以说，库斌的奇幻世界已不仅仅是一个怪异独特的领域，而更像是一场被编织进感官的经验世界中的拼图游戏。在这场游戏中，个人的想象世界与社会性的关联世界穿过模糊的界限，相互渗透着，彼此紧密相连。而每一个沉浸其中的受众都是这悬浮于"虚构"和"非虚构"的两极之间、处于永恒奇幻变形中的参与者。

基于上文对兰斯迈尔、库斌等作家作品的分析可知，在现代和后现代语境下，德语奇幻文学中的奇幻现实和非现实等位并存，相互交融，难分彼此。在此背景下任何形式的等级和界限的划分似乎都被消解了。表象化的现实不再是主导，也不再决定非现实。被消弭的还有生与死、意识与无意识、梦境与现实之间的界限。小说的结局也是处于一种悬置状态，位于两界中间，可以跨越进任意一边。

　　说到当代西方后现代主义文化思潮，互文性（intertextuality）无疑是个无法绕开的重要话题。最初提出"互文性"概念的法国符号学家克里斯蒂娃（Julia Kristeva）认为："任何作品的文本都是像许多行文的镶嵌品那样构成的，任何文本都是其他文本的吸收和转化。"（克里斯蒂娃，2015：25）其基本内涵可理解为，每一个文本都是其他文本的镜子，每一个文本都是对其他文本的吸收与转化，它们相互参照，彼此牵连，形成一个潜力无限的开放网络，以此构成文本过去、现在、将来的巨大开放体系和文学符号学的演变过程。后来意大利符号学家艾柯（Umberto Eco）从文本意指作用的无限开放性的角度对"互文性"特点进行了论述。他提出审美文本具有自我指涉和"含混"的特征，由于这种特征，只要纠缠在一起的各种解释相互作用，文本就迫使我们重新考虑常规的代码和它们转变为其他代码的各种可能性。因此文本的译解就是"持续不断地将其直接意指转化为新的含蓄意指，于是审美文本便具有了无限开放、自我指涉和多种转译可能性的特征。"（黄念然，1999：15）随后，在符号学、结构主义和后结构主义的不断界定与阐释的基础上，互文性的内涵不断丰富，甚至成为当代文学理论中内涵最为复杂的范畴之一，并已被公认为是一种运用广泛的当代西方主要批评理论。

　　在这种文艺思潮的影响下，互文性也是现代和后现代德语奇幻文学的显著特征之一。兰斯迈尔在《最后的世界》中就将《变形记》这部从天地玄黄一直写到奥古斯都治下的"世界之诗"（Weltgedicht）进行了巧妙融合。《变形记》分为十五卷，而兰斯迈尔的这部小说则设为十五章，甚至特拉希拉废墟间刻着奥维德那篇雄文的石碑，也恰好是十五块。至于碑上的文字，几乎是原句摘引了奥维德为自己的《变形记》所作的"诗人的跋文"（Ransmayr 309）。《变形记》按照编年体结构，依次分为原始时期、神话时期和起止于特洛伊战争与奥古斯都统治的历史时期。而同时代线索相对照的，是小说《最后的世界》的文学叙事线索，它由关于罗马的回忆和场景（显然指向所谓历史时期），向科塔在托密城所听闻的神话叙述和所亲历的神话世界退行。数字的对应性与叙述结构的反向对照，或许表明，作家是把真实流传的《变形记》铭刻在心,从而对历史的文本表现出一份虔敬。
(谢建文,2006:92)

　　小说与真实存在的文本《变形记》之间,除了部分直接的征引外,核心
的就是一种变异的处理。其中戏仿和影射是主要的表现手段。兰斯迈尔从
奥维德收集的约 250 个包含形变内容的意大利和希腊神话与传说中,差不
多选用了 9 个有关变形的传说。这种选择颇为独特,因为这些传说内容上
所涉及的,都是人类的"残酷、暴力与欺骗、悲伤和嫉妒"(Mosebach,
2003:139①)。至于具体的角色,《最后的世界》只选取了 35 个,并通过
20 个故事将之复活(Mosebach,2003:133②)。兰斯迈尔从《变形记》中接
受的本质内容,无疑是"形变的发展原则"(Mosebach,2003:133③)。形
变主题在此被开掘出"新的意义维度"(Gottwald,1996:18④)。

　　此外,在一系列人物的处理上,兰斯迈尔也体现了他自己独特的理
解。例如,"仙女"埃修成了妓女,但这个被迫的妓女却能与诗人奥维德产
生精神上深切的交流;"谣言女神"法玛变成了开杂货铺的小店主,却也承
受着并能清醒认识命运的沧桑(Schirrmacher,1989:216⑤);为盗取金羊
毛而成了战士的伊阿宋,在小说中开着他的"阿耳戈号",作为文明和野蛮
世界间的一个连接点,在黑海沿岸包括托密在内的荒凉小城做着易货买
卖,在给这些城镇带去新奇的商品、信息和远方大都会的光华时,也留下
了混乱、争斗、仇恨,和当地居民因此而送给他的诅咒(Ransmayr,2004:
204-207)。除了行为逻辑的改变外,所借鉴的神话人物还以丰富多样的方

---

　　①　转引自谢建文:《发现者对失落意义的追寻:论兰斯迈尔的〈最后的世界〉》,
《外国文学研究》,2006 年第 3 期。

　　②　转引自谢建文:《发现者对失落意义的追寻:论兰斯迈尔的〈最后的世界〉》,
《外国文学研究》,2006 年第 3 期。

　　③　转引自谢建文:《发现者对失落意义的追寻:论兰斯迈尔的〈最后的世界〉》,
《外国文学研究》,2006 年第 3 期。

　　④　转引自谢建文:《发现者对失落意义的追寻:论兰斯迈尔的〈最后的世界〉》,
《外国文学研究》,2006 年第 3 期。

　　⑤　转引自谢建文:《发现者对失落意义的追寻:论兰斯迈尔的〈最后的世界〉》,
《外国文学研究》,2006 年第 3 期。

式被纳入小说的叙事网络中：伊娥出现在科塔的梦中，作为一头雪白的神牛出现在月光朗照下的群山前，发出温柔而充满暖意的乐音（Ransmayr，2004：78-80）；伊卡洛斯被编织在聋哑女织工的画里，成为坠海时从空旷的海面上向天空高高伸出的两只无助的翅膀（Ransmayr，2004：197）；而英雄赫克托尔、大力神海格立斯、歌手俄耳甫斯，则由电影放映员库帕里斯，以电影的形式将他们各自悲剧的命运展示给托密城的居民们（Ransmayr，2004：197）。这些从流传文本《变形记》中走出来的神话人物，在《最后的世界》中变为或至少是渐变为托密城里作为虚构文本《变形记》所述说和所暗示的内容，作为由虚构文本《变形记》所生成的虚构现实层的"行动者"（Gottwald，1996：20①）。他们借助变形这样一个中心性的过程和枢纽，沉积出一组组极独特的命运与生命形态，并由此透示出神秘、怪诞和惊悚的意味。（谢建文，2006：92）

然而，作家又把对《变形记》的取用和处理，直接列在小说末尾。"最后的世界"中的神话人物，同来自奥维德"旧世界"的神话人物及其部分事迹，被对照地并置在一起。互文在后现代作品中习见的解码预设，至少是表面上地被拆解了。

在《变形记》的最后一卷，奥维德让毕达哥拉斯登场。后者表达了万物变动不居的观点；兰斯迈尔在《最后的世界》里，无疑接过了变易的观点，说一切都在变化，没有什么能保持其（固有的）形象（Ransmayr，2004：15）。但是，尽管同样是变形，在两个作品中却存在明显不同的意涵。兰斯迈尔在托密城所设置的气候的变动、毁灭性灾变和人的变形等，其首先意味着毁灭和衰败。同时，变形的内涵也被大大拓展。不仅形体的变化属于变形，而且其他多种场景下的变化也被视为变形。例如，有关奥维德死讯的谣传一再发生变异（Ransmayr，2004：11），山溪的喧声化为静默（Ransmayr，2004：30），那些炼矿工在埃修的怀抱里因情欲的作用成为所

---

① 转引自谢建文：《发现者对失落意义的追寻：论兰斯迈尔的〈最后的世界〉》，《外国文学研究》，2006 年第 3 期。

谓"主人或动物"（Ransmayr，2004：103），乃至在庆贺冬天过去而举行的狂欢游行上托密城居民们的乔装打扮等（Mosebach，2003：135-137①），都被兰斯迈尔描述为"变形"（谢建文，2006：92）。

当然，两部作品中变形的内涵是差别迥异的。从作品结构上看，《变形记》这部"世界之诗"包容甚广，但并无贯穿性的情节，只有变形这一中心主题和时代分期作为结构框架；而《最后的世界》把变形主题纳入侦探性的寻查，植入一个封闭性的叙述语境中，是一种中心性结构要素。其中的变形，在《变形记》中由诸神主导。诸神以计谋或诡计让所变化的对象或受惩处、或得到保护与安慰，变形是诸神的手段和游戏；而《最后的世界》中的变形，都是自发性的，唯一的主导似乎就是角色世界中奥维德的想象力。（Mosebach②，2003：134）

需要说明的是，《最后的世界》也像聚斯金德的《香水》，取用了一个历史小说的框架，但其视角和立场却是现代的东西，并通过对历史一系列合目的的移用，实现了对现代社会趣味盎然的影射。比如在那"最后的世界"中奥古斯都统治下的罗马或边疆，出现了麦克风、汽车、手枪、电影胶片和报纸等。而古希腊的大哲学家毕达哥拉斯，这个被罗素称为"自有生民以来在思想方面最伟大的人物之一"（罗素，2003：55），则成了罗马诗人奥维德身边忠心耿耿的仆人。出于同样的逻辑，奥林匹斯山也经过空间的位移，崛起于黑海之滨的托密城旁。兰斯迈尔是"用神话把这个古代移入了现代与古代相结合的无时代性之中"（Bockelmann，1990：6③）。这种时间和空间的多层交叠，无疑带来了多重编码和解码的乐趣，仿佛也暗示了：作家在取用神话时亦在再造神话。

---

① 转引自谢建文：《发现者对失落意义的追寻：论兰斯迈尔的〈最后的世界〉》，2006 年第 3 期。

② 转引自谢建文：《发现者对失落意义的追寻：论兰斯迈尔的〈最后的世界〉》，2006 年第 3 期。

③ 转引自谢建文：《发现者对失落意义的追寻：论兰斯迈尔的〈最后的世界〉》，2006 年第 3 期。

　　近似的例子还有：奥维德被写成一个具有反抗精神的、奇特的诗人，而不再是那个所有罗马人中的达练者，不是他从神话中剥离那些"远古的东西和流传中业已证实之物，并将之转化为更光明的当下"（Bockelmann，1990：5①）。奥古斯都则被当作一个未受过教育的人来描述，而不是像传说的那样。他甚至表现出了对诗歌足够的品味，或是热切地谋划着搜寻出那些古老的流传物并将之加工润色（Bockelmann，1990：5-6②）。很显然，这里面存在一个历史真实和文学虚构间的关系问题，但从本质上看更是一种态度的体现。当这类历史元素被翻转过来时，戈特瓦尔德认为，作家是在"批判地追问为历史流传和主流教育传统与机构所固定了的对古罗马、奥古斯都也包括对奥维德的认识"（Gottwald，1996：5③）。他是为了颠覆，为了塑造一个与僵化的宫廷相对立的"诗"的世界，从而对神话重新"编码"，并以此与启蒙相抗争。

　　不过，兰斯迈尔也并没有一味地翻转历史元素。例如，那个被放逐的诗人，是被流放到了托密城，而且是死在了那里或从那里消失了踪影（Forster und Riegel，1998：179④）的奥维德，而不是别的什么诗人被流放到别的什么地方最后蒙恩得以归根罗马。而作为奥维德友人的科塔，也被引入虚构的世界，虽然此时他与诗人的关系发生了变化。同时，奥维德在流放地完成的部分文字，也为兰斯迈尔取用。其中，未大加变动的内容包括，奥维德去托密城的海上之旅，他抵达该城后对当地气候、自然环境和居民举止态度的描述（Mosebach，2003：130-131⑤）。

---

　　① 转引自谢建文：《发现者对失落意义的追寻：论兰斯迈尔的〈最后的世界〉》，2006年第3期。

　　② 转引自谢建文：《发现者对失落意义的追寻：论兰斯迈尔的〈最后的世界〉》，2006年第3期。

　　③ 转引自谢建文：《发现者对失落意义的追寻：论兰斯迈尔的〈最后的世界〉》，2006年第3期。

　　④ 转引自谢建文：《发现者对失落意义的追寻：论兰斯迈尔的〈最后的世界〉》，2006年第3期。

　　⑤ 转引自谢建文：《发现者对失落意义的追寻：论兰斯迈尔的〈最后的世界〉》，2006年第3期。

概言之，兰斯迈尔通过多重解码与编码，对神话进行取用与再造，在罗马的理性世界与托密这一想象世界的对比下，开了一场戏拟性的"后现代玩笑"，并通过对历史文本互文性的取用，将政治权力与艺术、技术和人类之间的关系问题也纳入讨论范围之中。（谢建文，2006：92）这不仅仅验证了20世纪七八十年代德语文学趣味的转向，同时也为奇幻式的互文与现实命题揭示间的关系处理树立了一个理想的典范。

由此亦可见，现当代的德语奇幻文学作品中的奇幻审美效果很多情况下是源自多元的结构、复调的叙事方式和对经典的狂欢式、游戏式的改写。

第三章 德语奇幻文学发展的
哲学与美学观照

德语奇幻文学的发展不仅体现在表现形式的演变上，其本质更是一种思想意识层面的深化过程。以下部分将从哲学和美学视角观照德语奇幻文学的发展历程。

第一节 主客关系逐渐模糊

在早期的德语奇幻作品中，主体与客体的界限清晰可辨，通常都是某种神秘力量或者邪恶势力作为主体对处于弱势的主人公施加消极影响。但随着德语奇幻文学的发展，作品中主体与客体间原本明确的界限却变得逐渐模糊。特别是其中那些千变万化的视觉主题，颠覆了现实世界的自然法则和因果关系，让一切不可思议之事都有可能发生，让物质世界与精神世界交织并存，也打破了常规的主客界限。

比如 E. T. A. 霍夫曼的小说《沙人》中纳塔乃尔观察木偶人奥琳皮亚时的细节描写就十分有力地证明了这一点："这时他发现，她是怎样含情脉脉地朝着他望过来，仿佛每一声在秋波中才真正绽放，火辣辣地直钻进他的内心。"（Hoffmann，2000：29-30）

此时的"发现"与"望"，其实是一种目光的交错。这样的过程中，视觉的意向性有了双向的维度，观察者在看他人的同时也是在感受自己的内心。原本看向他者的目光也同时向观察者的内心反射。在上述引文中，纳塔乃尔一方面是在观察奥琳皮亚，是"看"的施动者，但另一方面也被后者含情脉脉地望着，所以同时也是受动者。他的眼睛成为了奥琳皮亚目光的欲望对象，他的身体也被目光残酷地工具化、图像化了。于是，在这样一种"看"的过程中，主客关系是模糊难辨、彼此交融的。更耐人寻味的是，上文提到，人偶奥琳皮亚其实就是纳塔乃尔的眼睛，如此便使得这种观看的主客关系愈加模糊难辨、意味深长了。

类似的例子也出现在小说《金罐》（*Der goldene Topf*）（1814）中。主人公安泽穆斯第一次痴迷地凝视着小金蛇时，他感受到"在内心有一种前所未有的极度欢乐与深切痛苦交织在一起的感情油然而生，仿佛要冲出他的胸膛迸发出来"（霍夫曼，2013：286）。此处也是一种明显指向观察者自我的"向内看"。而且，从另一个角度说，此时的安泽穆斯又何尝不是小金蛇那蓝色眼睛中观察的对象呢？

在观察者与自己的镜像或影子之间，这种界限模糊的主客关系就体现得更为微妙了。这也成为了霍夫曼在他的中篇小说《除夕之夜的离奇经历》（*Die Abenteuer der Silvesternacht*）中着墨最多之处。其中最精彩的便是朱丽塔与埃拉斯穆斯在镜子前的情境："埃拉斯穆斯看见，他的影像怎么样脱离了他的动作，独自显现出来，怎么样滑到朱丽塔的手臂中，然后怎么样和她一道在温馨的芳香中渐渐隐没。"（霍夫曼，2013：35）

按常理说，一个人从镜子中看到的影像，无疑便是自己。但是此处埃拉斯穆斯在镜中的影像却"脱离了他的动作"。这说明，此时的影子已经摆脱了本体，成为了独立的个体，甚至还能完成本体想做却又无法完成的事情。如果说镜面是屏幕，那么原来的主演此时则变成了幕下的观众。镜前的埃拉斯穆斯看到的究竟是自己本人，还是另一个个体？是他在看镜子里的自己，还是镜子里的自己在看他？这一个个颇费思量的问题将主客之间的辩证关系演绎得淋漓尽致。

因此可以说，以上描述中的身体是注视的身体，同时也是可见的身体。在观察他者的时候，观察者自己也是被观察的对象，甚至可以说，在观察的人其实就是在观察他自己。在 E. T. A. 霍夫曼塑造的视像中，观察者与被观察者之间，已不存在明显的分界。在此情况下，既没有主体也没有客体，既没有施动者也没有受动者。甚至自我与世界之间的阻隔也消失了。物质世界与精神世界也可以相互渗透，因为，"既然主客体已没有分别，那么交流就变得直接，整个世界融进了一个可以普遍交流的体系。"（托罗多夫，2015：87）

在替身母题中，这种主客交融的程度就更为明显了。"替身"（Doppelgänger）作为一种"人类思维的独特表征"形式，与人类心理和认知关系极为密切。在德文中，其本意即为"二人同行"。《杜登字典》将其解释为"Person, die jmdm zum Verwechseln ähnlich sieht." 字面上可理解为因长相极其相似而可以相互代替、互换身份之人。在此基础上加以引申，便是指每个人心灵中那个幽灵般如影随形的另一个自我。

在心理学方面，"替身"现象曾一度是欧洲心理分析学派关注的对象。比如 20 世纪初奥地利心理学家奥托·兰克（Otto Rank）就曾从"自恋""手足之争"和"死亡恐惧"等几个方面对其进行了探讨。弗洛伊德也在其著作《暗恐》（Das Unheimliche）中揭示出"暗恐"与"替身"的关系，还指出了"替身关系演绎的乃是'自我力比多'与'客体力比多'之间的对立、穿越和交换"。（于雷，2013：103）

至于文学方面，德国浪漫主义作家让·保罗（Jean Paul）创作于 1796 年的小说《齐本克斯》（Siebenkäs）对于"替身"形象的塑造具有里程碑式的意义。这部作品中，追求幸福婚姻的主人公齐本克斯与其挚友莱布吉伯（Leibgeber）"不仅拥有相同的秉性和体征，而且穿着相同的服装，仿佛是一个灵魂被分配到两个躯体之上。当然，同样引人耳目的是两者在为人处世方面的差异：齐本克斯乐于宽容，而莱布吉伯则喜好惩罚。这在一定程度上确立了替身文学最初的创作范式——相似的生理特征，相悖的精神世界。"（于雷，2013：103）

在诸多经典的德语奇幻作品中，主体和"替身"之间常存在着一种奇特的追逐与反追逐、压迫与反压迫的对立关系。如之前提到的 E. T. A. 霍夫曼的小说《魔鬼的万灵药》中，修士梅达杜斯最初一心修道，摆脱尘世罪恶，却经不住其先辈充满罪恶冲动的血液在身体里作怪，并在好奇心的驱使下喝下了相传是圣·安东尼乌斯从魔鬼手里夺来的魔药。在魔药的作用下，梅达杜斯心中的道德防线被彻底摧毁，并着魔般地爱上了前来修道院做忏悔的少女奥莱丽。于是他借修道院长委托自己去罗马办事之机，离开了修道院，开始寻找那位让他痴迷销魂的心上人，由此也开启了他犯下纵情肉欲、勾引女性、谋求权势、杀人行凶等累累罪行的尘世生活。后来梅达杜斯在行凶逃入森林后，又碰到了一个疯修士，此人正是他的"双影人"维克托林。此后梅达杜斯多次遭遇到这位同貌的"替身"（其实是他同父异母的兄弟）。几乎在他犯下每一桩罪行时，都会出现后者突然"作祟"的身影。可以说，这"同貌人"成了他永远无法摆脱掉的魅影。于是小说中便有诸如这般恐怖可怕的场景："我顾不上害怕，一把抓住那把刀子，那只手心甘情愿地把刀子塞到我手里。接着我开始扒拉铺在地上的石板之间的灰浆，而下面的那人也在使劲地把石头向上顶起。有四五块石板被撬了出来扔在一边，这时，一个浑身赤裸的人突然从下面直起身来，露出了臀部之上的大半个身子。他幽灵一般直勾勾地盯着我看，疯颠颠地发出幸灾乐祸和令人恐惧的大笑。灯烛的光亮全然照在他的脸上——我认出他就是我。我晕了过去。"（Hoffmann，2014：166）按照这样的叙述，似乎是这神秘的"替身"充当了罪魁祸首的"递刀人"，但对于梅达杜斯来说"他就是我"。由此可以理解为，这个疯疯癫癫、隐藏在"下面"的那个幽灵般的"我"，其实就是主角梅达杜斯身上邪恶的"另一个自己"。

如果说经典的德语奇幻文学"替身"母题中仍可见原型与影像（或者镜像、画像）间的主与客、此与彼的对立关系，那么在现当代的德语奇幻作品中，"替身"现象里主客体之间的界限就变得越来越模糊难辨了，有时甚至无法确定究竟谁是谁的"替身"。

德国的科幻女作家夏洛特·克尔纳就在她的作品中充分地发挥了科幻元素的特点和优势，创造出奇特的"替身"形象。在小说《我是克隆人》中甚至出现了两种不同的"替身"形式——"母女替身"与"人画替身"。

根据概念本意,"替身"现象中一个极为重要的特点便是主体与"替身"之间的相似性。从这一点上看,以克隆人为题材的作品本身便具备书写这一现象的优越条件。《我是克隆人》中的伊丽丝和丝丽伊母女俩因有着相同的遗传基因,也有着高度一致的外貌特征。小说里有这样一段非常精彩的母女对镜时的情节描写:

> "在门厅的大镜子前,伊丽丝和丝丽伊站在那里,肩并肩,手拉手。首先,她们每个人都在看镜子中的自己。伊丽丝的目光扫描着她那高高的额头,不起眼的鼻子,左边有些不太均衡的眉毛,果断的下巴,灰蓝色的眼睛。与此同时,丝丽伊童稚的脸正在微笑。然后,她们的目光又交叉着寻找镜子里另一对灰色的眼睛。"(克尔纳,2003:36)

令人叫绝的是,克尔纳并没有直接让镜子前的两人四目相视,而是让目光"扫描"了一番,从额头到鼻子,由眉毛至下巴,最后再到眼睛。这种慢镜头般的"扫描",给读者留下了足够的思考空间,让人充分体会到二者在长相上的一致。

而随后的一段对话则更耐人寻味:

> "你看到了两只还是四只眼睛?"伊丽丝问。"只有两只。"丝丽伊回答。"现在,你就是我,我就是你。""我-你,"孩子笑了,"你-我。""等你长大了,也会和我长得一样。那时,你就是一个著名的女钢琴家。"母亲说。(克尔纳,2003:36)

这一组组重复出现、连续组合的"你""我"代词明确指出,也强调说明了母女二人难分彼此的"替身"关系。

而且,随着时间的推移,母女俩的相似度也越来越高。这一过程也一再出现在丝丽伊的自述中："我们随着每一天、每一周，都看到我们之间越来越像了……十三岁时的一个早上，我想在浴室镜子里仔细看看自己，结果却只看到了我的母亲。"（克尔纳，2003：67）

除了外形上的相似，"替身"关系的更高境界便是精神上的一致。文学心理学告诉我们："人的心理，不是封闭的，而是一个开放的系统。因为人类的重要标志之一是相互间进行社会交往，产生沟通、吸引和排斥。在交往中，人与人之间必然产生心灵感应，使人的心理也进行着与他人的交流，并随之变化、流动和更新。社会环境孕育了人物性格，人物的心理是在特定的生态环境中形成的。因此文学作品不仅要表现各个人物的心理，还要表现人物之间的心灵感应。"（钱谷融、鲁枢元，2003：233）

而"替身"这一特殊母题又为描写人物间的这种心灵感应打下了天然的良好基础。因此在小说《我是克隆人》中，反映伊丽丝和丝丽伊之间奇妙的灵犀现象也自然成了克尔纳生花妙笔的着墨之处。书中尤其写到叛逆过的丝丽伊再次回归到"双重生活"之后，她仿佛和母亲一样承受着病痛的折磨，和母亲一样在日渐衰老，甚至还患上了抑郁之症：

> "伊丽丝像在镜头里一样慢慢衰老着。五十一岁的她看起来就像已经六十多了。我看到了她的每一道皱纹和每一块老人斑，脱落的头发和干瘦的手指。我也看到了我自己，也在缓慢地流逝。"（克尔纳，2003：121）

更为离奇的是，就在丝丽伊被寄生虫的噩梦惊醒的那一夜，躺在医院的伊丽丝居然也做了同样内容的噩梦——"下一次探望母亲时，医院的护士告诉丝丽伊说，母亲两天前做了一个噩梦。她汗淋淋地在病床上坐起身，恐怖地喊叫了起来。那正是丝丽伊在睡梦中被寄生虫惊醒的那天夜里。"（克尔纳，2003：126）"汗淋淋"地"坐起身""恐怖地叫喊"，这说明二人连梦醒后的反应都是惊人的相似，试问还有什么比这更能说明二人是"同一颗心和同一个灵魂"呢。

其实，小说中相貌相似、互为"替身"的母女二人，分别代表了两种不同的生命状态——强势的伊丽丝体现的是与利益挂钩的社会性和世俗性的一面，而在叛逆的丝丽伊身上占主导的，则是对那个内心深处最原初、最本真的"自我"的不懈追求。人生命中的这两个部分，就如同两位主人公从"和谐"到"分歧"再到"较量"最后又回归"双重生活"的曲折经历，你中有我，我中有你，分分合合，牵牵绊绊，在永恒的对立统一中实现完整的人生。

正因如此，在这种母女二人互为"替身"、彼此映照的"双重人生"中，我们无法划分其中谁是占主导地位的主体，谁是处于依附地位的客体，因为二者都是彼此不可或缺的重要组成部分，少了任何一个都会使原本统一的整体状态受到破坏。

如果说小说《我是克隆人》是通过"替身"和主体之间的相互关系来反映人性中不同侧面的对立与统一，那么《无头》一书则直接在"科幻"的背景下将原本两个独立的个体合并成了一个人，然后便更加戏剧性地制造出同一个人身上两股相反力量之间的对立与冲突。此种情形下，就更加无法划定主体与客体的界限了。

小说讲述的是关于"大脑"移植的故事，这样的前提本身就注定了它脱离不了"一"与"二"、"神"与"形"的辩证关系。

根据书中所述，医生莲娜为了让手术后的格罗——书中后来也用原来二人姓名的首字母组合 GH/JM 来称呼——克服自我认知问题，曾经安排过一次"镜像训练"（Spiegeltraining）。她这样引导病人与自己的镜像进行"互动"：

"请您在镜子前就坐，对着镜子，先是着装完好的，然后脱去衣服。您要和镜中的自己交流。然后您会看到并感觉到，这不是别人。这就是您——一样的面容，一样的身体。请您模仿镜中人的样子做动作！学着和他感同身受，同他说话！"（Kerner，2008：155）

　　按此理，病人便能逐渐与镜中影像合二为一，真正认识到一个完整的、全新的自己。然而在此训练过程中，病人体内的格罗和约瑟夫两部分仍然"各自为政"，让受训者痛苦不已。

　　小说也用到了大量的篇幅来强调这种特殊的分裂之感。比如其中有这样一段文字专门描述了病人与体内的"格罗"和"约瑟夫"之间不眠不休的纠缠：

　　　　"无头的对话

　　　　他渴望着孤独，只和自己在一起，这该有多好。因为他总是不得不和他俩一块——格罗和约瑟夫。他们烦着他，让他不得安宁。一周比一周糟糕。他们总是要惹他生气，向他显摆逞能。他们老是把他推来挤去，拉拉扯扯。不管他停歇在哪里，他俩就跟到哪里。而一旦这二人发现他把持不住失了方寸，又会突然讨好他。

　　　　我愿意和你在一起，年轻的约瑟夫说。接着年长些的格罗又向他保证，我对你永远不离不弃。

　　　　而当他朝他们大声呵斥道，快滚开，他们又只是阴险地笑着。

　　　　你不是当真这么想的，格罗嘘声说，没有我你什么都不是，等于零！

　　　　约瑟夫又加上一句，没了我就是不行！格罗与约瑟夫相互间也时常吵架，非分个你强我弱、孰优孰劣、谁轻谁重，看看哪个在这种混乱的关系中有发言权。这时他总是默默站在一旁，闭上眼睛，在梦境里朝别处驰骋遨游，远远地离他们而去。而当他们发现，他不再关注他们了，约瑟夫和格罗便又马上结成攻守同盟。他们如同咬人的猎犬般吠道，他从不会离开他们的。"（Kerner，2008：162）

　　身之所属的"约瑟夫"与神之所依的"格罗"你争我夺，总想要一分高下，一决胜负，都试图要证明自己的优势与意义。可是移植手术过后，约瑟夫的身体和格罗的大脑毕竟已经共处于同一个整体中了，离开了谁，对方都将形同虚设。于是，肉体与灵魂、物质与精神之间的主客关系也在这场身体与头脑的较量中消弭殆尽。

进一步论之，小说《无头》一作通过新奇的构思，虚构出尚未实现的大脑移植手术，将原本完全独立的两个个体融合进一个主体中，其实也是将两种不一样的人格并置在了同一个对象身上，从而巧妙地将原本潜藏在意识深处无形无相、捉摸不定的性格内部冲突以极为直观的方式演绎出来，戏剧性地反映出同一个人身上不同性格彼此碰撞、相互磨合、最后达成平衡的过程。同时，身体与头部这两个具有特殊意义的器官的结合，也揭示了感性与理智、知觉与意识、肉体与灵魂、整体与局部间彼此对立又相生相化的哲学关系。

透过上述作品中主体与客体之间关系的演变，我们不难发现，德语奇幻文学越来越善于反映事物间你中有我、我中有你，相互相依存，相互交织，相互转化的内在联系。

第二节　善恶二元对立逐渐消解

在发展的初级阶段，德语奇幻文学严格遵循善恶二元对立的模式。邪恶的一方总是以极为恐怖的形象出现，对无辜的主人公进行威胁和迫害，由此产生出紧张的矛盾冲突。在这种情况下，邪恶的力量常常会化身为狡诈的魔鬼、无法摆脱的魅影、凶恶的怪物，有时甚至就是隐藏在神秘的"替身"背后的"暗恐因子"①。

比如在 E.T.A.霍夫曼的《沙人》中，卖晴雨表的小贩科泊拉其实就是纳塔乃尔难以从儿时记忆中祛除的"沙人睡魔"（Sandmann）——那个和父亲一起做实验的"怪叔叔"科佩留斯。小说的开篇就有关于这段骇人的童年记忆

---

① 弗洛伊德 1919 年在《暗恐》（Das Unheimliche）一作中阐述了"暗恐"这一心理分析学名词："它属于所有可怕的事物，属于所有引起恐惧的事物。"在通常情况下，暗恐可以理解为一种惊恐心理，一种曾经获悉的事物突然袭来的恐惧感，一种对不可解释、不知缘由的现象（比如某种超自然现象）产生的恐惧。

的表述：

> "当我看见那个科佩留斯时，心中油然生出一个惊悚可怕的想法：除了他以外，其他任何人都不可能是沙人。对我来说，沙人从此不再只是吓人的睡魔——那个会把孩子们的眼珠作为饲料，在夜半时分带去猫头鹰巢里的怪物——并且不只会出现在逗弄小孩儿的无稽之谈中。不！他是一个丑陋的、鬼怪般的恶棍，给所到之处带去悲痛与绝望，带去短暂或永恒的厄运……
>
> "……而这家伙挥舞着烧红了的钳子，用它从浓烟里取出一些亮闪闪的物质，接着不知疲倦地锻打它们。我觉得似乎能在那四周瞧见人的面孔，但他们却没有眼睛——取而代之的，是丑恶的、深深的黑窟窿。
>
> '眼睛快出来，眼睛快出来！'科佩留斯用沉闷的隆隆声低喊道。
>
> "惊恐疯狂地捕获了我，我尖叫起来，从躲藏处跌了出来，摔在地板上。这时科佩留斯一把抓住我：'小浑蛋！小浑蛋！'他龇牙咧嘴地咯咯笑了起来！他用力揪着我，把我往炉子上扔。炉火烧焦了我的头发。'现在我们有眼睛了——眼睛——一对漂亮的孩童眼睛。'科佩留斯悄声说着，从火里抓来一把烧红了的晶粒，打算扔进我的眼睛里。"（Hoffmann，2000：2-3）

用火烧头发、把烧红的沙子扔进眼睛，以这样的行为对待一个未成年的孩童，可以说这种邪恶的程度已经无法完全用语言来形容了。当然，如果从心理学的角度来看，这种恐怖恶毒的人物形象可被理解为反复闯入现实的、被压抑的恐惧象征。

后来，在德语文学中出现了一种具有诙谐性和反讽性的"协作共谋"式替身关系，那种"天使-魔鬼"二元对立式的传统关系便逐渐被打破，传统的善恶二元对立模式也逐渐消解。正如上文所述，让·保尔在《齐本克斯》中就巧妙地设计了两个性格迥异的"同貌人"——一个乐于宽容、一个喜好惩罚。两人共同谋划了一出装死的闹剧。原本处于性格两级的两股对抗力量在这一作品中却呈现出一种彼此交织、相互依赖的辩证关系。

在现当代的德语奇幻文学中，创作者大多舍弃了对人物性格上"非善即恶"的标签化定义与脸谱化处理，而更多着墨于激烈的情感冲突上。以克尔纳的《我是克隆人》为例，这部小说最深刻的韵味并非善恶两种势力之间的对抗，而是情与理之间的复杂纠缠：伊丽丝为了自己的个人心愿打破了人类繁衍的自然规律，在女儿来到人世之前就规划好了她的人生轨迹。这不仅让丝丽伊深陷身份的焦虑与迷惘，甚至让她觉得自己的生命在某种程度上被降格成了"产品"；而丽伊丝为了寻找迷失的自我曾一度和母亲进行激烈的对抗，甚至不惜触碰伦理的禁忌。如此纠缠，究竟是孰之过？母亲的决定是否有违伦理道德？女儿之所为又是否合乎情理？这些问题都无一不萦绕于每一位读者的心头，从而形成独特的情感体验。

而在她的另一部小说《无头》中，情与理的矛盾张力也随着接受"换脑"手术后的主人公身上各种人际关系的牵绊被拉伸到极限：作为格罗的妻子，伊凡娜耗尽心力，终于等来了丈夫的康复。可重生后的格罗钟情的却是约瑟夫生前的女友瑞塔。但此时的格罗毕竟是活在约瑟夫的身体里，或者可以说，他同时也是大学生约瑟夫，那么，他对瑞塔产生情愫，自然也是出于身体的本能。这场混乱的情感，究竟是谁的过错？又该以怎样的结局收场？于是，旧情与新爱，欲望与伦理，相互间都紧紧地纠缠在一起。这难分难辨的是与非，越理越乱的对与错，都让读者在掩面嗟叹之时，感受着情感的强烈激荡和震撼。

人的存在和属性是一种复杂的多维结构，并不只是相互反对的两极，它并不是简单的二值逻辑所能穷尽地描述的。作为社会的人，其心灵世界是极其复杂、极其丰富的。人类的性格也从来就不是一个单一的平面或是一个单向的维度，而是由各种元素经过有机组合形成的辩证而复杂的庞大系统。高尔基曾说："人们是形形色色的，没有整个是黑的，也没有整个是白的。好的和坏的在他们身上搅在一起了——这是必须知道和记住的。"（刘再复，1986：62）托尔斯泰也说过同样意思的话："所有的人，正像我

一样，都是黑白相间的花斑马——好坏相间，好好坏坏，亦好亦坏。"（刘再复，1986：62）

因此，主张将文学作为"人学"看待的著名学者刘再复先生对于艺术创作曾有过这样精辟的论述："法律家所设置的法庭拷问着犯人的罪恶，一旦拷问出罪恶，他就完成了自己的使命。而艺术家则不仅仅要拷问出罪恶，而且还要拷问出罪恶底下的洁白，即隐藏在人性深层中的东西。作家、艺术家比起政治家、法律家、科学家来，正是在这点事上表现出智慧的特色和眼光的特殊性。如果作家艺术家的眼光只停留在表层上，只看到'罪恶'（或只看到洁白），那么，他就不会有真正的艺术发现。因此，有抱负的作家、艺术家总是想尽办法去打开人们心灵的门扉，去开掘人们灵魂深处的世界，去发现政治家、法律家、科学家看不到的人性奥妙。正是在这点上，作家艺术家建立了自己的功绩。"（刘再复，1986：160）

在文学作品中，人物核心形象的呈现以及人物关系的建立和发展往往都是在人物情感结构从平衡到失衡又恢复平衡的过程中实现的。其中对情感系统调节起作用的并不仅仅是相互对立的性情和品格特征，同时还有介于两极之间不可穷尽的多种方向的饱满情绪网络。也就是说，那些成功的人物塑造通常都是能反映人性中的各种因素和各个不同的侧面，并且将这些"杂多"的性格因素内化进人物性格的深层结构，形成性格深层世界中相互作用的两极，并表现为对立统一的运动过程。因为只有"把表层的复杂性变成深层的复杂性，才能显示出灵魂的深邃，性格才能真正表现出无穷的丰富性"（刘再复，1986：166）。这种深层的复杂性便是性格中各种矛盾的情感和力量彼此碰撞、相互博弈、纠结交织的状态。

这种状态下的人物，已经不能用简单的"善"或"恶"来形容和定性了，因为这样塑造出来的人物呈现出来的是一个复杂的"情感综合体"。这一点从美学的角度看可以这样理解："每一篇小说都是由多种情感要素形成的一个复合结构……在一定的条件下，小说作为一种特殊的多维情感结构，各种情感量度分化的程度与小说审美价值成正比，各种情感距离越大，小说的艺术感染力就越强，情感距离越小，艺术感染力越弱，当人物的情感距离等于零时，人物的艺术生命也就等于零。"（孙绍振，1988：286）而文学艺术的魅力很大程度上正是在于相互对立的情感所拉开的距离与产生的张力，或者说，是因为这种矛盾的对抗而产生的情感的失衡与错位。因此，"小说要成为小说，起码要具备这种远离平衡的情感结构，它使读者的情感经常处于失衡和调节过程中，让他享受到一种高度密集而复杂的情感体验……这种形象的情感结构越是多层次，其密度越是大，情感的错位越是丰富，从平衡到失衡的震荡的频率越高，形象的感染力也愈强。"（孙绍振，1988：297）换言之，在一定条件下，这种错位与失衡的幅度越大，审美的价值便越高。

通过宏观梳理可以发现，德语奇幻作家越来越倾向于通过这种矛盾的震荡使情感结构错位，失去稳定性并远离情感的平衡态。也有越来越多的德语作家致力于凭借奇幻元素和奇幻叙事结构的巧妙运用，制造非同寻常的矛盾冲突，使读者能够真切而深刻地体会到角色所经历的强烈情感动荡，感受到巨大的矛盾张力。

经过一代又一代德语奇幻作家的创作发展，无数的读者能通过一部部奇幻玄妙的作品，在一个个生动鲜活的人物身上发现多种矛盾着的因素，并作出多重解读，从而打破非此即彼的善恶二元对立模式，让白中的黑，黑中的白，非中的是，是中的非，此中的彼，彼中的此，爱中的恨，恨中的爱，生中的死，死中的生……这种种精彩的辩证关系在作品中得到淋漓尽致的展现。

第三节　僭越现象更加显著

结合本书以上分析人们不难发现，奇幻文学内部存在两大重要主题，即"变形"（Metamorphosis）和"囊括一切的决定论/泛决定论"（Pandeterminismus）。按照托多罗夫的观点，"变形"所代表的就是超自然的力量。托多罗夫认为："奇幻故事中最基本的就是要有超自然的存在，如妖魔、巫师，以及掌控人类命运的力量，自身可以变形，也可以改变别人的外形等。这是奇幻文学的一个常量，是比人类更有力量的存在物。"（Todorov，1992：109）与此同时，在日常生活中"我们在事物之间建立的一切联系都是纯意识的，不会对实际客体产生任何影响"（Todorov，1992：109）。

但在奇幻文学中，"这些联系延伸到了物理世界"（Todorov，1992：109）。因此，"囊括一切的决定论意味着物理和精神、物质和意识、词与物的界限被打破了"（Todorov，1992：109）。其结果就是"世界上的所有事物在任何层面都存在联系，世界具有高度的意义性……甚至在初级的显性意义之下，我们还可以发现一个深层的意义"。（Todorov，1992：112-113）显然，托多罗夫认为奇幻文学使主客体之间的界限消弭，从思想到物质的转换成为了可能。

正是因为有了这种"变形"和"破界"，奇幻便可被视为来自两个不相一致的秩序的理性角度间的冲突，即经验的和精神的秩序，同时奇幻也是文类常规惯例间的冲突。即是说，奇幻并不是一种界限分明且完整的封闭性结构，而是处于一种"裂开"的状态中，即在现实与非现实之间撕开一道裂痕，并对可信、可靠、熟悉之事发起不信任的冲击。正是因为有这样的裂痕、冲突与冲击，原本泾渭分明的事物彼此产生了交集，相互碰撞、融合，模糊了区分差异的界限。

其实，奇幻文学本身就应被理解为一种模糊不定的现象。在这一框架下现实与非现实的对立自然是要遭受质疑的，因为这种相异只是表面上的相异。在奇幻的体系下，现实和非现实皆是包含一切之整体中的组成部分。

作为具有矛盾性和异物同现特征的奇幻艺术作品所表达的往往是一种人们不熟悉的、陌生另类的审美经验。这种经验与起源于俄罗斯的陌生化效果不同，它更多的是为人们打开通向迄今为止未曾发生过，一直遭受驱除、排挤并被视为禁忌事物的渠道。那些陌生事物通过艺术化的塑造成为真实的在场，禁忌者或者欲望对象往往化为"替身"。这种虚幻之象并非意味着多种含义或者是将二级模型之于构造体系的独特性作为文学作品展现出来的语言上的一语双关，而是突出彼此的等价性、无等级差异性和不同现象、存在层次、行为方式的相互依存关系，尽管是在艺术加工的框架下。

换言之，奇幻艺术不是简单的复刻和模仿，而是一种被建构和构造出的想象，并对既定塑形和有限形式提出质疑，更是作为一种模糊不定的结构，在对相异、对立、相互矛盾者进行艺术性组织的框架下的跨界活动与现象。

比如前面多次提到的库斌的小说就融合了不同的艺术类型和话语形式，尤其体现出造型艺术和文学的结合。他那广被提及的晦暗基调以及跨阈性明显的插图都是语言文本的组成部分。他的跨界作品以这样一种奇幻视角为主导，这种视角在许多定义性的探究中几乎只是被顺带提及，尤其是在那些重点强调二元对立结构、现实与非现实对立，以及诸如冲突和侵略视角的探究中。而这些都是在研究中被认为是奇幻文学中具有关键标志性的特征。

但事实上，作为一种模糊不定的结构，奇幻艺术尤其是现代和后现代的奇幻作品，更多的是一种在对相异、对立和相互矛盾者进行艺术性组织的框架下的跨界活动和质疑行为。

这种"跨界"的奇幻作品所蕴含的游离不定和具有二重性的模糊状态通过不同的写作方式和艺术理念得以展现。奇幻文学中常常出现的"双影人"、吸血鬼、女妖等角色，还有过桥、摆渡等情境都是反映这些特点的母题范畴。在这种趋势下，怪诞风格的意义也逐渐凸显。

这种模糊性不仅仅是相异者的同时显现，更是对立者间充满张力和动力的相互关联。在此框架和进程中，现存的有效关系、之前确保自我和世界间稳固关系的经验和对现实的认知都遭受质疑。这种情况下还常常会出现陌生者、异常者和无法理解之事，它们对行为主体的影响被凸显出来，因此这样的作品对行为主体人物的塑造也显得格外生动形象。

具体而言，在这样的过程中，一种特定的形象、受理性支配的正常个体在同陌生者遭遇时体验到了感知、想象和认知能力的改变。这种在意识层面不断拓展，但能带来生存之毁灭威胁的改变并非是自动造成的。这种不稳定性，这种过程性、动态性的跨界使得奇幻一再与叙述性相关联。

因为奇幻的这种模糊特征尤其被表现为一者与另一者的关系，于是从这一层面上看，对奇幻作品叙述结构的关注变得至关重要，尤其是在涉及关于对立者之间充满争议、具有过程性的关联、界限以及与此相关的跨界的时间维度的扩展等问题时。在叙事过程中，在按照顺序的相互关联中，不同的空间和时间层面，以及对立的存在层面如此紧密地交融，以至于上述提到的改变、位移和变形通过叙述技术被激发并被合理化。由此产生的与异常者和陌生者的相遇也成为了广泛使用的母题。也正因如此，没有比叙事作品更能细微地表现如预感、欲望、好奇、恐惧等意识层面的过渡和跨界了。

再从表现手法来看，奇幻艺术的建构并非明确宣示性的，它其实是将非理性的经验与尝试用理性来阐释意义之间的矛盾张力作为主题表现出来。奇幻叙事从某种意义上来说其实就是将从未发生过的、被排斥和遭禁忌之事物以不露明确痕迹、引而不宣的形式表现出来。反之从另一个角度看，只有当其中所塑造的不可捉摸、陌生和令人恐惧不安之事处于不受限定的状态，并不以罗格斯中心主义视角来看待，不被纳入理性的意义框架内之时，这种叙事结构的文本在描述开放、模糊状态之意义上才具有奇幻的特点。因此可以说，一旦叙事框架内的意义机制，即起释义作用的叙述者被抛弃了，则该文本将被悬置于对于读者而言模糊不清、无法判定的状态。

需要强调的是，这种状态首先是与狂欢理论相关联的。巴赫金将此理解为在等级消解、既定秩序体系弱化的基础上强调同步和平行视角下对立领域的交融，对此可具体阐述为："狂欢将神圣与平庸、高贵与低贱、伟大与渺小、智慧与愚蠢聚在一起，包容为一体，相互联姻和绑定。"（巴赫金，2009：167）"联姻"（Verlobung）一词使哲学、神学、文学和其他领域中限定性和决定性的规则秩序都受到质疑，失去效应。原本既定有效的规则丧失了权威，人性中被隐藏和压抑的那一面得以在具体可感的形式中展现和表达出来。由此，通向被戒规、禁忌和其他障碍阻挡的那一面世界成为了可能。事物的样貌从逻辑和其他的意义束缚中解脱出来。千差万别的相异者被赋予同等地位，并同时出现。

狂欢一方面是一种同时体现出矛盾性和关联性、处在对立统一之整体框架下的生命形式，另一方面又是一种具有复调性、互文性、类型化和风格化特征的艺术原则。其中起主导作用的构造原则便是怪诞。按照巴赫金的理解，怪诞是一种异质的组合。它主要体现的并非是对立性，而是通过怪诞之身体表现出的原始关联性，比如创造与毁灭、出生与灭亡间的相互依存关系。换言之，怪诞理论强调的是组合性和具有动态过程性的宇宙视角，那是一种对包罗一切的宇宙万象发出的自由之笑。而具有这种视角的奇幻创作风格很明显地体现在被公认为奇幻大师的艺术家和文学家的作品中，如蒂克、爱伦·坡、霍夫曼和其他作家的作品。反过来这些作品的接受程度也让怪诞理论获得了合法化上的支持。

此外，德国学者沃尔夫冈·凯泽尔认为"怪诞就是被异化了的世界"（Kayser，1957：198）。具体说来，就是当读者在体验怪诞时，会感到有一种神秘的力量闯入自己的世界，这会让原本熟悉的事物在突然之间变得陌生和难以理解。而怪诞的本质特征主要体现为突发与意料之外的偶然性和变化的无常性。怪诞之所以能够颠覆人们习以为常的认知秩序，其根源就在于人们无法看清隐藏在怪诞背后的那些促使世界发生异化的原因。所以处在被怪诞入侵的世界里，人们原本可靠的秩序感遭到了破坏，随之而来的是压抑、恐慌、害怕和无所适从等接受反应。

由此可见，怪诞那种狂欢式的属性和促使熟悉的世界发生异化的神秘力量与奇幻文学的跨界特征可谓是无缝契合。奇幻的情景产生于当陌生的、被异化的、非现实和超现实之事物侵入被承认为现实的日常世界中时，或者作品中的人物脱离日常生活，即跨入日常世界的"彼岸"。当然，这个"彼岸"不一定能到达，甚至会化为虚无的泡影。这种跨界现象表达了对世界整体化和多元性的认知过程，同时也对既定理解结构之权威提出质疑，并强调了作为与世界之关联形式的兴趣和好奇。

比如霍夫曼的《布兰比拉公主》(*Prinzessin Brambilla*)中怪异之事就直接闯入现实的日常生活中。小说的故事情节以意大利狂欢节为背景。小说一开始描绘了在狂欢节前夜即将扮演各自角色的男女主人公的心理分裂。女主人公贾钦塔在现实中作为一个女裁缝,在赶制狂欢节华丽的公主服时全然不顾即将为此得到的丰厚报酬和欢乐的狂欢节庆典,深陷沉重的心理压力之中。她深感自己生活状况的困窘。而正是眼前这件无与伦比的公主服引发她幻想自己穿上西班牙式的华丽裙装,颈上佩戴着光彩夺目的钻石项链,在狂欢节上成为一名贵妇、一个公主。当贾钦塔穿上自己亲手缝纫的华丽公主服时,她的母亲也不禁惊叹自己的女儿如公主般美丽,从而增强了她内心成为一名高贵的公主的信念。由此,她的向往与她的情人——一无所有的男主人公吉利奥毫不相配。看到他的贾钦塔就仿佛看到了自己在现实中的社会角色,便会感到梦想难以成为现实,从此,她在内心排斥着她的旧情人。而另一方面,同样并不富裕的剧院演员吉利奥则自负且爱慕虚荣。由于演出的关系,在现实生活中他时常完全沉浸在自我扮演的王子角色中,并将舞台角色混入现实中的梦境。因此当吉利奥看到贾钦塔身着华丽的公主裙时,他梦想中的女神和现实中的情人便合二为一。舞台角色和社会角色交织在现实生活中,吉利奥也因此失去了心理上的身份同一性。他佯装对自己贫穷的演员社会状况浑然不知,幻想着成为公主的恋人。于是,整篇小说的情节线索便贯穿着吉利奥追逐贾钦塔以求美梦成真的过程。(霍英,2012:137)

在这篇小说中,神话传说以讲述故事的方式自然而然地融入爱情线索之中。在咖啡馆里的艺术家聚会中,叫卖小贩塞利奥纳蒂像往常一样讲述他的神奇故事——即国王奥菲奥赫、女王利丽丝和乌尔达泉水的传说:奥菲奥赫王子原本生活在一个和平、富饶、美如仙境的国度,就像生活在"那个神奇的充满无限喜悦的远古时代,那时自然呵护人类就像是呵护她最爱的宠儿。"而当他心中燃起了炙热的向往,所有的一切美好却都变成了"混乱荒芜的废墟",他必须和大地母亲分离,那种灼热的气息使愤怒的母亲像对待敌人一样要将自己堕落的孩子毁灭。从此王子陷入了深深的忧郁之中，国内只有少数几个人可以理解王子的心情。大多数人包括政府官员不明其中原因，便希望通过婚姻解除他的苦闷。选出的利丽丝公主从不在意周围的环境，以及所看到和感受到的事物。她不停地笑着，而她只有一个嗜好——织网，而且她身边的宫女们也必须织网。日复一日，王子越来越严肃和悲哀，并在心中逐渐对只知道织网的公主极其恼火。一日王子在狩猎时进入了一片原始树林，在无意中唤醒了沉睡在那里的千年老巫师赫莫兹，他告诉王子这句意味深长的格言"思想毁灭观念"，并预言了在169天后他将带来大地母亲的谅解，将他的痛苦化解于极大的喜悦之中。王子回到宫中，却对这句格言百思不解，便将之刻入大理石中，久久凝视着它并陷入沉思。后来公主看到这句神秘的话语时也不再发笑，而是在王子身边沉默下来。二人随即双双陷入死一般的沉睡中。预言显灵的那一日很快到来了。赫莫兹带来的水晶玻璃棱镜化作美丽的银色泉水，使大地重新焕发出生机。此时，王子和公主也从魔幻的睡梦中醒来，赶到泉边看到了蓝得发亮的天空、葱郁的灌木和树木、生机盎然的整个自然世界还有他们在泉水中的自我倒影，于是对世界的重新认识点燃了他们内心的真正喜悦。（霍英，2012：137）

值得注意的是，塞利奥纳蒂并未把他的神奇故事停留在神话层面，而是引入狂欢节的活动中。该作品提到的那种罗马式的狂欢一方面是不同现实层面的故事情节相互混合交错的出发点，此过程中个体不断在不同的境界中游移，因此不仅使得当事人物，同时也令读者感到迷惘疑惑。

另一方面这种狂欢也是对巴赫金所说的狂欢结构、对不同作家、不同文体风格进行复调性和互文性组合的合法化机制。在此语境下的奇幻可以理解为不同存在层面、意识形式、风格和文体间相互矛盾又充满张力的在场，并由此有意识地对所有界定和等级区分进行否定。

具体而言，在上述神话传说所改编的剧目中，亚述王子科尔内利奥和布兰比拉公主通过恢复了清澈模样的泉水反射的倒影认出了他们自己和彼此，而公主和王子的扮演者吉利奥和贾钦塔也从自我的意识分裂中回到了社会现实。因此，在这一意义上《布兰比拉公主》可被视为在主题和结构层面体现出"临界特征"，实现从有限向无限、从自我向整体世界自由过渡的典范式奇幻作品。它既反映了自我迷失、异化等与主体性相关的缺陷和局限性，又为人们指示出一条主动突破有限性的出路，同时人们也在该作品中看到作者将威胁恐怖与不协调的趣味效果进行并置，比如其中巫师赫莫兹将水晶玻璃棱镜化作美丽的银色泉水，而很多人在泉水的倒映中看到了违反人的理性、尊严和智慧的事情。于是愤怒的人们往泉水中投入各种脏物，污染了原本明亮清澈的水质。此处泉水的变化与倒影的隐喻就体现了这种并置关系。

这里需要指出的是，神异的特点是在关键节点上与逻辑和现实的规则相违背，发生在日常经验之领域无权管辖的时刻，但是不会出现另外的彼岸世界。相反，奇幻则往往会意味着向那个神秘王国的无障碍过渡，无法预料的变形，还有此岸与彼岸间奇特夸张的混合关系，甚至于人们常常不能分清二者间的界限。

说到两个世界的混合与僭越，霍夫曼的中篇小说《金罐》无疑堪称典范。小说的开篇就十分准确地交待了故事发生的地点与时间：升天节这一天的下午三时，大学生安瑟尔姆斯在经过德累斯顿城的大黑门时，不经意间与一个丑陋的卖苹果和糕点的老妇人撞了个满怀，令后者篮子里的苹果撒了一地。让人意想不到的是，就在这老妇人的咒骂声中，霍夫曼早已不动声色地取消了现实世界与奇幻世界之间的界限，而奇幻世界中的人物（卖苹果的老妇）与现实世界中的人物（笨手笨脚的大学生安瑟尔姆斯）也已经在读者毫无准备的情况下相遇交手。（冯亚琳，2006：35）

接下来，在现实世界饱受霉运的安泽穆斯来到易北河边，在接骨木下看见了三条小绿蛇翩翩起舞，听到了她们嬉戏玩闹时发出的水晶般动人的歌声，并对其中长着一双深蓝色眼睛的赛佩蒂娜一见钟情。《金罐》中的奇幻世界就这样与现实世界在毫无阻碍的过渡中交织在一起。其实，在整个小说中，现实与奇幻的关联与交融可谓贯穿始终：中学副校长鲍尔曼一家与神秘的宫廷档案馆馆长林德霍尔斯特比邻而居，如此一来，前者身上那"彼得麦耶尔"式的优雅与后者所代表的神奇魔法自然也实现了共存。而且两个世界间的人物情感关系也是错综复杂地缠联在一起，尤其是那魔法人物之间的殊死搏斗直接牵扯到市井社会小儿女之间的爱情瓜葛：心心念念要当枢密顾问夫人的副校长女儿维罗妮卡眼看自己在追求正待事业上位的安泽穆斯的爱情角逐上要落败给小绿蛇赛佩蒂娜，便不惜与卖苹果的老巫妇结盟，企图通过后者施展魔法来引诱迷惑安泽穆斯。

此外值得注意的还有，小说中来自奇幻世界的人物不仅在现实世界里拥有职业，而且还有一定的社会地位，比如在奇幻国度亚特兰蒂斯里的蝾螈在现实世界中便是身为档案馆馆长的林德霍尔斯特，而且有着一派令人敬畏的贵族气度，居住在宫殿般古老的房子中，而那会魔法的老巫婆在现实世界中既是维罗妮卡儿时的保姆，同时又是卖苹果的小贩。

这种跨界融合与二元并置的现象在《金罐》中还体现在时间、语言和叙述视角方面：从升天节开始，一直到维罗妮卡在她的命名日与当上了枢密官的档案管理员希尔布兰德订婚为止。整个过程表面看来似乎完全是按照世俗的时间顺序排列，但仔细分析便不难发现，其中出现的"黄昏""半夜"等表述不仅是现实中市民社会的时间概念，同时也与魔幻世界中鬼神活动的时间轴——对应。再看语言方面，作者霍夫曼在两个平行存在的世界中找到了一种"反命题式"的语言风格：王公贵族的语言截然不同于市民出身的学者们，公主说话的方式也完全不同于小市民家的女儿们。如此一来，那些奇妙的、难以置信之事便出现在平淡的日常聊天似的语言环境中，所产生的效果既恐怖又有些滑稽。（冯亚琳，2006：36-37）

至于叙述视角方面，小说第四章中关于档案馆馆长变成老鹰腾空而去的描写最为典型：

> 这时，风吹到（林德霍尔斯特馆长——笔者）宽大的礼服上，刮得下摆向两边扬起，宛如一对扑扑作响的巨大的翅膀，正在惊奇地从后面看着林德霍尔斯特的大学生安泽穆斯觉得，仿佛一只大鸟正在准备腾空而飞——就当大学生这么凝望着暮色朦胧的天空时，一只灰白色的老鹰发出凄厉叫声飞上天空，这时他才发现，那对白色的翅膀，他

一直以为那是正在快步离去的档案馆长，却想必是这只老鹰的，且不说他无法理解的是：档案馆长一下子又到哪里去了呢？（霍夫曼，2013：32）

在这一描写中，读者与故事的主人公虽共享同一视角，但有所不同的是，对于读者来说，叙述者起先强调的现实因素（档案馆长的白色礼服）经过模糊扭曲，最终却变成了不确定因素，可主人公安瑟尔姆斯却从这一经验中得出了如下的结论：

> 完全可能是档案馆长林德霍尔斯特先生本人飞走了……因为我真正看到并且感觉到，所有这些来自遥远的奇妙之国的陌生的形象，这些以往我在十分奇特的梦中才能看到的形象，现在进入了我清醒的、生机勃勃的生命之中，同我游戏着他们的游戏。（霍夫曼，2013：32-33）

由此可见，安泽穆斯此时经历了某种"顿悟"。他突然明白了生存的原本面貌。这种体验突破了经验现实，使得他的理解力得以扩展。于是，他闯过了"通向奇妙的门槛"，并由现实世界直接进入了童话世界。

另外，小说中还有很多具体的地点名称，比如"德累斯顿"和"大黑门""海门""易北河桥"等，这些地点既在现实世界中真实存在，同时又是奇幻事件的发生地，于是让人不禁联想到这些地方也许就是两个世界间的"边境线"。总之，霍夫曼笔下的人物既生活在德累斯顿，同时又生活在亚特兰蒂斯。他们在两个世界的来回穿越生动而形象地阐释了德语奇幻文学的"临界性"与模糊性的特点。（冯亚琳，2006：37）

而同样是出自霍夫曼之手的《小查赫斯》（*Klein Zaches genannt Zinnober*）则将怪诞与狂欢的结合演绎出一种全新的高度，由此也给异质界限的僭越赋予了极具讽刺意味的奇幻效果。霍夫曼笔下的小查赫斯是一个相貌丑陋的侏儒，他身上有着很多怪诞之处，但是首先映入读者眼帘的，是他的怪诞外貌：

　　人们第一眼望去，很容易将这个物体当成一根软骨般的奇怪木柴，但它是一个不到两拃高的畸形男孩……脑袋像个深陷在两肩之间的物体，背上长着一个南瓜似的肿瘤，胸口下面垂下来像榛树枝一样的小细腿，以至于这个男孩看上去就像一个被劈成两半的萝卜。不仔细看的话可能无法从这张脸上发现什么特别之处，但仔细看过去的话就会发现，在蓬乱的黑发中伸出来一个又长又尖的鼻子，在满脸苍老的皱纹中，露出一双闪着黑光的小眼睛，这看上去就像一株小曼德拉草（Hoffmann，1998：534）。

　　小查赫斯怪诞的外貌在成年后也没有发生多少改变。小说中写到他第一次来到克雷珀斯大学城时，撞见了正在森林里散步的巴尔塔萨和法比安。他虽然骑在马上，但是别人看到的却是一匹没有骑手的马。在这里，叙事者通过两位大学生的视角，从侧面说明了小查赫斯的侏儒身材多年来并没有发生多少改变。小查赫斯摔下马后，出现在读者眼前的是这样一种形象："这个侏儒的头深陷在高耸的双肩之间，他的胸背上长着一个瘤子，短小的身躯和长长的蜘蛛脚使他看起来像一个插在叉子上的苹果，在这个苹果上人们刻上了一张丑陋的脸（Hoffmann，1998：557）。"除了外貌以外，小查赫斯年幼时不会说话，只会像猫一样叫唤。即使后来他借助仙女的魔力学会了人类的语言，但是他的语音语调依然沙哑难听，叫起来和猫没有区别。（罗威，2020：78）

　　通过文中的描述可以看到，小查赫斯外貌主要有两个特征：第一，他的身材比例远比正常人矮小；第二，他同时兼具人、动物和植物的特征，并且声音里也有动物的特征。也就是说，小查赫斯的外貌具备了扭曲和混合的特点，是一个不折不扣的怪诞形象。作者不仅按照相似性的方法对他身体的各个部位进行描述，让读者可以通过南瓜似的瘤子、蜘蛛腿和被刀劈开的萝卜这样的比喻对他的外形有一个较为直观的认识，而且还巧妙地将这些形象混合在一起，让小查赫斯成为了一个客迈拉式①的怪物，打破了人们对"正常人"的认知。

通过梳理不难发现，该小说中无论是叙事者还是童话里的人物，在描述小查赫斯时，使用的也基本都是带有贬义和嘲笑意味的词，如畸胎（Missgeburt）、怪婴（Wechselbalg）、拇指人（der Däumling）、小怪兽（Untierchen）和小矮子（Knirps）等。甚至作为母亲的丽泽也十分厌恶这个怪物，因为两岁半的小查赫斯已经和"最强壮的、至少八岁大的男孩"（Hoffmann，1998：534）的饭量相差无几。虽然饭量惊人，但是这个畸形的男孩现在和以后都不可能有劳动能力，所以养育这样一个孩子，贫穷的丽泽不得不承受物质和精神的双重压力。总之，在小说所描述的公爵国这样一个启蒙社会，小查赫斯的怪诞外貌让他成为了一个遭人耻笑和唾弃的可怜人。（罗威，2020：78）

值得一提的是，小查赫斯的德语名字写作"Klein Zaches"。"Zaches"一词可以追溯到拉丁语中的"cachinnus"，是嘲笑或者哄堂大笑的意思。所以霍夫曼给予他这个名字，似乎是在告诉读者，小查赫斯在社会中的位置不过是一个被人嘲笑和取乐的对象。这也符合启蒙时期人们对怪诞的认知：滑稽可笑的无价值之物。因此，作为一个客迈拉式的怪物，外貌畸形、口齿不清并且没有工作能力的小查赫斯根本不可能得到社会的接纳，更不可能获得事业上的成功。（罗威，2020：79-80）

这也正对应了畸形的怪诞属性与理性的关系。对既定规则的破坏和不同事物之间界限的僭越是畸形的一个重要特征，它的出现必定会导致原有规则，以及在这些规则上建立起来的秩序的混乱，即对既定规则和秩序的僭越与颠覆，而这也是混合怪诞体的根本特征。当然，如此混乱的状况必然是理性主义者不愿意看到的，所以在启蒙时期，畸形无论是在文学艺术领域还是在自然科学领域，都是一个不被接纳的对象。（罗威，2020：79）

———————————

①　客迈拉（Chimera）是古代希腊神话中一种会喷火的怪兽，它由三部分组成：前部是狮子，尾巴是一条蟒蛇，身子是山羊。它呼吸吐出的都是火焰。为了增强它凶猛的程度，后来人们又赋予它一些新的特性，说它有3个头(蟒蛇、山羊和狮子)。

　　而仙女罗森雪恩作为理性的秩序下潜藏着的神秘力量的拥有者，拉开了理性与怪诞间奇幻交锋的序幕。她赋予了小查赫斯这个畸形儿人类的语言，让他获得了与他人交流并融入社会的机会。除此之外，她还在他头上种下了三根有魔力的头发。在魔发的帮助下，小查赫斯得以利用理性的规则，在事业上飞黄腾达。

　　在获得仙女的帮助之前，小查赫斯虽然外貌畸形，但是他生长在现实世界，拥有一个现实的身份：农妇丽泽的儿子。即使他被所有人当成怪物，他也仍然是现实世界的一员，是人而非妖魔。但是这次与仙女的偶遇让他获得了只属于想象世界的魔力，现实要素和想象要素在他身上发生了怪诞的混合，此时的他既不属于现实世界，又不属于童话世界，但又同时兼具两个世界的特征。而这两个世界的界限也由此被打破。

　　获得魔力后的小查赫斯把自己的名字改成了"齐诺博"。这个名字是由德语单词 Zinnober 音译而来，"在转义中是迷醉的意思，在柏林也有废话和无意义的行为的意思。"①这个名字除了点明小查赫斯的成功源自魔法的迷惑以外，还带有强烈的讽刺意味。没有任何工作能力的他，满口粗鄙之语，只会发出像猫一样的怪叫，按照社会的评判标准，他说的话本应被当成废话，做的事也没有任何意义。但在魔法的迷惑作用下，他不仅成为了一个"拥有非凡品格，天赋异禀的年轻人"（Hoffmann，1998：568），而且被旁人认为是一个语言能力出众的人，甚至成了国家部长，齐诺博被公爵倚为心腹，并委以重任，而这一切都建立在人们对理性规则的认可之上。

　　可是这些所谓理性的人们没有认识到的事实是，这个身居部长要职的齐诺博仍然是一个畸形的丑陋侏儒，也不具备任何才能。只是在魔法的作用下，人们才把在场的其他人表现出的过人之处都归结到他的身上，而他的缺点与不足则由旁人承担。换言之，小查赫斯的成功完全不是自己努力的结果，而是靠剥夺他人的能力和劳动成果得来的，所以他成功之路的两

---

① 参见 Aurnhammer：Klein Zaches genannt Zinnober. Perspektivismus als Plädoyer für die poetische Autonomie, a. a. O., S. 118. 转引自罗威：《论德国浪漫派的怪诞诗学——以浪漫派时期的三部文学作品为例》，北京外国语大学博士学位论文，2020年。

旁是站满了受害者的。也就是说顶着齐诺博身份的小查赫斯侵入了理性社会的方方面面，但由于他是理性与想象的怪诞混合体，所以仅凭理性根本无法认识他。

在那些在理性认知模式限制下的受害者眼中，齐诺博只可能是一个长相丑陋的畸形人，绝不会拥有超自然的能力，所以他们除了愤怒以外，对小查赫斯根本无能为力。放眼望去，在整个理性社会中，只有巴尔塔萨这个与想象亲近的诗人才能看到小查赫斯背后隐藏着的神秘力量。可见，这些自诩为被启蒙之人的偏激和片面，让他们无法看清，更不愿承认这个名为齐诺博的怪物身后隐藏着魔法的力量。所以对笃信理性万能的人而言，小查赫斯永远是一个谜一样的存在。（罗威，2020：85-86）

如果说小查赫斯这个名字指代的是他的现实身份，是他作为一个畸形儿的悲惨过去，齐诺博则是一个将现实和想象混为一体的怪诞身份。在现实和想象和谐共处的时代，兼具两种异质要素的齐诺博绝不可能是一个怪诞的存在，因为那时人们还知道仙女的魔法，可以看清这个畸形儿背后的神秘力量。然而，在小说中那现实和想象已经分裂的公爵国内，齐诺博打破了这两者之间的二元对立，成为了一个游走在现实和想象边界，但又不属于任何一种秩序的怪诞角色。（罗威，2020：80）

作为怪诞角色的小查赫斯的成功正是对社会规则的践踏。他动摇了理性规则的绝对正确性，让社会的晋升机制与评价体系不再有效。在这个怪物面前，美与丑、赞美与唾弃、成功与失败发生了颠倒。在此基础上，公爵国内的所有评价标准也被怪诞颠覆。可以说，随着怪诞跨过常规的界限，侵入理性的范畴，原本稳定可靠的社会秩序便会遭到令人不可思议的挑战与质疑。如此一来，霍夫曼便借小查赫斯的成功，以戏谑的方式揭露了理性规则在怪诞面前的无能为力。（罗威，2020：82）

同时，畸形儿小查赫斯的出现，还可以看作怪诞对僭越的一次充满辩证性的展演。因为如前所述，理性社会无法认清小查赫斯身后的神秘力量，童话世界只看到他的怪诞外表和妖怪的相似之处，没有进行理性的分析。也就是说，怪诞让理性社会和童话世界的成员同时看到了自己认知能力的局限性。

这正如福柯在《僭越序言》中写道：僭越是与界线打交道的行为，这界线即那个划分区域的界线，僭越在这区域中展现它从中穿越时的闪光，或许也展现了它的整个轨迹，甚至本原。……界线与僭越，由于它们本身所具有的复杂性而相互依存：如果一个界线绝对无法被逾越，它将不能存在，反过来，如果僭越行为所针对的界线只是虚设，僭越也毫无意义。（罗威，2020：86）

这就说明，界线与僭越是互为前提的。一套规则体系因为有界线，所以可以被僭越。而规则也只有在被僭越时，才能看清自己的界线。因此，为了消除小查赫斯这股扰乱秩序的怪诞力量，两个世界必须拓展自己的认知边界才能够认清小查赫斯，从而维护自身的稳定。（罗威，2020：86）

于是，在童话的第六章中，霍夫曼向读者展示了一场巴赫金式的全民参与的狂欢场面。巴尔塔萨在朋友帮助下成功拔掉了小查赫斯头上的三根红发，让所有人都看清了后者的真实面目。在众人的唾弃之下，小查赫斯顶着部长齐诺博的身份逃回了自己的府邸，但由于他此刻已经完全回归了现实，所以当周围的民众看到这个怪物竟是国家部长时，在大笑后陷入了暴乱，冲进他的房间想要查明一切。虽然最后仙女赶来解除了这场危机，但小查赫斯却在躲藏的过程中跌进了厕所旁的一个桶里窒息而死，以极不光彩的方式结束了自己的一生。（罗威，2020：88）

在此处人们大笑的欢快气氛中，丑陋的怪诞遭到了否定，成为供人取乐的对象，平日的社会秩序暂时失去了效力，而理性的秩序也在这一过程中得到了肯定。所以随着小查赫斯的去世，理性秩序似乎成功地捍卫了自己的疆界，所有失效的规则又恢复了正常，公爵国内的一切也回到了正轨。

根据仙女和博士阿尔帕努斯的约定，小查赫斯在死后又恢复了齐诺博的身份，成了旁人眼中完美的人，畸形的外貌完全消失。人们在国内为小查赫斯举行了前所未有的隆重葬礼。

活着的时候享受全民的崇拜，死后也成为了全民哀悼的对象，这对于小查赫斯这个一无是处的侏儒而言，确实算得上是一个美满的结局，但这个结局对公爵国来说却是莫大的讽刺。因失去国家栋梁齐诺博而哀痛不止的公爵，完全忘了小查赫斯向他呼救时的愤怒和冷漠，而这些为国家部长齐诺博流泪的民众，也完全忘了不久前他们还在嘲笑小查赫斯的丑陋和畸形。这种强烈的反差让理性社会的秩序再次发生了颠倒，丑成为了美，恶成为了善，所有人赞美的齐诺博，其实是他们最鄙视的小查赫斯。（罗威，2020：89）

霍夫曼在《小查赫斯》的开篇构建了一个古希腊式的和谐社会，生活在其中的公民拥有完整的人性。但是他又让启蒙运动破坏了社会的和谐与人性的完整，把文本世界分裂成了想象和理性两个部分，让理性成为了独裁的暴君，人的自然本性遭到压制。小查赫斯这个怪诞人物的出现打破了两个世界的界限，他让美与丑、滑稽与严肃、赞美与嘲讽发生了怪诞的颠倒，并以僭越的形式让读者看到了理性的局限性。（罗威，2020：90）

综合上述分析可见，充满矛盾性的机制和模糊性的主题、互文性的结构、艺术和叙述的紧密联系、对以罗格斯中心主义为主导的经验世界的僭越，这些都可以被概括为奇幻的重要特征，也都可以追溯到巴赫金的文艺理论之影响：突出多义性、分裂性、去中心化的过程、具有颠覆性和突破性的僭越与跨界。

这种现象在现代和后现代的德语奇幻作品中表现得更加具有多元性和复合性。其中不同的表达方式、语言风格、话语习惯和不同的世界观彼此关联，来自神话、神秘传说等不同源头的文本融为一体，风格多样，组合程度高。

在现代和后现代的德语奇幻作品中，跨界的方式则更加丰富、多元。比如在《最后的世界》中，科塔在追寻诗人奥维德及其文本踪迹的过程中，随着信息和线索不断涌现，他自己也一次次来回穿梭于托密的叙事时空和奥维德所在的古罗马帝国之间。而这些线索又是以不同的形式呈现出来的。

比如，希腊老仆出于对诗人的万般尊崇，也因为对方与自己思想观点相合而陶醉，把他说的每一句都刻在石头上，勒石成碑，树立于特拉希拉，意在使之不朽。十五块石碑排成一片，犹如索尔兹伯里平原上的史前巨石阵。科塔来到它们中间，最终从分刻在十五块巨石上的"火""愤怒""暴力""星辰和铁"（Ransmayr，2004：50）等文字中，建立起一个语篇的联系和意义。这就是："我完成了一部作品/ 它能经受住火/ 和铁/ 甚至上帝的愤怒和/ 摧毁一切的时间。//不论死亡/只能把暴力加诸我肉体的死亡什么时候想要/现在就可以结束我的生命。//但通过我的这部作品/我将永存/并在星星的上面高高飘扬/而我的名字/将会不朽"（Ransmayr，2004：50-51）。这是一篇雄文。奥维德把他的书当成了万古不废的宇宙大书。（谢建文，2006：88）

除了立碑，希腊老仆还从托密城里收罗破布条，在上面记下奥维德平日里叙说的内容，并把它们缠绕或系在石碑的尖顶上，任其飘飞。科塔后来从特拉希拉废墟中收集这些布条的残片，结合小店主法玛的叙述，特别是目睹了托密及其居民的渐变与剧变，终于得以解读出那些残破而模糊不清的文字。这都是些命运的记述、"判词"和预言。它们记载着托密城居民的来历和将要发生的形变。文字与小说人物的命运及外在的突变而来的神话世界，形成一一的对应。埃修（Echo）就是那回声，制绳匠是一匹狼，屠夫特罗伊斯是一只戴胜，他的妻子和妻妹分别是乌鸦和夜莺，如此等等。奥维德的《变形记》成为托密这一方远离理性世界之时空的历史和现实，化入了托密城居民的生活和生命，渗透着这座铁城的传奇与记忆。（谢建文，2006：88）

在奥维德讲给埃修听的那些故事里，人在各自的痛苦与仇恨中，包括动物为了摆脱生活的混乱，无一不是以石化作为终结。甚至大西洋上的行船，也突然会变成石头沉没。石化意味着解脱，更意味着不可侵犯的尊严和永恒。它可以超越时间，比之任何帝国、任何征服者，会无限长久地存续。另一方面，石化也是一切形变的最后产物，是万物的最后状态（Gottwald，1996：28①）。奥维德预言世界末日降临之后，那新生的人类就是由石头做

---

① 转引自谢建文：《发现者对失落意义的追寻：论兰斯迈尔的〈最后的世界〉》，《外国文学研究》，2006 年第 3 期。

成的。他们"没有感情，没有爱的语言"，也"没有仇恨、同情或悲伤的冲动，就像这海岸边的岩石，不屈不饶，没有感觉而坚固耐久"（Ransmayr，2004：169-170）。

比之埃修，聋哑女织工则借助唇读，将奥维德的想象引入她的画布。她通过向科塔展看自己的织布画，无言地重述起原始森林、棕榈树丛和各色的鸟儿，尤其是那鸟群摆脱大地束缚后自由的飞翔，以及铩羽坠海对"飞行之壮丽"（Ransmayr，2004：197）的怀疑。这是一部《鸟之书》（Schirrmacher，1989：219①）。它同样属于《变形记》。于是，科塔在埃修的叙述中思索，在法玛的悲诉中体悟托密城居民命运的神秘与残酷，在毕达哥拉斯的回忆中经受不朽，从聋哑女织工的织布画里感受天堂之鸟翱翔的辉煌气象与折翅坠海的凄惶，最后在形变后的托密城，为自然对人类世界的反向过程所震慑。如果说诗人和他的文本留在苍茫的自然间，那么科塔也把自己托予了连山，化作这千姿万态之形变的一部分（Hage，1989：7②）。在这多重时间和空间的交叠中，罗马与托密、历史与预言、过去与当下之间的界限被打通，而原本属于两个时空中的人物也在这种跨界的过程中实现了彼此命运的交融。（谢建文，2006：90）

此外，与《金罐》中的安泽穆斯类似的是，聚斯金德的小说《香水》中的格雷诺耶也同样穿梭于幻想世界与日常生活之间，只不过后者实现跨界的媒介是气味。一方面，格雷诺耶沉浸在世俗环境中各种气味的包围中：

> 世界最大的气味狩猎区——巴黎城——在为他敞开着。这个气味狩猎区像是在安乐园里。在圣德尼大街和圣马丁大街旁边的巷子里，人口稠密，五六层高的楼房鳞次捧出，所以人们望不见天，地面上的空气犹如潮湿水沟里的空气，弥漫着臭味。这里，人和动物的气味、

---

① 转引自谢建文：《发现者对失落意义的追寻：论兰斯迈尔的〈最后的世界〉》，《外国文学研究》，2006 年第 3 期。

② 转引自谢建文：《发现者对失落意义的追寻：论兰斯迈尔的〈最后的世界〉》，《外国文学研究》，2006 年第 3 期。

食物、疾病、水、石头、灰、皮革、肥皂、新鲜面包、放在醋里煮过的鸡蛋、面条、摸得光亮的黄铜、鼠尾草、啤酒、眼泪、油脂和干湿稻草等的气味混杂在一起。成千上万种气味形成一种无形的粥，这种粥灌满了各条小巷的沟壑，很少散发到屋顶上，而且在地面上从来不会散失。（聚斯金德，2005：62）

而在格雷诺耶的内心世界中，气味又为他建立起一个只属于他自己的独立王国。这一点集中体现在全书第二部分格雷诺耶在隐居山洞期间的幻想中：

伟大的格雷诺耶对神圣的创造职责和代表职责感到厌倦，渴望着家庭的他的心脏像一座紫色的宫殿。它坐落在一片隐蔽在沙丘后面的石头荒漠里，周围有一块沼泽地绿洲，后头有七道石墙。只有飞才能到达那里。宫殿有一千个房间，一千个地下室，一千个高级沙龙，其中一个沙龙里有一张简单的紫色长沙发，格雷诺耶在劳累一天后就躺在上面休息……这位可爱的让-巴蒂斯特终于回到他"自己的家"，躺在紫色沙龙他那普普通通而又舒适的长沙发上——若是愿意的话，最后再脱去靴子——他拍拍手掌，喊来他的仆人，即看不见的、感觉不到的、听不见的、嗅不到的、完全是想象中的仆人，吩咐他们到各房间里去，从气味的大图书馆里拿来这本或那本书，到地下室去给他取来饮料。想象中的仆人急急忙忙，而格雷诺耶的胃却意外地痉挛起来。突然，他像个站在酒柜旁感到恐惧的酒徒那样情绪低劣，人家会以某种借口拒绝给他想要的烧酒。什么，地下室和房间一下子都空了？什么，桶里的酒都坏了？为什么让他等着？为什么人还不来？他马上要喝，他马上要。他这时正发病，若是要不到他马上就会死。（聚斯金德，2005：194-195）

在气味这条红线的指引下，格雷诺耶的身份在学徒、漫游者、香水天才、少女杀手等身份间来回切换，同时也在肮脏恶臭的巴黎、庸俗丑陋的现实社会和他灵魂中神奇的气味王国和对美与爱的至高理想之间穿梭游走。

由此可见，奇幻是可以被理解为对受主流社会引导和控制的罗格斯中心世界的僭越，从而使人感受到迄今未被感受之事，也能够努力去把握现实世界的多元多样和千差万别的特征。可以说，奇幻不仅仅是一种美学风格，而且还是与社会相关、具有历史意义的现象。而德语奇幻文学中的跨界在发展过程中也越来越脱离了单纯的离奇幻想，并且更加注重透过游走于两个世界的人物在身体、感觉、情感、心智、精神和想象全部向外打开过程中的感受来揭示深刻的现实命题。

英国作家托尔金(J. R. Tolkien)提出了一个奇幻文学的重要术语"架空世界"(secondary world)，也叫"第二世界"或"次级世界"，指的就是奇幻文学作家创造的脱离现实经验世界的另一个世界。它是相对于我们日常生活的"第一世界"(primary world)而言的。在托尔金看来，"第二世界"乃是另一种"真实"。(Tolkien, 1966：66-67)

不得不承认，对于现代人而言，我们已经永久性地失去了与超现实世界的联系。尽管如此，当代奇幻作家仍旧致力于创造自己的"第二世界"，并在其中试图结合现实与超现实，让分裂的两个世界合而为一。(郭星，2009：111)

而这种弥合与跨越也正是奇幻文学的可贵之处。这个"无所不能"的奇幻世界可以呈现出现实世界里不可能存在的事物，它借助人的想象超越经验认识的局限，给予人们一个全新的视野和深刻的洞察力，因而呈现出精神性的价值。从一定程度上来说，奇幻文学能唤起读者用精神力量来超越他的感官所限，从而体验到与现代的物质性相对立的另一极。这一点对于现代人而言其重要意义自是不言而喻的。

第四节　对人类存在和生命本质的认知逐渐深刻

纵观整个西方近代思想史的发展脉络，人类的本质是什么、人类的存在究竟是一种什么样的性质等人生终极问题一直是哲学家们探讨的话题。对于 1638 年的笛卡尔而言，人应当是一个有着充分意识的思想着的"主体"，尤其是思维或自我。"它是有着唯一确定性的因素，一切理念皆为其所固有，一切再现、一切操作都归属于它。"（汪民安，2007：500）换句话说，人类成为了思考着的、认知着的行为主体。他于是提出"我思故我在"，肯定了人的主体意识的独立和自由。

康德的批判哲学强调个人运用自身理性的能力，这种观点也成为了人的主体性的核心特点之一。"所谓'勇于运用自己的理性'，其实康德是在建议我们自己去审视问题，然后进行明智的抉择。因此从康德的启蒙定义中我们可以得到现代主体性的两个特征。首先，个体自身有着理性的力量，也能够运用理性来进行抉择，就是说，他并不受合理性的宇宙秩序所约束。第二，个体因此能够自由地进行抉择，这两个特征便使个体成为了主体。"（汪民安，2007：500）

黑格尔进一步把人归结为自我意识，"强调了自我意识的能动作用，使自我成为了一种创造性的本原，成为了活生生的完全能动的概念"（张澄清，2005：71）。可以说，到了黑格尔那里，人类意味着"有自我意识的，自我调节的社会行为者"（汪民安，2007：500）。他眼中作为主体的人是一个"有自我意识的活动体系"（汪民安，2007：500）。

总之，在传统哲学中，人"既是知识的根源，也是伦理责任的根源，甚至是社会革命的执行者（在马克思主义哲学中）"（汪民安，2007：501）。也就是说，具有主体性的人被看成是一个根本的、明确无疑的东西以及一切认知和意义的最终起源。

但是，随着社会的进步，先进的科学技术所体现出的物质化、功能化和齐一化的特点不断地冲击着人的主体地位。从某种意义上说，人类正在"无保护"地遭受技术的"加工"与异化，甚至有沦为"单纯可塑造的材料"（绍伊博尔德，1993：87）之势。

这种变化的轨迹也同样反映在德语奇幻文学的主题演变上。传统的德语奇幻文学作品对于人和其存在的理解尚局限于关注个体的生存与死亡，比如在厄运面前听天由命的无奈，面对突然来袭的死亡而产生的极度恐惧，对于终极毁灭的预感等。

随着现代文明的到来，面对科学技术的发展、生产力的提高和社会经济结构的质变，德语奇幻文学也逐渐开始反映对人类"至高无上"的传统定位的批判性审视和普遍性的生存忧虑。启蒙理性带来的几乎无所不能的人类形象在一个个离奇诡异的场景中被摧毁得面目全非，暴露在聚光灯下的是那自以为是的姿态和那丑陋赤裸的欲望，而由此带来的结局往往是血淋淋的教训和惨不忍睹的毁灭。这样的奇幻语境真实地揭露出：人类的生存基础已受到致命的冲击，那被扭曲、异化的人类已被排挤出核心地位，迷失了生存的方向，陷入仿佛永远看不见出路的迷惘中。

人们还能逐渐感受到，后期的德语奇幻文学越来越倾向于反映各种人造的假象，打造出一个失去灵魂、完全由工具理性主宰的虚幻世界。而世界大战带来的波及全人类的浩劫也成为了奇幻作品中的"常客"。透过那一幕幕令人毛骨悚然的毁灭场景和沦陷画面，人类的集体性恐慌和对未来的忧虑顿时显露无遗，而人类存在的意义也似乎成了虚无缥缈的幻影，捉摸不定，令人困惑不已。

面对上述生存现状，人类最根本的应对之策便是回归自己的内心世界。然而，生于现代社会的人或多或少都有这样的体会："科学可以高速地创造和改变世界，制造丰盛的甚至沦为浪费的消费盛世景观，却并没有同比例地提供关于世界的'意义'；反之，这个令人目眩神迷的物质世界，加上各种各样的欲望叙事，使得与人类精神生存相关的'意义'，成为迫切需要拯救的全球化焦虑。意义的空无化危机因之突出地成为整个时代不祥的征候。"（白臻贤，2012：9）这种与"人类精神生存"相关的意义，只能在人的内心世界里寻根，在灵魂的最深处究源。

因此，越来越多的德语奇幻作家展现出高度的敏感性和内省能力，他们写出了人物内心的各种焦虑、迷茫、痛苦与纠结的复杂情感，鞭辟入里地展现了灵魂的深邃。和传统的奇幻作家相比，他们的作品更加注重通过奇幻的叙事揭开物质世界里世俗与功利的帷幕，观照到隐于深处的精神家园。因而这些作品也往往能打碎人们业已接受的陈旧思维模式和观念，透过生活的表象，深刻地触及人之存在的意义与底蕴，使受众产生对人性与灵魂的理解和体悟。

例如德国当代女作家克尔纳的作品正是通过人物刚柔并济、外冷内热的质感，还有他们所经受的情与理、爱与恨、悲与喜的矛盾冲突和辩证运动，写出了人物内心的各种焦虑、迷茫、痛苦与纠结的复杂情感，鞭辟入里地展现了灵魂的深邃。因为我们心灵的轨迹其实就如同她小说中的人物一样，总是在是与非、黑与白、此与彼中来回运转。

换言之，克尔纳"不追求对生活现象简单明了的单一解释，而往往以多种彼此冲突对立的声音来提供对人生的各种可能的解释"（周宪，1997：38）。在她的笔下，判官与犯人的形象常常同时出现。判官在堂上举劾罪恶，犯人在阶下自证清白。前者的审问让灵魂中的污秽得以揭发，而后者的陈述则又从所揭发的污秽中阐明那埋藏的光辉。在这两种声音的复调合奏中，读者便能"感悟到自我的复杂性，把握到人格彼此冲突的不同侧面，以及存在的多种可能性"（周宪，34）。这样的感悟和启迪也为读者"提供了对人生和自我复杂的乃至冲突性的解释，最终唤起读者自己进一步的怀疑、批判、反省和深思"（周宪，1997：34）。这样，人们关注的焦点才能从红尘白浪的外部世界转而进入复杂深邃的内在心灵。从这个角度来看，我们也可以明确地判断出，德语奇幻文学对于人性、人类本质和人类存在的挖掘越来越深刻。

另一方面，从艺术层面上来说，审美活动是周而复始的主体性的自由生命情感活动，也随着生命的成长不断成熟和发展。"审美体验总是力图在审美活动中发现生命的无穷可能性和生命的无穷秘密，从而领悟生命存在的价值和意义。"（李咏吟，2011：90）而审美创造，"不仅要在对象世界中确证人的自我本质力量，而且要在对象世界的创造中领悟生命，完善自身，使自我觉醒"（李咏吟，2011：95）。所以，对于人类存在的观照始终离不开对生命本质的叩问，尤其是人的生命。

进入现代社会以来，随着对于人类存在之终极问题思考的深入，德语奇幻文学对于生命的审视也越加辩证与透彻。尤其是一些当代作家甚至巧妙地利用独特的美学策略塑造人物，制造冲突，将生命的辩证性和无限性展现得淋漓尽致。例如克尔纳笔下的人物就彰显着刚与柔、冷与热的对立，始终扣人心弦地演绎着情与理、爱与恨、恩与仇、理与欲、灵与肉、生与死之间既相互搏斗抵抗又相生相化的运动过程，生动阐释了生命中各部分力量之间建立矛盾而又解决矛盾，如此循环反复、生生不息的"延绵运动"。

黑格尔给生命作了这样的阐释："生命的力量，尤其是心灵的威力，就在于它本身设立矛盾，忍受矛盾，克服矛盾。在各部分的观念性的统一和在实在里的互相外在的部分之间建立矛盾而又解决矛盾，这就形成了持续不断的生命过程。而生命只是过程。"（黑格尔，2009：154-155）所以，"谁如果要求一切事物都不带有对立面的统一那种矛盾，谁就是要求一切有生命的东西都不应存在"（黑格尔，2009：154）。

这样的运动过程，也可以看成一种生生不息的永恒能量。正如罗素所说："生命是从世界形成时便一举而产生的一股力量，一股巨大的活力冲动。当它遇到向下坠落的物质阻碍时，它就奋力抗争，力图在物质中间打开一条道路，逐渐学会通过组织化来利用物质；它又像街头拐角处的风一样，被自己所遭遇到的障碍物分成方向不同的潮流，继续向前流动。正因为如此，一部分向上攀登的冲动被物质制服了，然而它重视保持着活动的能力，总是奋力抗争寻找新的途径，总是在一些对立的物质障壁中寻求更大的运动自由。"（罗素，2003：348）

此外值得一提的是，不少德语奇幻作家还善于运用时间书写策略扩展生命的维度。因为在审美活动中，时间维度是非常重要的因素，它通常是理解和体验世界的有效途径。康德曾说过："所有一般现象、亦即一切感官对象都在时间中，并必然地出于时间的关系之中。"（康德，37）因此，诸如克尔纳这样的作家创作小说时，在时间安排上也体现出了独特的策略性与发展脉络。比如她的《我是克隆人》一书中就始终不见清晰的时间刻度，只用"零年""童年之一""童年之二"等模糊概念来交代时间进程。这样抽象化的表述暗含未知的神秘色彩，给小说的时间场赋予了"将来性"。而对于叙述者来说，这些情节又都是已经过去的事情。

如此，从现实世界中的读者角度来看，小说中的时间明显具有将来性的概念，或多或少带着未知的神秘色彩。而对于小说中的叙述者或人物本身来说，这些情节又都是已经发生的事情，成为了"过去时"。而"过去时"又是一种内涵十分丰富的时间体验，因为，"在过去时间中，作为本原的历史积淀下来，它储存着人的全部情感图像；随着这些复杂情感图像的浮现，审美主体重新构建历史的情景，并对情景中的自我和他人作出情感价值判断。……这种体验本身，实质上是对遗忘了的存在之重新唤醒，它使我们在这种分析中重新评价历史，领悟历史的悲喜剧和生命的秘密。"（李咏吟，2011：91）于是，在这样的时间策略处理下，"过去"与"未来"便形成了一种奇妙的美学张力，从而产生了独特的艺术效果。而读者也得以在一个无限扩展的时空格局中反思生命的真谛。

如果说在《我是克隆人》中，克尔纳还是为读者描出了一条故事发展的时间线索，那么到了《无头》一书时，她便一举打破了时间发展的清晰框架，只是用到了"手术后八周""两个月后"等具有相对性的时间概念。

至于她后期创作的《重生的简》，更是突破了传统小说的时间跨度。书中有着古老基因的人猿吉米这一特殊角色的设置，还有关于简的母系家族中几位前辈的人类学研究经历的回忆插叙，都是对历史的关照；而结局一章中，多年后的简留给孙女的信里又表达了对未来的展望："地球在10000年之后又会是什么样子？"（Kerner，2011：179）整个书中的时间给人的印象就好似一条没有端点的直线，一头指向飘渺难测的史前，一头伸向永无止境的未来，从而大大扩展了小说的时间格局，同时也丰富和深化了作品所涉及的生命维度。

说到时间，兰斯迈尔的全新力作《时间的进程》（*Cox：oder der Lauf der Zeit*）可谓是在突破传统历史维度和时间概念的基础上实现了一场独特的"叙事游戏"。这部小说涉及的时间并非一般常识性的时间，而是人们所感受到的"主观时间"。如果说《最后的世界》把被流放到黑海之滨的古罗马诗人奥维德当作一个乔装打扮、渗透着现实意义而并非一部历史小说的对象来表现的话，那么《时间的进程》则可视为它的姊妹篇。这里虚构的历史故事被令人信服地交织成多姿多彩的马赛克画面，使读者可以从各种不同的时间表现中不可抗拒地感受到小说对时间与权力、时间与生存、时间与死亡和时间与爱等关系充满张力的独到展现。作者用这样一种独特的"时间图像"描绘出超越历史和时代的"现实图像"。

小说的故事发生在18世纪的中国，两个主人公分别是中国的乾隆皇帝和当时英国最伟大的钟表匠考克斯，作者以独特的艺术想象让这两个没有任何关联的历史人物错综复杂地交织在他所虚构的"时间故事"里：考克斯应乾隆皇帝之邀，与三个助手乘船来到中国。他们要遵照这位爱好艺术和诗歌的统治者兼时钟收藏家的意愿，为他制造能够表现人在各种特殊情境中迥然不同的时间感知的时钟。而所谓的时间感知，也就是"主观时间"，即人们能感受到它在缓慢地移动、停滞、流逝，或以其不可计数的另外的速度压倒过来的时间。

乾隆皇帝让他们制造的第一个时钟是要表现一个孩子的时间感知。出于对他夭折的女儿的无比怀念，考克斯把自己的全部心血都倾注到这个时钟的设计中，制造了一个充满神秘、内在富丽堂皇的银船钟。第二个用火灰驱动的时钟则旨在再现濒临死亡之人的时间感知。它的外形酷似长城的一段，制造者甚至还为此进行了充满危险的实地考察。当乾隆皇帝最终希望制造一个"永恒之钟"，也就是所谓的永动机时，这些英国人渐渐意识到他们处在什么样的危险中。皇帝对他们的无比恩宠让一些朝臣惊慌失措，无比愤怒；他们被视为会给帝国带来灾难的恶魔。于是，对所有人来说，这个"永恒之钟"逐渐演变成一个日益危险的延伸时间的机器。小说结尾，当乾隆皇帝第一次独自面对这个按照他的愿望完成的"永恒之钟"并要亲自使之运转起来时，他突然感到不寒而栗。在这里，"时间的进程"究竟要如何展开，又将流向何方，这些都成为了开放式的悬念。

在《时间的进程》中，作者兰斯迈尔独具匠心地通过"主观时间"这一极具体验感和辩证性的视角，利用片断式的叙述结构塑造了一种交错跳跃的另类时空。其中的一件件物体、一个个事件、一种种外在的感知不断地引起主人公考克斯对过去和现实的联想，形成了张弛有致的叙述暗流。叙述者正是通过这样的叙事方式把虚构的人物布局组合成一个多层面多视角的艺术图像，镶嵌在主观时间感知的背景上，让所谓的"时间的进程"成为其审美感知的核心。

　　而人们对于时间的感知，和在这"时间的进程"中的点滴审美体验，其实就是对生命的体验和观照。因为生命的存在就体现在这如暗流般悄然逝去的"时间进程"中。我们对生命和存在的审视与反思也是通过这被感知、被想象、被表现的时间和心理化、意识化、概念化的时间片段来实现的。关于这一点，兰斯迈尔本人也在许多采访中一再坦言道，无论是《最后的世界》还是《时间的进程》，尽管它们的主人公都是有名有姓实实在在的历史人物，但它们都与人们所说的历史小说无关；虚构"他者的历史故事和形象是他感知生存的必要手段"①。

　　通过分析不难发现，饱满的人物质感、强烈的情感张力、辩证的人物关系、多元化的表现方式和多维度的叙事结构都是德语奇幻文学发展轨迹中的显著趋势和重要航标，它们饱含着作家们对当下人类生存现状的牵挂，对人类内心世界的观照，还有对生命本质的反映。

　　康维尔曾指出，奇幻文学与神话一样是"对另一现实的预感，不可见事物的形象，以及不可知事物的密码。奇幻就是一种意识到身处洞穴的形式，一个对于不可能事物的假设性创造和精神性实践，一个为了把握可能性的不可避免的精神悖论。奇幻是祛魅和去神话世界的一个诗性神话，是经验现实了解形而上学超现实的开始，是对人性中难以理解的和问题重重的部分的发现"（Cornwell，1990：19）。奇幻文学正是在这一层面上反思理性主义，试图超越经验"现实"，恢复人们对超验世界的意识，以帮助现代人摆脱物质世界的限制，用一种超越经验世界的视角来审视自我、审视

_____

　　①　参见兰斯迈尔：《时间的进程》，韩瑞祥中译版译者序言，北京联合出版公司2019年版。

生命、审视存在。

　　基于以上分析可知，在德语奇幻文学所呈现的世界里，人们感受到的是在一番番肯定与否定的轮回，一次次对立与统一的转化中一种永无止境且充满了活泼变数的"非物质性延绵"，这也正是一种活泼而强大的生命力量。我们同时也能领悟到，人类的未来"不是可以预料的光明，而是命运的完全不可知，不是逐渐走向一个太阳，而是不断融入漫天星空"（潘知常，2002：276）。"所以，人不仅是一种已然，更是一种未然；不仅是一种现实，更是一种生成，不仅真实地生存在过去、现在，而且真实地存在在未来。"（潘知常，2002：276）这种辩证性、无限性、超越性和未来性共同构成了生命最核心的规定。

　　至此，我们可以毫不质疑地说，无论是具象的感官维度还是宏观的时空维度，无论是抽象的伦理维度还是形而上的哲学、美学维度，德语奇幻文学正一步步用极具审美效果和充满哲思的厚重书写将生命的精髓彰显得奇妙无比。这是对固有现实生活的超越和解放，同时也为人们提供了一个与其他生命交流的广阔天地。

　　今天，奇幻文学以其瑰丽的想象、宏大的历史气概和高昂的精神、亦灵亦幻的叙事风格向人们展示着不断自我创新、自我更生的可能性。当身处高速发展的时代背景下的人们困惑于想象的枯竭、热情的消失、英雄气概的消解时，奇幻文学可以说帮助人们实现了精神的突围。在这样一场想象力觉醒的运动中，我们的精神也随之觉醒，并正在努力寻找着人类与宇宙自然和谐相处的状态。因此也可以说，包括德语作品在内的奇幻文学研究仍是一片极具价值并亟待开垦的土地。

参 考 文 献

[1]Aurnhammer, Achim. *Klein Zaches genannt Zinnober. Perspektivismus als Plädoyer für die poetische Autonomie* [A]. In: Saße, Günter (Hrsg.): *Interpretationen. E. T. A. Hoffmann. Romane und Erzählungen* [C]. Stuttgart/Ditzingen: 2004/2012.

[2]Barthes, Roland. *Einführung in die strukturale Analyse von Erzählungen* [M]. Frankfurt a. M.: Suhrkamp Verlag, 1988.

[3]Bockelmann, Eske. *Kritisches Lexikon zur deutschsprachigen Gegenwarts-literatur* [M]. München: Edition text + kritik, 1990.

[4]Borchmeyer, Dieter: *Weimarer Klassik. Portrait einer Epoche* [M]. Weinheim: Beltz Athenäum, 1998.

[5]Boyle, Nicholas. Goethe. *Der Dichter in seiner Zeit. Band I*: 1749-1790 [M]. Frankfurt a. M.: Insel Verlag, 2004.

[6]Brittnacher, Hans Richard. *Ästhetikdes Horrors, Gespenster, Vampire, Monster, Teufel und künstliche Menschen in der Phantastischen Literatur* [M]. Frankfurt a. M.: Suhrkamp, 1994.

[7]Caillois, R.. *Das Bild des Phantastischen. Vom Märchen bis zur Science Fiction* [A]. In: Zondergeld, R. A. (Hrsg.): *Phaïcon: Almanach der phantastischen Literatur I* [C]. Frankfurt a. M., 1974.

316

[8] Chamisso, Adelbert von. *Peter Schlemihls wundersame Geschichte* [M]. Stuttgart: Philipp Reclam jun. GmbH & Co., 2014.

[9] Cornwell, Neil. *The Literary Fantastic: From Gothicto Postmodernism* [M]. New York, London: Harvester Wheatsheaf, 1990.

[10] Conrady, Karl Otto. *Balladen. Experimente mit dem erzählenden Gedicht* [A]. In: *Goethe, Leben und Werk* [C]. Düsseldorf: Patmos, 2006.

[11] Dudenredaktion (Hrsg.): *Duden Deutsches Universalrwörterbuch* (7. Auflage) [Z]. Mannheim: Dudenverlag, 2011.

[12] Durst, Uwe. *Theorie der Phantastischen Literatur* [M]. Berlin: Lit Verlag, 2010.

[13] Eckermann, Johann Peter. *Gespräche mit Goethe in den letzten Jahren seines Lebens* [M]. Frankfurt a. M.: Projekt Gutenberg-DE Insel Verlag, 1981.

[14] Fischer, Jens Malte. *Literatur zwischen Traum und Wirklichkeit. Studien zwischen Traum und Wirklichkeit* [M]. Wetzlar: Phantast. Bibliothek, 1998.

[15] Forster, Heinz, and Paul Riegel. *Deutsche Literaturgeschichte. Band* 12: *Gegenwart* [M]. München: Deutscher Taschenbuch Verlag, 1998.

[16] Freund, Winfried. *Deutsche Phantastik*. München [M]: Wilhelm Fink Verlag, 1999.

[17] Frey, Daniel. *Einführung in die deutsche Metrik* [M]. München: Wilhelm Fink Verlag, 1996.

[18] Goethe, Johann Wolfgang von. *Goethes Werke* [M]. Hamburger Ausgabe in 14 Bänden, mit Kommentar und Registern, herausgegeben von Erich Trunz. München: C. H. Beck, 1982-2008.

[19] Göres, Jörn. *Goethe. Seine äußere Erscheinung. Literarische und künstlerische Dokumente seiner Zeitgenossen* [M]. Frankfurt a. M.: Insel Verlag, 1999.

[20] Gottwald, Herwig. *Mythos und Mythisches in der Gegenwartsliteratur. Studien zu Christoph Ransmayr, Peter Handke, Botho Strauß, George*

Steine, *Patrick Roth und Robert Schneider* [M]. Stuttgart: Verlag Hans-Dieter Heinz, Akademischer Verlag, 1996.

[21] Hage, Volker. *Zur deutschen Literatur* 1988 [N]. In: Frankfurter Allgemeine Zeitung. 17. 9(1998).

[22] Heine, Heinrich. *Romanzero* [M]. Hamburg: Hoffmann und Campe, 1851.

[23] Hoffmann, E. T. A.. *Klein Zaches genannt Zinnober* [M]. Stuttgart: Philipp Reclam jun. GmbH & Co., 1998.

[24] Hoffmann, E. T. A.. *Der Sandmann* [M]. In: *Fantasie-und Nachtstücke*. Düsseldorf: Albatros, 2000.

[25] Hoffmann, E. T. A.. *Die Elixiere des Teufels* [M]. Stuttgart: Philipp Reclam jun. GmbH & Co., 2014.

[26] Hoffmeister, Gerhart. *Deutsche und europäische Romantik* [M]. Stuttgart: J. B. Metzler, 1990.

[27] Kafka, Franz. *Erzählungen* [M]. Frankfurt a. M.: Fisher Taschenbuch Verlag, 1983.

[28] Kafka, Franz. *Das Schloss* [M]. Frankfurt a. M.: Fisher Taschenbuch Verlag, 1983.

[29] Kafka, Franz. *Der Prozess* [M]. Frankfurt a. M.: Fisher Taschenbuch Verlag, 1994.

[30] Kafka, Franz. *Das Werk-Die Tagebücher-Die Briefe* [M]. Karlsruhe: Lambert Schneider in Wissenschaftliche Buchgesellschaft, 2012.

[31] Kayser, Wolfgang. *Das Groteske. Seine Gestaltung in Malerei und Dichtung* [M]. Oldenburg und Hamburg: Gerhard Stalling Verlag, 1957.

[32] Kerner, Charlotte. *Geboren* 1999 [M]. Weinheim: Beltz & Gelberg, 1989.

[33] Kerner, Charlotte. *Blueprint* [M]. Weinheim: Beltz & Gelberg, 2001.

[34] Kerner, Charlotte. *Kopflos* [M]. München: Piper Verlag, 2008.

[35] Kerner, Charlotte. *Jane Reloaded* [M]. Weinheim: Beltz&Gelberg, 2011.

[36] Kubin, Alfred. *Die andere Seite* [M]. München: Wilhelm Fink Verlag, 1909.

[37] Lachmann, Renate. *Erzählte Phantastik* [M]. Frankfurt a. M.: Suhrkamp Verlag, 2002.

[38] Lovecraft, H. P.. *Die Literatur der Angst: Zur Geschichte der Phantastik* [M]. Frankfurt a. M.: Suhrkamp Verlag, 2012.

[39] Manlove, C. N. *Modern Fantasy—Five Studies* [M]. Cambridge: Cambridge University Press, 1975.

[40] Mosebach, Holger. *Endzeitvisionen im Erzählwerk Christoph Ransmayrs* [M]. München: Martin Meidenbauer Verlagsbuchhandlung, 2003.

[41] Penzoldt, Peter. *Supernatural* [M]. London: Peter Nevill, 1952.

[42] Ransmayr, Christoph. *Die letzte Welt* [M]. Frankfurt a. M.: Fischer Taschenbuch Verlag, 2004.

[43] Rottensteiner, Franz. *Die dunkle Seite der Wirklichkeit* [M]. Frankfurt a. M.: Suhrkamp Taschenbuch, 1987.

[44] Safranski, Rüdiger. *Goethe. Kunstwerk des Lebens. Biographie* [M]. München: Hanser, 2013.

[45] Schings, Hans-Jürgen: *Kein Revolutionsfreund. Die Französische Revolution im Blickfeld Goethes* [J]. In: *Goethe-Jahrbuch*. Band 126 / 2009.

[46] Schirrmacher, Frank. *Bücher aus Asche, Leiber aus Ameisen* [A]. In: *Deutsche Literatur* 1988 [C]. Hg. Franz Josef Görtz, et al. Stuttgart: Philipp Reclam jun. GmbH & Co., 1989.

[47] Seehafer, Klaus. *Mein Leben ein einzig Abenteuer. Johann Wolfgang Goethe. Biografie* [M]. Berlin: Aufbau-Verlag, 2000.

[48] Thomsen, Christian W.. *Phantastik in Literatur und Kunst* [M]. Darmstadt: Wissenschaftliche Buchgesellschaft, 1980.

[49] Todorov, Tzvetan. *Einführung in die fantastische Literatur* [M]. Übers.

aus dem Französischen von Karin Kersten. Frankfurt a. M.: Fischer, 1992.

[50] Tolkien, J. R.. *The Tolkien Reader* [M]. New York: Ballantine, 1966.

[51] Uerling, Herbert. *Theorie der Romantik* [M]. Stuttgart: Philipp Reclam jun. GmbH & Co., 2000.

[52] Vax, L.. *Die Phantastik* [A]. In: Zondergeld, R. A. (Hrsg.): *Phaïcon: Almanach der phantastischen Literatur I* [C], Frankfurt a. M., 1974.

[53] Wachler, Dietrich. *Die Wirklichkeit des Phantoms. Aufsätze und Rezensionen zur Phantastischen Literatur* [M]. Münster: Lit, 1997.

[54] Wilpert, von Gero. *Goethe-Lexikon* [M]. Stuttgart: Kröner, 1998.

[55] Wörtche, Thomas. *Phantastik und Unschlüssigkeit. Zum strukturellen Kriterium eines Genres. Untersuchungen zu Hanns Heinz Ewers und Gustav Meyrink* [M]. Meitingen: Corian Wimmer, 1987.

[56] Wünsch, Marianne. *Die Fantastische Literatur der Frühen Moderne (1890-1930). Definition DenkgeschichtlicherKontext Strukturen* [M]. München: Fink, 1991.

[57] Zimmermann, Hans Dieter. *Trivialliteratur? Schema-Literatur: Entstehung, Formen, Bewertung* [M]. Stuttgart: Kohlhammer, 1982.

[58] Zondergeld, Rein A.. *Phaicon I. Almanach der phantastischen Literatur* [C]. Frankfurt a. M.: Insel Verlag, 1974.

[59] Zondergeld, Rein A.. *Lexikon der phantastischen Literatur* [M]. Stuttgart: Weitbrecht, 1998.

[60] 巴赫金. 巴赫金全集·第六卷 [M]. 李兆林、夏忠宪等译. 石家庄: 河北教育出版社, 2009.

[61] 白臻贤. 语言与存在的后现代叙事 [M]. 长沙: 湖南人民出版社, 2012.

[62] 陈壮鹰. 解读歌德谣曲风格 [J]. 解放军外国语学院学报, 2005(5).

[63] E.T.A.霍夫曼. 斯居戴里小姐——霍夫曼中短篇小说选 [M]. 陈恕林

等译. 上海：上海三联书店，2013.

[64]方小莉. 奇幻文学的"三度区隔"问题研究[J]. 中国比较文学，2008 (3).

[65]冯亚琳. 从〈金罐〉和〈沙人〉看霍夫曼二元对立的艺术观[J]. 四川外语学院学报，2006(1).

[66]弗兰茨·卡夫卡. 卡夫卡全集[M]. 叶廷芳，等译. 北京：中央编译出版社，2015.

[67]弗里德里希·尼采. 权力意志[M]. 张念东，凌素心，译. 北京：商务印书馆，1991.

[68]刚特·绍伊博尔德. 海德格尔分析新时代的技术[M]. 宋祖良，译. 北京：中国社会科学出版社，1993.

[69]歌德. 歌德文集(第九卷)[M]. 钱春绮，译. 北京人民文学出版社，1999.

[70]郭星. 超越"现实"———当代奇幻文学的认识论意义[J]. 解放军外国语学院学报，2009(4).

[71]贺骥. 歌德的魔性说[J]. 同济大学学报(社会科学版)，2009(4).

[72]贺骥.《歌德谈话录》与歌德文艺美学[M]. 北京：中国社会科学出版社，2014.

[73]黑格尔. 美学(第一卷)[M]. 朱光潜，译. 北京：商务印书馆，2009.

[74]黄念然. 当代西方文论中的互文性理论[J]. 外国文学研究，1999(1).

[75]黄秀敏. 文化语境下的西方幻想文学之嬗变[M]. 天津：天津大学出版社，2015.

[76]胡继华. 无限渴望的象征———漫谈德国浪漫主义的自然观[J]. 外国文学，2008(4).

[77]霍英. 亦幻亦真 寓庄于谐——从《布拉姆比拉公主》的叙事结构看德国浪漫主义文化内涵[J]. 上海理工大学学报(社会科学版)，2012(2).

[78]聚斯金德. 香水：一个谋杀犯的故事[M]. 李清华，译. 上海：上海译文出版社，2005.

[79] 康德. 纯粹理性批判[M]. 邓晓芒, 译. 北京：人民文学出版社, 2004.

[80] 克里斯蒂娃. 符号学：符义分析探索集[M]. 史忠义, 译. 上海：复旦大学出版社, 2015.

[81] 兰斯迈尔. 时间的进程[M]. 韩瑞祥, 译. 北京：北京联合出版公司, 2019.

[82] 李永平. 通向永恒之路———试论德国早期浪漫主义的精神特征[J]. 外国文学评论, 1999(1).

[83] 李咏吟. 文艺美学论[M]. 杭州：浙江大学出版社, 2011.

[84] 刘再复. 性格组合论[M]. 上海：上海文艺出版社, 1986.

[85] 罗素. 西方哲学史[M]. 何兆武, 李约瑟, 译. 北京：商务印书馆, 2003.

[86] 罗威. 论德国浪漫派的怪诞诗学——以浪漫派时期的三部文学作品为例[D]. 北京：北京外国语大学, 2020.

[87] 米歇尔·福柯. 僭越序言[A]. 郭军, 译. 声名狼藉者的生活·福柯文选 I[C]. 汪民安. 北京：北京大学出版社, 2015.

[88] 潘知常. 生命美学论稿：在阐释中理解当代生命美学[M]. 郑州：郑州大学出版社, 2002.

[89] 钱谷融, 鲁枢元. 文学心理学[M]. 上海：华东师范大学出版社, 2003.

[90] 邱蓓. 可能世界理论[J]. 外国文学, 2018(2).

[91] 任卫东. 德国文学史(三)[M]. 南京：译林出版社, 2007.

[92] 孙绍振. 美的结构[M]. 北京：人民文学出版社, 1988.

[93] 汪民安. 文化研究关键词[M]. 南京：江苏人民出版社, 2007.

[94] 王微. 夏洛特·克尔纳科幻小说中人物塑造的美学特征研究[M]. 武汉：武汉大学出版社, 2016.

[95] 王微. 歌德叙事谣曲中的死亡书写——以《柯林斯的未婚妻和》《死者之舞》为例[J]. 外国文学研究, 2021(5).

[96]王微. 奇幻的变创——歌德叙事谣曲中的侨易现象[J]. 民间文化论坛，2022(1).

[97]谢建文. 发现者对失落意义的追寻：论兰斯迈尔的《最后的世界》[J]. 外国文学研究，2006(3).

[98]谢林. 对人类自由的本质及与之相关联的对象的哲学探讨[A]. 薛华译. 谢林论人类自由的本质[C]. 沈阳：辽宁教育出版社，1999.

[99]于雷. 替身[J]. 外国文学，2013(5).

[100]张澄清. 西方近代哲学的终结——《读黑格尔精神现象学》[M]. 北京：社会科学文献出版社，2005.

[101]周宪. 超越文学——文学的文化哲学思考[M]. 上海：生活·读书·新知三联书店，1997.

[102]兹维坦·托多罗夫. 奇幻文学导论[M]. 方芳，译. 成都：四川大学出版社，2015.